花顏策
卷十二
西子情 著

目錄

第一百五十一章 脫離險境

親兄弟兵戎相見，無論何時何地何種情況，都讓人覺得可悲。

哪怕蘇子斬和蘇子折不是自小一起長大，哪怕二人脾性天差地別，沒有多少手足之情，但總歸是一母同胞的親兄弟，血脈至親，是誰也更改不了的事實。

蘇子折陰狠地盯著蘇子斬：「你可真敢！真敢放走她！」

蘇子斬面無表情：「你要奪江山，與她何干？與無辜的百姓何干？好歹當初她救了你一命，若是沒她，你早已是一杯黃土。」

「你說與她無關？若非因為她，後樑江山也不會拱手讓給太祖雲舒，你不會活著，我也不會做你的墊腳石。」蘇子折目光狠厲。

「那也與她無關，我死而復生後，甘願追來，而你們，不過是被梁慕誤了而已，我本沒想過復國。」蘇子斬平靜地道。

「你為了一個女人而來，如今我將她給你送上門，你偏生不要，還放了她走。蘇子斬，你個窩囊廢，枉為男人。」蘇子折說著，對外面大喝，「來人，調五萬兵馬，給我圍死這一片院落。所有人格殺勿……」

他說著，蘇子斬的劍刃毫不客氣地往前推了一寸，冰冷地打住他的話：「蘇子折，你想好了，你我一起死在這裡，是嗎？」

蘇子折脖頸處一痛，劍鋒割破肌膚，鮮血霎時流了出來，他話語一頓，陰狠的看著蘇子斬。

蘇子斬眸中一片冰色，拿劍的手穩穩當當，寶劍的寒光照亮他眉心眼角，無一處不是冰冷涼寒：「我們可以一起死，雲遲的天下就太平了，你敢不敢？」

一句話開口，他想到的是，若是這般同歸於盡，這一世又負了花顏要讓他活著。

上一世，他沒負了天下，負了她。

這一世……

蘇子折不語，死死地盯著他：「蘇子斬，你想死？」

「你想死，我便可以殺了你，再讓你的兵馬殺了我。」蘇子斬聲音沒有一絲情緒，「黃泉路上，你我作伴，母親若是看到你我兄弟一起去找她，大約也是高興的。」

蘇子折似要將他的臉盯穿成無數個窟窿。

玉玲攥了攥袖中的紙條，上前一步，木聲道：「大公子，太子妃留話，你恨命運不公，恨天道不平，恨父母養兒不教，恨當年白骨山她救你一命，你受盡苦難，恨不得將苦難還給天下人。可是，你既幾次三番沒殺她，心中想必還是存有那麼點良心。既然如此，你就堂堂正正奪了這天下，不牽扯無辜百姓，不拿她做法子，她會看著，你到底有幾分真本事？若你堂堂正正贏了太子，也值得她稱一聲敬佩，那麼，這南楚江山就是你的。她與太子的命，也是你的，二公子的命，自然也是你的。」

蘇子折猛地轉向玉玲。

玉玲轉身去桌前掌了燈，屋中霎時一亮，她展開手中花顏留的紙條，舉在蘇子折面前。

花顏的字跡潦草，雖手腕綿軟無力，但依稀可以看出她每寫一個字，都是用了全部的力氣。

蘇子折死死地盯著，他本就聰明，此時自然明白了花顏留這紙條的意思，他森寒地冷笑一聲：

「說了這麼多，無非是想求蘇子斬活著。」

說著，他狠狠地又看向蘇子斬。

蘇子斬面無表情。

蘇子折盯著蘇子斬看了片刻，又轉向那一張薄薄的紙，這麼長時間，若魚死網破，同歸於盡，也不是不能，但他還不想死，還有江山沒奪下，還有為著那麼多年活在地獄的不甘，他要證明，蘇子斬做不到的事情，他能做到。後樑一脈，等了四百年的幾代人，沒白等一場，他不是蘇子斬的墊腳石，而是復國後樑的開創者。

蘇子斬這一輩子，他在乎江山嗎？他只在乎花顏所在乎的。

但他，既然能對花顏下得去手，幾乎殺死她，也能將她送給蘇子斬，這個女人，對他來說，沒那麼重要。

但即便沒那麼重要，他也不能就這麼讓她輕而易舉地走了。

他恨聲問：「誰救走了他？是雲遲？」

蘇子斬的人全部都在這裡，把花顏交給誰帶走，他應該都是不放心的，如今既然讓她走了，能讓他放心帶走的那個人，一定是雲遲。

若非是雲遲，花顏也不會天平的兩端傾斜，跟著雲遲走，扔下蘇子斬。

「自然是他。」蘇子斬點頭，到了這個地步，他也沒必要隱瞞。

蘇子折眼神狠厲：「蘇子斬，你果然窩囊到家了，拱手江山不說，如今拱手相讓女人。」

蘇子斬淡漠不為所動：「你如何說我，都沒用。我只問你，你答應不答應！」

「答應如何？不答應又如何？」

「你答應，我就放了你，一命換一命，你活我也活，無辜百姓你不能踐踏，想要什麼，堂堂正正地去奪，贏了，是你本事，不答應，那我們今日就一起死！你若想便宜雲遲，讓他輕而易舉地創四海清平，我也沒意見。」

「你捨得死？」

「捨得。」

「她不是想讓你活嗎？你如今框我沒用。」

蘇子斬笑了一聲：「她是想讓我活，我也答應了她，但我食言而肥也不止一次了，我死了，她是會很傷心難過，但有雲遲在，她慢慢的總會放開，忘了我。我連她的人都不求了，她忘了我又怕什麼？前世今生，從我自己這斷了也好。」

蘇子折又冷笑了一聲：「你倒是看得開。」

「答應不答應？」蘇子斬又問。

「答應你也無不可，不過，你從今以後，不准離開我一步，不准幫雲遲，我就讓你看著，我怎麼堂堂正正贏了他！而花顏那個女人，她跑了今日，別想跑了明日。」

「也行。」蘇子斬點頭，他管不了那麼多，只管今日，她讓他活著，他就用力地活著，能做到不讓她失望，他也不想讓她失望。

「拿開你的劍。」蘇子折怒到了極致。

蘇子斬知道能做到這一步，攔到這一步，已是他最大的力氣，再多的時間，也拖延不了了。他慢慢地撤了架在蘇子折脖頸上染血的劍，順勢在他身上擦了一下劍刃。

蘇子折倒是守信，沒拔劍反殺，而是揮手給了蘇子斬一掌。

蘇子斬側身躲過，化解了一半力道，但還是被他掌風打的後退了一步，他站穩身形，收劍入鞘，冷眼看著蘇子折：「良知丟了不可怕，可怕的是你拾不起來。武威侯還好好在東宮活著呢?!你有什麼恨，可對著他去，既然答應了，就別拿天下無辜百姓做法子。否則，言而無信，你哪怕有百萬兵馬，也是枉然難立軍中威信。」

玉玲看向蘇子斬。

「你從今以後，給我少做動作，你若是先破了約，那就怪不得我心狠手辣了。」蘇子折伸手拿出帕子，捂住脖子，對玉玲陰狠地道，「把你手中的紙條給我。」

「給他。」蘇子斬吩咐。

玉玲將花顏留的那紙條遞給了蘇子折。

蘇子折接過，像看死人一樣地看了一眼玉玲，轉身衝出了房門，對外面道：「晉安，調兩萬兵馬，給我守死這一處院子，一隻飛鳥也不得出去。」

「是！」

「傳信給閆軍師，雲遲帶走了花顏，封鎖荒原山，讓他點兵二十萬，兵分八路，給我追。追到後，就地殺了。」蘇子折話語與寒風飄雪融合，透著寒怒森然，就如在他面前是森森白骨鋪就的路，他一腳一腳踩上去，屍骨無存，「走了又如何?荒原山是我的地盤，我讓他插翅也難逃出荒原山。」

「是！」

一連幾道命令下去，蘇子折出了院落。

大夫提著藥箱奔來，哆嗦地看著蘇子折：「主子，小的給您包紮傷口……」

「滾！」蘇子折一腳踢開了大夫。

大夫被踢了一個打滾，抖著身子忍著疼痛，不敢再上前靠近，眼看著蘇子折去了書房。

晉安傳達完蘇子折一系列命令，也跟去了書房，不忘對大夫使了個顏色，低聲訓斥：「還不跟上主子，傷口總是要包紮的，不跟上你想死嗎？」

大夫哆囉哆嗦地從地上爬起來，跟上了晉安。

蘇子折來到書房，展開了荒原山的地勢圖，就著燈火，滿身怒氣地推測著雲遲是怎麼進來的，怎麼悄無聲息救的人，從哪條路帶著花顏離開的。

要出荒原山，最少兩日的路程，他帶著個孕婦，定然走不快。

蘇子折的傷口不深，但不包紮自然是不行的。

在晉安的勸説下，蘇子折總算是挪開了捂著傷口的手，寒著臉任由大夫上前給他包紮，他的眼睛卻沒離開荒原山的地勢圖。

他對荒原山每一寸自然是瞭解的，但是拿不准雲遲會帶著花顏從哪一條路離開，到了這般時候，他已不敢高估自己，不敢自負地覺得派出兵馬攔截就能真的攔住雲遲。

誰能想到他本來該在京城坐鎮，卻悄無聲息地進了這荒原山，在蘇子斬的配合下，絲毫沒驚動他帶走了花顏？

他一直以為，雲遲離不得京城。

他高估了荒原山的布置能攔住任何人，沒想到雲遲將他的臉打的啪啪響，偏偏就在他的眼皮子底下救走了花顏。

他心中恨的不行，但卻從這恨中升起了嗜血的沸騰。

他當初敢以假亂真的以蘇子斬身分，堂而皇之參加宮宴，在雲遲的眼皮子底下劫走花顏，如今雲遲敢藝高人膽大，悄無聲息闖入這兵營之地，在他的眼皮子底下獨自一人帶走花顏。也算是扯平了。

此時，這樣的對手，讓他於震怒中翻起無盡的狠厲和興奮。

大夫哆囉哆嗦地包紮完後，試探地問：「主子，傷口不深，可以不用開藥方子……」

「滾下去！」蘇子折揮手。

大夫連忙提起藥箱，屁滾尿流地出了書房。

晉安立在一旁，看著蘇子折：「主子，普天之下能破古陣的人屈指可數，太子算是一個，想必是他隻身一人帶走了人，畢竟，若是人多，古陣法不可能在他離開時才踩了機關響鈴。他隻身一人前來，帶著人想必也走不快，您下令，屬下帶著人親自去追。」

蘇子折寒聲道：「我親自去追，你與我一起。」

晉安看著他包紮好的脖頸，傷口雖小，但也不能大意，可看著蘇子折難看的臉色，頓時住了口，垂首應是。

蘇子折將荒原山的地勢圖在眼中過了一遍後，伸手指向兩處：「你說，雲遲帶著花顏，走這兩條路的哪條路？」

晉安低頭一看，不敢肯定地說：「這兩條路都有可能，都是最快離開荒原山往北安城走的路，屬下也不敢確定。」

蘇子折瞇了瞇眼睛，伸手拿過披風，披在身上，向外走去：「走！」

晉安連忙跟上。

蘇子折出了書房，快步來到門口，早已有人備好了馬匹，他翻身上馬，對守門人道：「給我看好蘇子斬，不准讓他走了，若是放了他離開，我扒了你們的皮。」

「是！」

蘇子折丟下一句話，縱馬離開，晉安帶著黑衣衛跟在其後。

蘇子斬知道蘇子折一定會親自帶著人去追，他坐在屋內，看著花顏插在瓶中的那株梅花，計算著一個多時辰已過，雲遲帶著花顏走到哪了。

青魂聽到外面的動靜，對蘇子斬道：「公子，大公子帶著人親自去追了。」

「嗯。」蘇子斬點頭，再沒別話。

青魂也不再說話。

雪下的不大，但一晚上，也下得漫山遍野一層白。

花顏到底是個孕婦，不禁折騰，哪怕雲遲、安十七、雲暗輪番背著她走，她依舊臉色越來越白。

來到那一處懸崖時，安十七看著光禿禿的懸崖，臉都白了：「少主，這是您說的路？這根本就是死路啊！這懸崖怕是有數千丈高吧？如今還下著雪，一個不小心摔下去，就是粉身碎骨。您是不是弄錯了？」

「放我下來。」花顏低聲對雲遲道。

雲遲將她放下，扶著她站穩，看著她比雪還白的臉色，心疼的不行：「再吃一顆安胎丸吧？」

「剛吃下不久，怎麼能不停地吃呢？你放心，我沒事兒，咱們的孩子也禁折騰的很。」花顏搖頭，看了一眼四周，伸手一指，「前方再走五十米，在懸崖的正下方，百米處，有一株老松樹，哪棵樹纏著的都是手臂粗的藤條，可以順著藤條下去崖底，崖底有路離開。」

安十七一聽，連忙奔過去，天色太黑，雪簌簌飄著，他趴在懸崖上往下看，根本什麼都看不到，他白著臉說：「少主，您確定您說的地方對嗎？就算對的話，那老松樹和藤條還在嗎？若是不在，我們這麼多人，可就都死在這裡了。」

「你身上可帶著鐵鉤子和攀崖鎖了？按照我說的，下去看看，務必做到分毫不差。我記得是這裡，若是真沒有了，我們此時轉路，也還來得及。只不過，一路就要被蘇子折追著如貓追老鼠一般的跑了，太難看。若是我說的還在，他一定想不到我們走這裡，這一路，就能輕鬆地避開他，哪怕他親自來追，也追不上，怎麼都要賭一把。」

「好，我這就下去看看。」安十七拿出鐵鉤子與攀崖鎖。

雲滅上前：「我與你一起，有個照應。」

安十七眨眨眼睛，看了一眼一直現身跟著保護的他：「也好。」

二人說定，便互相用繩子綁在了一起，用鐵鉤子釘在懸崖頂上，鳳凰衛上前幫忙，牽著繩索的一頭，以防二人出事。

「坐一會兒？」雲遲見花顏連站著都似乎沒力氣站穩，抱著她坐下身，怕地上涼，讓她坐在他腿上。

花顏點點頭，坐在雲遲腿上，靠在他懷裡：「但願我說的沒錯。」

雲遲摸摸她的頭，將她冰涼的手握在手裡：「你記性素來好，說有就有的。」

花顏小聲說：「那一年，對面山崖上長了一株極其珍貴的藥材，很適合給哥哥用，我和夏緣圍著這一處懸崖走了三天，後來發現這一處有這麼一個法子，藉由下面那棵老松樹，攀著藤條，就能過去那邊，夏緣膽子小，但為了哥哥，也跟我一樣，紅著眼睛捨不得放棄。」

「這麼說來，蘇子折哪怕對荒原山熟悉至極，但也不一定知曉這一處地方了。」雲遲道。

「嗯。」花顏點頭，「誰沒事兒如我與夏緣一般，在懸崖邊晃悠了三天呢？他頂多就是擇地養兵，將荒原山走了一遍而已。」

「沒想到你以前為哥哥尋藥，走遍大江南北，如今在這時候，卻是用上了。」雲遲低聲道，「可見，人生一世，每走一步，都可能是機緣。」

花顏笑著頷首。

二人說了一會兒話，安十七驚喜的聲音從崖下傳來：「殿下，少主，果真有老松樹與藤條。雖看不見崖底，但容我先下去看看，若是能到崖底，我再傳信號，殿下再帶著少主下來。」

「好。」雲遲的聲音也輕鬆了幾分。

花顏臉上的笑意霎時綻開，也鬆了一口氣：「天無絕人之路，果然如是。我哪裡能想到，如今會再走一遍這條路呢？」

「手這麼冰，想必腳也冷，脫了鞋子，我給你暖暖。」雲遲搓著花顏的手，低頭看著她冰涼的臉，又看向她的腳。

花顏搖頭：「腳不冷。」話落，見雲遲不信，立即說，「真的不冷，歇一會兒，我起來走走就好了。」

雲遲低頭看著她：「你我之間，怕什麼？」

花顏對他笑，軟軟地說：「才不是怕呢！是自從見到你後，我心裡是暖的，哪裡都不覺得冷。哪怕手腳涼，也真的不冷的。你救我辛苦，歇一歇吧！」說完，又笑，「也許孩子如今已經長耳朵了呢，若是讓他知道你這般疼我，連腳也要給我揣你懷裡暖，將來他就會學你，得多疼媳婦兒啊！疼媳婦的人就不疼娘了，那可不行。」

雲遲失笑：「疼媳婦兒也會疼娘的，待他生下來，我好好教他，讓他不敢不疼娘。」說完，貼著她冰涼的臉頰蹭了蹭，柔聲說，「你懷他何等辛苦，他敢不疼娘，我揍他。」

花顏笑出聲：「不行，我捨不得讓你揍，你若是打他，我就攔著。」

雲遲無奈地笑：「哎，慈母多敗兒，他還沒出生呢，你就開始寵著了，將來還不得給寵壞了。」

花顏想了想，「唔」了一聲，「那……這樣，若是他真做錯了，你要揍他，我就躲遠點兒？眼不見為淨。」

雲遲笑著點點她眉心：「也行，是個辦法。」

雲遲與花顏說話間，安十七已順著老松樹的藤條下到了崖底，腳踩到崖底厚厚的枯葉後，他歡喜地晃動藤條，告訴上面的雲暗，可以攀爬下去的消息。

雲暗收到信號，也歡喜地傳話：「安十七和雲滅已到崖底了。殿下，主子，可以下去了。」

花顏高興地看著雲遲：「上天厚愛，這條路是通的，走吧！」

雲遲點頭，笑著起身，眉目也多了幾分歡喜之色，抱著花顏來到懸崖邊，低頭看了一眼，接過攀崖鎖拴住自己與花顏。

雲暗在前面接應，鳳凰衛斷後。

雲遲不再耽擱，抱著花顏飛身而下。

誠如花顏所說，這一條路，是一條艱難且危險之路，但因為雲遲武功高絕，哪怕帶著花顏，雖不輕鬆，但也能有驚無險地沿著拳頭粗的藤條一步步下到崖底。

數千丈的懸崖，從上到下，用了些時候。

在雲遲差不多氣力用盡時，也來到了崖底。安十七拿著一小顆夜明珠照亮，看到二人安全落地，長舒了一口氣，上前接過花顏，看著滿身是汗的雲遲說：「殿下，少主你們還好吧？」

雲遲點頭：「還好，走吧！」

「要不要歇一會兒？」花顏掏出帕子給他擦汗。

「不用，不出這荒原山，我不放心。」雲遲搖頭。

安十七不再說話，抱起花顏：「少主，走哪個方向？」

「那個。」花顏伸手一指，「沿著這條路，一直往山澗最狹窄的地方走。」

安十七看了一眼，一邊走一邊問：「那麼狹窄，能過得去人嗎？」

「能，可以容一人過去。」花顏道，「到了那裡，你就將我放下，沒多遠，我自己走過去。」說完，又補充，「幸好月份還不是太大，否則，我一個孕婦怕是擠不過去。」

安十七看著花顏蒼白的臉：「您若是身體不適，一定要說，不要咬牙撐著，既然這條路能走，蘇子折一時半會追不上，不用趕的這麼緊。」

「我知道的，目前沒有不適，孩子今日很乖，沒鬧的我難受，何況，你們也沒讓我累到。放心！我還能走！蘇子折就是個瘋子，不儘快出荒原山，哪怕走這條路，也保不住被他追上，能不耽誤儘量不耽誤。」花顏道。

安十七點點頭，如今緊趕慢趕的趕路累點兒，也好過被蘇子折帶著人追上，那樣的話，勢必會有場血殺，能不能全身而退，還真說不好。

走了一段路，來到僅容一人通過的狹窄山澗處，安十七放下花顏：「少主，您小心點兒，我打頭陣。」

「嗯。」花顏點點頭，看向雲遲。

雲遲上前一步，握住她的手，囑咐：「拉緊我。」

花顏應了一聲。

安十七打頭陣，雲遲拉著花顏又在前面，雲暗和鳳凰衛斷後，一行人穿過山澗。

這一段路十分狹窄，七彎八拐，足足有六七里地，再加上山澗裡有積雪，十分難走，花顏到底是孕婦，再加之一直以來身子骨弱，中間歇了三四回，才走完了整段路。

幸好，這一段路不是死路，雖困難，還是走出了頭。

剛踏出出口，雲遲便攔腰抱起了花顏，看著她額頭密布細密的汗，心疼的不行：「以後，我斷不讓你再受這等苦了。」

花顏笑起來，沒什麼力氣地摸摸他的臉，氣喘吁吁地說：「這算什麼苦？我如今就是廢物了，若是擱在以前，在這山澗裡睡個七天八夜都沒問題。」

雲遲蹭蹭她的臉，不再說話。

安十七問：「少主，如今走哪裡？」

「從這裡出去，走十里地，有一處小鎮，叫關冷山，有花家的人在那。既然哥哥已肅清了花家，如今大可用，我當年曾在關冷山待過十餘日，十五伯在這裡養了一個馬場，你拿著哥哥給我的令牌，去弄幾匹好馬來，趁著如今天還沒亮，蘇子折的人一定還沒追到這裡，我們騎馬離開，會快一些。」

「孕婦能騎馬嗎？坐馬車吧！」安十七懷疑地看著花顏肚子。

「能，我和殿下共乘一騎，可以的。」花顏點頭。

安十七應是，立即去了。

雲遲抱著花顏向前走去。

花顏著實睏了，給安十七指明方向後，再也挺不住，耷拉著眼皮對雲遲說：「我好睏，睡一會兒。」說完，見雲遲看著她，怕他擔心，立即說，「就是睏，沒別的不舒服，你別擔心。」

雲遲點點頭，這麼冷的夜，她咬牙獨自又走了這麼遠的路，想必忍到極限了：「我抱著你走，你安心睡吧！」

花顏閉上了眼睛，轉瞬就睡了過去。

雲遲抱著她的手緊了緊，他的女人，他的孩子，堅強的讓人心疼。

他雖有太子之尊，但這般時候，也不能給她一間暖和的屋子房舍，安適的床榻，讓她躺下睡一覺，甚至，連個暖和的手爐在這荒郊野外裡也給不了她。

而她，願意跟著他走，陪著他，吃這份苦。

他還有什麼不滿足的呢？

不多時，安十七牽了幾匹馬奔馳而來，馬鞍前放了水囊和糧食，他手裡還拿了一個手爐，見到雲遲，立即說：「關冷山的十五伯已得到消息，蘇子折派出了兵馬，八面圍追堵截，對荒原山下了禁行令，人雖還沒追查到這兒，但消息傳來了。是他本人親自帶著人出來追了，我們必須再快一點兒，即便少主走的這條路隱祕，抄近了百里，但還真難說不被蘇子折追上。畢竟，我們要去寒洲關，總要出荒原山，他若是提前堵死了去寒洲關的路，那我們還是危險。荒原山是他的地盤，熟悉的很。」

雲遲點頭，抱著花顏翻身上馬：「走！」

有了馬匹，自然趕路就快了些，但是顧忌著花顏有孕的身體，雲遲也不敢太快，否則太過顛簸，她受不住，肚子裡的孩子也受不住。

但即便是這樣，走了百里地後，花顏還是臉越來越白，肚子也隱隱疼了起來，將她疼醒了，伸手拽住雲遲的袖子：「雲遲，停下。」

雲遲點頭看她，臉色也白了，連忙勒住馬韁繩：「可是受不住了？」

花顏點點頭。

雲遲連忙抱著她翻身下馬，見花顏伸手捂著小腹，他身子有些發顫，手也哆嗦起來：「這附近哪裡有城鎮？我帶你去看大夫。」

花顏喘息了片刻，看了一眼四周，這時，天已濛濛亮了，她抿唇：「荒原山荒蕪，兩三百里才能遇到一個城鎮，其餘都是閒散的獵戶人家，我記得這附近沒有城鎮，天不絕給的安胎藥我再吃兩顆，大約是孩子餓了才鬧我，我吃點兒東西，歇一會兒咱們再走……」

雲遲點頭，如今也沒有更好的辦法，只能聽她的，顫著手拿出藥瓶，倒了兩顆安胎藥塞進花顏嘴裡。

安十七在一旁也白著臉說：「少主，您這樣騎馬不行，我去前方給您弄一輛車來吧！十五伯知道少主已被救出，說花家雖在荒原山人力少，但也一定要不遺餘力助您和殿下離開荒原山，若是蘇子折追到了這條路來，他會帶著人誓死攔住，讓您安心走，一定護住腹中的小殿下。」

花顏服用了兩顆安胎藥，緩和了片刻，白著臉對安十七點點頭：「好，附近山林裡應該有獵戶人家，你去買一輛車吧！」

她辛苦得來的孩子，陪了她這麼久的孩子，無論如何也不能失去。

安十七應了一聲，立即去了。

雲遲抱著花顏，打開水囊：「水還是溫熱的，喝一點兒，十七帶來的飯食也還算溫的。剛剛喊你都喊不醒，如今你醒來，正好吃點兒，也許就好受些。」

花顏點點頭，就著雲遲的手，喝了點兒水，又吃了幾口飯，東西下腹，她果然好受了些，肚子也不疼了。

她有了力氣，看著雲遲慘白緊張的臉，他抱著她的手剛剛都不停顫抖，她抿了一下嘴角，故作輕鬆地對他撒嬌：「都怪你將我嬌養慣了，才連這麼丁點兒的苦都吃不了了。」

雲遲低頭，額頭貼著她的額頭，剛剛那一瞬間的恐懼，幾乎要擊潰他，如今見她面色稍緩，他才安定了心神，低聲說：「縱有天下，也有鞭長莫及之地不被我掌控，生怕護不住你和孩子。若能帶你平安出這荒原山，將來，這天下，我再不准有朝廷顧不到的地方。」

「嗯。」花顏重重點頭，「我們一起，不准有這樣的地方。」

安十七用了小半個時辰，找來了一輛車，馬車有些破，不太好，但有總比沒有強。

花顏吃了兩顆安胎藥，歇了小半個時辰，吃了些東西，又用暖爐暖著小腹，總算是舒緩了難受疼痛。

雲遲抱著花顏上了馬車，花顏躺在馬車上，眉目漸漸舒展，很快就窩在雲遲懷裡睡著了。

馬車破舊，哪怕用上等的好馬拉車，也發出吱嘎的響聲，走的快一點兒，都擔心會散架。

安十七騎馬跟在馬車旁有些後悔，早知道就直接從十五伯那裡弄一輛馬車了，也省得如今在這前不著村後不著店的地方弄這麼一輛破車都費勁。

雲遲見花顏睡著，對安十七吩咐：「十七，你給安十六飛鷹傳書，讓他見信後，立即與蘇輕楓帶著兵馬沿途來迎接。」

安十七也覺得少主這樣走不快，哪怕超最近的路，占了先機，也保不准還是會被追上，他立即應是：「殿下說的是，我這便傳信。」

安十七打了一聲口哨，一直跟隨他在上空的飛鷹俯衝而下，落在了他肩膀上。他拿出隨身攜帶的紙筆，快速寫了一封信箋，綁在了飛鷹腿上，拍拍飛鷹的腦袋，揚手將他送了上去，飛鷹轉眼就飛上了半空，沒入了雲霄。

雲遲閉上眼睛，將花顏整個身子都抱在自己懷裡，用自己的身子暖著她。

此時，蘇子折不顧脖子上的傷口，頂著黑夜風雪也勢必要攔下雲遲，他選了一條路追了一半，之後，停下想了一陣，又折返回，改了路，又走了一段，勒住馬韁繩駐足，沉著臉寒聲說：「不對，也不是這條路。」

晉安一直在身後跟著：「主子，您覺得為何不對？早先那條路和如今這條路，都是通往北安城最近的路才是。」

「是啊！都是通往北安城最近的路，但我就是覺得不對，雲遲一定沒走這兩條路。」蘇子折臉色十分難看，「難道他不打算回北安城？所以……」說著，他搖頭，寒聲道，「他如今為救花顏而來，救人是主要目的，定然不敢與我打照面硬碰硬，所以，他一定是回北安城了。他的兵馬只在北安城。」

晉安看著蘇子折，試探地問：「太子既來了，不會做沒把握的事，若他是帶兵而來……」

蘇子折臉色驀然淩厲：「即便如此，他的兵馬也不敢踏入荒原山，一定安紮在荒原山外。」說完，他寒森森地看著前方，「不管他走的是哪條路，一定要經過闕冷山，走，前往闕冷山，他帶著一個孕婦，走的沒那麼快。」

晉安應是，打馬帶著人跟上蘇子折。

晌午時分，蘇子折帶著人來到了闕冷山。

自從安十七離開後，十五伯便帶著人在闕冷山方圓布置了一番，只等著蘇子折的人馬查到這裡攔下。但他沒想到，來的是蘇子折本人，且帶著他身邊一等一的高手。

馬場裡的所有馬匹都已被他沿著各個方向放走，但是覺得，既然是蘇子折親自來，怕是迷惑不了他，少不得要他帶著人廝殺一番了。

不過為了少主和肚子裡的孩子，他這條命就算交代了，也不虧。總不能讓少主和太子殿下、小殿下再落入蘇子折手中。

於是，在蘇子折帶著人分辨了馬蹄蹤跡後，臉上露出了森冷的笑，要帶著人追去時，十五伯帶著人攔住了蘇子折的路。

闕冷山沒有多少花家人，自然不是蘇子折大批人馬的對手，不過蘇子折若是想輕易離開，也做不到，少不得雙方糾纏了一個時辰，在十五伯倒在血泊裡後，蘇子折才擺脫了他們。

蘇子折沒立即走，反而翻身下馬，來到十五伯面前，看著他蓄著鬍鬚蒼白的臉說：「老東西，能耐不小啊！你是花家人？」

「我……就是花家人……要殺要剮，悉聽尊便……」十五伯筋疲力盡，周身好幾處刀劍傷口，倒是沒有致命之處，只不過此時再也站不起來了。

「殺剮便宜你了。」蘇子折冷笑一聲，對身後揮手，「來人，將這些人給我綁了，送回去讓蘇子斬看看，敢惹我的下場。告訴蘇子斬，我追上了雲遲，就剮了他們。」

有人應是，上前托起十五伯等活口，扔在了馬背上，縱馬離開了。

隨著十五伯等人被綁，那些人騎著馬離開，馬蹄印伴隨著一路的鮮血滴落。

蘇子折翻身上馬：「跟我追！」

晉安帶著人收整了一番，緊跟在蘇子折身後，一路過了關冷山，揚塵而去。

花顏睡了一覺，醒來時已是晌午，她睜開眼睛，見雲遲正拿著一份荒原山的地勢圖在看，她問：「我們走到哪裡了？」

「走出關冷山四百里。」雲遲放下地勢圖，伸手摸摸她的臉，「還好，如今太陽出來，雪停了，又到了晌午，天色暖和，你身上沒那麼冷了。」

花顏伸手抓住他的手：「拉我起來。」

雲遲微微用力，花顏就著他的手，坐起身，挑開車簾，看向外面，目測了一下地勢，抿唇：「經過了一夜又半日，都是因為我沒用才沒走多遠。」她將一隻手放在小腹上，「如今我好了，把這輛馬車棄了吧！」

「前面二十里就到雪河縣了，進了城再換一輛舒服的馬車。」雲遲溫聲說，「再將就一會兒。」

花顏搖頭，「不是，我是說，我能騎馬了。」

「不行，昨日嚇的我心驚肉跳，生怕你見了紅，好不容易歇了過來，要仔細將養著，不能再騎馬了。」雲遲果斷地拒絕。

花顏轉頭看著他：「這樣下去，太慢了，蘇子折早晚會追上來的。」

雲遲拿了水囊擰開遞給她：「昨夜你睡下時，我已讓十七給十六傳信，蘇輕楓與十六會帶著兵馬沿途來接應。五十萬兵馬在，蘇子折就算追上來，他敢動手嗎？誰殺誰還不一定了。」

花顏喝了兩口水：「從這裡到荒原山，若是我沒記錯的話，應該還有五百里。這般磨蹭的趕路，我怕等不到大軍來接應。若是我所料不差，蘇子折如今應該追到闞冷山了。四百里地，他騎快馬，最多兩個時辰。而兩個時辰後，我們坐馬車後，最多也就能走一百五十里地，這樣下去不行，多少會差點兒。」

安十七此時走在車前，說：「少主放心，十五伯說會帶著人拼死攔住。」

花顏臉色一黯：「十五伯哪怕拼死，也攔不住蘇子折。」話落，她對雲遲認真地道，「歇了這麼久，我已養好了精神，棄車，騎馬，走一段路，一旦我走不動，一定會如昨日一般及時告訴你，不會咬牙挺著。」

雲遲不語。

花顏拉了拉他的袖子，軟聲說：「如今不是心疼我的時候，不能低估蘇子折這個人，別看你順利的悄無聲息從他的眼皮子底下帶走了我，可一旦他察覺，子斬攔不住他，十五伯也攔不住，他跑死幾匹馬，也會發狠地追上來。一旦被他追上，就不是如今我能忍一二的事兒了。」

雲遲見她神色堅定，終是點頭：「好，一旦稍有不適，你及時告訴我。」話落，又道，「先吃了安胎藥。」

花顏見他應允，立即拿出安胎藥，倒了兩顆服下：「回去之後，一定要好好謝謝天不絕，若沒有他這安胎藥，真是等著被蘇子折殺了。」

雲遲拿了乾糧遞給她：「先墊一下肚子，等到了前面雪河縣，買了熱呼呼的食物吃。」

花顏點頭，接過乾糧，快速地吃著。

雲遲瞧著她，為她攏了攏額角散亂的髮絲，低聲說：「若非怕兵馬一旦踏入荒原山的地界便被蘇子折的人發現，驚出動靜，不好救你，便帶著兵馬進來了。沒想到，無論如何，都不能周全讓你不受罪。」

「能救出我來已經是極好的了。」花顏一邊吃著，一邊摸著小腹，「寶貝兒乖啊！你爹為了咱們倆，辛苦折騰這麼久來相救，你在娘的肚子裡好好待著，別調皮，別淘氣，也別太嬌氣了，別讓他一番辛苦功虧一簣！天下百姓都等著他好好治理天下呢，可不能因為咱們倆就誤了他這個千古明君，那樣，咱們倆就是南楚的罪人了。」

雲遲失笑：「也許，他還沒長耳朵呢。」

「母子連心，他會聽得懂的。」花顏吞下最後一口乾糧，拍拍手，豪氣干雲地說，「他說他答應了，走吧！」

雲遲不敢讓花顏獨自騎馬，依舊與她共乘一騎。

騎馬哪怕再慢，到底也比馬車快上許多。

不知是花顏與肚子裡的孩子說的話管用了，孩子聽見了，乖巧了起來，還是天不絕的安胎藥和花顏本就歇過來沒那麼累了，總之，這一騎馬，就騎了半日，日落時分，行出了三百里地。

「前方，再有兩百里，就出荒原山了。」安十七去前面打探消息，轉了一圈，打馬回來，對花顏問，「少主，累不累？前面再走三十里，就是慶遠城了。」

花顏搖頭：「不累，繼續走吧！」

安十七看向雲遲。

雲遲低頭，見花顏臉色已漸漸發白：「還是稍作休息一下。」

花顏攥住雲遲的手，緊緊地握了一下，盯著前方說：「我似乎聽到後方有馬蹄聲傳來，怕是蘇子折追上來了。走，趕緊的。」

安十七一聽，立即凝神靜聽：「沒有啊！沒有動靜？！」

雲遲聞言也凝神靜聽片刻，同樣沒聽到動靜，不過他相信花顏，自從她武功盡失後，偏偏感官強大，他立即雙腿一夾馬腹：「走！」

安十七不敢耽擱，立即打馬帶著人跟在身後。

雲遲到底有所顧忌，不敢快騎，行出十里地後，後面果然傳來隱隱的馬蹄聲。聽馬蹄聲響不絕於耳，噠噠之聲震動大地，可見人數之多。

安十七的臉此時也白了，當即勒住馬韁繩：「少主，你們走，我斷後。」

「都走，進了城再說！」花顏斷然清喝。

安十七咬牙，又打馬跟上。

前方城池在即，進了城，總有花家的人可調動，他伸手入懷，揚手放出了一枚緊急信號。信號彈在半空中炸開，一朵墨色煙花。

追在後方的蘇子折見了，冷眼狠厲地笑，追出荒原山八百里，總算將他們給追上了。他一手握著馬韁繩，一手扣住了腰間的劍柄，腦中已經想好了怎麼殺了雲遲。是萬箭穿心呢？還是一劍穿個透心涼？還是千刀萬剮將他剁成碎片？讓花顏眼睜睜地看著，他是怎麼殺了雲遲的，誰讓她竟然敢跑走，就讓她親眼看看她跑走的代價。

她要死，他就成全她。

這時，花顏的肚子忽然痛了起來，她忍耐了片刻，但感覺小腹一陣鑽心的疼，有什麼流了出來，她臉色霎時慘白，再不敢動，對雲遲道：「停下。」

雲遲低頭看著她，見她臉色白如紙，面色霎時也白了，當即勒住了馬韁繩。

「抱……抱我下馬……」花顏一動也不敢動，捂住小腹，「快，拿……安胎藥來……」

雲遲立即抱著花顏下馬，這時，看到她身前的裙子染了血，身子猛地一震，抖著手，一手抱著她，一手連忙拿出了安胎藥給花顏吞下。

花顏一連吃了三顆安胎藥，但抵不住小腹一陣陣的疼痛，她恐慌地抱住雲遲手臂：「雲遲……怎麼辦……見紅了……孩子怕是保不住了……」

雲遲這時也不知道說什麼，心中跟她一樣慌亂，但還是勉強定住心神：「別怕。」

安十七立即說：「殿下，你抱著少主快走，城內有大夫，我留下攔住蘇子折。」

雲遲抿唇點頭，這時再容不得說什麼，抱起花顏。

他剛奔出兩步，花顏立即說：「等等。」

雲遲低頭看著她。

花顏白著臉說：「前方，似有兵馬來……」她將心中的慌亂揮去，勉強凝神靜聽，片刻後，肯定的點頭，「是有兵馬，很多，難道是十六和蘇輕楓帶著兵馬來了？」

雲遲目光看向前方，沒見到動靜，低聲說：「先不管了，我帶你去城內找大夫。」

花顏點點頭，忍著疼痛，在雲遲的懷裡縮成了一團，任他抱著向前奔去。

果然，雲遲奔出一段路後，便看到前方慶遠城有黑壓壓的兵馬急行軍般地奔來，打著南楚的旗號，當前兩人雖然距離得遠，但還是能依稀辨認出來，正是安十六和蘇輕楓。

雲遲鬆了半口氣：「果然是他們，幸好來得及時。」話落，低頭看花顏，慌亂地說，「別怕，據我所知，孕婦見紅，是動了胎氣，若是救治的及時，是能保住胎的。」

花顏白著臉點點頭，她如今只祈禱，這個孩子能保下，若是能保下，讓她做什麼都行。

後方，安十七、雲暗、鳳凰衛一字排開橫劍攔在路中間，等待著蘇子折縱馬走近。

安十七看著蘇子折不止帶了一批暗衛，還帶了上萬兵馬，臉色有些白。無論他、雲暗、鳳凰衛這些人武功有多高，但是對付上萬兵馬，也擋不住。

他們此時只能豁出去能擋一時是一時了。

蘇子折來到近前，臉上露出勢在必得陰狠的笑，勒住馬韁繩，揮手：「給我放箭，將他們……」

他說著，話語猛地頓住，眼睛直視前方。

安十七已做好了赴死的準備，此時也忽然聽到了後方有馬蹄鎧甲聲，大地震動，比蘇子折帶來的人聲勢要大很多。他猛地回頭看去，只見身後的官道上，先是露出了一面南楚的星旗，迎風招展，緊接著，黑壓壓密密麻麻的士兵露出了頭。

他頓時大喜，對雲暗說：「是十六哥，救兵來了，來的太及時了。」

雲暗也露出喜色，救兵來了，殿下和主子就得救了。

安十七此時不怕了，對著對面的蘇子折揚聲大笑：「蘇子折，你白長了一張與子斬公子一模一樣的臉，但你比他差遠了。你這張臉，讓人看著實在噁心，不如找個大夫，給自己重新換一張臉，也免得出來噁心別人。」

蘇子折看著安十七，眼神如看一具屍體，片刻後，他果斷地一揮手：「撤！」

他只說了這一個字，便打馬轉頭，身後跟著他的晉安帶著人也連忙打馬轉頭。只看救兵不少於二十萬，而他們只帶了上萬兵馬，是萬萬碰不得，沒能早一步追上截住人，唯今之計，只能撤了，否則，一旦大軍來到近前，他們便走不了了。

安十七心中暢快，很想此時調兵反截住蘇子折，奈何他太果斷，跑的太快，帶著的人又都是輕騎兵，就算追怕是也截不住，只能作罷。

他調轉馬頭，對雲暗說：「走，看看少主怎麼樣了？」

如今，只盼著小殿下能保住，折騰了這麼久，可千萬不能這個時候保不住，否則少主該有多傷心，她是那麼想要一個孩子。

安十六隱約看到兩個人影，待辨認出是雲遲抱著花顏，當即打馬，一馬當先地迎上二人，來到近前，見二人皆臉色發白，喊了一聲：「殿下，少主。」

雲遲停住腳步，看了安十六一眼，對他說：「快，去城裡找大夫。」

安十六一聽，再看到花顏染血的裙子，便知道不好，臉也白了，立即說：「軍中帶著大夫了，我來時生怕殿下救出少主，少主禁不得奔波受不住，便帶了大夫。」

「快讓他來。」雲遲聞言一喜，他鮮少喜形於色。

安十六點頭，連忙打馬折了回去，對著軍中說：「韓大夫呢？快，讓他趕緊來救少主。」

蘇輕楓聞言看了前方一眼，也知道情況，跟著安十六喊了一聲，對身邊副將說：「快，讓韓大夫趕緊來救太子妃。」

副將立即去後面找人了。

不多時，韓大夫提著藥箱匆匆來到軍前，安十六也顧不得說話，一把將他拽上了馬背，打馬馱著他向雲遲和花顏奔去。

來到近前，安十六將韓大夫放下，催促：「趕緊的。」

韓大夫被馬顛簸的七葷八素，勉強站穩後，也顧不得胃裡翻騰，見了雲遲和花顏的模樣一驚，連忙放下藥箱，上前給花顏把脈。

雲遲是認得這位韓大夫的，昔日，在兆原縣，他被蘇子斬拿住，審問了一番，沒想到如今他被安十六帶在了軍中。

雲遲緊緊地盯著韓大夫，生怕他張口說出什麼不好來。

這時，蘇輕楓已帶著大軍來到，停到雲遲面前，翻身下馬後，也不敢打擾。

過了片刻，韓大夫撤回手，對緊盯著他的花顏和雲遲拱手，抹了一把汗說：「太子妃奔波勞累，心急焦躁，加之氣體本就虛弱，動了胎氣，幸好及時服用了安胎藥，保住了胎兒，不過需臥床休養半個月，不可再顛簸勞累，方可真正保胎兒無恙。」

花顏聞言伸手緊緊地抱住了雲遲，幾乎喜極而泣：「雲遲，你聽到了嗎？孩子沒事兒……」

雲遲溫柔地點頭：「嗯，聽到了。」

別說躺半個月，只要孩子能保住，讓花顏躺一個月不下床都行。

安十六、安十七、雲暗等人聞言也都齊齊鬆了一口氣，總算有驚無險。

蘇輕楓這才對雲遲和花顏見禮：「殿下，太子妃！」

雲遲抬起頭，對蘇輕楓擺擺手：「辛苦了！」

「幸好還算及時。」蘇輕楓搖搖頭，看了一眼前方，又看向花顏，「追來的人見著大軍，撤走了，敢問殿下，是進慶遠城休息，還是……」

太子妃這副模樣，是不好再奔波了。

「進慶遠城，休息一晚再定。」雲遲吩咐。

蘇輕楓點頭，吩咐一人去趕一輛車上前。

有士兵從隊伍後面趕來一輛車，雲遲抱著花顏上車。

安十七有些不甘心，站在馬車前請示道：「殿下，要不要帶著人去追蘇子折？他帶了一萬人馬，剛剛離開，他一路追來，馬不停蹄，想必也是累及，若是我們趁機追擊，興許能殺了他。」

雲遲搖頭：「他累，我們也累，如今雖大軍來到，但也是急行趕路而來，更何況踏入荒原山，氣候冷寒，水土不服，士兵門恐難適應，讓他走吧！來日方長。」

如今救回了花顏，他就不急了，有的是時間籌謀收拾蘇子折。

安十七頷首，打消了心思。

大軍折返回慶遠城。

因慶遠城小，蘇輕楓便帶著五十萬兵馬在城外安營紮寨。

雲遲和花顏的馬車由安十六、安十七護送著進了慶遠城。

城守府衙的一眾官員們聽聞太子殿下來了慶遠城，人人震驚不已，哆囉哆嗦地站在城門口列隊迎接，沒見到人，先見到馬車，立即跪地呼喊：「太子殿下千歲！」

雲遲連車簾都未掀起，淡淡溫涼的聲音傳了出去：「不必興師動眾。」

官員們再想說話，馬車已徑直進了城，太子殿下連面也未露。

這可嚇壞了一眾官員們，互相對看一眼，都覺得不太妙，太子殿下出現在這裡，且調了幾十萬兵馬前來，可見在這裡有大動作，但是他們身為當地的父母官，卻什麼也不知道，不是等著掉腦袋嗎？

一個個面色慘白，城守大著膽子想要找一人打探消息，可是看來看去，沒一個人搭理他們，一眾護衛眼皮子都不掀一下，護著太子殿下的馬車入了城。

他白著臉對手下的官員們說：「這可怎麼辦？追著太子殿下去候著等召見？」

「候著吧！我們總要弄明白殿下來此做什麼。」一名官員小聲道，「可惜方才蘇將軍的人攔著，不准我們出城靠近，也不明白發生了什麼？」

另一名官員建議：「要不然向蘇將軍打探一番？」

城守搖頭擺手：「不可能的，蘇將軍看起來是半個字都不會透露的。北安城蘇家倒了，這位卻趁機投靠殿下報效朝廷的年輕將軍，可不容易靠近套近乎。他若是會說，早先就不會攔了我們了。」

「那怎麼辦？太子殿下說不必興師動眾，萬一我們去候著見殿下，殿下覺得礙眼，趁機算帳……」有一人膽戰心驚地說，「殿下可不是個心慈手軟的主。」

城守一跺腳：「那能怎麼辦？殿下即便這樣說了，我們也不能真不靠前。」說著，他心下一橫，「走，都去候著見殿下，伸頭是一刀，縮頭也是一刀，心裡有鬼的就別去，沒鬼的跟我去。」

他這一樣一說，誰還敢說不去？不去的，豈不是證明心裡有鬼？

於是，一群官員浩浩蕩蕩地追著馬車而去。

城守跑的最快，他身材不胖，有些偏瘦，四十多歲，蓄著鬍鬚，方臉，看著頗有些周正，即便他是城守，但也靠近不了雲遲重重護衛的馬車，眼見安十六其貌不揚地跟在車前，他氣喘吁吁地攔住他說：「這位大人，請殿下下榻寒舍吧！」

安十六瞅了他一眼，沒說話，對車裡問：「殿下，下榻何處？」

雲遲自然聽到了車外的動靜，低頭問花顏：「下榻何處？」

花顏躺在雲遲的懷裡，從保住了孩子的欣喜中定下神來，才有了些別的心思琢磨，聞言對雲遲說：「外面那人是當地城守吧？這位周大人據說算是個清廉的好官。荒原山一帶貧寒，慶遠城是個小城，自然也不富裕，但據說百姓們在他的治理下，都能吃飽穿暖，這很不容易，既然他開口了，就下榻他的城守府衙吧！」

雲遲自然對這位周大人也有些許瞭解，點頭，對外道：「就依周大人所說，煩勞了。」

安十六聞言轉頭對周大人傳達了雲遲的意思。

周大人一下子都驚呆了，愣愣半晌沒回過神來，又是驚喜又是不敢置信，沒想到他只問了這麼一句，太子殿下當真很給他面子，他一時喜的不知道該說什麼好了。

安十六見他呆呆愣愣，挑眉：「周大人還有何話要說？一併說了。」

周大人驚醒，連忙搖頭：「沒了，沒了，下官這就命人去收拾。」說完，丟下了一眾官員，撒丫子就往回跑，別看他一把年紀了，跑的還挺快，轉眼就沒了影。

安十六瞧的倒是一樂。

安十七也樂呵地說：「這慶遠城守倒是有些意思。」話落，他忽然想起了什麼，說，「我記得，當年，少主說，荒原山慶遠城的城守有一個小女兒，長的國色天香，不會是這位周大人家的吧？

這位周大人，有多少年沒調動了？」

安十六眨眨眼睛，顯然，花顏這話他也記起了，看向馬車內。

花顏尋常時候，很少誇人，得她一句誇的，大多都是脾性好長的美的美人。無論是男子還是女子，在她眼裡，似不怎麼區分，只要是美人，她就覺得賞心悅目，見了難忘，就會在他們面前多念叨幾回，多誇幾回。

從小到大，安十六和安十七聽過好幾次，但最多的，便是嶺南王府的雲讓，那時候，安十七聽著她從嶺南到臨安念叨了一路，以及北地荒原山慶遠城的紅梅姑娘，恨不得做男子身，娶了人家。提起花顏昔日的不著調，二人一時都沒了話，想著若真是這周大人家的，這周大人長的雖然不差，年輕時想必也還看得過去，但也沒那麼好看吧？他的姑娘嘛，有多國色天香？

大約是聽到了外面二人說話，花顏也想起來了，恍然，隔著車簾子笑著道：「你們不說，我還真給忘了，還真就是這周大人家的小姑娘，她不像這位周大人，很像周夫人，長的千嬌百媚，很是可人。」

安十六和安十七對看一眼，沒說話。

雲遲聽她這樣一說，猛地想起了雲讓，忍不住吃味地說：「你莫不是認錯了？人家本不是小姑娘，是個少年郎。」

花顏搖頭，她還不知道當年雲讓的事兒被安十七給抖了出去，一本正經地說：「就是個小姑娘，不知道嫁人了沒有？比我小一歲。」

雲遲看著她：「你喜歡她？」

花顏眨眨眼睛，見雲遲神色似乎有些不對勁，她認真地瞅了兩眼，「唔」了一聲，「溫溫柔柔的小姑娘，當年，她得了一場病，臥床不起，周大人張榜尋醫，可是大夫們誰也救不好，不知道她是得了什麼病。我和夏緣給哥哥找藥嘛，途經這裡，聽百姓們談論可惜了，好好的一個小姑娘，長的那麼美，怕是救不好了云云，我好奇，便拉著夏緣揭了榜，去了城守府，果然是個小美人，堪比嫦娥賽過西施。」

雲遲失笑：「說的未免有些誇張了。」話落，盯著花顏，「依我看，誰也不及你美。你自己不知自己美，偏偏見一個人覺得一個人好看。」

花顏聽著這話不對味，瞧著他問：「我哪裡見一個覺得一個好看了？」

雲遲目光幽幽，語氣也頗幽幽：「那嶺南王府的雲讓呢？你當年沒覺得他好看？」

花顏一噎，眼神挪開，飄啊飄的，有些心虛，半晌，小聲說：「也、也還好……雲讓的性情比他長得要好。」

雲遲看著她不說話。

花顏咳嗽一聲，捂住肚子，閉上眼睛開始嘟囔：「我好睏啊！又餓又睏。」

雲遲雖然知道她開始耍賴，但還是有些緊張，抱著她的手緊了緊，溫聲說：「等下榻後，讓你吃飽喝足，舒舒服服睡上一覺。乖，快到了，再忍忍。」

安十六和安十七在馬車外聽著，對看一眼，頗有些無語。

少主這個耍賴的脾性，還真是與生俱來的，以前慣會跟公子耍賴，後來跟少夫人耍賴，如今又跟太子殿下耍賴了。

不過能耍賴，可見是保住了胎兒，身子骨也沒那麼難受了，倒也讓他們都鬆了一口氣。

馬車一路來到城守府，城守早已先一步讓人掃榻以待，收拾出了地方。雖然雲遲說了不必興師動眾，但是太子殿下駕臨，可是大事兒，城守府的一眾人等還是都麻溜地出來接駕。

安十六和安十七立在車前，用眼睛掃視城守府的一眾人等，想看看花顏口中的小美人。

周大人有一妻三妾，三子一女，原配妻子生了一子一女，兩名妾室生了兩個庶出的公子。

一眾人裡，有一身段纖細窈窕的女子跪在其中，低著頭不見其貌，但也能看出是個美人骨架模樣。安十七用胳膊碰碰安十六，低聲耳語：「十六哥，小金姑娘還沒找著，你也不著急，別見著人家姑娘貌美，就忘了你還有個未婚妻呀！」

安十六收回視線，瞪了安十七一眼：「吉人自有天相，我感覺小金應該還好好的。如今少主這裡危險，我哪裡有時間去找人？你少取笑我，我也就瞧瞧少主口中的美人而已，沒那喜新厭舊的心思。」話落，瞅著安十七，「不過你比我小不了多少，也該動動心思了。」

安十七頓時後退一步，敬謝不敏地說：「別，我還想玩兩年呢。」

二人說話的聲音小，幾乎動動嘴唇的事兒，別人自然聽不見。

第一百五十二章　拐帶美人返京城

雲遲抱著花顏下車，掃了一眼跪在地上的眾人，對城守道：「都免禮平身吧！本宮來此叨擾，太子妃身體不適，一切從簡。」

周大人連忙站起身，快速地抬頭看了雲遲一眼，見他懷裡抱著個女子，沒見到樣貌，也不敢多看，暗想著據說太子妃失蹤了，如今太子殿下來此，是將太子妃救回來了？

他不敢多想，立即垂首說：「殿下，太子妃，請跟下官來。」

說完，他給自己夫人使了個眼色，立即頭前帶路。

周夫人連忙跟上周大人，從沒見過天顏的她，不敢輕易開口說話。

安十六、安十七跟著往裡走，二人雖沒有歪心思，但不妨礙瞅一眼美人，於是，在周紅梅從地上站起抬頭時，瞅著了她的樣貌，齊齊想著，少主所言非虛，還真是一位千嬌百媚的美人。

周紅梅起身後，雲遲已由周大人帶著抱著花顏走進了內院，只看到一個俊逸的背影以及懷裡抱著的女子的一襲水色衣裙。

周府最小的三公子靠近周紅梅，小聲說：「姐，你瞧見太子妃了嗎？當年來咱們家的小神醫姐妹倆其中一人就叫花顏，是不是那一位故人啊？」

周紅梅搖搖頭，輕聲說：「沒瞧見，不知是不是。」

周三公子又道：「不知道太子殿下和太子妃會在咱們府裡住多久？當年那位顏姐姐，可是個活潑討喜的人。若是她的話，不知道她還記不記得咱們家？」

「也許是同名。」周紅梅道，「恩人不見得是太子妃。臨安距離這裡，一南一北，隔著數千里呢。」

「也是。」周三公子歎了口氣，「顏姐姐這二年再沒來慶遠城，若不是她，不知道以後還有沒有機會見了。」

周紅梅看著前方雲遲抱著花顏消失的身影，不再說話。

周大人將城守府衙最好的院落收拾了出來，供雲遲和花顏下榻。見進了院中，太子殿下沒有絲毫不愉快，心裡鬆了一口氣。

他在這慶遠城任上十年，第一次接駕，生怕做不好，見雲遲沒帶婢女，小心謹慎地開口：「殿下，下官怕這院落裡的下人侍候不周，都給清了出去，不過您沒帶婢女，下官另外撥兩個婢女來侍候太子妃？」

「不必，本宮的太子妃，自己侍候就成。」雲遲搖頭，邁進門前，腳步頓了頓，「這個院落有小廚房嗎？」

「有的。」周大人壓住心驚連忙點頭。

「那就好。你不必候著了，本宮和太子妃今日累了，誰也不見。」雲遲說完，進了房門。

安十六、安十七對看一眼，立即將自己護衛的身分轉換成了打雜的，去弄飯的弄飯，燒熱水的燒熱水。

雲暗、雲滅帶著鳳凰衛守住了這一處院落，蘇輕楓調派的五百兵士，守在了院外。

一時間，這一處院落，因為雲遲和花顏的進駐，成了銅牆鐵壁。

周大人自然聽令，連忙拉著周夫人出了這一處院落。

走的遠了，周夫人拍拍心口，小聲說：「老爺，得見太子殿下，我腿都是哆嗦的，幾乎站不住。果然不愧是太子殿下，年紀輕輕，便如此有天威。」

「太子殿下自然非常人能比。」周大人也唏噓，「真沒想到，有一日能接殿下的駕，真是三生有幸啊！」

周夫人點點頭，太子殿下駕到，蓬蓽生輝，這普天之下，有多少人能見著太子殿下的天顏？怕是不多。誰能想到太子殿下會來了這最北邊的荒涼之地？她又小聲說：「太子殿下長的可真俊俏。」

周大人頓時嚇了一跳，立即捂住周夫人的嘴，驚恐地四下看了看，沒見到周圍有人聽見，才鬆了口氣，板起臉：「你怎麼什麼都敢說？胡言亂語，太子殿下的容貌，豈能是輕易評論的？」

周夫人頓時出了一層冷汗，也露出慌亂和驚恐，後怕地說：「老爺說的是，是妾身胡言亂語了，再也不敢了。」

周大人放開她，心有餘悸地警告：「你把內院所有人都規整一番，該敲打的敲打，讓所有人都規矩點兒，不准生出事端。你可是聽見了，太子妃身體不適，太子殿下眉眼看起來也十分疲憊，都需要靜養，別有不長眼睛的跑過去觸霉頭，誰也救不了，咱們也跟著吃罪掉腦袋。」

周夫人連連點頭：「老爺放心，妾身曉得的。」

周大人交代完，話音一轉：「太子殿下抱著太子妃往裡面走時，我瞧著了一眼，太子妃十分面善，不知是不是……」

周夫人眼睛一亮：「老爺可瞧清楚了？您是不是說太子妃有可能是昔年紅梅的小恩人？」

周大人猶豫道：「沒瞧的太清。」話落，擺手，「罷了，這事兒先不提，讓太子殿下和太子妃在咱們這裡待著時安安穩穩才是正經。」
周夫人點點頭。
二人商議妥當後，周大人命人給那些官員們都傳了話，說太子殿下交代了，今日誰也不見，讓他們都回去，不必守著了，然後，將他的幾個子女叫到了書房，叮囑了一番話。周夫人則召集了府中下人們，訓話了一番。
雲遲打發了周大人和周夫人，將花顏放在床上，低聲說：「先歇一會兒，十六和十七去準備了，稍後就有熱呼呼飯菜和熱水來，先吃了東西再沐浴。」
花顏嫌棄地看著自己：「先沐浴吧！髒的吃不下東西。」
雲遲瞧著她，有些好笑：「早先趕路時，你也不嫌棄髒，如今倒嫌棄起自己來了。」
花顏伸手抱住他胳膊，嬌氣地說：「到了乾淨的地方，就忍不住講究了。」話落，十分不講理地說，「反正都是你慣的。」
雲遲順著她拉扯的手臂坐下身，攏了攏她額角的碎髮，暗暗地想著，原來其實她在他面前，也是這副喜歡耍賴調皮的模樣的，大約他以前沒發覺，所以，那一日才鑽了牛角尖，乍然見了她與蘇子斬相處，有些受不住。
正所謂，當局者迷，旁觀者清。
他想著，目光溫柔似水地看著花顏，低下頭，去吻他。
花顏眼睛睜大了些，動作飛快地拿手一擋：「我剛嫌棄完自己，你就來惹我嫌棄。」話落，伸手推他，「快去，你也去收拾自己，堂堂太子殿下，今日可失了威儀了。」
雲遲無奈地笑，瞅了一眼自己，也露出頗有些嫌棄的眼神：「稍後水來了，我與你一起沐浴。」

花顏眨眨眼睛，有些犯愁地小聲說：「我又不能伺候你，身子用不了，手也沒力氣……哎……美色當前，可惜吃不得，你不是故意惹我難受嗎？」

雲遲氣笑，伸手彈了一下她眉心，然後又收攏手臂抱緊她，腦袋埋在她頸窩，低聲道：「花顏，你還愛著我，真好。」

以前，雲遲不敢肯定花顏有多愛他，愛他多少，但在知道了她與蘇子斬的糾葛，見了她與蘇子斬相處後，她依舊選擇等著他去找到她接她回家，義無反顧地回到他身邊，他才真正地知道了，花顏愛他之深。

也許是經歷了上一輩子飛蛾撲火的愛恨，所以，這一輩子花顏對他的愛，不聲不響，沒驚天動地，也沒動搖山河，更不見肝腸寸斷，亦不見肝膽俱裂。

似乎一直以來，只有他一個人，在拉著她，一步步地占有她的心。

就如一把上好的琴，他彈奏，本來該與他琴簫合奏的那個人沒發出聲音。

如今，他方才知道，有這樣一個女子，她的愛可以可歌可泣，山崩地裂，也可以細水長流，潤物細無聲。

花顏對他的愛，不聲不響的，便已如海深了。

她放不下的，不是情，而是那個故人而已。

花顏被雲遲抱著，先是一愣，繼而無聲地笑了笑，然後，伸手撓了撓他腋下的癢癢肉，雲遲的身子劇烈地顫了一下，但沒躲，卻一下子破了功，她才笑嘻嘻地說：「那是當然了，我不愛你，愛誰呢？雲遲，這個世上，南楚天下，除了你，沒人能讓我愛了！」

雲遲抓住她作怪的手，聽著她說的話，心裡雖一輕，但也跟著為她失去的那些而沉重，他低聲說：「我會讓你不負所愛的。」

「嗯。」花顏將頭埋在他懷裡，「我相信。」

她相信雲遲，一個人所走的路，與一個人的秉性密不可分，雲遲是這樣的人。

安十六站在門外，小聲說：「殿下，少主，是先沐浴，還是先用膳？」

「沐浴。」雲遲吩咐。

安十六點頭，轉身拎了一桶水進了屋，放去了屏風後，安十七抱了一摞衣物進屋，放在了床頭，二人前後腳默不作聲地做好一切，然後，體貼地給二人關上了房門，退了出去。

雲遲抱起花顏，去了屏風後。

雲遲雖然嘴上說說，自是不敢與花顏一起沐浴的，浴桶雖寬敞，但花顏到底是孕婦，且早先差一點兒就出事兒，他雖然能守得住自己，但卻不敢進去擠她。便小心翼翼地為她解了衣衫，將她放進了浴桶裡，然後自己站在一旁，侍候她。

花顏待在浴桶裡，任溫暖的水流包裹周身，早先雖然只見了一點兒紅，但也足夠嚇的她三魂丟了七魄，如今自然不敢招惹雲遲，也不敢起別的心思逗弄他，規規矩矩乖乖巧巧地任雲遲侍候完，將她抱出浴桶，給她換上乾淨的衣物，將她放回床上。這時雲遲才發現這侍候人的活計他不擅長，出了一身的汗。

花顏瞧著他，明明不擅長，偏偏還做的慢條斯理有條不紊，這個人可真是聰明。她沐浴後，懶洋洋的沒力氣，催促他：「喊十六換了水，你再沐浴。」

雲遲搖頭，給她蓋上被子，立即去了屏風後，用她用過的水，本就不髒，他也不嫌棄。

花顏躺在床上，聽著屏風後傳出水聲，想著他用過的水，臉紅了紅，然後整個人從內到外都是暖融融的，她摸著小腹，輕聲說：「你爹不嫌棄娘呢。」
雲遲在屏風內聽到了，笑了笑，面色柔和。
雲遲沒多久便快速地洗完，換了乾淨的衣袍後，走出屏風，喊道：「將飯菜端進來吧！」
安十六和安十七應了一聲，立即去了。
二人很快端了兩個大托盤，托盤裡盛滿了飯菜，逐一擺在桌子上，便要退去。
雲遲擺手：「一起吃吧！」
花顏看著擺了滿滿一桌子：「是城守府的廚娘做的？」
安十七點頭，攤攤手：「我與十六哥只會做些家常菜，這些菜品，都是上等難做的菜，自然得專門的廚娘才做的來。還別說，這城守府的廚子可真不錯，色香味俱全。」
花顏自己要下地，還沒挪到床沿，雲遲便一把將她抱了起來，抱到了桌前。
安十六和安十七這一頓飯吃的，都想娶媳婦兒了。
用過飯後，花顏又吃了安胎藥，雲遲又喊韓大夫來給花顏把了一次脈，問他是否給開些藥，韓大夫搖頭，直說太子妃服用的這安胎藥就是最好的，天不絕師叔手裡出來的藥丸，就沒有不好的東西，他的醫術不夠看，他頂多能給太子妃以後的吃食上盡點心，安排每日三餐搭配藥膳。
雲遲安下心，打發走了韓大夫，便與花顏早早歇下了。
花顏窩在雲遲的懷裡，枕著他的胳膊，抱著他的腰，雲遲怕擠到她肚子，一動不敢動，渾身僵硬，看的花顏直樂：「你動一動，不怕的。」
雲遲這才試著動了一下。
花顏拉著他的手，放在她隆起的小腹上，柔聲說：「你先摸摸他，等他會動了，就會與你打招呼的。」

雲遲慢慢地輕輕地摸了摸，有些遺憾地說：「可惜我錯過他許久，再見都這麼大了。」

「就是跟氣球一樣，慢慢地吹著，就鼓起來了，沒什麼特別的。如今他還不會動，等會動時，每天活動活動小胳膊小腿，踢踢踹踹，那才是有意思，你錯過這麼兩個月不要緊。」

雲遲也知道，無論如何遺憾愧疚，也無法時光倒流到那一日宮宴，他低頭，吻住花顏，吻一下說一句：「我會看著他出生，我們一起看著他長大，好不好？」

「好。」花顏也回吻他，清清淺淺，深深重重，無論多少煎熬，總歸是彼此回到了彼此身邊，為了這一刻的同床共枕，兩心相依，那些苦苦掙扎和堅持本心，都是值得的。

一夜好眠。

第二日，花顏醒時，天色已大亮，她睜開眼睛，雲遲不在身邊，她伸手摸摸被褥，已涼了，她慢慢地坐起身，自己穿戴好衣服，下了床。

也許是聽到了屋內的動靜，安十七在門外喊：「少主，您醒了嗎？」

「嗯。」花顏點頭，慢慢地挪動腳步來到門口，打開房門，瞅著安十七，問，「雲遲呢？」

安十七見她下地，立即說：「少主，您快去床上躺著，太子殿下去了前面府衙，在見慶遠城的官員呢，特意囑咐我，等您醒來喊他，他立馬回來。」

花顏笑了笑：「沒那麼嬌氣，韓大夫說的臥床，又不是連地也不能下了，不奔波勞累就成，無礙的。」說完，她看了一眼天色，「快晌午了，他早上用飯了嗎？」

「吃了一碗粥一個素包子。」安十七盡職盡責地充當了雲遲的打雜的。

花顏點頭：「不必告訴他了，估計他也快回來了。」說完，她歪著頭想了想，「我今天想吃玉米捲餅，再配幾樣慶遠城的特色菜。」

「行，我這就去安排。」安十七點頭，瞧著花顏，「少主，真不用去喊殿下嗎？您自己淨面梳洗行嗎？」

「行。」花顏對他乾脆地擺手。

安十七見她歇了一晚上，好吃好睡，氣色好多了，看起來不錯，不像風一刮就倒的模樣，他給花顏倒了一盆溫水，轉身去了。

花顏自己淨了面，又坐在梳妝鏡前簡單地梳了頭，暗想著她如今出來了，也該想法子打探出采青在哪裡，將她救出來。

又想到十五伯，她眼神黯了黯，昨日蘇子折既然能帶著人追來慶遠城，十五伯顯然沒攔住，怕是凶多吉少了。

她剛放下梳子，外面有腳步聲急匆匆而來，她抬頭看去，見是雲遲回來了，她轉過身等著他進屋。

雲遲大步進了外間堂屋，來到裡屋門口，想起自己一身寒氣，腳步猛地頓住，拂了拂衣袖，等寒氣散了個差不多，才挑開簾子走進來，對花顏問：「想什麼呢？眉眼籠著愁色？」

花顏伸手摸摸眉目：「這麼明顯？」

「嗯。」雲遲點頭。

花顏歎了口氣：「我在想十五伯，對不住他，他本來該安享晚年的，連累了他。」

雲遲聞言立即道：「我知道你今日醒來，便會想起十五伯。昨晚你睡著後，我特意讓十六打探了消息，十五伯受了重傷，不過沒死，還有花家的其他人都一起被蘇子折的人帶走了。既然蘇子折當時沒殺他，就有救。」

花顏聞言心下一鬆，沒死，總有救的希望，還好。

用過午膳後，花顏對雲遲詢問，問他是如何打算安排的。

雲遲握著她的手說：「我在救你之前，暗中收服了蘇子折養在霧濛山的二十萬兵馬，蘇子折沒攔截住我們，回去後，一定會調兵前來，他一旦調兵，就會發現被我收服的二十萬兵馬，震怒之下，一定會帶兵來攻慶遠城。」

花顏笑：「蘇子折若是知道好不容易養的二十萬兵馬，被你輕而易舉收服了，且收服的不聲不響，他估計會氣死。」

一想到蘇子折氣的臉色鐵青震怒不已心裡吐血，她就高興。

雲遲見她笑的開心，捏了捏她的臉頰：「蘇子折在九環山養兵三十萬，在擎鳳山不知養兵多少，雲滅帶著人去查探了，應該很快就有資訊傳回。待他回來，再做定奪。」

花顏想了想，思忖道：「蘇子折養在九環山的兵馬，不知你見過沒有，三十萬兵馬，皆是精兵，對比普通兵馬，可以以一敵十。即便你收服了他二十萬兵馬，但若再加上擎鳳山的兵馬，少說怕是也有二十萬，如今蘇輕楓帶著的五十萬兵馬，怕是守不住慶遠城，畢竟慶遠城不占地勢，不是兵之必守之地。」

雲遲點頭：「慶遠城的確不是，但我想在這裡守著，誘惑著蘇子折帶兵前來。」

花顏眼珠一轉，便了然了：「九環山占據天險，易守難攻，所以，主動攻打蘇子折，事倍功半，怕是損失慘重，得不償失，若是引得蘇子折主動發兵前來的話，他得天獨厚的地勢便沒了，只看兵力了。」

雲遲點頭：「不錯。」

「所以，哪怕這慶遠城不是易守之地，也肯定守不住，但還是要短時間待在這裡。蘇子折知道我們待在這裡，一定氣怒不甘心前來，只要他帶兵來了……」

雲遲接過她的話：「我們就撤，撤到北安城，然後，以北安城做防守，調陸之凌帶著西南境地的兵馬前來，合北安城的兵馬與西南境地的兵馬一起對付他。」

花顏頷首，尋思道：「蘇子折這個人，雖看著脾氣不好，易震怒，但卻極其有謀算，我就怕他不上當，不受誘惑。」

「嗯？」雲遲偏頭瞅著她。

花顏抿唇：「就拿他昨日看到大軍來救我們，調轉馬頭立即果斷離開來說，就是一個能屈能伸的人，只不過很多時候，我們都輕易被他陰狠易衝動的表象蒙蔽。對於殺你我，他更想的是如何奪下南楚江山，所以，明知道自己占有天時地利，怕是不會輕易被誘惑出兵前來，而是從別處迂迴曲線謀劃。」

雲遲聞言若有所思，一時沒言語。

花顏也不打擾他，他與蘇子折算起來至今還沒真正打過照面，唯一的一次是在皇宮，而蘇子折以假亂真地扮作了蘇子斬的脾氣性情模樣，與蘇子斬一般無二，所以，他所看到的蘇子折，不是真的蘇子折。

真正的蘇子折，自然是想殺了她與他，但更想的，是奪下這南楚江山，復國後樑。為他從小到大從白骨山裡辛苦傾軋爬出來，畫個「值得」的句號。

他雖嗜血陰狠，但心底的最深處，也想堂堂正正。

這麼長時間，若說她看透了蘇子折，倒不全面，但這一點，她卻肯定。

「你說的曲線謀劃是指嶺南王府？」雲遲琢磨片刻，對花顏問。

花顏點頭：「也許，畢竟嶺南王府私造兵器案已露了頭，且因為梅舒毓，弄的天下皆知。葉蘭盈是嶺南王的養女，嶺南王逃不開，更何況，他早有反意。所以，哪怕他還沒籌謀好，如今也會公然反了。」說完，她問雲遲，「嶺南可有消息傳來？」

「暫時還沒有。」雲遲搖頭，「今日上午，我收到了安書離傳信，請示關於嶺南王府私造兵器案一事，問我是否發兵嶺南？該如何處置嶺南王府？」

花顏道：「子斬曾對我說，他們要逼雲讓進京救葉蘭盈。」

雲遲看著她。

花顏道：「據我所知，雲讓素來不參與嶺南王府中事兒，但是若嶺南王被逼急了，一定非要讓雲讓出手的話，事情就難辦了。雲讓對嶺南王妃與他一母同胞的妹妹十分愛護，若嶺南王挾持嶺南王妃和他妹妹逼迫他，還真不好說他會如何？」

「雲讓很厲害？」雲遲揚眉。

花顏瞅了他一眼，識時務地說：「自然沒有你厲害，不過，也的確……」他頓了頓，「雲讓脾性比之安書離，有過之而無不及，恨不得遠避紛擾之外。他早慧，怕是早就知道嶺南王府的背後勾當，所以，這麼多年，從不曾理會沾手嶺南王府諸事。」

雲遲點點頭，沉思：「事關親娘胞妹，自然不能坐視不理，雲讓有兩條路選，一條路是投鼠忌器，被嶺南王逼迫出手，協助嶺南王，公然反了朝廷，一條路是他既有本事，那麼，嶺南王不見得是他的對手，他大義滅親。你覺得，雲讓會大義滅親嗎？」

花顏搖搖頭：「我多年沒見他了，也說不準，不過大義滅親，不是人人都能做到。雲讓脾性好，性情溫善，對待身邊人，鮮少冷眼以對，尤其，畢竟嶺南王是他親生父親。不過……」

「不過什麼？」

「趙宰輔之死，與梅老爺子之死，都是武威侯和蘇子折的手筆，嶺南王妃是趙宰輔胞妹，她能養出雲讓那樣的兒子，我總覺得，她心地不是壞的，更何況，我見過她。所以，若是嶺南王逼迫雲讓，讓他為難時，就看嶺南王妃怎麼選擇了。也許，嶺南王妃是個破口。」

雲遲點頭：「外祖父曾說，當年有人要殺母后，用南疆的寒蟲蠱，被姨母擋了，後來查出，那個人是嶺南王妃，還有，當年我與蘇子斬一起中毒，背後下毒之人也是嶺南王妃。父皇、梅府、武威侯府聯手查出她，不過為了嶺南安平，又看在趙宰輔的面子上，趙宰輔斷絕了與胞妹的關係，父皇讓嶺南王在府內圈禁了嶺南王妃，才結束了此事。照你這樣說，當年查出來的，未必就是實情，也許，是嶺南王妃為嶺南王頂禍了也說不定。」

「嗯，有可能。」花顏點頭，「當年那樁事兒，一定有武威侯背後的手筆，瞞過了父皇和外祖父。嶺南王妃這麼多年在嶺南王府，不知是否可受夠了？這麼多年，她任由嶺南王鉗制，如今，趙宰輔死了，畢竟是他親兄長，趙宰輔對待胞妹，不可謂不好，雖斷絕了關係，但當年，若不是他周旋，嶺南王妃怕是早被治罪了。如今，嶺南王若是威脅她兒子，女子者，所謂為母則剛，嶺南王妃哪怕再軟弱，也不見得同意。」

「照你這麼說，該如何做？」雲遲看著她。

「派人去嶺南一趟，幫雲讓，不讓蘇子折計謀得逞，只要雲讓不受逼迫，不出手幫助嶺南王，那麼，如今葉蘭盈被打入東宮大牢，嶺南王失了臂膀，朝廷要收拾他，簡單的很，他就不會成為蘇子折曲線籌謀的軟肋。解決了嶺南，將其餘地方守的固若金湯，蘇子折沒辦法，就一定要來與你硬碰硬。雖有一場硬仗要打，但比南北皆烽煙要強。」

雲遲點點頭：「本宮未與雲讓見過，貿然派人去，這般時候，怕是難以取得雲讓信任。」話落，看著她，「不如，本宮就請太子妃幫幫忙，派個人去，你的面子，比本宮的面子大。」

花顏抬眼，瞧著雲遲：「你是認真的在說這件事兒？」

「嗯。」雲遲點頭。

「好。」花顏對於當年自己不著調的過往雖有些心虛，但到底也坦蕩，「派十七帶著人前去吧！有花家的人相助，嶺南王逼迫不了雲讓。更何況，當年就是十七奉哥哥之命去了嶺南王府喊我回家，雲讓應該還認識十七。」話落，她低咳一聲，「當年也沒幾日交情，我這份面子，管不管用，我也不知道。」

雲遲微笑：「管用的，據說，葉蘭盈這麼多年沒得到雲讓的心，皆因當年被一個小丫頭片子偷走了心。」

花顏頓時沒了話。

暗想著，雲遲之所以知道這件事兒，不是安十六就是安十七哪個壞蛋跟他說的，十有八九是安十七，等著她收拾他。

其實，若說當年，她見了雲讓，確實起了那麼點兒心思，但轉眼就被哥哥給掐斷了，她回去臨安後，也就將他給忘了，著實算不上什麼，但被雲遲這麼說，她還是頗為心虛。

世上沒有賣後悔藥的，若是有……

她想著，以她的脾性，不撞南牆不回頭，不到黃泉心不死，估計，也不會喝。

這樣一想，她又開始耍賴，低下頭，委屈地拍著小腹說：「兒子，你爹笑話娘呢，他欺負人，他只說我，他身為太子，也不是沒沾染過紅粉桃花的，如今……」

雲遲又氣又笑，伸手捂住她的嘴：「說什麼呢？孩子豈能聽這個？」

花顏抬起頭，豁出去地盯著他：「那你說，今日咱們倆就掰開了揉碎了的說，你心裡是不是一直有個結，雲讓倒不算什麼，對於子斬，你的那個結，還是結著的。對不對？」

雲遲身子驀地一僵。

花顏認真地看著他說：「你從見了我，我能感覺得出來，你心裡一直拉扯著自己。你放不下我，又不想將我拱手送人，從昨日晚上，你似乎才明白了些，放開了些。是不是？」

雲遲抿唇，看著花顏的眼睛，她眼眸清澈，倒映著他的影子。

花顏何等的通透，他自從那一日見了她與蘇子斬如何相處，便不知該如何對她才算是好，被她這一路行來，都看在了眼裡，明明是夫妻，相處起來卻有一種刻意親近下的生澀。

他儘量地想將這種刻意隱藏下的生澀和內心的糾葛化於無形，但偏偏，他沒能做到。

他應該知道，她聰明，一定會看出來。

他知道，這是他自己的問題，他本以為，時日長了，就會好了，但是沒想到，花顏的眼裡，揉不下沙子，她活的素來明白，可以允許自己偶爾糊塗，但不准許自己一直不明不白。

也是因為她這個脾性，所以，才是他愛的這個她。

他沉默片刻，低下頭，又沉默片刻，緩緩抬起，眸中染滿情緒，低聲說：「對不住，我知道我不該。」

花顏不語，等著他說話，在她看來，沒有什麼事情是不能解決的。

她素來明白自己的心，一日不解決，就十日，十日不夠，就一輩子，反正，她上輩子用了一輩子傾盡所有，這輩子，依然可以。

她需要雲遲與她交心，她才可以給他解開心結，否則，兩個人這樣，無非是相互折磨。

「那一日，我去救你，立在西牆下，聽著你與蘇子斬下棋，話語雖隱隱約約，但我也能聽得清。你與他相處，自然而然，著實讓我深受打擊，我似乎第一次才認識你，才知道，原來在我面前的你，與在他面前的你，是兩個不同的你。我便想著，是不是我錯了，我忍不住懷疑自己，不敢靠前，那時生怕我因為梅花會錯了意，生怕你不跟我走。」雲遲說著，深吸一口氣，「我從沒被人輕易將寶劍架到了脖子上，那一日，因為這個，我氣息不穩，洩露了隱藏，暴露了自己，直到青魂拿著寶劍架到了我脖子上，我才恍然驚醒自己是來做什麼的。」

花顏咬唇，一時沒出聲。

雲遲繼續道：「後來，青魂稟告了蘇子斬，蘇子斬放你離開，我見到了你，見你在見到我那一刻，一下子就對我哭了，我通身血液才似活過來一般。我知道你選擇跟我走，還是對我……但這幾日，我依舊……是我的錯。」

花顏心裡一波波地被雲遲的話語衝擊的疼，她想說「你傻嗎？」，但想到她自己等待的那些日子也患得患失生怕懷疑他不來或者雲暗根本沒看到她折梅花將她的意思帶不回去給雲遲，兩個人都傻，便誰也不必說誰了。

她伸手捏捏他的臉，眸中也染上情緒，看著他的眼睛，輕聲說：「雲遲，若我說，上一輩子的七年相處，在我心裡，此時早已風過無痕，那是騙我自己，也是騙你，我不是神仙，肉體凡軀，我做不到將之除個乾淨，更何況，拋卻那些愛恨糾葛不談，蘇子斬著實是個對我沒一處不好的人。

若他如今在甦醒記憶後強留我，也許我會恨他，甚至恨死他，但他沒有，他比我更通透，比我更瞭解我自己，知道怎樣是對我最好，所以，我做不到風過無痕。誠如你，哪怕明知道我愛你，也做不到不在意。但我想說，人生一世，諸多情感，愛情之外，不見得不能夠親情友情知己存於世，是不是？」

雲遲點頭：「我都明白，對不住，我……」

花顏伸手抱住他，截住他後面的話，輕輕地說：「不要說對不住，從見了我，你說了多次了。明白是一回事兒，但是要做到，又是另外一回事兒，你也聰明通透，我本想等過些時日，等你自己明白我待你之心自會解開，但我捨不得讓你一直心中落著結，我們好不容易相聚，我不想互相折磨，我又想著，若是你一直在意，我卻也莫可奈何，唯一的法子，就是找天不絕要一顆失憶的藥，但……」她實在不想這時候提魂咒，頓了頓，「對我來說，失憶藥也不見得管用……」

「別說了。」雲遲反抱住她，「只要你好好的，我有什麼想不開，我昨日便想開了些，你躺在我身邊，枕在我懷裡，我便覺得心滿意足了，只是沒想到你這般敏銳，我但有些小心思，都被你抓住，無處躲藏了，著實無顏面。」

花顏見他似乎急了，還鮮少見他說著說著這般急起來，似乎經歷了這麼一場分離再見，如今這般相對，他也更鮮活了。她將頭靠在他懷裡，聽著他心跳：「人與人之間相處，與脾性有關，也與習慣有關，一時習慣難改而已。你我之間，時日尚短，不算懿旨賜婚那一年，滿打滿算，不過一年而已，這期間，還聚少離多，又發生諸多事端，你我尚在磨合，待時日長了，你便會知道，你是你，我是我，我們是我們，我雖有過不想讓你探知的部分，但不代表，我與你在一起是勉強的，不代表你不如誰。我們自有一定的相處之道，我對你如何，與旁人無關，你就是你而已。與你在一起，是我心甘情願，是我心之所向，我素來知道自己走什麼樣的路，做什麼樣的自己。」

「所以……」花顏抬起頭，又看著雲遲，「你真的不必在意，早晚有一日，過往化歸塵土，我心裡，所過之處，皆煙消雲散，片瓦不存。那樣的話……」

雲遲眼底猛地湧上潮意，抱著花顏的手臂緊了緊，他明白她要說的是什麼：「那樣的話，我只有你了。」他忽然間不想讓她說出來。這樣的話，被他聽到，都覺得蒼涼，更何況她自己說出來，心裡該是何等的……

他容得了天下，又如何容不了他自己的女人的過去？

「不說了。」雲遲低頭吻花顏，吻她如水蜜桃的唇瓣，吻她嘴角，吻她鎖骨下顎，吻她的眼睛眉骨，最後，落在她臉頰處，與他額頭相抵，認真地說，「本宮的太子妃，何必委曲求全？我掌控天下，立志肅清四海，保百姓安居樂業，也能看得開心懷，容廣九州宇內，包括也能容得下你的一個故人。」

花顏心底觸動，笑容蔓開，輕輕啄了他嘴角一下，柔聲說：「雲遲，你真好。遇到你，是我三生有幸，不，十世有幸。」

雲遲聞言也笑容蔓開，那隱隱的一小團擰在一起的結，也散了。

夫妻之間，大抵皆是如此，無論是王孫貴裔，還是貧民百姓，對待感情一事，都鮮少如清水一般窺得見底，兩個人的感情，容不得誤會猶豫猜疑心思心結，這樣坦然以對，開誠布公，反而，心更會走近。

這一刻，無論是花顏，還是雲遲，都覺得，本來彼此很愛了，卻原來，還能更愛一些。

用過午膳，花顏喊來安十七，讓他帶著自己的親筆書信去一趟嶺南。

安十七左瞧瞧，右看看，雲遲沒在屋，他像是做了賊一般，貓著腰湊近花顏，抖著封好的信箋小聲說：「少主，您讓我去嶺南給雲讓送信？太子殿下知道嗎？」

花顏瞪了他一眼，一把拍向了他的腦袋，狠狠地揍了一下：「你說呢？」

她如今沒力氣，即便重重地出手，打安十七腦袋上，也沒多少力道。

安十七自然不覺得疼，嘿嘿一笑：「少主，我腦袋硬，您小心手疼。」

花顏果然手疼，撤回手，改為擰他耳朵，惡狠狠地說：「出賣主子，你能耐了是不是？」

安十七頓時收了嬉笑，苦下臉，嗷嗷叫出聲：「少主，您手下留情啊……疼……疼，十七姐姐……別擰了……好姐姐，我錯了，真錯了，再也不敢了。」

花顏恨恨地鬆開手：「陳年舊事，你給我往外說什麼說？顯得你知道的多嗎？」

安十七揉著發紅的耳朵，一臉的後悔解釋：「那一日，一不小心說溜了嘴，待想起殿下還在身邊時，已經晚了……」

花顏哼了一聲：「再有下次，看我饒不了你。」

安十七哪裡還敢再有下次？他這一次耳朵差點兒被擰掉了，偏偏還不敢躲，若是躲，別看如今少主沒力氣，卻也有法子收拾了他，一定比擰耳朵更狠。

他不敢惹花顏，小聲說：「慶遠城距離嶺南太遠了，少主派我去給雲讓送信，一時半會兒回不來，公子囑咐，我一定跟在您身邊，宮宴您被人劫持，我就有失職之罪，如今再離開……」頓了頓，試探地問，「能不能派別人去？」

「宮宴我被劫持，不怪你，實在是蘇子折裝的太像了，幾乎天衣無縫。誰也想不到。如今太子殿下在我身邊，你只管放心前去。」花顏看著他，正經地說，「此次前去，不止讓你送一封信這麼簡單。」

安十七看著花顏，也正兒八經地問：「少主難道有別的非我不可之事交代？」

「嗯。」花顏點頭，將與雲遲商議，讓安十七帶著她的書信前去幫助雲讓不讓蘇子折與嶺南王計謀得逞之事說了。

安十七心想果然這是件大事兒，立即將信揣進了懷裡：「您與太子殿下，會一直待在這麼遠城？」話落，他道：「不怕一萬就怕萬一，我還是覺得少主您懷有身孕，身體稍好些，儘早回京的好。畢竟隨著您月份大，若是一旦打起仗來，您吃不消。」

花顏自然也考量了，點頭：「先等雲滅回來，依照他的消息，太子殿下再與我商議定奪。」又歎了口氣，「的確如你所說，月份漸大，我不能再冒險了，這裡的確不是我久留之地。」

「少主有打算就行，您派走了我，別再將十六哥派走了，一定要讓他跟著您。」安十七千叮嚀萬囑咐，「您好，大家都好。」

花顏深以為然：「你放心前去，若是我離開這裡，蘇輕楓的大軍應該短時間不會撤出，我想將十六留給蘇輕楓，我怕一旦打起仗來，蘇輕楓缺少真正戰場上的歷練，擔不住。」

安十七頓時急了：「那您身邊就沒人了啊！」

「怎麼會沒人呢？有花家暗衛，雲暗，還有太子殿下的暗衛在。」花顏拍拍他肩膀，「我不會讓自己再出事兒的，吃一塹長一智，這一回，我已長了教訓，定會安排人保護，放心吧！」

安十七其實不太放心，不過想想這一回太子殿下怕是更謹慎，既然少主這樣說了，他又非離開不可，便只能點頭。

於是，二人就著嶺南王府與雲讓以及既定的安排打算和有可能出現的狀況梳理了一遍。一個時辰後，安十七啟程，離開了慶遠城。

安十七離開的當日，雲滅便帶著幾個人回到了雲遲身邊。

雲滅打探回來的消息是，擎鳳山也有三十萬兵馬，雖與九環山的兵馬不能比，但也皆是精兵強將，不差多少。

同時，他還帶回了一個消息，蘇子折已得知了霧濛山二十萬兵馬已失的消息，震怒之下，打算調擎鳳山之兵與九環山之兵，合於一處，打出後樑的旗幟，前來攻打慶遠城。

雲遲聽罷，轉頭看向花顏，對她溫聲說：「蘇子折既有打算，會不會真來攻打慶遠城？」

花顏琢磨片刻，搖頭：「他一時震怒之氣，有此打算，也不奇怪，但未必就會真來。命人密切注意九環山的動靜吧！我還是更傾向於他用嶺南曲線籌謀。」

雲遲點頭：「不知你派安十七前去，是否趕得及？若是趕不及的話，當作最壞打算。」

「是啊！當日蘇子折說起時，顯然已有動作了，如今又過了幾日，十七前去，說不準真晚了一步。再或者，我早先猜測，都是往好的方面想，若真到最壞的那一步……」說完，花顏歎了口氣：「我對雲讓也不過是昔年瞭解幾日，還真不敢打包票他是否有所改變。」

她說著想著，看著雲遲，對他道：「不如我們賭一把？」

「怎麼賭？」雲遲問。

「就賭我說的，蘇子折不見得攻打慶遠城，我們儘快啟程回京吧！將蘇輕楓和十六帶著五十萬兵馬留在慶遠城，以防萬一。」

雲遲看著她：「你的身體，需多修養幾日，韓大夫說最少半個月。」

花顏搖頭：「我自己的身體我知道，馬車布置舒適一些，一路走官道，沒多少顛簸，是能趕路的，在床上躺著與在馬車裡躺著，也沒太大區別，走的慢一些就是了。你稱病不朝，私自暗中出京救我，文武百官目前還不知道，一旦你在這裡的消息傳出去，文武百官知道後，怕是人心惶惶，安書離在朝中定會壓力極大，他官拜首輔不久，焦頭爛額之下，就算鎮得住，也難免會人心浮動，而且嶺南王府畢竟牽扯皇親宗室，非安書離能擔下，因葉蘭盈之事，天下皆知，怕是天下人都在看著你怎樣處理，此事非你回朝不能處置，另外……」

花顏摸摸小腹，頓了一下：「對比這裡，還是京城安全，我不想咱們的孩子再出任何事端了，還是回京安胎為好。若我自己回京，你定然不放心，所以，我們一起回京。」

雲遲點頭：「那是自然，你自己回京，我自然不放心。」話落，道，「就依你所言，我們明日啟程回京，留蘇輕楓與安十六在這裡，我回京處理嶺南王府之事外，還要督促兵部籌備糧草，如今與蘇子折尚在拉鋸中，早晚有一場仗要打，是該回京坐鎮。」

花顏頷首：「對付蘇子折，不急一時，也急不得。」話落，又讚揚地說，「幸好你救我之前，奪了他二十萬兵馬，否則，以他強大的兵力，我卻不敢賭了，他有那個自信，一定會帶大軍此時就發兵慶遠城來了，也不必損失二十萬兵馬後，曲線依靠嶺南王。」

雲遲沉下眸光：「說到底，還是朝廷失敗，我也失敗，監國五年來，竟沒發現荒原上養了如此多兵馬。北安城私自加重賦稅，那些糧倉，全部都運來荒原山養私兵了。想想，南楚的百姓們的賦稅，養了多少兵馬？合計起來，整個南楚，怕是養兩百六七十萬的兵馬。養兵本就損耗大，南楚如今尚且能保持表面太平，著實不易。」

不算不知道，一算實在是心驚，花顏歎了口氣：「待解決了蘇子折，天下太平後，就可以裁減兵員，放兵務農，別急，慢慢來。」

雲遲頷首，輕輕一歎：「只能慢慢來了，累你與我一起擔著這天下。」

二人商定了計畫後，雲遲便吩咐了下去，明日啟程回京。

聽聞太子殿下明日要啟程回京，周大人匆匆而來，萬分誠懇地懇請今日晚設宴，為殿下和太子妃送行，請殿下務必賞光。

周大人不是個會鑽營的人，所以，這個懇請提的心驚膽戰。

雲遲用眼神詢問花顏。

花顏笑著說：「你去赴宴吧！我就不去了，可以讓周大人和周夫人帶著府中的公子小姐前來，我見見。」

雲遲點頭。

周大人聽聞太子殿下答應了赴宴，太子妃雖沒答應赴宴，但要見見他們一家子，頓時歡喜不已，連忙親自去帶了周夫人與府中的三子一女，又嚴厲地叮囑交代了一番，前來拜見太子妃。

周三公子小聲對周紅梅說：「姐姐，太子妃竟然要見我們，你說，她是不是顏姐姐？」

周紅梅這時也心裡有了多少肯定：「大約是的。」

周三公子頓時歡喜：「若太子妃真是顏姐姐，可真是太好了。」

周大人走在前頭，聽到了二人說話，立即回頭警告：「即便太子妃是紅梅的恩人，你們也不准失禮，更不能莽撞冒犯，言談無忌，一定要謹言慎行，那可是太子妃，殿下對太子妃的態度，耳聽為虛，眼見為實，如今你們都見到了，真是疼寵至極，萬不可得罪太子妃。」

「怎麼敢啊！那可是太子妃呢。」周三公子立即保證，「爹，您放心吧！」

周大人點點頭，他這幾個子女，無論是嫡出還是庶出，都算是省心的，也都算是拿的出手的。

一行人來到這一處院落，待通傳進了屋，只依稀看到兩個衣著華貴的人影對坐，也沒敢多看，連忙跪下叩頭見禮。

花顏笑著開口：「周大人、夫人，快請起，不必這麼多禮。昔日一別，沒想到如今又見了，可見真是緣分不小。」

周大人夫婦與三子一女一聽，便確定了真是花顏，心中真是又驚又喜，站起身後，都看著花顏。

這一看，花顏還是昔日的眉眼，但似乎又不同於昔日，一身寬鬆的衣裙，但通身的華貴氣質，與坐在她身邊的太子殿下相得益彰，若非她含笑望來，眼中神色還如昔日一般和氣靈動，還真叫人不敢認。

周大人比較穩重，但也有些激動：「真沒想到，昔日的恩人，今日又來了此地，下官這官舍，當真是蓬華生輝，三生有幸。」

周夫人也連忙道：「老爺說的是，太子妃，您……您可還好？」說完，又想到朝中傳出除夕之日宮宴之上太子妃失蹤一事，如今太子殿下救回了太子妃，但看她容色有些許蒼白，身子骨似也羸弱，一時覺得怕是說錯話了，懷著孕被劫持，自然沒那麼好的。

「很好，勞大人和夫人掛懷了。」花顏微笑，掃了其餘四人，對周紅梅招手，「小紅梅，快上前來，我瞧瞧，你這麼美的姑娘，可曾定了婆家了？若是沒定……」說著，她看了雲遲一眼。

雲遲的臉頓時繃緊了，瞪著花顏，意思是在問，你看我做什麼？

周大人和周夫人與三位公子以及周紅梅齊齊一驚，想著太子妃這話何意？難道？

一時間，都不敢去看雲遲，齊齊屏住了呼吸。

花顏故意地頓住，笑看著周紅梅。

周紅梅的臉紅了紅，又白了白，看著花顏，似要說什麼，似乎又不敢。

周大人到底經過風浪，是一家之主，心驚之後，連忙開口：「稟太子妃，小女尚未定婆家，下官不求小女嫁的多麼富貴，只求小女一生安平就好。」

周紅梅這時也立即說：「顏姐姐……不，太子妃，父親說的是。」

花顏笑容不變，站起身，走了兩步，來到周紅梅面前，抓住她的手笑著說：「昔日，我就喜歡小紅梅，那時離開，還有些捨不得走。你這副容貌，嫁入普通尋常人家，怕是夫君守不住你，被人窺視，不得安平。我家裡兄弟眾多，還有三兩好友也未曾婚配，如今趕巧了，不如你與我一起進京，我為你保媒，保准讓你嫁個稱心如意的夫君，你意下如何？」

她這樣一說，雲遲面色霎時鬆緩了，也好看了，不過看著花顏拉著周紅梅的手不放開，還是不大開心。

周紅梅愣愣地看著花顏，一時間，不知該應還是不該應。

周大人也愣住了。

周夫人卻是大喜過望，此時也不怕花顏了，事關女兒的終身幸福，當即對花顏說：「臣婦多謝太子妃，就因為紅梅容貌太好，所以，本該早就定下她的婚事兒，卻一時尋不到合適的，我與老爺不敢輕易給她許人，我們就這麼一個女兒，您是最清楚她是怎麼被病魔折磨那麼多年的，我們生怕許錯了人，誤了她一輩子，才耽擱到現在。」

周大人要說什麼，但覺得周夫人說的也是事實，雖然這事兒來的突然，但他又不能說不好。有太子妃保媒，那自然是別人不敢輕易欺負相負的，人品想必也不至於做出相負之事。他短暫地琢磨了一番，拱手道：「多謝太子妃，有您保媒，自然好，不過還是要看小女自己的意思。」

花顏點頭，笑咪咪地看著周紅梅：「你說呢？若是跟我走，以後，我在京中，也多個玩伴，你呢，這副漂亮的臉蛋，也不必怕惹禍恨不得拿刀子刮了去。」說著，她捏捏周紅梅的臉，「上天給你這副樣貌，可是福氣，不必藏著掖著，不是誰都有這個福氣的呢。」話落，勸說，「更何況，北地苦寒，慶遠城尺寸之地，你以前不是跟我說，就希望病好後如我一般，出去走走看看嗎？如今有機會，不想了？」

似乎這最後的一句話打動了周紅梅，她沒想到昔日在病中的話被花顏記得，一時間紅了眼圈：「顏姐姐，您還記得啊！」

「是啊！」花顏笑，「那時候，不敢拐走你，如今嘛……」她笑著看了一眼周大人和周夫人，意思不言而喻。

周紅梅也看向父母，二人聽花顏說拐走，一時面色有些奇異。

周三公子這時忍不住開口，小聲說：「顏姐姐，我也想出去走走看看，您……」

他話音未落，周大人一個利眼掃過來，他頓時閉了嘴。

花顏轉向周三公子，周大人的公子們，都教養很好，大公子和二公子已娶妻，唯三公子年少，人看著很是有少年的精爽勁兒。她笑著說：「這我就說了不算了，不過看在我的面子上，你可以請太子殿下考教你一番，殿下最是惜才，你的才華若是過關的話，殿下帶走你，也說不定。」

周三公子頓時轉向雲遲，「噗通」一聲跪在了雲遲面前，視死如歸地說，「請殿下考教。」

雲遲揚了揚眉，這一刻，才明白了花顏見這一家子的意思，感情是怕有朝一日，這裡終究會起戰火，周大人這一家子，雖下榻這兩日，他倒看的清楚，是個好官和好人。他教導的三子一女，也是能拿得出手的，三子各有才華，一女不止容貌姣好，既然得花顏喜歡，品行應也是不差。朝廷缺人，有才之人，當可不拘一格啟用。

他懂了花顏的意思後，順勢笑著說：「好，本宮就考你三題，你答出來，本宮就帶上你。」

周三公子大喜：「殿下請出題。」

他雖年紀小，尚在少年，比周紅梅小兩歲，十三四的年紀，但人聰明，看起來學業上也頗有自信，否則不會坦然地讓雲遲考。

雲遲便依據他年齡，出了三道題。

周三公子頭兩題答的痛快，第三題似乎稍有些難，但還是勉強答了出來，雖不如意，但也算是比較好的了。

雲遲笑著點頭，痛快地說：「行，你收拾一番，明日隨本宮入京吧！你的學問，尚且差些火候，進京後，本宮會安排你入京中學堂，學上一年半載，再酌情看你能做什麼。」

周三公子大喜，他做夢都都沒想到，會這麼容易，當即有些傻了。

周大人激動地說：「銳兒，還不快叩謝殿下。」說完，自己先跪地叩謝雲遲。

周夫人也頓時跪地叩謝，幾乎喜極而泣。

周家雖有妻妾幾人，但子女幾人相處和睦，所以，哪怕周三公子不是周夫人親生，她依舊很高興。

於是，這一日，定下周紅梅與周銳一起隨雲遲和花顏入京，當日晚，城守府設宴，周紅梅與周銳沒參加，忙著收拾入京的行囊。

花顏因為次日要趕路，在見了周大人一家後，早早歇下了。

當日晚，雲遲赴宴後，又與蘇輕楓、安十六商議到天明。

轉日，雲遲、花顏留下了五十萬兵馬在慶遠城，帶了周紅梅、周銳輕車簡行啟程回京。

第一百五十三章 晚了一步?!

馬車內，花顏對雲遲解釋：「周紅梅因為自小身體不好，病體拖累，不能出門，唯有讀書打發時間，當年我見到她時，不過是個小女孩，病歪歪地躺在榻上，面色蒼白，卻一身書卷氣，我與她閒聊起來，才知道她博覽群書。當年她與我閒談時，曾感歎恨不得身為男兒，若她身為男兒，哪怕病體拖累，也要科考建功立業，為百姓們做一些事情。因為，她覺得百姓們實在是太苦了，尤其是在北地苦寒的地方生活的百姓們，當年，我便十分震驚。」

雲遲恍然：「怪不得你素來不是個多管閒事的人，尤其如今有孕之身，還要帶她進京。你是想讓她與趙清溪一般，入朝為我所用？」

花顏點頭：「這世上，容貌美好之人不在少數，但小小年紀便悲天憫人知道百姓疾苦，尤其是身為女兒身且有病體折磨時，卻依舊恨不得身為男兒身報效朝廷為百姓做好事兒的人，少之又少。我當時只覺得難得，便把費力給哥哥找到的一株珍貴藥材讓夏緣給她用，治好了她。」

雲遲點頭：「把好不容易找到的藥給她，是你會做出來的事兒。」

花顏笑了笑：「因哥哥有天不絕在，少一味藥，大不了多熬一年才能治好病，但她若是沒那味藥，再一個月，也許就香消玉殞了。遇到我與夏緣，也是她命不該絕。」

雲遲頷首：「周銳小小年紀，才華倒是出眾，這麼說周紅梅比周銳強很多？」

花顏點頭：「自然，待回京後，我考教她一番，你旁聽，便知道了。」

雲遲點點頭琢磨道：「讓趙清溪入朝，是因為趙宰輔自小培養她，所有人都知道她才華不輸男兒，不過也頗有一番壓力，才破格提拔了她，但讓周紅梅入朝，她不過是慶遠城一地方小官的女兒，才名不被周知，讓她入朝，怕是要費一番力氣了。」

「這個簡單。」花顏笑著道，「讓她給趙清溪打下手，暫且不算進朝廷編制裡。趙清溪也需要人手，有時候她身邊由男子協助多有不便，若是有個女子，就方便多了。」

雲遲失笑：「這倒是個法子，你還未與周紅梅透底吧？不知道她樂不樂意？她畢竟是養在深閨太久，尤其是自小生活在慶遠城，不同於趙清溪雖讀書萬卷，也未必適應得了京城的繁華。」

「正因為如此，才要給她適應的時間。我也不說破，只讓她先適應京城一段時日，打著給她選親的名頭，讓義母帶著她多多走動。若她小時候的志向仍在，我便推她一把，索性朝廷要用人，這個時候，就不拘一格了。」

「嗯。」雲遲伸手摸了摸她的腦袋，輕歎，「孕婦切忌多思多慮，朝政之事，本該是我擔著，偏偏累你每日為我憂思。」

「這算什麼？我每日閒著，胡思亂想也是想，想想這些，也累不到什麼。」花顏拉著他的手，拍拍身邊的軟褥，柔聲說，「你一夜未睡，眼窩子都青了，趕緊睡一覺吧！反正趕路也沒什麼事兒，你且踏實的睡。」

雲遲點頭，的確有些累乏了，順勢躺下身，閉上了眼睛。

誠如花顏所料，蘇子折回到九環山後，立即調兵要攻打慶遠城，但當他得知霧濛山二十萬兵馬被雲遲悄無聲息的收復，他的心腹將領皆死於雲遲之手時，震怒的幾乎吐血。

他以前小看了雲遲，後來不敢再小看他，但也沒想到，他竟然敢隻身單槍匹馬闖入他二十萬軍營的地盤，奪走了他二十萬兵馬，且過了數日，他才知道。

閆軍師也白了臉，跪地請罪：「主子恕罪，是我無能，請主子責罰，我願以死謝罪。」

二十萬兵馬養在霧濛山，傾注了多少心血，沒有誰比他這個一直跟在蘇子折身邊的人更清楚，他甚至能預料到主子少了這二十萬兵馬意味著什麼，雲遲多了這二十萬的兵馬又意味著什麼。

蘇子折臉色鐵青難看，死死地盯著閆軍師的腦袋瓜看了一會兒，怒道：「你請什麼罪？你一直與我在一起，你以死謝罪，我豈不是也要自殺？起來吧！」

閆軍師麻溜地站起身，不敢再多言語，試探地問：「主子，如今該怎麼辦？可還攻打慶遠城？慶遠城如今有雲遲帶的五十萬兵馬，我們如今也有五十萬兵馬，我敢保證，他那五十萬兵馬，一定不敵我們這五十萬精兵強將。」

蘇子折不語，背轉過身，看著窗外。

閆軍師住了嘴，無聲地站在他身後，每逢這種大事兒，他知道蘇子折會做出對自己最有利的決定，無須他說。雖然，除了對待花顏一事，他太糊塗了，但此時已沒了花顏，自然不會干擾他而做出糊塗的決定。

過了兩盞茶後，蘇子折似下定了決心，沉聲道：「繼續讓所有兵馬不可懈怠地訓練，暫不發兵，聽我調派。」

閆軍師小聲問：「主子不發兵了？難道就任由雲遲陳兵慶遠城？我們置之不理？」

「著急的該是雲遲才對。」蘇子折寒聲道，「就算少了二十萬兵馬，我們只要一直守在九環山不出，占據得天獨厚的地勢，雲遲也不敢帶兵強攻上來，他若真是強攻，那可正合我意了。」

閆軍師仔細一想，還真是，拱手：「主子說的有理。」

蘇子折又琢磨片刻，道：「嶺南王怕是制不住雲讓，不如我親自去一趟嶺南，無論如何，也要迫使雲讓助我。」話落，他森森地咬牙，「一旦雲讓出手，一定能讓雲遲扒一層皮。」

闫軍師大驚：「主子，您要親自去嶺南？不如屬下去，你要坐鎮這裡，萬一您走了，這五十萬兵馬再被……」

「別跟我說你看不住這五十萬兵馬。」蘇子折猛地轉回身，怒道，「凡事都靠我一人坐鎮，要你們何用？雲遲敢丟下偌大的朝政出京來這苦寒之地救走花顏，我怎麼就不能丟下這五十萬兵馬離開去嶺南收復雲讓了？安書離能坐鎮朝中相助雲遲，你跟我說你不行？」

闫軍師當即又「噗通」一聲跪在了地上，不敢辯駁，大聲道，「屬下一定看牢這五十萬兵馬，萬死不辭。」

蘇子折瀕臨爆發的怒意頓住，寒聲道：「這五十萬兵馬就交給你，無我命令，不准動兵，另外，給我圈禁死蘇子斬，讓他寸步不能離開。」

「是！主子放心。」闫軍師咬牙表態。

蘇子折這才痛快了些，揮手：「你起來吧！我這便啟程。」

於是，當日，蘇子折連蘇子斬的面都沒去見，便啟程離開了九環山，星夜兼程，趕往嶺南。他聰明有謀算，覺得雲遲未必瞭解他，但花顏一定將他瞭解了個七七八八，所以，那個女人一旦得知他曲線迂迴利用嶺南王府來謀劃江山的話，一定會派人前往嶺南王府解救雲讓，他一定要趕在她派去的人之前，掌控雲讓。

這個時候，誰快，誰就會先一步占有先機，誰慢，誰就被動棘手。

嶺南王府成了箭靶子，而嶺南王府的公子雲讓，成了必爭之人。

當日，青魂向蘇子斬稟告：「公子，院落外又增派了兩千兵力。」

「出了什麼事情？」雲遲問。

青魂搖頭，慚愧地說：「屬下打探不出來，如今這一處院落，無異於銅牆鐵壁，看來大公子是要往死裡看著公子您了。」

蘇子斬放下手中捧著的花顏在這裡時讀的畫本子，打開窗子，向外看去，片刻後，他沉聲道：「一定是蘇子折離開了，怕我跑了，才如此增派兵力，嚴防死守。」

青魂一驚：「難道大公子帶著兵馬離開了九環山？」

「不見得，沒聽到大批兵馬調動的動靜。」蘇子斬搖頭，「他必定是有什麼事情必須親自去處理。」話落，他若有所思，「也許，是事關嶺南王府。」

青魂不大懂，想要再問，但見蘇子斬閉眼思考，他將要問的話吞了回去，不再言語。

京城，太子殿下病倒不朝已半個月，朝臣們早就坐不住了。

安書離雖然身為宰輔，能力出眾，一直坐鎮東宮，有五皇子、梅舒毓、敬國公等人輔助扶持，但也耐不住朝事兒太多，再加之朝臣們每隔一日就要慰問太子殿下病情一番，見不到太子殿下，見到安宰輔，自然纏著他問東問西，漸漸地，朝臣們都暗中揣測是不是太子殿下根本就沒病，而是沒在京城？

這種猜測一開始在小範圍內揣思，漸漸的範圍越來越廣，朝臣們都紛紛懷疑。

一晃半個月，朝臣們坐不住了，都聚在東宮門前，一定要見到太子殿下，哪怕朝事兒如今有安書離處理，朝局一直安穩，但也耐不住他們心裡的不踏實。

安書離一個頭兩個大，他已有幾日沒收到雲遲書信了，也不知道他是不是出了事兒，有沒有救回太子妃，心裡也十分沒底，如今被朝臣這樣一鬧，他也有些吃不消，但也只能咬牙挺著。

但即便他繃著臉挺了一日，也有些挺不住了。

朝臣們不吃不喝，就守在東宮門前，非要見太子殿下，他也莫可奈何。

最終，他咬牙，對人吩咐：「去請皇上。」

有人應是，立即去了。

皇帝這些日子，一直聽從雲遲的安排，即便醒來了，也沒對外透露消息，一直貓在帝政殿內養身體，同時也在算計著日子，一連半個月，一日比一日擔心。

如今聽聞朝臣去東宮鬧，他頗有些震怒，既然安書離來請，他索性也不躲著了，身體左右已養的好了些，便吩咐人備輦，起駕前往東宮。

於是，當皇帝的玉輦突然來到東宮時，朝臣們都懵了，看著從玉輦上下來的皇帝，板著一張頗有些怒氣威儀的臉，都呆怔了半晌。

皇帝沉睡的久了，以至於，他們只認太子殿下，不認皇帝了。

以前，還有朝臣隔三岔五去帝政殿外瞧一眼，自從雲遲病倒臥床不起，他們似乎忘了皇上。

當今皇上便成了南楚歷史上最沒存在感的一位了。

不過，幸好皇帝不在乎，他也為他的兒子驕傲。

「怎麼？一個個的都不認識朕了？」皇帝掃了一眼眾人，目光落在最前方的幾名御史台大人的身上。

眾人一個個驚醒，這才「噗通噗通」地跪在了地上，連忙跪禮請罪，「皇上恕罪，微臣等該死！」

「你們是該死。」皇帝雖孱弱，但也在帝位二十年，養就的天子威儀露出鋒芒時，也十分有震懾力，他繃緊臉色，怒道，「太子為救朕，傷了身體，如今正是養傷的關鍵期，你們鬧什麼？你們這般鬧法，是想讓太子從病床上爬起來見你們，進而好謀害朕的太子嗎？」

眾人面色倏地一白，連忙搖頭：「臣等不敢，殿下已半個月臥床不起了，臣等擔心。」

「你們擔心管什麼用？你們有天不絕的醫術嗎？」皇帝冷哼一聲，「有這個擔心，不如多幫太子分擔一些朝政，一個個的，一把年紀了，跟小孩子一樣胡鬧。你們可有臉？」

朝臣們一個個慚愧地垂下頭。

皇帝在位多年，素來溫和，不常罵人，但罵起人來，也讓朝臣們見識了厲害。

「行了，你們都回去吧！朕進去看看太子。」皇帝擺手，「安宰輔本就每日為朝事兒辛苦，你們不要再拿太子的病情來煩他！明日朕上朝，你們有什麼事情遞摺子跟朕說。」

眾人應是。

皇帝不再看眾人，進了東宮。

朝臣們在皇帝離開後，你看我，我看你，都歇了心思，想著原來是太子殿下為了救皇上病倒了，看皇上神情語氣，太子殿下應該沒有性命之憂。於是，眾人都不敢再鬧了，散去了。

安書離聽聞皇上來了東宮，立馬從書房裡出來，趙清溪也從隔壁書房出來，步履匆匆地跟著安書離往外走，東宮的一眾人等齊齊井然有序地接駕。

皇帝走到半路，見二人匆匆而出，安書離隔三岔五便進宮一趟，與他稟告朝臣朝局動態，他是常見的，但趙清溪自從破格提拔入朝他卻沒見過，如今目光落在趙清溪身上，多看了兩眼，只見趙清溪一改大家閨秀的溫婉氣派，身上有了朝廷官員的影子，朝堂是個最鍛鍊人的染缸，趙清溪顯然能勝任的。他甚是滿意，見二人跪地見禮，溫聲道：「都起吧！」

二人站起身。

安書離無奈道：「臣本不願打擾皇上休養，奈何實在是……臣應付不來了。」

皇帝自是知道，否則安書離也不會派人請他出來，他擺擺手：「不必說這個，朕曉得。太子失聯幾日了？」

安書離立即說：「七日了，臣七日沒見殿下的書信來，有些擔心。」

皇帝抿唇：「他定是遇到了什麼棘手之事，一時顧不得來信，七日倒也不久，再等等吧！」

安書離點頭，荒原山路遠數千里，如今不等也沒辦法。

皇帝又道：「朕明日上朝，今日便與你一起看看摺子。」

安書離頷首，請皇帝入東宮書房。

轉日，皇帝上朝，文武百官們見了皇帝安好無恙，都規矩老實了些，再也不敢詢問太子病情。不過也因皇帝生龍活虎，在東宮門口面對朝臣們的一番話傳了出去，太子殿下為救皇上，自己病倒，孝心感天動地，百姓們自發地在家中設香案，為太子殿下祈福，希望太子殿下早日好起來理朝。

一晃又是七日。

就在無論是安書離，還是皇上，都擔心的坐不住了，打算派人去荒原山一趟時，終於收到了雲遲的書信。

雲遲在信中說，他已救出了花顏，已啟程回京了。

皇帝和安書離大喜，皇帝道：「天佑我兒。」

安書離掐算著日子，面上終於露出了多日以來的笑意：「殿下寫這封信時，已在路上了，算算日子，多不過再幾日，便會回京了。太子妃腹中胎兒安好，如今皇上大可安心了。」

「是啊！安好就好，回來就好。」皇帝長舒了一口氣，歡喜之情溢於言表。

天知道他有多擔心花顏救不回來，有多不敢想他的小孫子可還安在，如今這喜事兒，他恨不得告知天下。

於是，這一日早朝，朝臣們見皇帝笑容滿面，心情極好，紛紛猜測，估計是太子殿下病情好轉了。朝臣們也跟著歡喜起來。

皇帝的歡喜持續了四日，這一日，早朝上，兵部傳來八百里加急，有人稟告，嶺南王反了。皇帝這才打住了歡喜之色，一下子暗沉了臉。

朝臣們雖然已預料到嶺南王私造兵器之事既然已暴露，怕是早晚有一日會反，但也沒想到朝廷雖然緝拿關押了嶺南王的養女葉蘭盈，卻因太子殿下病倒，還未對嶺南王府真正地立案徹查處置，嶺南王便先一步反了。

皇帝在位二十年，第一次在早朝上勃然大怒：「嶺南王欺朕，朕一直以來待嶺南王不薄，眾位愛卿有目共睹，他私造兵器，暗中謀亂禍國，如今竟然反了，眾位愛卿說說，此事朕該如何處置？」

眾人你看我我看你，有人出列：「皇上，嶺南王敢反，必然有所依仗，朝廷自然不能坐視不理，一定要發兵嶺南。」

皇帝點頭，自然是要發兵的，只不過，如今嶺南是什麼情形，朝廷並不知曉太多，自然不能貿然出兵，他琢磨片刻，看向安書離。

安書離出列，拱手道：「太子殿下病情已好轉，不日即將上朝，皇上不如聽聽殿下的意思。」

皇帝頷首，算算時日，雲遲也快回來了。

群臣大喜，有太子殿下坐鎮，何懼嶺南王府？

就在嶺南王打出造反旗號的三日後，雲遲與花顏輕裝簡行悄無聲息地回了京。

車輦沒走東宮的正門，而是由後門而入，除了福管家外，沒驚動任何人，就連與朝臣們在書房議事的安書離也沒能第一時間得到消息。

一路舟車勞頓，花顏懷有身孕，身子骨本就弱，馬車徑直進了鳳凰東苑後，雲遲將花顏抱下馬車，她沒說兩句話，便躺在床上昏睡了過去。

雲遲吩咐福管家：「快去請天不絕來。」

福管家連忙打發了一個腿腳快的小太監，匆匆去請天不絕。

他與方嬤嬤紅著眼眶老淚橫流地看著小腹鼓鼓臉色蒼白疲憊至極昏睡不醒的花顏，齊齊雙手合十念阿彌陀佛：「上天保佑，太子妃和小殿下總算平安回來了。」

雲遲看了二人一眼，坐在床邊，握著花顏的手吩咐：「福伯，慶遠城周大人的兩位公子小姐隨著本宮與太子妃來了京城，你去給二人安排一處院落，讓他們先歇下。」

福管家用衣袖抹了抹眼淚，連忙應了一聲，立即去了。

方嬤嬤帶著東宮侍候的下人守著雲遲與花顏，等著天不絕來，聽候吩咐。

不多時，天不絕提著藥箱匆匆而來，他走的太急，在跨門檻時，險些栽了個跟頭，還是一名小太監眼疾手快地扶了他一把，才勉強站穩，他也顧不得腳磕的疼，快步進了屋。

雲遲見到他，立即站起身，讓開了床前。

天不絕看了雲遲一眼，匆匆給他拱手見了一禮，也不多說，立即給花顏把脈。

他本來以為看花顏面色，身體怕是十分不好，但沒想到，她不過是太累了些，胎倒是養的很好，雖因疲累稍有些影響，但也無甚大礙，他鬆了一口氣，撤回手，擦了擦額頭的汗，對雲遲道：「殿下放心，太子妃舟車勞頓，累極了而已。老夫的安胎藥想必一直吃著，胎位很穩，老夫再給她開個藥方子，服用個七八日的藥，便能活蹦亂跳了。」

雲遲聞言鬆了一口氣，雖一路有韓大夫跟著，但他也著實不放心，還是相信天不絕的醫術，沒有誰比天不絕的醫術更好，也沒有誰比他更瞭解花顏身體情況。他點頭：「那就有勞神醫開藥方子吧！」

天不絕點頭，立即去開藥方子，方嬤嬤跟了過去。

東宮的動靜，自然瞞不住在東宮住的許久，連自己家的家門都快不記得了的安書離，他雖一時未曾察覺，但半個時辰後，還是得到了消息，他當即放下了手中的事務，匆匆趕到了鳳凰東苑。

小忠子這些日子一直跟在安書離身邊，掰著手指頭數著雲遲離開的日子，真是日也思，夜也想，還偷偷哭了幾回，生怕殿下發生什麼危險的事兒，如今得知雲遲回來了，他歡喜的不知怎樣是好，在見到雲遲後，「噗通」一聲跪倒在地，抱著雲遲的大腿哭了個夠，口中嗚嗚地說著殿下您總算回來了，想死奴才了云云。

雲遲嫌棄地瞅著他，倒也沒踢開他，只無奈地說：「本宮離開這麼久，你怎麼一點兒也沒長進？丟不丟人？趕緊滾起來。」

小忠子抹著眼淚從地上爬起來。

安書離含笑道：「殿下平安歸來，著實是大幸，太子妃可還安好？」

雲遲點頭，溫和地看著安書離，他離京這些日子，安書離瘦了不止一圈，眼窩子落了濃濃青影，眉目顯而易見的疲憊，顯然極其辛苦：「本宮雖頗費了一番周折，但幸而平安救出了太子妃，她安好，腹中胎兒也安好，這些日子辛苦書離了。」

安書離笑著搖頭：「殿下帶太子妃和小殿下平安回來，臣辛苦些不算什麼，您回來，臣就有盼頭休息幾日了。」話落，道，「殿下奔波而回，想必累及，您先休息。」

雲遲搖頭：「不必，我們去書房敘話。」

安書離見雲遲面色還算精神，也不多言，畢竟嶺南王反了，此事還等著雲遲定奪，他點點頭，二人一起去了書房。

天不絕開好了藥方子，沒交給方嬤嬤，而是對她擺手：「我親自煎藥，從脈象看，她過了孕吐期，你去盯著廚房給她做些好吃的飯菜，煎藥之事你就別管了。」

方嬤嬤點頭，立即去了廚房。

天不絕煎好藥，伸手拍花顏：「起來喝藥，喝完藥再睡。」

花顏睡的迷糊地睜開眼睛，見是天不絕，才恍惚想起自己是回了東宮，她揉了揉眼睛，慢慢坐起身，問：「雲遲呢？」

天不絕翻了個白眼：「太子殿下都回京了，總不能還守著你，跟安宰輔去書房議事了。」

花顏想想也是，這些日子，她每睜開眼睛就看到雲遲，如今他不在身邊，還有些不習慣，她軟著手接過藥碗，又問：「我哥哥呢？可還在東宮？」

「嗯，還在，昨日，他卜算了一卦，又累了身子，想必如今還在睡，等他醒來，知道你被救回來了，自然會來看你。」天不絕對她道，「看你這副樣子，也沒吃多少苦？孩子好好的，可見那蘇子折還有些人性，沒折磨你。」

花顏有氣無力地說：「幾次鬼門關前晃悠，算不算受苦？」

天不絕哼道：「沒死算你命大！行了，你繼續睡吧！」接過空藥碗，也不再多說打擾她。

花顏的確很累很睏，重新躺下，又繼續睡了去。

書房內，安書離將這些日子朝局動態詳略地與雲遲說了一遍，之後，自然提到了三日前嶺南王公然打出反旗之事，詢問雲遲，如何處置？是否出兵，怎麼出兵，派誰前去？

雲遲在路上自然得知了此事，嶺南王公然打出反旗，他與花顏聽聞時，齊齊對看一眼，心中都升起不妙的預感。

彼時，花顏沉默許久，輕聲說：「怕是十七沒來得及阻止幫助雲讓，能讓嶺南王無所顧忌肆無忌憚地堵死自己的路公然謀反，想必是雲讓出手了，讓他有了底氣。」

雲遲瞇起眼睛：「怕是沒那麼簡單。」

花顏也想到了什麼，道：「蘇子折，難道是他去了嶺南？」

「也許。」雲遲猜的就是這個。

花顏一下子沉了臉，不帶兵攻打慶遠城，而是去嶺南奪雲讓，是蘇子折會做出來的事兒，他那個人，為達目的，無所不用其極，雲讓比他仁善，只這一點，就不是他的對手。

她摸著小腹，想著可惜她沒法去嶺南，若是她還好好著時，自然能去嶺南。

她果斷地對雲遲道：「雲遲，回京後，你安排一番，親自去嶺南吧！」

雲遲低頭看著她，一時沒說話。

「你的天下，不該讓人破壞半分，蘇子折不行，嶺南王更不行，雲讓也不行。滿朝文武，安書離也算著，唯有你前去，才能粉碎蘇子折的謀劃。我與孩子待在京城，你大可放心。」

雲遲不語，目光不捨地看著花顏，他才與她相聚沒幾日，便又要分開，他是一萬個捨不得。尤其是她已月份漸大，他怕此去嶺南一趟，不能趕回看他的孩子出生，那豈不是一大遺憾。

「兒女情長，英雄氣短。」花顏笑吟吟地捏了捏他的臉，「太子殿下，我們來日方長，這山河，你要守住，將來，我們的孩子出生，你才能給他一個盛世長安的家國天下。」

雲遲閉了閉眼，沉默許久，權衡之下，終究是聽了花顏的，點了頭。

於是，今日安書離問他，他又沉默片刻，終究說：「本宮會親自前往嶺南一趟。」

安書離大驚：「殿下，您剛救太子妃回來，就要前往嶺南？那太子妃可去？」

雲遲搖頭：「她不去，她留在京城，本宮不在京城期間，就煩勞你多費心朝事兒，多照顧太子妃了。」

安書離無言地看著雲遲，半晌，扶額：「殿下，一個嶺南王府而已，即便籌謀許久，也沒必要您親自前去吧？要不然，臣去？嶺南王府總不會比南疆更複雜厲害。」

「說不準，蘇子折應該是去了嶺南。」雲遲淡聲道，「他十分厲害，一次次，讓本宮吃了不少虧，更何況如今他怕是脅迫了雲讓，雲讓這個人，本宮雖沒見過，但依太子妃所言，他也是個人物。嶺南之行，非本宮前去不可，朝政之事你既已上手，本宮沒什麼不放心的。更何況，有太子妃在京城，也能幫襯你一二，就這樣定了。」

安書離見雲遲已做了決定，想想蘇子折若是真在嶺南，那麼，若有他從中作亂，還真非太子殿下親自前去不可。畢竟，殿下也算是與他明裡暗裡打交道許久。

只不過，太子殿下剛剛回京，自然不能貿然前去，總要籌備一番。

他琢磨著對雲遲道：「我留守京城，自然沒關係，也敢跟殿下您保證，一定看顧好太子妃。但是您前往嶺南，此去必然凶險，一定要帶足夠的人手和兵馬，依我看，殿下可帶上梅舒毓與京麓兵馬。」

雲遲搖頭：「京麓兵馬守護皇城，本宮不能帶走，本宮本來打算調陸之凌前往北地慶遠城，如今若是所料不差的話，蘇子折已去了嶺南，那麼，陸之凌就不必去慶遠城了，本宮會先調他帶兵去嶺南。」

安書離頷首：「這樣最好不過，殿下還是及早給陸之凌去信為是，您與他在嶺南會合，有他在，臣也安心。」

雲遲點頭：「稍後本宮便給陸之凌去信。」話落，問，「程顧之與蘇輕眠可還適應？」

「初來時，不大適應，不過二人都是聰明人，上手很快，如今已適應了。」安書離道，「程顧之頗有才華，殿下可重用，依臣看，要加緊籌備糧草，以應變隨時而起的兵戰，督辦糧草之事，可交給他。」

雲遲點頭：「稍後請他來一趟東宮，本宮面見他細談此事。」

安書離又道：「由他一人督辦糧草，怕是忙不過來，殿下可再派二人輔助他。依臣看，十一皇子與夏澤也該從翰林院放出來歷練一番了。如今正是時機。」

「也好，正合本宮意。」雲遲笑了笑，伸手拍拍安書離肩膀，輕歎，「書離，有你在，本宮當真是省心極多。」

安書離無奈地笑：「殿下要去嶺南，臣的沐休之日又不見蹤影泡湯了。」

雲遲微笑：「待他日江山大定後，本宮准你休個半年。」

安書離大笑：「殿下金口玉言，一定作數，臣等著那一日。」

雲遲點頭。

二人又就著京城諸事與前往嶺南之事商議了一個時辰，眼見天色已黑，雲遲終究不放心花顏，叫來小忠子，對他吩咐：「去看看太子妃可還睡著？喝藥沒有？」

小忠子應了一聲是，連忙跑去了鳳凰東苑。

花顏依舊在睡著，十分香甜，方嬤嬤見了小忠子，伸出食指放在唇邊「噓」了一聲，小聲道，「太子妃睡的熟，已喝了藥，你讓殿下放心，奴婢片刻不敢離，天色已晚，太子妃一時半會兒睡不醒，你讓殿下先用晚膳，待太子妃醒來，奴婢立即派人去知會殿下。」

方嬤嬤知道雲遲離開京城許久，剛回來有許多朝事兒要處理。

小忠子點頭，立即跑回去向雲遲稟告。

雲遲聞言心下踏實不少，吩咐人去請梅舒毓、程顧之、五皇子等人，又傳令下去，將晚膳擺在書房，待幾人來後，用過飯菜，商議接下來的事情。

梅舒毓聽聞雲遲回京了，當即快馬加鞭，從京麓兵馬大營回了京城。五皇子大喜，丟下手邊的事兒，匆匆往東宮走，程顧之也不敢耽擱，立即來了東宮。

這些日子，安書離坐鎮東宮，將書房當作了議事殿，東宮本就來來往往，但也不及今日熱鬧。

梅舒毓見了雲遲，與他說起了如何擒拿葉蘭盈，他說的眉飛色舞，雲遲含笑聽著，聽罷後，誇讚道：「不錯，有勇有謀，值得嘉獎。」

梅舒毓得了雲遲的誇獎，高興的眼睛都亮了幾分，高興過後，要見花顏，當聽聞花顏累及在睡著，立即說：「我今日不回京麓兵馬大營了，就住在東宮，待明日表嫂醒來，我好好瞧瞧她可還好。」

雲遲沒意見，頷首准了。

幾人就著朝事兒以及嶺南之事商議到深夜，直到方嬤嬤稟告太子妃醒了，雲遲才擺手讓眾人散了，自己快步回了鳳凰東苑。

雲遲離開後，梅舒毓長歎一聲：「太子妃表嫂安好，小殿下安好，國之大幸也。」

「誠然如是。」五皇子唏噓不已，心中也直道萬幸，這一片江山，他可擔不起，四哥救了四嫂和侄子平安歸來，比什麼都好。

程顧之也想見見花顏，他猶記得昔日花顏是何等的活潑靈動有精神，後來在北安城為護百姓深受重傷，以至於至今一直未好，懷有身孕被人劫持，不定吃了多少苦，天下女子千千萬，難怪太子只慕她一人，她一片為百姓之心，便當得起。

花顏是被餓醒的，她睜開眼睛，屋中掌著燈，方嬤嬤親自守在屋中，見她醒來，立即來到床前：「太子妃，您醒了？您是不是餓了？您想吃什麼？奴婢這就吩咐人去廚房給您現做，您懷著小殿下，還是要吃現做的新鮮食物。」

花顏想了想，報了幾個菜名，有酸的，有辣的，有甜的，有鹹的。

方嬤嬤應了一聲是，連忙吩咐了下去，待有人去了廚房後，她笑著回轉身，看著花顏：「太子妃，您的口味可真奇特，都說酸兒辣女，可是您又吃酸又吃辣，真是難以分辨出來。今日神醫給您把脈，不知可否把出來到底是男孩還是女孩了。」

花顏抿著嘴笑：「我從懷孕之初，一直口味奇怪，如今已稍好了些，明日我問問天不絕。」話落，她笑著摸著隆起的小腹，溫柔道，「我卻覺得，一定是個男孩，像太子殿下一樣。」

方嬤嬤也笑開：「無論是像殿下，還是像您，都是極好的。」

花顏點點頭，那倒是，但她更希望肚子裡的這個像雲遲，她不想看小時候的自己，只想看小時候的雲遲。

二人正說著話，外面傳來熟悉的腳步聲，似一陣風一般，轉眼就進了屋。

雲遲見花顏和方嬤嬤面上皆帶著笑，他放緩腳步，笑問：「在說什麼？」

花顏「唔」了一聲，「在說孩子。」

雲遲挑眉。

方嬤嬤立即將她與花顏的對話說了。

雲遲失笑，伸手點了點花顏眉心，笑的無奈：「我小時候無趣的很，不是很討喜，母后總說我像個小大人一般，整日裡素著一張臉，一定沒有你小時候有趣。」

「我不管，反正我肚子裡的孩子，就要像你。」花顏耍賴。

「好好好，像我。」雲遲投降。

花顏見好就收，對他笑問：「你回來一直沒歇著？在書房議事？」

「嗯。」雲遲點頭，「商議京中諸事安排，以及去嶺南之事。」

花顏點點頭：「決定好什麼時候走了嗎？」

「少說也要七八日的時間來準備，嶺南王既已反，雲讓已有可能被逼迫出手，蘇子折也許已在嶺南謀劃，如今倒也不十分急，當籌備萬全再去。」雲遲摸著花顏的臉，眼中又露出不捨。

花顏湊上前，用臉頰蹭了蹭雲遲的臉，笑得溫柔：「乖！我與你每日寫一封書信。」話落，她執起雲遲的手，放在她小腹上，「剛剛他似乎動了，將我踹醒了，你來摸摸他，力氣不小呢！大約是怪我沒吃飯，他餓了。」

雲遲揚眉，將手放在她小腹處，小心翼翼地問：「當真會動了嗎？」

花顏肯定地點頭：「會動了，也許你摸摸他，他不耐煩了，就踢你一下。」

雲遲點頭，來回摸著，一盞茶後，花顏的肚子也沒動一下，他看向花顏。

花顏無奈：「他估計又睡了，據說剛會動的孩子，不會動的太頻繁，等他再動時，我告訴你。」

雲遲頷首，戀戀不捨地撤回了手。

方嬤嬤帶著人端來晚膳，酸辣的菜香味頓時溢滿房間。

花顏十分有食慾，抬腳就下了地，雲遲見她動作太大，頓時緊張：「慢一些。」

花顏擺手：「我注意著呢，放心吧！不會摔倒。」話落，對他擺手，「你別陪著我了，快去沐浴，早些休息，明日你還上早朝呢。」

雲遲搖頭：「我不累，陪你一起用飯，早先稍微吃了些，沒你在身邊，飯菜也不香。如今我似乎也餓了。」

花顏笑著戳了戳他心口，一本正經地教育：「你可不能這樣，這不是非要讓我擔心嗎？我得找個人跟你去嶺南，每日盯著你用飯。」話落，她琢磨說，「嗯，別人怕是管不住你，就哥哥跟你一起去好了，反正他在東宮待了太久，估計也待膩了，如今我們回來了，他大約也想著要離開了，明日我見了哥哥，便與他說，讓他陪著你走一趟嶺南，有哥哥在，我也放心。」

第二日清早，天還沒亮，雲遲便起早去上朝。

花顏睜開眼睛，迷迷糊糊地瞅著他，太子袍服穿在他的身上，挺拔俊俏，風姿無雙，她朦朧的眼裡露出一絲癡迷，喃喃細語：「雲遲，你真好看。」

雲遲穿衣的動作一頓，回轉身瞧著她，帷幔被她一隻纖細的手臂撩著，她整個人裹在被子裡看起來軟軟的一團，因休息了半日一夜，睡了個足夠，此時看起來氣色極好，表情嬌媚的有些迷糊，這模樣的她很是少見，讓他一下子就凝了目光。

花顏見他盯著她不動，回過神來咧嘴一笑，軟聲軟語地自說自話：「這麼俊的人，是我的夫君呢，美的做夢都要笑醒的。」

說著，她落下帷幔，撤回手，揉了揉自己的臉。

雲遲輕走上前一步，猛地挑開帷幔，雙手支著床頭，將她困在床榻和自己之間，俯身下來，低頭吻她，啞聲說：「故意讓我今日早朝遲到？嗯？」

花顏眨眨眼睛，手背快速地擋在他唇落下來之前，搖頭否認：「沒有。」

雲遲挑眉看著她，眸光深深，無聲地對眼前擋住的纖纖素手詢問。

花顏化掌為指，點了點他的唇角，柔聲說：「快去吧！真沒想讓你早朝遲到。」說完，她用手快速地拉起被子，蓋住了自己甕聲甕氣地說，「唔，今天我要問問天不絕，什麼時候可以做些兒少不宜之事，肚子裡這個小東西都會動了，會不會聽見學壞……」

雲遲聽的清楚，呼吸一窒，看著轉眼將自己埋在被子裡的人，碎碎嘀咕，鼓鼓的一團，深吸了一口氣，頗有些咬牙切齒的笑：「本就整日裡惦記你，如今怕是這一天魂都跟著你了。」話落，他不輕不重地捏了捏她露在被子外的耳朵：「等這個小東西出來，看我怎麼把命都給你。」

花顏又「唔」了一聲，呼吸都停了。

雲遲克制地起身，無奈地揉揉眉心，轉身走了出去。

春宵苦短，美人鄉，果然是英雄塚。

小忠子終於不用再跟著安書離進進出出了，他家殿下回來，他一下子似乎也有了精神氣，走路都帶風，見雲遲出來不停地揉眉心，他體貼地問：「殿下，您是不是太累了，沒睡好？」

雲遲搖頭，瞥了他一眼：「無事，走吧！」

小忠子暗自猜測，想著回頭也得讓天不絕給殿下把把脈。

皇帝昨日就得到了消息，雲遲沒急著進宮，他也沒派人來東宮催，知道他剛回來，要安頓花顏，還有一大堆朝事兒要處理，花顏能平安被救回來，肚子裡的皇孫安好，他覺得真是祖宗保佑，連夜給太祖爺上了一炷香，今日一早早早就醒了，去早朝上等著。

朝臣們剛聽聞風聲說太子殿下出現在了北地苦寒之地的慶遠城，且調了蘇輕楓帶兵在慶遠城要打仗，今日便陡然見到太子殿下上朝了，都不約而同地懷疑，難道北地傳出的消息不對？太子殿下當真是病了？今日剛好？

不管如何，能見到太子殿下，他們還是都十分高興的，太子殿下就是南楚江山的主心骨，只要他在，所有人都安心。

早朝上，還是針對嶺南王謀反一事，商議對策。

有人稟報，嶺南王養兵三十萬，在嶺南自主稱王，理由是太子殿下鬼迷心竅，花顏一直以來所作所為不堪為太子妃，南疆奪蠱王，血洗北地，連累百姓，尤其她如今被掠走，早失清白，德行有虧，如此女人，太子殿下依舊不休妻，是怕了花家勢力還是昏庸無道？太子殿下怕，嶺南王不怕，太子殿下昏庸，總有不昏庸的人，他要清儲君側，除妖女，保南楚皇室尊貴血脈不容玷汙。

只要太子殿下休妻，將花顏凌遲處死，或者賜毒酒，他就撤了反旗，否則，他就要替祖宗清清家門。

嶺南王這一番言論一出，震驚了天下。

天下百姓們對於花顏做過什麼好事兒並不清楚，為百姓們做了多少，也沒有多少人清楚，唯一清楚的是太子妃以前一心想要退婚，不嫁入皇家，做了許多張揚出格的讓太子殿下頭疼的事情，後來懿旨退婚後，花家又公然叫板皇室，將懿旨拓印後貼的滿天下都是，皇家沒怪罪，而之後不久，太子殿下又親自前往花家提親，花家痛快應允了親事兒，然後花顏嫁入東宮，普天同慶，再就是她婚後懷孕，宮宴被人劫持走……

百姓們所知道的都是明面上那些傳開的事兒，私下暗中的事兒，自然是不知道的，嶺南王這麼一說，有人自然覺得有理。

於是，百姓們言論兩極化，一面是維護太子妃的聲音，一面是覺得嶺南王也是為了皇室，既然處死太子妃就能挽回嶺南王不反，也划算。

早朝上，雲遲聽了嶺南傳來的消息，沒想到嶺南王這麼不要臉，倒打一耙，用花顏來轉移他私造兵器謀反的視線，他可以想像到，這裡面一定有蘇子折的手筆，他一直就想要他休妻，也只有他能想得出來這麼惡毒的藉口。

雲遲面容平靜地看著朝臣，並沒有言語，他等著朝臣說，他要看看，有多少愚昧無知的人覺得嶺南王反是因為一個女人。

這麼長時間，朝臣們自然知道雲遲有多在乎太子妃。花顏，一直以來，就不是循規蹈矩的女子，與以往的太子妃皇后都不一樣，但若說她是不合格的太子妃，也不全然。

不過，如今牽扯了嶺南王謀反，嶺南王拿太子妃說事兒了，這事總要解決。

如今南楚的情勢不容樂觀，去年平了西南境地，肅清北地，今年伐嶺南？朝廷還折騰的起嗎？戶部還有多少銀兩米糧可用？

朝臣們都心裡打著轉，考慮著若是依了嶺南王，把太子妃治罪，太子殿下會如何？嶺南王真會撤反旗？逼死太子妃，太子殿下還會饒了嶺南王？太子殿下是那個受人逼迫威脅的人嗎？

搖頭，再搖頭，嶺南王如何他們不知道，但可以肯定太子殿下不是。

於是，朝臣們雖然心中打了無數個轉，也沒一人敢在雲遲面前開口說一句花顏的不是。

雲遲看著眾人的神色，還算滿意，不枉他監國五年，豎立的威望。

皇帝也滿意，花顏為南楚江山，為雲遲為百姓做的事兒，他都清楚，不說花顏，看在花家花灼入京平亂救人傷了自己至今在東宮養病的分上，他也要向著花顏，他還不糊塗。

於是，他咳嗽一聲，憤怒地開口，打破沉寂：「嶺南王一派胡言，他聯合武威侯、蘇子折、南疆王、勵王，籌謀多年，朕一直被蒙在鼓裡，他早有反意，如今私造兵器養私兵事情敗露，以太子妃為藉口，著實可惡讓人不恥，還有臉說替祖宗清家門，枉朕與他手足之情，一直待他不薄，他就是這般欺朕的，是可忍孰不可忍！」

安書離出列，拱手，清聲道：「皇上聖明。」

敬國公出列，含著怒氣：「太子妃何罪之有？嶺南王臭不要臉，自己黑了還要拉人墊背，抹黑別人，老臣請兵討伐嶺南王，讓他知道知道，南楚江山做主的是皇上，是太子殿下，他有什麼資格清家門？臉忒大了，就該給他拍小點。」

五皇子出列：「父皇英明，兒臣也願隨軍討伐嶺南王，四嫂為國為民，因礙於女子身分，不被人知她的好，才得嶺南王肆意汙蔑，嶺南王才是該死。」

程顧之出列：「在北地時，太子妃為救百姓，寧願重傷自己，性命幾乎丟在北地，臣所言皆是事實，天下百姓若不信，北地被太子妃所救百姓可拿出萬民書作證。南楚有愛國愛民的太子妃，是國之大幸，而嶺南王才是國之大賊。今日若應他，嚴懲太子妃，才是真讓百姓被蒙蔽，也是中了嶺南王奸計，臣不能帶兵上陣，但願請旨督辦後方糧草，支持發兵嶺南。」

「嶺南王罪該萬死，臣附議！」梅疏毓憋著一口氣出列，前面的人說的夠多了，他就不多說了。

「臣附議！」

「臣附議」

……

一時間，太子雖未言語，但皇上和幾位朝中重臣已表態，他們代表的就是太子殿下的意思，文武百官再不猶豫，齊齊表態，無一人有微詞。

花顏在雲遲離開去上朝後，又閉著眼睛瞇了一小會兒，再也睡不著，便也起了。

方嬤嬤聽到動靜，進來伺候她：「太子妃，您醒了？不再多睡一會了？天還沒亮呢。」

花顏搖頭：「不睡了，再睡下去骨頭都軟了。」她一邊說著，一邊讓方嬤嬤幫著穿衣，問，「我哥哥住在哪裡？」

「花灼公子住在您早先住過的鳳凰西苑。」方嬤嬤立即說。

「我昨日聽說他睡著一直未醒？去問問今日醒了嗎？」花顏想見花灼。

「花灼公子昨日夜間就醒了，想過來，聽聞您累的早早就休息了，才沒過來。」方嬤嬤知道兄妹二人感情好，「我這就派人去問問公子可起了？讓公子過來？」

「不用派人去了，我起來走走，正好自己去找他。」花顏說著，穿戴整齊，下了地，「昨日夜裡吃的東西還沒消化，正好走去西苑，然後也消化了，陪哥哥一起用早膳。」

方嬤嬤點點頭，雖然京城的天氣已極暖，但清早還是有些涼意的，她找了披風給花顏披上，扶著她出了房門。

花顏又想起采青，往日都是采青跟著她，輕歎一聲：「我會讓人儘快找到采青的下落，將她救回來的。」

方嬤嬤點點頭，輕聲寬慰：「采青能跟著您身邊伺候，是個有福氣的孩子，您別急，讓人慢慢找。」

花顏邁出門，清晨涼風習習，霧氣昭昭，她攏了攏身上的披風：「總算回家了，那些日子，就跟夢一場。」

方嬤嬤眼圈一紅：「奴婢們日日提心吊膽，就怕您和小殿下有個好歹，如今您和小殿下平安回來，真是最好不過。您不在的那些日子，最苦的就是殿下了，奴婢那時真怕殿下出事，好在如今都平安，這東宮也有些生機了……」

花顏即便不用別人說，也能想到她不在的那些日子，雲遲會是何等的模樣，她心裡揪了一下，絲絲的疼，如針扎在了她心尖上。

一路漫步來到鳳凰西苑，東宮的侍從奴僕們見到她，都含著激動的笑跪地請安，顯然，每一個人對於花顏平安回來，都打從心裡的歡喜。

花顏見到一張張笑臉，也從心裡由衷地高興起來，這是她的家，每個人都歡迎她歸來的家，這個家裡有雲遲，有讓她踏實的一切。

進了鳳凰西苑，花顏一眼便看到了站在門口屋簷下，身子倚著門框顯然已得了消息在等著她的花灼，花灼面上倒是沒帶笑，一雙眼睛落在她小腹上，不知在想什麼，整個人看起來深深的靜靜的，那沉思的模樣，讓花顏想起了小時候，哥哥坐在床上，每逢遇到難題不懂時，便是這般一個人沉思，最終，讓他只用了十多年，便學了她兩輩子所學的東西，那執著的不能讓妹妹比他厲害，免得鎮不住她的勁兒，似乎至今仍在。

花顏從心裡暖了起來，腳步也輕鬆了，笑吟吟地來到他面前，對他晃了晃手，如小時候一般，俏皮地喊了一聲：「哥哥！」

花灼眉頭一皺，將目光移到她臉上，輕輕訓斥：「都當娘了，怎麼還這麼蹦蹦跳跳？」

花顏瞪著他：「我一路慢慢走來，就對你晃了晃手而已，你哪隻眼睛看到我蹦蹦跳跳了？」

花灼撇著她，毫不留情地說：「全身都帶著蹦蹦跳跳的勁兒。」

花顏噎住，無語片刻，忿忿地說：「我回來，每個人見我都喜極而泣歡喜不已激動難言，你是我親哥哥吶，怎麼我一點兒也沒看出歡喜勁兒？你這是不歡迎我平安回來？」她說著，上前一步，伸手去掐他的臉，惡狠狠地說，「說，你是誰？你一定不是我親哥哥，誰准你假冒我哥哥的？從實招來。」

花灼被氣笑，拍掉她的手：「從小到大，你哪回跑去外面玩一圈，不是驚險嚇人？如今依我看，也沒與以前有什麼不同，回來就回來了，喜個什麼勁兒。」

花顏咳嗽一聲，想想也是，那些年在外遊歷，她每每都惹出不少事兒，不過那時有自保的本事，倒也不覺得鬼門關走幾遭的感覺，如今嘛，她自然覺得千辛萬苦才能回來，瞪著他：「能一樣對比嗎？」

花灼哼了一聲：「算你命大。走吧！進屋說。」

花顏跟著花灼進了屋。

兄妹二人落坐，花顏才仔細打量花灼，心疼地說：「為了我，哥哥好不容易好全的身子骨如今又遭了罪。天不絕怎麼說？何時能好？你可一直在吃著藥？」

「不過以後沒了靈力而已，長命百歲倒是沒什麼問題。」花灼不以為意，「上天厚愛雲族血脈，便是讓我們救濟蒼生，我的一身靈力能救活安書離、梅舒延兩條性命，他們是朝中重臣，有才有能，能夠造福千萬百姓，即便我這一身靈力耗盡了，但值得了。」

花顏點點頭：「就如在北安城時，我救百姓，耗盡靈力本源，也不悔。只是傳承了四百年的靈術，到底還是毀在了我手裡，我真真算是花家的不肖子孫了。」

花灼這才伸手摸了摸花顏的頭，溫和的有了像哥哥寵愛妹妹的模樣：「說什麼呢？大愛天下，為眾生造福，才是我們的價值，若有朝一日，你扶持太子殿下，清四海宇內，安社稷百姓，人人有飯吃，有衣穿，夜不閉戶，路不拾遺，區區花家與靈術傳承，才歸之其所，祖宗在天有靈，也當欣慰。」

花顏心底一鬆，含笑看著花灼，軟軟地說：「哥哥，我確定了，你就是我的親哥哥。」

花灼氣笑，彈了她腦門一下，剛要說什麼，花顏忽然臉色一變，「哎呦」了一聲，伸手捂住了肚子，花灼笑意一收，頓時緊張，騰地站起身，急問，「怎麼了？」話落，對外面喊，「來人，快去喊天不絕來，不得耽誤。」

花顏白了一會兒臉，緩了會氣，看著花灼比她還白的臉，知道自己是嚇到他了，立即說：「哥哥，我沒事兒，就是肚子裡的這小東西踢我了，還真是有力氣。」

花灼聞言鬆了一口氣，懷疑地看著她的肚子：「小東西會踢人了？」

「嗯，昨天才會的。」花顏捂著小腹，「昨天雲遲等了他半天，都沒等到他再踢腳，今日突然就給我來了這麼一下，可真疼。」

「很疼嗎？」花灼蹙眉，似乎十分懷疑，才這麼大點兒，能有多大力氣，但看著花顏冒汗的臉，當即又打消了懷疑，聞聲說，「一會兒天不絕來了，讓他給你好好把把脈，怕是個小子，才會這麼有力氣。」

這話花顏愛聽，她就想要生個小雲遲，與雲遲小時候一模一樣的。

第一百五十四章 壽元有變

不多時，天不絕就匆匆提著藥箱來了，見兄妹二人對坐著說話，花顏不像是不好的樣子，頓時瞪眼：「老夫還以為出了什麼大事兒，一驚一乍的，早晚被你們嚇死。」

花顏見了他，想起了昨日與雲遲說的話，笑著說：「剛剛肚子裡的小東西踢我了，有力氣的很，將哥哥嚇了一跳，才立即讓人去請你了。不過，你來了也好，給我把把脈，看我肚子裡的這個小東西，是不是個小子。」

天不絕自然也知道花顏的心思，翹子翹了翹：「女兒你便不要了？」

「倒也不是。我心之所願，就是想要看看雲遲小時候，不怎麼想看自己。」

天不絕哼了一聲：「也是，你小時候的德行實在不討喜。」說著，他坐下身，給花顏把脈。

憑藉天不絕的醫術，花顏已有四五個月的身孕了，按理說，他看個男孩女孩輕而易舉才是，但是他給花顏把脈半晌，都沒看出個所以然來。

天不絕把了一隻手又把另一隻手，足足耗了兩盞茶，他才皺著眉頭收了手：「奇了個怪了，你這脈象，若是看喜脈，輕而易舉，但若是要想知道是男是女，老夫還真看不出來?!」

花灼看著他，緊張地問：「怎麼說？為何看不出來？妹妹這喜脈，與尋常人的喜脈不同？」

天不絕搖搖頭，又點點頭：「說不出來，總之，雲遮霧罩的，著實看不出。」

花灼的心一下子提緊了，看著花顏：「據說你懷孕後，口味奇特，不會真是個小怪物吧?!」

花顏瞪了花灼一眼，轉頭對天不絕說：「怎麼個雲遮霧罩法？你倒是說清楚啊！」

「就因為說不清，我才看不出，若是能說清，我也就看得出了。」天不絕放下手，「不過你放心，你的胎穩的很，脈摸起來也很健康，孩子是健全的，如今脈象摸不出來，也許你身體不知不覺又有了什麼變化給掩蓋了，你近來，可有察覺身體哪裡有異常？」

花顏仔細地想了想，轉了轉手腕：「在荒原山時，我拿枕頭砸過蘇子折，按理說，我彼時手軟的抬不起來才是，那枕頭也有些分量的，可是就那麼扔出去了，當時我自己都驚了一跳。」

「仔細說說，還有嗎？」天不絕來了精神。

花顏又將當時的經過仔細說了說，尋常人氣急扔東西，這也是常有之事，但擱在花顏身上，任何小事兒都有可能是大事兒，不能輕易疏忽了。

天不絕聽完，琢磨片刻，又重新給花顏把脈，對她說：「你現在試著生氣發作一番，我看看你脈象有什麼變化？」

花顏配合著天不絕，拿蘇子折做樣板，很快就氣的不行，隨著她生氣，天不絕神色有異，片刻後，對她點頭：「好了。」

花顏立即打住。

花灼猜測：「是不是妹妹的武功在恢復？只有氣急情緒激動時，才能發揮出來？」

天不絕搖頭：「沒那麼簡單。」

花灼抿了一下嘴角，看了花顏一眼：「但有什麼，你實話實說。」

天不絕深吸一口氣：「早先，她的脈象盡是喜脈，掩蓋了她身體的奇異之處，連我也沒察覺出來，若非今日要仔細探查一番是男胎還是女胎，還不曾細究，她身體在情緒激動時，是有氣流亂竄的跡象，你說的武功在恢復，倒也像，但我卻覺得，也許因為魂咒。」

花灼面色一變：「對了，她魂咒一直以來未曾解。」

花顏手指蜷了蜷，手心被指甲摳的一陣疼痛。她想把魂咒忘掉，但它確確實實就存在她靈魂深處，它感覺到了什麼，閉了閉眼睛，低聲對天不絕問：「你的意思，是我的魂咒有吞噬的跡象嗎？」

花灼的臉霎時白了，頓時盯緊天不絕。

天不絕歎了口氣，臉色也分外凝重：「我不敢說是不是魂咒有吞噬你的跡象，但在喜脈的掩飾下，你身體本源之處，我雖把不出來，但隱約感覺似有一團死氣在流動，這團死氣，是人的壽命線，去年時，你還有五年，如今……不好說了。」

花灼騰地站了起來。

花顏抿緊嘴角，臉也有些白。

天不絕看著二人，又道：「所以，切忌情緒再激動了。情緒激動，對你來說，不是什麼好事兒。」

花灼咬牙道：「法子，趕緊想法子。」

天不絕搖頭：「老夫若是能想到法子，也不至於一直以來對她的身體束手無策的。她的魂咒本就是自己下，如今……」他看著花顏白著的臉，「也只能她自己想法子了。」

花灼看向花顏，一時難以冷靜：「你的魂咒為何竟然有提前吞噬你的跡象？不是說上輩子你活多久，這輩子就能活多久嗎？怎麼如今連幾年也難說了？」

花顏也不知道，一時間，她內心亂得很，搖頭。

天不絕看著二人，對花灼道：「你先冷靜下來，雲族靈術本就奇妙多幻，我的醫術雖能活死人肉白骨，但也只能探知一二，尤其是魂咒，更是分毫不懂，所以，我把脈的感覺未必對的。」

花灼這一刻只希望天不絕把脈感覺是錯的，他緩緩坐下身，不再說話。

花顏任腦中亂七八糟的思緒紛飛了一陣後，漸漸地冷靜了下來，開口道：「哥哥不必擔心，如今連你都沒有靈力了，也許，天絕靈力，便在我身上。」

花灼也冷靜下來，看了一眼她的小腹，深吸一口氣，對她說：「無論如何，先別多想，把孩子平安生下來再想其他。」

「嗯。」花顏將手放在小腹上，點了點頭。

方嬤嬤一直守在外面，沒聽見屋中說了什麼，當廚房來稟告早膳好了時，她出聲問：「太子妃，現在可用早膳？」

「呈上來吧！」花顏開口，短短時間，心緒已平復如常。

方嬤嬤應了一聲，帶著人魚貫而入，端上了早膳。

花灼沒什麼胃口，天不絕也沒什麼胃口，花顏雖然也沒什麼胃口，但顧著肚子裡的孩子，還是多少吃了些。

方嬤嬤侍候在一旁，見三人神色雖尋常，但氣氛卻沉重，畫堂內似悶的讓人透不過氣來。她不敢胡亂猜測，只道：「今日廚房做的早膳不合胃口嗎？公子和神醫怎麼不動筷？」

花顏抬眼，對花灼微笑：「哥哥，我正要與你說，蘇子折在嶺南禍亂，怕是迫得雲讓出手支持嶺南王反，太子殿下近日要親自去一趟嶺南，親自處理此事，我知道你在東宮養傷了這麼長時間，想必也膩了，只等我回來，你便打算回臨安了。如今不如與太子殿下一起走吧！你先回臨安看看嫂子，還有小侄子，然後看看怎麼幫幫太子殿下，有你在，我也放心他走這一趟。」

花灼聞言沒立即答應，不過看到花顏的笑臉，他面色稍霽：「我確實在東宮待的膩了，不過如今你回來，我倒不覺得膩了，並沒有急著回臨安，容我想想。」

花顏點點頭，將一碗湯品推到他面前：「行，你慢慢想，反正太子殿下也不是立馬動身。」話落，她換說開心的事情，「你動作倒是快啊！這麼快就讓我有小侄子了，嫂子近日可給你來信了？給我瞧瞧唄。」

「她還不知道你脫困已回京，整日裡擔心的跟什麼似的，若不是懷著身孕，顧忌著身體，估計眼睛都哭瞎了，身子早就糟蹋的不成樣子了。當日，我來京時，她也想跟著，被我強行阻止了，你如今既然回來了，親自給她寫一封信吧！她若是知道你與肚子裡的孩子平安，估計會笑傻了。」花灼端起湯，喝了一口。

「小氣。」花顏輕哼一聲，「你們的書信難道還纏纏綿綿？有什麼看不得的？」

「那也不給你看。」

花顏氣笑：「不看就不看。」說完，故意氣他，「反正在嫂子的心裡，我與你分量一樣重。」

花灼花灼瞥了她一眼，忽然說：「要不然，你跟我一起回臨安吧！」

花顏一怔，果斷地搖頭：「不，我要待在京城，在雲遲去嶺南時，暗中幫著安書離，看顧好朝綱，讓他沒有後顧之憂。」

花灼不再說話。

用過早膳，方嬤嬤撤了碗盤下去，花顏犯了睏意，打了個哈欠，懶得再走回東苑，便賴在了西苑，進了西暖閣小睡。

花灼見她去睡下，看了天不絕一眼，去了西苑的書房。

天不絕知道花灼有話跟他說，便也跟了去。

書房內，只有二人，門窗緊閉，花灼才開口：「是不是因為子斬甦醒了記憶，而妹妹的魂咒才有了變化？」

天不絕早先也想到了：「也許是，畢竟，她的魂咒是因懷玉帝，如今兜兜轉轉，過了四百年，雖樣貌已改，他成了蘇子斬，但故人就是故人。二人相見那段日子，對她來說，怕是撕魂扯魄的難受，導致魂咒有變，也不奇怪，依我說，這也就是小丫頭堅強，挺了過來，還能保肚子裡的孩子好好的，沒受損傷，若是換作別人，怕是早就一命嗚呼了。」

花顏在鳳凰西苑一覺歇到了晌午，陽光太烈，將她曬醒了。

她睜開眼睛，眼前一片恍惚，頗有些今昔不知是何夕之感。

過了片刻，她才回過神來，看向窗外，哪怕隔著窗子，陽光都透進來灑在了床沿落下的帷幔上，如鍍了一層金色。

她伸手挑開帷幔，下了床。

方嬤嬤一直守在門外，聽到動靜立即小聲問：「太子妃，您醒了嗎？」

花顏「嗯」了一聲，剛睡醒的嗓子有些啞，走到桌前，動手給自己倒了一杯水，潤了潤喉嚨。

方嬤嬤推門進來，瞧著花顏，驚了一跳：「太子妃，您出了一身的汗？臉色似也不大好，您做噩夢了？」

「嗯。」花顏笑了笑，輕聲說，「夢魘了，沒事兒。」

方嬤嬤立即說：「神醫一直沒回去，您睡下後，他一直與花灼公子待在書房，讓他再來給您把把脈？」

花顏放下水杯：「夢魘了而已，不是什麼大事兒，早上才把了脈，不用這麼勤快。」話落，她問，「沒想到我一覺睡到了晌午，太子殿下可說晌午回來用膳？」

方嬤嬤搖頭：「殿下剛剛派人回來傳話，說他今日在議事殿與眾人議事，中午就不回來了，晚上會早些回來。」

花顏點點頭。

方嬤嬤問：「您可是餓了？花灼公子早先也讓人問您可醒了，等著您一起用午膳呢。」

花顏摸摸肚子，早膳沒吃多少，雖然躺下就睡了，但也消化沒了，她笑著說：「是有些餓了，去告訴哥哥和天不絕一聲，用午膳吧！」

方嬤嬤應了一聲，立即打發人去了。

花顏去了畫堂外，坐在桌前等著二人回來，猜想二人一待就是半日，估計是在商議她體內的魂咒之事。

果然，不多時二人一起進了屋，臉色都不太好，怕是沒商議出個所以然來。

花顏也不多問，與二人閒話兩句，三人安靜地吃完飯。

用過飯後，花灼對花顏說：「早先你說的事情，我想了半日，覺得太子殿下是誰？用不著你操心太過，他對付蘇子折，能悄無聲息在他盤踞的地盤奪了他二十萬兵馬，你就該放寬心，我跟著太子殿下去嶺南，也不見得能幫上他什麼忙。」

花顏點點頭，她倒也不是非要讓花灼跟著雲遲去嶺南，哥哥這副身子骨，如今她見了，才知道比她想像中的要弱很多，靈力盡失的後果，比她如今的身體，強不了多少，奔波嶺南一趟，他怕是吃不消，不適宜跟著奔波勞碌。

「我雖不跟他去嶺南，但是我想去一趟荒原山。」花灼話音一轉。
花顏一愣，看著他，頓時猜到了什麼，盯著他問：「哥哥是要去救子斬？」
「也可以這麼說。」花灼頷首，「你離開後，蘇子折圈禁了蘇子斬，況且，又生擒了十五伯，總要將他們救出來。太子殿下分身乏術，要去嶺南對付蘇子折與嶺南王，而我，正好趁著蘇子折不在北地，去將蘇子斬和十五伯救出來。」
花顏自然想救出蘇子斬，為了她，蘇子斬甘願留下擋住蘇子折，才給了她逃出來的機會，她出來後，本也想過將他救出來，後來想想心有餘而力不足，知道他沒有性命之憂，也就暫且擱置了。如今既然哥哥想去救，她也不能攔著，況且她此時也覺得讓哥哥去荒原山，比跟著雲遲去嶺南更有必要。
但她還是有些不放心：「哥哥，你此去荒原山，是想救出蘇子斬來，讓他幫著一起想法子解我魂咒？」
花灼點點頭：「沒錯。」
花顏搖搖頭：「他怕是也沒法子，魂咒是我自己給自己所下，下在了靈魂深處，我靈魂不滅，魂咒不消，你們誰也沒法子。」
「那也要試試，不能如此等著坐以待斃。」花灼沉聲道，「我只你一個妹妹，就算你天命已到，我也要將你攔在鬼門關外。」
花顏抿了一下嘴角，對他笑：「行，那你去吧！不過見了子斬，若是他也沒法子，你別難為他。」話落，她收了笑，輕聲說，「他從不曾對不起我，上一輩子，是我太執拗，不給自己留一絲餘地，這一輩子，他更沒有對不起我的地方，反而是我仰仗他頗多。」

「不用你說，我也知道。」花灼點點頭。

花顏又想了想，對他問：「你打算什麼時候出發？」

「等今晚太子殿下回來，我與他商議一番，打算明日出發。」花灼道。

花顏看著他：「哥哥，你暫且別將這件事情告訴太子殿下！他最近好不容易將我救出來高興些，況且南楚江山壓在他身上，還有我與肚子裡的孩子讓他操心，我怕他再將這件事情擱在心裡，會壓垮他。」

「告訴他做什麼？他也不能幫你解了魂咒，有我知道就行了。」花灼乾脆地點頭，看了天不絕一眼，「只有我們三人知道。」

「老夫也不敢說啊！」天不絕歎了口氣，「孩子平安生下來，再說吧！他馬上就要離京了，還是別有太大的負擔的好，若是心裡擱了這件大事兒，我怕他受擔心煩擾，不能全心全意對付蘇子折，沒准還毀了一世英明。」

花顏見二人與她想法一樣，鬆了一口氣：「無論將來如何，我命該不該絕，太子殿下陪不陪我一起，都要等將來再說，如今階段，就是不能讓蘇子折得逞。」

二人覺得這話有道理，三人商定，此事就這麼定了。

傍晚，天剛黑，雲遲從外面回來，邁進東宮門口，他問福管家：「太子妃呢？今日都做了什麼？」

福管家連忙回話，笑呵呵地：「回殿下，太子妃在西苑與花灼公子待了一天，早上讓神醫給請了平安脈。不久前吩咐奴才，等您回來，讓您直接去西苑，就在西苑用晚膳，花灼公子有事兒與您商議。」

雲遲點點頭，想著兄妹二人許久不見了，是有話要說，待了一日也該說完了。他抬步向西苑走去。

福管家立即去了廚房，吩咐準備晚膳。

雲遲來到西苑，如今天暖了，花顏吩咐人在院外的花樹下擺設了桌椅，打算晚膳就在院中用。於是，雲遲來時，便看到兄妹二人坐在桌前對弈，沒見著天不絕，大約是回去歇著了。

見他回來，花顏抬起頭，瞅了他一眼，笑容蔓開，眸光溫柔，話語輕軟，帶著絲絲歡喜：「回來了？」

雲遲不覺露出笑意，一日的疲憊勞累一掃而空，快步來到她面前，伸手握住她的手，柔聲問：「夜晚有些涼，穿的有點兒少。」說完，吩咐方嬤嬤，「去給太子妃換一件厚實的披風。」

方嬤嬤連忙應了一聲是，立即去了。

「不涼，太陽剛落山。」花顏覺得自己在方嬤嬤的盯視下身上穿的夠厚了，沒想到雲遲比方嬤嬤還要加個更字。

「一會兒就涼了。」雲遲鬆開她的手，坐在了她身旁，看了花灼一眼，又看向棋盤，須臾，他微笑揚眉，「大舅兄這是要輸了？」

花灼哼了一聲：「你能贏了她？你來。」

雲遲笑著搖搖頭：「你這一局棋，下的心不在焉，我贏不了。」話落，對他問，「大舅兄的身體看來養了這麼久，還沒養好？」

花灼揉揉眉心，雲遲精通棋藝，他心不在焉都能被他透過這局棋的表面看出來了，這份本事，對付蘇子折，還用小丫頭擔什麼心？他索性伸手一推棋盤，對雲遲道：「我打算去荒原山救蘇子斬出來，你怎麼看？可有意見？」

雲遲抬眼，落在花灼面上，他說的平靜，眉梢微微揚起，也在觀察他的情緒，他笑了笑：「是該將他救出來，我欠他的東西，他還沒討要回來，不能就這麼讓他被蘇子折困著，朝廷也需要他。」

「就算我救出他，他也不見得回來朝堂。」花灼看著他。

「蘇子折雖離開了荒原山，但是他那個閆軍師帶了五十萬兵馬守著九環山。自從上次我救出花顏，蘇子折不在，閆軍師勢必會重兵看守蘇子斬，小心至極。你要救蘇子斬怕是不容易。」雲遲道，「我給你一份手諭密旨，慶遠城大軍，隨你調用。」

雲遲同意哥哥前往北地荒原山救蘇子斬，花顏並不意外，於是，她便坐在邊上聽著二人你一句我一句，商議著花灼前往荒原山的計畫和策略。

雲遲因救花顏，算是摸清了整個荒原山，他將荒原山的那幅地勢圖給了花灼，又將他探知的情況詳細地與花灼說了。

方嬤嬤帶著人擺上飯菜，花顏見二人還沒有打住話的勢頭，便開口說：「先用飯，吃過飯後，你們慢慢聊，一會兒飯菜涼了。」

二人於是住了口。

用過晚膳，雲遲站起身，對花灼說：「大舅兄去我書房吧！我先將顏兒送回去，一會兒去書房找你。」

花灼頷首：「好。」

雲遲牽了花顏的手，送她回鳳凰東苑。

此時，天色已黑，夜晚的風輕輕吹過，有些涼意，雲遲走出西苑後，對她問：「冷不冷？」

花顏無奈地瞅著他，揪著身上的披風：「你瞧瞧，愛美的姑娘冬天大約也就穿這麼多，如今都快入夏了，你給我穿了這麼多，我不但不冷，還出汗呢。」

「不冷就好。」雲遲將她一縷散亂的髮絲攏在耳後，目光看著她溫柔繾綣，「我生怕照顧不好你，總覺得，怎麼對你好都不夠。」

花顏抿著嘴笑：「你對我夠好了，再這般下去，我指不定嬌氣成什麼樣。」

「你若是真嬌氣，反倒好了。」雲遲輕歎一聲，眸光凝定地看著她，「花顏，你其實不嬌氣的，你不過是嘴上說說罷了，你我在一起的時間這麼短，還沒足夠到給我將你養嬌氣的時間。」

花顏看著雲遲，心裡絲絲地泛起疼，是啊！他們在一起的時間才這麼短，她以為有五年，原來不是的，她靈魂深處有個催命符，催著她吞噬死滅，她面上絲毫不敢表現出來，對著他淺笑盈盈：「我們來日方長，總有被你養嬌氣的時候，急什麼？」

雲遲看著她，伸手抱住她，低聲說：「今日你見了大舅兄，他忽然要去荒原山，我十分不踏實。你，能告訴我，這是怎麼回事兒嗎？」

花顏心下一緊，雲遲這般聰明敏銳，是察覺到了什麼了？也怪她早先說讓哥哥陪著他去嶺南，如今一日之間改了主意，她語氣軟軟地說：「今日見了哥哥，他問起了我這麼長時間以來都發生了什麼事兒，不可避免地提到了子斬。哥哥覺得去荒原山是個機會，他去嶺南幫你，不及去荒原山救出子斬一起幫你。屆時，你到嶺南，哥哥在北地，南北分而擊之，總好過你一個人顧得了嶺南顧不了荒原山。」

「是這樣？」雲遲咬花顏耳朵。

花顏激靈了一下，沒躲開他，撒嬌耍賴：「自然是啊！哥哥比我冷靜，我對你關心則亂。哥哥雖然靈力沒了，但武功還在的，他如今雖然身子骨還不算好，但十六在慶遠城，他身邊也會帶著花家暗衛，即便不跟你一起，我還是放心的。」話落，又軟軟地說，「況且，你忘了十五伯嗎？身為花家的人，不會不管自己人死活，哥哥也是為了救十五伯。」

雲遲放開她：「也罷，你說是便是好了，總之，你記住，我當初說的話，從不是玩笑。」

花顏心裡「咯噔」了一聲，伸手捶他心口，「好好的，你別疑神疑鬼，弄的我心裡也跟著你緊張兮兮。」話落，她轉移話題，「今日肚子裡的小東西踢我呢。」

雲遲目光落在她小腹上：「天不絕可說了是男是女？」

花顏斷然道：「自然是男孩。」

雲遲挑眉。

花顏瞪大眼睛：「你這是什麼表情？」

雲遲看著她，忽地笑了，揉揉他的頭：「在我出京前，給他想個名字。」

花顏很高興：「好啊！你想個好聽點兒的名字。」

雲遲點點頭。

二人一路說著話，回到了鳳凰東苑，花顏邁進門檻，對雲遲擺擺手：「你快去吧！別讓哥哥久等。」

「嗯。」雲遲停住腳步，「你累不累？」

花顏轉回頭：「不累了，睡的太久，已歇過來了，我等你回來。」

「趙清溪昨日就想來看看你，知道你累得歇下，便忍著沒來，白日裡，她又沒空，只能晚上見你了。你若是不累，就命人去喊她過來陪你說話。」

「行啊！」花顏也想見見當了官，踏入了朝堂的趙清溪，周紅梅的事情她還要找她談呢。

雲遲見她答應，道：「我讓小忠子去知會她。」

花顏點點頭：「好。」

雲遲出了鳳凰東苑，對小忠子吩咐了一聲，小忠子一溜煙跑了，他逕自去了書房。

雲遲到書房時，花灼已到了，站在門口等著他。

雲遲見到花灼，盯著他看了一會兒，聲音不高不低：「大舅兄，你去荒原山真正的目的，是什麼？」

花灼眯了一下眼睛，「呵」地輕笑，「看來你對蘇子斬還是如此在意?!」

「不是。」雲遲否認，盯緊他，「你知道我說的不是這個意思。」

「那是什麼意思，我還真聽不明白？」花灼上前一步，伸手拍拍他肩膀，「你身為太子殿下，想得多雖然是應該的，但也不用這般疑神疑鬼，妹妹待你之心，真是天地可鑒，日月可表，你有什麼不放心的？」

雲遲抿唇，薄薄的唇角抿成一線：「這世上，從來沒有太簡單的事兒，哪怕表面簡單，內裡也不簡單。」

花灼瞅著他，挑眉：「你這是不相信我？若不然，咱們倆換換？我去嶺南給你收拾蘇子折？你再去荒原山一趟救蘇子斬？當然，還有花家的十五伯，必須也要救出來。敢不敢換？反正都是為了你南楚的江山，我做哪個都行。」

雲遲聞言笑了笑：「自然不用，我相信大舅兄就是了。」他漫不經心地說，「反正，無論如何，她的事情，就是我的事情，她好，我就好，她不好，我自然不好，也沒什麼可怕的。」

花灼一時間沒了話。

雲遲抬步進了書房，花灼瞧著他背影，看了一會兒，跟著他走了進去。

趙清溪昨日就想見花顏，忍了一日，今晚沒得到雲遲的傳信，也不敢輕易來打擾，如今見小忠子給她傳話，也顧不得收拾，匆匆跟著小忠子來了鳳凰東苑。

花顏坐在畫堂等著趙清溪。

趙清溪走了一身的汗，來到門外，才緩下了腳步，理了理衣儀容，進門見花顏，對花顏行了一個標準的朝廷官員叩見之禮。

花顏瞧著趙清溪，眼睛一亮，想著朝堂果然是個鍛鍊人的地方，短短時間，趙清溪已不是原來的趙清溪了，她身上多的東西，是別的尋常閨閣女子沒有的。比以前看起來更美，更亮眼了，梅舒毓能得了她的心，確實好福氣。

花顏站起身，上前一步，伸手扶起她，笑道：「行這麼大禮做什麼？」

趙清溪順勢起身，看著花顏，眼眶也有些發紅：「太子妃和小殿下母子平安，臣也高興。臣這一禮可不止是給太子妃行的，也是給小殿下行的。」

花顏笑開，伸手拉著她坐下。

二人本就熟識，除了昔日的柳芙香，花顏在京城還沒與哪個女子交過惡，尤其是後來覺得趙清溪真不錯，一心想幫她，也算暗中給梅舒毓打過氣，撮合了她和梅舒毓，如今許久未見，雖趙清溪身分已改，但更能容易讓二人敞開了說話。

趙清溪與花顏說了京中諸事兒，朝堂上的事兒，那些花顏沒從旁人口中聽的細枝末節，花顏瞭解了個透徹，又與她提了從慶遠城帶回來了的周紅梅，說了周紅梅與她的淵源，以及昔日周紅梅的志向。

趙清溪聽了很高興：「太子妃您帶回來這個人可真是最好不過了，臣手下正愁無人可用呢，身邊侍候筆墨，尋常交代些事情，臣還就需要這樣的人。」

花顏當初就是考慮了她，才不怕麻煩帶回來了人，如今見她似乎頗有些迫不及待要見周紅梅的架勢，便對方嬤嬤說：「嬤嬤，煩勞您親自走一趟，帶著趙大人去見見周小姐，先讓她們認識一下也好。」

方嬤嬤點頭，趙清溪也不耽擱，說走就走，絲毫不拖著，當即跟花顏告辭，由方嬤嬤領著，去見周紅梅了。

解決了一樁事兒，花顏心情也輕鬆了不少，只等著雲遲回來歇下。

周紅梅跟著花顏進京這一路都是十分忐忑的，周銳也心裡頗有壓力。

他們從小待在偏遠的慶遠城，周紅梅幾乎沒踏出過慶遠城，周銳小小年紀，也頂多跟著父兄狩獵時出過城方圓百里，所以，長途跋涉進京城這一路，周紅梅坐在車裡，時而往車外看一眼，周銳跟著護衛騎馬，更是領略了一路的風景，二人才是真正地見識了南楚天下之大，地廣物博。

都說讀萬卷書不如行萬里路。

周紅梅一直壓抑，隱藏許久想出慶遠城走走看看的心思，隨著每行一段路冒了出來。她想著，原來書卷遊記上記載的那些，也是多少有些出入的，不如親眼所見。

一路來到京城，才徹底知道了京城有多繁華，踏足了東宮，才領略皇權之貴。福管家親自給姐弟二人安排了住處，因有太子殿下和太子妃特意交代，所以二人是東宮的貴客，享受著最好的待遇，絲毫沒有怠慢之處。

周紅梅總感覺像做夢一樣，這樣的夢境，讓她心裡越發地不踏實，她設想過很多次走出慶遠城的家門，去看看天下之大，設想過自己若是男子，要考科舉走仕途，她一定要做一個勤政愛民廉潔的好官，要比父親做的更好，讓百姓過上好日子……

可是，那些也不過就是想想罷了，她是女子，不是男子，似乎註定得不到。

不過，她想的再多，也從來沒想過自己會有朝一日跟著花顏進了東宮。

而花顏還是為了給她選婚。

嫁人生子，是每個女子都要走的路，從她及笄後，她的父母便愁她的婚事兒。可是她一點兒也不急，她雖也想過嫁人，但絲毫不期待。

如今，她在東宮休息了一日，更有些迷茫和惶然，不知花顏會給她選個什麼樣的人家？什麼樣的夫婿？她的身分，畢竟是一個小城小官的女兒，配不上那些高門望族的公子。

周銳卻體會不到姐姐的心情，他一顆心都處於極度的興奮中，他拉著周紅梅說話：「姐姐，我今日見到書離公子了，傳言中的書離公子，果然名不虛傳，但沒有傳言中說的那麼溫和，讓人瞧著，很有壓力，我都沒敢多看他一眼。我還見著梅舒毓梅將軍了，與傳言也有些不一樣，傳言說他鋒芒畢露，一身血氣，我看著不是，他笑容很是和煦，還與我說了幾句話，問我是誰，我告訴了他後，他竟然還問我，要不要跟著他去軍營玩。」

「是嗎？」周紅梅也有些意外，「你怎麼跑出去了？可千萬別給太子妃惹麻煩。」

周銳嘟起嘴：「姐姐，你也太小心翼翼了，太子殿下和太子妃並沒有說不讓咱們哪裡也不准去，我特意問了福管家，福管家說若是在宮內，我們可以四處瞧瞧，不讓人跟著也行，但若是出宮，要告訴他一聲，他還是派人跟著的好，畢竟我們初來乍到，剛進京城，人生地不熟的，有東宮的人跟著，就不怕了。」

周紅梅點點頭，既然福管家這麼說了，她也不好譴責弟弟。

「沒想到書離公子和梅將軍都那麼年輕，也就比我大幾歲而已，就這麼厲害了。」周銳一臉的推崇仰慕。

周紅梅輕聲說：「安宰輔和梅將軍與太子殿下年歲相差無幾。」

「是哦，太子殿下更厲害。」周銳一拍腦門，嘻嘻一笑，「顏姐姐更厲害，太子殿下對她十分好，十分愛重，東宮除了太子妃，沒別的女人呢，把太子殿下的心栓的死死的。」

周紅梅嚇了一跳，連忙伸手去捂周銳的嘴，白著臉說：「不許胡說，不能背後妄議太子殿下和太子妃，你要記住，這裡是京城，是東宮，禍從口出。」

周銳說出口，被周紅梅提醒，也嚇了自己一跳，連忙四下去看，他們姐弟二人進京什麼人也沒帶，本來周夫人和周大人是要給他們安排幾個小廝和婢女的，二人自小貼身侍候的人也要帶著，但是周紅梅和周銳合計之下，覺得他們身邊的人都沒有見過大世面，怕乍然進京後惹出麻煩，被人笑話太子妃，也給太子妃惹麻煩，不如一個也不帶，等到了京城再買。

當時，周紅梅將此事與花顏說了，花顏笑著點頭，告訴他們不帶也好，等到了京城也不必買人，既然他們姐弟二人是她的人，等到了京城，她自會給二人安排人。

於是，進了東宮後，福管家調了幾個人給二人用，天色已晚，二人都讓侍候的人去歇著了。

這話沒人聽見。

但即便如此，姐弟二人也嚇了個夠嗆。

周紅梅鬆開手，對周銳警告：「太子殿下寬容，太子妃良善，就算被人聽到，稟告給殿下和太子妃，也不見得治罪我們，但我們還是要謹記，京中不比家裡，以後說話做事，都要小心，可不能再像剛剛那樣，什麼都往外說出口，嘴沒個把門的。」

周銳點頭，心有餘悸：「姐姐教訓的是，弟弟再也不敢了，一定時刻謹記。」

周紅梅知道這個弟弟聰明，也不再多說，就連她自己，也要時刻提醒自己。

方嬤嬤帶著趙清溪來的時候，周銳正要回房去休息，當看到方嬤嬤帶著一個女子前來，一口一個趙大人，周銳睜大了眼睛。

女子被稱呼為大人，身上有官職，南楚建朝以來，只一個前不久被太子殿下提拔的趙清溪。

在進京的路上時，他記得姐姐不止一次悄聲跟他說：「我若是能如趙大人一般，就好了。」

他不想打擊姐姐說你別做夢了，太子殿下破格提拔女子入朝，哪怕是趙清溪出身宰輔府的身分，據說也是好生地費了番力氣。當時力排眾議，震動朝野，甚至天下，就連慶遠城都轟動了。說什麼的都有，有支持太子殿下的，有不相信趙清溪的，明明好好的大家閨秀名聲，如今真是毀譽參半，可想而知，趙清溪何等的舉步維艱。

他真沒想到，這麼晚了，他們剛來京城不過一日，這位趙大人親自上門了。

周銳真不記得什麼時候自家與這位趙大人有淵源，他只記得顏姐姐的那樁對姐姐的救命之恩。

於是，周銳在看到趙清溪的時候，就有點兒呆，當方嬤嬤笑著介紹時，他甚至都忘了見禮。

趙清溪含笑看著周銳：「這位就是周小公子嗎？看起來就聰明機靈，臣回頭得恭喜殿下又得了一個人才培養。」

方嬤嬤笑著點頭：「正是周小公子，福管家見了後誇了好幾回。」

周銳回過神來，臉頓時紅了，他這時候可不聰明機靈，太失禮了，連忙見禮。

趙清溪笑著受了禮，抬步進了屋。

周紅梅迎了出來，也沒想到趙清溪會來見她，她看著趙清溪，見了禮後，一時間又是激動又是手足無措，她不知道趙清溪來找她做什麼，但趙清溪是如今她敬佩的人，乍然得見，真是心情十分難以平靜。

趙清溪本就是被趙宰輔和趙夫人自小培養得八面玲瓏的人，經歷了太子選婚，她深受非議，趙宰輔突然死亡，她咬牙支撐起趙府，如今入朝，被無數雙眼睛盯著她出錯等著彈劾她，她咬牙一步步堅持得短短時間在朝堂上站穩腳跟，這麼長時間，她算是一步步成長起來了。

所以，面對周紅梅，她懂得用什麼樣的方式與她相識閒聊深入瞭解，甚至，很快就把她摸透，讓她容易地對她敞開心扉，也能握住她的七寸，直指要害，捏住她沉在心中已久的那個志向，揪出來，達到花顏帶她來京的隱晦目的，也達到她自己考驗成功後要這個女人幫她的目的。

趙清溪聰明，又見多識廣，加之自小成長環境足夠她懂得用什麼樣的方式對什麼樣的人，所以，對於周紅梅，她很有把握。

她分毫不提花顏從沒在周紅梅面前說過的隱晦心思，只說了她自己，又感慨周紅梅有才華，又說了朝堂天下，談了太子殿下勵精圖治，想振興南楚，為百姓造福等等。

最後，天色已晚，她第二日還要上朝，說改日再與周紅梅敘談，便在周紅梅依依不捨下告辭了。她走出院落，見周紅梅一雙眼睛明亮地送她，她抿嘴笑了起來。

怪不得太子妃喜歡這個小姑娘，弄來京城，果然是一塊未雕琢的璞玉。

當日，雲遲與花灼在書房商議到深夜，方才散了。

當雲遲回到鳳凰東苑，只見屋中亮著燈，花顏趴睡在桌上，手裡還拿了卷書，是等累等睡著了。雲遲輕手輕腳的將花顏抱上床，擁著她，一起進入了夢鄉。

隔日，花顏睡醒時，雲遲自然已不在身邊，她逕自穿衣下床。

方嬤嬤聽到動靜進來，笑著說：「太子妃，您總算醒了，花灼公子本來今早出發離京，但想著您怕是有什麼話要囑咐，便一直等著您醒來。」

花顏聞言動作俐落了些，穿戴妥當，簡單梳洗了一番，連忙往外走。

外間畫堂上，花顏見花灼無聊地坐著，忙坐到他身邊，對他說：「哥哥，我讓雲暗跟著你吧！他熟悉荒原山。」

「不用他跟著，我帶來的人夠用，你自己留著吧！十六在那裡，你操什麼心。」花灼擺手，「你還有什麼要交代的？可有什麼話傳給蘇子斬？」

花顏想了想，搖頭：「沒什麼要交待的，哥哥一路小心，蘇子折雖去了嶺南，但閆軍師也不是省油的燈，他一直跟在蘇子折身邊，同樣是個心黑心狠的，若非蘇子折不准，他早就想殺我，你去了北地，他定然不會對你和花家的人客氣。」

花灼冷哼一聲：「他還不是我的對手，你且放心。」

花顏微笑：「自然，哥哥不出手則已，一出手，別說他，蘇子折也不是對手。」

花灼看著她：「當真沒話要說？」

花顏依舊搖頭：「沒有的，我心之所願，只是子斬這一世好好活著，我早已告訴過他，他自是清楚，否則他也不會未曾與蘇子折撕破臉，拼個你死我亡了，如今也無甚可說了。」

花灼點頭：「行，我知道了。」話落，他站起身，「多不過三日，太子殿下就會離京，你自己好好愛惜自己，多多保重，你月份大了，讓天不絕隨時跟著你，不能讓他離開你身邊半步。」

花顏頷首，對他道：「哥哥，你將韓大夫帶上吧！你身體也不好，他多少管些用。」

「不帶，我用不慣生人，我自己就是半個大夫，還是能照顧好自己的，天不絕也給了我許多藥。你顧著自己吧！」花灼說完，抬步向外走去。

花顏一愣：「你等了我半日，眼看到晌午了，不與我一起用膳了？」

「不了，我路上吃。」花灼頭也不回，俐落地出了鳳凰東苑，「你好生待著，不必你送。」

花顏見他轉眼就走沒了影，想著這也未免太乾脆了，她支著下巴在桌前坐了一會兒，對方嬤嬤說：「開飯吧！」

方嬤嬤應了一聲，立即吩咐了下去。

飯菜還沒端上來，梅舒毓腳步輕快地進了院子。

花顏隔著窗子瞧見他，一個人的成長會有多快？看梅舒毓，看趙清溪。她想著若說以前的梅舒毓配不上趙清溪，那麼如今的梅舒毓，絕對配得上，不止配得上，且還天作之合。

昨日見了趙清溪，見她提起梅舒毓嘴角含笑，眉眼都是溫柔之色，便可推測出她已十分喜歡梅舒毓，且歡喜極了，她也從沒想到這兩個人，是這樣的脾性互補，十分相合，可見，世上總有許多讓你不看好，卻意料之外的融合之事。

梅舒毓人未見，聲先聞：「太子妃表嫂，表哥沒空，我來陪你用午膳，你歡不歡迎？」

花顏想說不歡迎，但看著他揚著的大大的笑臉，意氣風發的模樣，將話吞了回去，笑著對方嬤嬤說：「去吩咐廚房加兩個毓二公子愛吃的菜。」

方嬤嬤應了一聲是，連忙吩咐人去了。

梅舒毓邁進門檻，對花顏端端正正地見了一禮，然後一屁股坐下：「我的小侄子可還好？他什麼時候出來跟我玩啊！」

花顏一下樂了：「你當自己還是小孩子嗎？玩？你趕緊大婚，讓趙大人給你生一個。」

梅舒毓撇撇嘴，惆悵地歎了口氣：「你也稱呼她趙大人了，趙大人要守孝，我也要守孝，守孝之後，還不知道到時候是否天下太平？就如今她那操勞樣，雖然同在朝中，我若不是刻意去找她，連她人影都摸不著，何談大婚之期？怕是遙遙無所期，追妻真難哉！」

花顏哈哈大笑，笑夠了對他說：「別得了便宜還賣乖，她都忙瘋了，還給你做了一件袍子，你穿的美滋滋的，背後卻這麼說，良心可安？」

梅舒毓看了一眼身上的袍子，嘿嘿一笑，得意極了。

在梅舒毓的陪同下，花顏笑呵呵地多吃了一碗飯，用過飯後，梅舒毓軍營裡還有事情要忙，畢竟朝堂在籌備打仗，也許是一場硬仗，他掌管著京麓兵馬大營，不能疏忽，也許還會派上用場，麻溜地走了。

他走之前還不忘對花顏說，若是有空，拉著他家趙大人陪著一起用膳，他覺得，她們兩個都太瘦了，若不是看她肚子，都猜不到她是懷孕四五個月的人。

花顏笑著答應，想著別看梅舒毓一副看起來不著調的樣子，但卻人粗心不粗，對趙清溪真是含在嘴裡怕化了，捧在手裡怕摔了，趙清溪喜歡上他，真是一點兒都不難。這普天之下，沒有幾個人能拒絕得了一片赤誠之心明明白白地捧在面前的人。

梅舒毓離開後，花顏轉身去屋裡午睡。

她剛睡下不久，聽到福管家在外面對方嬤嬤小聲說：「太子妃剛睡下？哎呦，太后得知太子妃回來了，忍不住了，非要見人，人已經出宮了，這可怎麼辦？把太子妃喊起來？」

方嬤嬤也躊躇，捨不得地說：「太子妃剛睡下，要不然讓主子先歇歇？等太后進了東宮，再喊？」

福管家咬牙：「行。」他也捨不得喊，畢竟太子妃懷著小殿下呢，身子骨又不好，剛剛睡下，即便是太后，更想著抱重孫子，太子妃和小殿下能平安回來，太后不知樂成了什麼樣，想必也能體諒。

花顏聽著二人在外悄聲說話，她也不太睏，索性從床上起來，對外面出聲：「嬤嬤。」

方嬤嬤一驚，立即進了屋，連忙請罪：「是奴婢聲音大了，驚擾了您。」

花顏搖頭：「沒有。」話落，笑著說，「你去告訴福伯，吩咐東宮上下接駕，我……」

「您就在這東苑等著吧！若是您興師動眾，太后不見得高興。」方嬤嬤立即說，「太后想必就是想見您，說說話，您先歇著，奴婢讓福管家去安排。」

花顏頷首，太后褪去了強勢後，對她很是不錯，想必不會見怪：「也好。」

方嬤嬤立即走了出去，福管家得了太子妃的話，連忙帶著人去接駕了。

不多時，福管家又命人送來消息，說安陽王妃、敬國公夫人、梅府老夫人、大夫人、大少奶奶，還有幾位朝中重臣命婦，得到消息，都一起來了。

花顏想著這下可熱鬧了，雲遲離京後，她待在京城，為了穩固朝綱，夫人制衡朝局的策略也缺少不得，少不了還得仰仗她們，一併都見了也好。

太后早先並不知道雲遲離京去了北地的荒原山救花顏，一直以為雲遲真的在病中，若非皇帝攔著她，說雲遲沒有大事兒，讓她別去東宮打擾雲遲養病，有天不絕在呢，她早就來東宮了。

今日一早，她才從皇帝的口中知道雲遲哪裡是病了，原來是去救花顏了，且將花顏救回來了，她懵了好一會兒，當即就要來東宮。

還是皇帝攔住了她，說讓花顏多歇歇，她這麼早來，花顏一定沒起呢。

太后強忍著忍了半日，終於受不住了，皇帝命人來東宮打聽消息，說花顏醒了，便也沒再攔著了，讓太后來了東宮。

太后的車輦來到東宮門口，正遇到安陽王妃、敬國公夫人、梅老夫人一眾人等，一行人連忙給太后見禮。

太后下了車輦，笑呵呵地說：「哀家沒想到，你們都來了，咱們倒是一起趕巧了。」話落，命周嬤嬤連忙扶起梅老夫人，「連你也出門了。」

梅老夫人自從梅老爺子故去後，好是病了一陣子，梅府一大家子人都生怕老夫人也跟著出事兒，子孫小輩們有空閒的都輪番地陪著，趙清溪百忙之中，也隔三岔五去一趟梅府，梅老夫人的病纏綿了二十多日，自己也想開了，病好了，又擔心起雲遲和花顏來。

也是今日，雲遲親口在早朝上對外透了消息，說太子妃平安回來了，她也坐不住了，一定要來看看，不過宮裡的太后沒動靜，她也不好輕易來打擾，如今聽聞太后出宮了，也趕緊著來了。

因雲遲在早朝上只說了那麼一句話，再沒說別的，但還是讓朝臣們炸開了鍋，紛紛想著，前些日子，太子殿下裝病出京去救人了？可是雲遲不說，朝臣們也不敢直言開口詢問，只得紛紛將消息遞回了家，讓家裡的夫人們斟酌看是否趕緊去東宮瞧瞧？

朝中重臣的夫人們都不簡單，聞風而動的主，盯著宮裡太后的動靜不說，還盯著敬國公府、安陽王府和梅府的動靜，見宮裡和三府一動，紛紛也都出動了。

也就導致今日齊聚東宮門外，一大群人，熱鬧至極。

「外孫媳婦一定在外面受了很大的苦，她既然回來了，我又怎麼能坐的住？自然來看看。」梅老夫人笑著說，「我這一把老骨頭，不活動活動的話，真怕躺在床上起不來，徒惹兒孫們擔心，還是多走動走動的好。」

「正是這個理兒。」太后笑著伸手挽住梅老夫人的手，二人年歲相當，一個是孫媳婦兒，一個是外孫媳婦兒，這段時間，都牽掛著一個人，頓時覺得心都靠近了。

安陽王妃和敬國公夫人對看一眼，笑著跟在太后和梅老夫人身後，一行人浩浩蕩蕩地進了東宮的大門。

福管家帶著東宮大部分人迎太后的駕，呼啦啦地跪了一地。

太后擺手：「別跪了，太子妃可是在午睡？」她想著，若是在午睡，她就先等等再過去瞧她。

福管家站起身，彎著腰笑呵呵地說：「太子妃剛睡下，聽聞太后和老夫人、王妃、國公夫人都來了，便起來了，本來要出來迎接，被奴才和方嬤嬤勸住了，如今在東苑等著呢。」

「哎呦，到底還是打擾了她休息。」太后有些後悔，「早知道我忍忍，不趕著晌午來了。」

「若是能忍住，自然不差這一時，這不是忍不住了嗎？」梅老夫人笑著說，「咱們坐坐就走。」

太后點點頭。

福管家帶路，一行人走向鳳凰東苑。

雖然方嬤嬤勸說花顏不必折騰著出去迎接，但花顏還是覺得不能托大，來的人都是女人，誰沒懷過孩子？總不能她最嬌氣，連出門接一接都做不到了。

於是，她穿戴妥當，出了房門，倒也沒走遠，由方嬤嬤陪著在鳳凰東苑的門口迎接人。

遠遠地，浩浩蕩蕩一群人，將花顏也嚇了一跳。

方嬤嬤小聲說：「自從您失蹤，太子殿下一天好臉色也沒有，朝臣們無論是在朝堂上，還是私下見了太子殿下，連大氣都不敢出，說話也謹慎得很，這一段時間，不止我們東宮沉悶窒息，京城也安靜沉悶如陰雲罩頂，都盼著您早日回來呢。您一回來，太子殿下就陰轉晴了，不止東宮的人高興，朝野上下都跟著高興。」

花顏笑出聲：「這樣啊！真是難為朝臣了。」

二人說話間，一群人來到近前，花顏瞧清楚了太后、梅老夫人、安陽王妃、敬國公夫人等人，連忙上前給太后見禮。

她還沒彎下身，太后激動地一把抓住她，看著她隆起的小腹，老眼落下淚來：「好好好，回來就好，母子平安就好，哀家可真是擔心壞了……」

太后緊緊地握著花顏的手，絮絮叨叨地說著。

梅老夫人也落了淚，安陽王妃紅了眼淚，哭的最凶的反而是敬國公夫人，她搶不著太后的活，握不到花顏的手，拿著帕子一個勁兒地抹淚，轉眼就將帕子打了個濕透。

花顏也紅了眼睛，又哭又笑，一時間，各府的夫人們無論是真心還是假意，一個個的也拿著帕子抹眼睛，人人道著平安萬福。

方嬤嬤生怕老的老少的少哭壞了身子，連忙出來打圓場，請太后別哭了，否則太子妃哭，小殿下在肚子裡也跟著哭了。

提到花顏肚子裡的孩子，太后頓時止住了哭，真是比什麼都管用，不止不哭，還盯著她肚子開心地樂了，對花顏問：「會動了嗎？」

「會了，剛剛還踢了我呢。」花顏笑著點頭。

太后「哎呦」了一聲，又問，「他有沒有力氣？」

「力氣大的很。」花顏點頭。

「定然是個小子，小子才勁兒大。」太后笑咪咪地說著，話落，怕花顏沒生個小子心裡因為她這話落下結，立即又改口，「姑娘也有力氣大的，無論是男孩女孩，哀家都喜歡。」末了，又補充了一句，「皇上也喜歡。」

花顏從沒覺得太后這麼可愛，真是想著法子為她找補，她笑吟吟地說：「我就期待是個跟太子殿下一樣的小子，我想看看他小時候什麼模樣，若是個小姑娘……」

太后板起臉：「你是當娘的，可不能這麼偏心，小姑娘有何不好？姑娘是暖心的小棉襖，你這麼說，小姑娘該多傷心，若是小姑娘，跟你一樣，哀家更會疼到心裡去。」

花顏其實也沒打算說不中聽的話，只不過想說若是小姑娘，像她，有雲遲頭疼的，不過太后既然這般說，她便打住要說的話，笑著軟聲說：「皇祖母教訓的是，我以後再不說了，是小姑娘，我也一樣疼她。」

「這還差不多。」太后滿意了，笑的見眉毛不見眼睛。

梅老夫人也是笑開，敬國公夫人也破涕為笑，一行人說笑著進了鳳凰東苑。

雖然說女人聚集的地方是非多，但是擱在東宮，擱在花顏面前，還真不存在是非。今日來的人裡，太后、梅老夫人、安陽王妃、敬國公夫人、梅大夫人，大少奶奶，七公主，都是待她不錯的親近之人，其餘的朝中重臣夫人，都是會做人的，自然沒人追問去提她失蹤這些日子遭受了什麼不開心的事兒。

所以，眾人十分和睦，圍著她肚子裡的孩子，聊的開心。

尤其是七公主，早先插不上話，待太后的激動勁兒緩和後，她才湊上前，問花顏肚子裡的小侄子乖不乖，問她每日吃什麼喝什麼，說她這些日子悶在宮裡給小侄子做了好幾身小衣服，都是用綿軟的細棉布，小小嬰孩穿在身上一定舒服，說她因為做這些，女紅都長進了云云。

花顏聽著好笑，捏了捏七公主的臉，想著人總要長大，七公主似乎也長大了。誰也沒料到梅舒毓會和趙清溪成了一對，不知道她大哥陸之凌是否與七公主還有機會。

一行人沒敢坐太久，一個時辰後，由太后打頭，出了鳳凰東苑。

花顏送太后與眾人出房門，太后擺手：「快去歇著吧！皇上也想見你，明日大約會過來，他與哀家一樣，得知你回來，喜不自勝。」

「明日我進宮去見父皇。」花顏笑著道。

太后搖頭，堅決地說：「你好生歇著，讓他自己來，哀家都能動，他也能。」

花顏只能笑著住了嘴，送太后和眾人離開。

送走了太后等人，花顏著實也累了，便躺回床上睡下了。

一覺睡到傍晚，花顏聽著一陣熟悉的急促的腳步聲進了鳳凰東苑，她驚醒過來，坐起身，挑開帷幔。

第一百五十五章　親征嶺南

腳步聲來到房門口，驟然停下。

此時屋中已黑，花顏只能透過虛掩著的房門看到一個模糊的身影，她輕喊了一聲：「雲遲？」

雲遲拂了拂錦袍上的涼意，推開房門，走進屋，「嗯」了一聲，「是我。」

「出了什麼事情嗎？」花顏看著他，雖屋中黑暗，但她也能看到他臉上隱著的情緒。

雲遲深吸一口氣：「我要立馬啟程離京，剛剛兵部八百里加急，嶺南王出兵，攻打山嶺關。」

花顏訝然：「嶺南王竟然這麼快就出兵了？」

「嗯。」雲遲點頭，「大約是得了什麼消息，趕在我去嶺南前先發制人動手，占取主動。」

花顏坐直了身子：「他多少兵馬？」

「六十萬。」雲遲道。

花顏心神一凜，面色一邊：「他怎麼養了這麼多兵馬？若說蘇子折在北地的荒原山養那些兵馬朝廷沒得到半絲風聲也就罷了，畢竟天高皇帝遠，但嶺南王不該有這麼多兵馬啊？這些年，朝廷對嶺南也不是不管不問不關注，南楚的百姓被暗中徵兵到嶺南，不能少了這麼多人朝廷毫無所覺的。」

雲遲沉聲道：「你可還記得安陽王府、武威侯府、敬國公府三府的兵馬？」

「自然記得。」花顏點頭，猛地升起不好的預感，看著雲遲，「你的意思是說，嶺南王奪了那三府的兵馬？」

「對，除了北地的兵馬，被你與蘇子斬收服外，其餘兵馬，都被嶺南王暗中奪了。」雲遲轉身，掌了燈，屋中一下子明亮起來，他涼聲道，「三府的虎符，你在北地時，是都交給了我沒錯，但因我這幾個月以來一直無暇派人去管，分身乏術，終究是被嶺南王鑽了空子，或者也許早就已被他暗中收服，只等今日。」

「太祖建朝起，兵制四分，每一地五萬兵權，在北地時，我與子斬收復了十五萬兵權，剩餘那可是四十五萬兵馬啊！都被嶺南王奪了？」

「是，四十五萬兵馬，都被他奪了。也許，如今我才明白，蘇子折劫走你，就是暗中幫著嶺南王，以牽制我的注意力，無暇顧及嶺南，而讓他有充分的時間對那四十五萬兵馬動手。」雲遲道。

花顏心底發寒：「也就是說，他除了自己養有少量兵馬外，其餘均來自朝廷兵馬。」

「嗯。」雲遲點頭，「若非我去救你時，途中碰到葉蘭盈，讓她回了嶺南，戳穿了她的陰謀，那麼，一旦讓她帶著私造的兵器回到了嶺南，如今朝廷更是被動。」

花顏想起葉蘭盈還關在東宮大牢，她瞳孔縮了縮，道：「武威侯府承襲梁慕一脈，代代相承，籌謀了四百年，這一代，武威侯不遺餘力地籌謀復國，為蘇子斬鋪路，奈何蘇子斬生下來沒了記憶，他用盡無數法子，不惜搭進去武威侯夫人的命，也沒逼得他甦醒記憶，所以，本來是給蘇子斬鋪路做墊腳石的蘇子折更符合武威侯復國之望，他便放棄了蘇子斬，改選蘇子折。不過，四百年前後樑傳下來的忠心之臣有一半還是死心塌地等著蘇子斬甦醒記憶扶持他，這也就導致了，蘇子斬和蘇子折分化了武威侯府傳承的勢力，一人一半。」

「嗯。」雲遲倒不太清楚細節，此時聽花顏細說，想著原來是這樣，必是蘇子斬說與她的。

「我想，在去年，武威侯在知道你選了蘇子斬前往北地時，他就果斷地放棄了北地的軍權，從而以交出兵符迷惑了我們，畢竟他那時還沒暴露，暗中卻在勾結了蘇子折和嶺南王，若我所料不錯，想必就是那時，嶺南王和蘇子折就開始對三地兵權下手了。」花顏揣測，「這麼算起來，時間已有大半年之久，能得手，也不奇怪。」

雲遲抿唇：「說起來，還是我輕敵了。沒想到背後牽扯這麼大，水如此深，長達四百年的謀算，我以為，你我大婚後，我便著手，來得及的，沒想到……」

「沒想到你我大婚後沒幾日，便查出我有了身孕，且孕吐的厲害，以至於牽了你的心神，後來宮宴，我又被人劫持走，陰謀環環相扣下，到了如今這個地步。」花顏伸手抱住他，「說起來，都是我不好。」

「說什麼呢？若沒有你，南楚如今的情勢，也許更糟。」雲遲拍拍她的身子，「我想像不出，後樑有人謀反，你作壁上觀，看我江山傾覆會是什麼樣子。畢竟，不嫁給我，花家也不會管朝綱傾覆，朝代更替，捲入紅塵權利中。」

「那倒是。」花顏也想不出來，「大哥應該收到你的書信帶兵動身了吧？如今嶺南王有六十萬兵馬，蘇子折除了被你奪的，算起來也還有五十萬兵馬。咱們手中，有多少兵馬？」

雲遲道：「京麓兵馬大營三十萬兵馬，北地慶遠城五十萬兵馬，西南境地也有五十萬兵馬。但京麓兵馬大營的兵馬不能調動，要守著京城，以免蘇子折對京城下手。算起來，也有百萬兵馬可用，陸之凌來信已帶兵出發了，別擔心。」

花顏目光露出惘然的神色：「我倒是不擔心我們守不住江山，我只是有些不敢想像，這仗打起來，都是南楚的兵士互相殘殺。

「結了四百年的結，總要解開，事關後樑與南楚，也許，在我這裡，才能真正落幕。」雲遲道。

花顏抱著他身子的手緊了緊，腦袋在他懷裡蹭了蹭，沉默了一會兒，低聲說，「我給你收拾東西，送你出城吧！」

雲遲剛要說不，但看著懷裡的花顏，拒絕的話吞了回去，他知道，相比他外露的不捨，她也是心裡不捨的那個人，她從骨子裡透著剛強，他點點頭，低聲說：「好。」

於是，當夜，東宮上下開始忙碌起來，收拾太子殿下啟程的行囊。

花顏一邊跟著方嬤嬤收拾東西，一邊想著事情，片刻後對雲遲說：「帶十萬京麓兵馬吧！」

雲遲看著她。

花顏目光清澈：「三十萬京麓兵馬守衛京城，有些多了，二十萬就夠了，哥哥去了北地荒原山，你去了嶺南對付嶺南王和蘇子折，你們兩個南北分別牽制了他們，想必他們無暇來京城作亂，就算他們派人來京城作亂，有我與安書離在，也必定不讓人作亂。所以，京城用不著留這麼多兵馬。」

「好。」雲遲點頭，知道他若是不帶上，她會不放心。

花顏見他答應，又拿出一件金絲軟甲來遞給他：「這個你穿在身上，無論什麼時候，都不准脫掉。我給你穿。」

「好。」雲遲點頭。

花顏親自動手，給雲遲脫了外衣，穿好金絲軟甲，又從袖中拿出一面護心鏡，塞在他心口：「還有這個，也要佩戴著，不要仗著自己武功高，就不懂得保護自己。」

「好。」雲遲目光溫柔。

花顏又溫聲囑咐：「不要擔心我和孩子，我們會好好的，等著你回來，也不要急躁，不要覺得我月份大了，必須有你照顧，也不要為了趕著孩子出生，而操之過急，有些事情，急不來，行軍打仗，切忌急躁，我會告訴我們的孩子，他的父親很愛他和他的母親。他的父親一人擔著南楚江山，擔著千萬子民，擔著天下太平，擔著國泰民安。他會很乖巧，很懂事兒，也會理解他父親的。」

雲遲聽著花顏絮叨，伸手，一把將花顏拽進了懷裡，低頭吻著她髮絲，聲音有些啞：「花顏，謝謝你。」

別人的丈夫遠行，妻子大約是依依不捨，含淚相送，恨不得不讓丈夫離開。而他的妻子，就因為是太子妃，因這個身分，她殷殷囑咐，為的卻是讓他安心不擔心無後顧之憂。

花顏輕笑，也回吻他髮絲：「我會和孩子，等著你平亂回來。」

當晚，雲遲便帶了十萬兵馬，離開了京城。

隨著他離開的，還有敬國公、程子笑、蘇輕眠。

雲遲本來打算將敬國公留在京城，只帶上程子笑和蘇輕眠，畢竟這二人於他此行，大有助益，程子笑沿途掌管糧草銀錢，他與程顧之畢竟是手足兄弟，程顧之在京城坐鎮總管糧草調度，兄弟二人相互瞭解，才能配合好，不讓糧草出差錯，而嶺南多山，蘇輕眠製造的事物可用於行軍打仗，尤其是他製作的大型風箏，可從山頂空中飛行幾十里，這對突襲十分有好處。

但是敬國公親自懇請，說京中有安陽王、安書離、程顧之、五皇子、梅舒毓等人在，他留在京城，也是清閒，不如跟著太子殿下前往嶺南，他本就是將軍，不能太子殿下出去打仗，他閒在朝中，更何況，他覺得自己寶刀未老，可以一用。

雲遲考慮了一番，覺得讓敬國公跟上也好，敬國公自小學兵法，行軍打仗，最在行不過。有他跟著，可以指點他一二，於是，便帶上了敬國公。

朝中文武百官對此沒有異議，太子親征，他們雖不大贊同，但也提不出反對的理由來。畢竟，太子殿下能文能武，親自前往嶺南，顯然也是經過掙扎做的最必須的決定。

太子妃剛剛被救回來，誰都知道太子殿下捨不得太子妃，若非一定要前去，他斷然不捨得。

花顏將雲遲送到城門外，在十萬京麓兵馬面前，以她太子妃的身分拱手一拜：「嶺南路遠，望殿下保重！我與南楚千萬百姓一樣，都盼殿下安。諸位將士，此行辛苦！殿下的安危，就交給你們了！他日班師回朝，我依舊站在這裡迎接諸位凱旋。」

她話聲一落，十萬兵馬爆發出高呼聲：「太子殿下千歲！太子妃千歲！」

雲遲深深地看著花顏，上前一步，扶起她，伸手將她抱住。

軟軟的身子貼在他懷裡，他可以清晰地感覺到她小腹被踢動了一下，身為丈夫父親，讓他心潮湧起無數不捨，但身為南楚的太子，他又湧起豪情萬丈。

他的女人，他的孩子，他的家國，他的天下。

他雖自小就明白肩上的責任，但也不及這一刻，來的深。

雲遲輕輕地又重重地一抱，放開花顏後，翻身上馬，縱馬離開，再未回頭。

十萬兵馬有序地跟在他身後。

敬國公穿著鎧甲，上前一步，拍拍花顏肩膀，聞聲道：「你月份大了，需要人照顧，東宮僕從們雖盡心，但到底讓人不放心，我與殿下離開後，讓你義母陪你住去東宮吧！有她在，我與殿下也放心。」

「好。」花顏點頭，「義父保重，一定平安歸來。」

「嗯。」敬國公穿上鎧甲後，整個人都十分精神了，「這些年憋在京城，我都快發毛了，這一回，總算有了用武之地。你放心，我還盼著小殿下出生後，我教他兵法呢。」

花顏笑：「義父說的是，那他就等著你了。」

敬國公大笑。

程子笑與蘇輕眠上前，二人也都很興奮激動，男人大約都喜歡上戰場，一身血性，似乎只有戰場上，才能抒發出他們心中的豪情。

花顏看出他們二人的激動，能被選中跟著雲遲離開的人，都是難得，她笑著說：「來日，你們還朝，我備酒菜，為你們接風。」

「好啊！」程子笑揚起眉梢，「但願快些，我們都能與太子殿下一起迎小殿下出生。」

蘇輕眠重重地點頭：「子笑說的就是我想說的。」

花顏笑容散開：「保重。」

二人不再多言，翻身上門。

花顏站在原地，看著十萬兵馬的身影沒入夜色中，直到看不見，她依舊久久收不回視線。

方嬤嬤上前，低聲說：「太子妃，咱們回去吧！夜深露重，您萬一著涼，就不妙了。」

「好，回去吧！」花顏點頭。

方嬤嬤扶著花顏上了馬車，東宮護衛護著回城。

雲遲離京，沒弄出太大的動靜，早就下令，朝中文武百官不得相送，免得讓京中百姓看著這陣仗不安，是以就連安書離也沒來，只花顏相送到城門外。

花顏坐在馬車上，伸手捂著心口，這般送雲遲離開，她的心空落落的，不捨的不行，這滿滿當當的情緒，讓她壓都壓不住。

京城的夜晚，雖也熱鬧，但比之白日，還是顯得安靜了些。

花顏在這安靜中，越發地難耐，伸手摸著小腹，想著若非她懷有身孕，恐怕成為雲遲的負累，說什麼也要他走到哪裡，她跟到哪裡。

方嬤嬤陪著花顏坐在馬車裡，看著太子妃的容色在太子殿下離開，她上了馬車後，才顯露出來濃濃的不捨，讓她都不忍看，分外地心疼，想著天下夫妻，最難的，怕是也難不過太子殿下和太子妃了，因承受的太多，反而看起來更不聲不響的如海深，比天高。

她生怕讓花顏這樣下去傷了身子，連忙輕聲開口：「太子妃，若不然今日就將國公夫人順道接去東宮陪著您。」

花顏抬起頭，思緒打住了些，輕聲說：「義父離開，義母雖然看起來灑脫的連送行也不來，但實則恐怕也是躲在家裡，捨不得，提著心擔憂吧！」

方嬤嬤點頭：「國公府本就人丁稀少，如今只剩下國公夫人一人了，想必也寂寞的很。」

「去接吧！」花顏頷首，「有義母陪著我住在東宮，她每日要照顧我，轉移注意力，想必也不會有太多時間空想。」

方嬤嬤應是，對車外吩咐了一聲，馬車前往敬國公府而去。

這麼多年，朝中太平，無兵戰，就算去年西南境地有兵戰，也沒用敬國公出馬，敬國公夫人與敬國公少年夫妻，只得一子，而陸之凌自小又是個渾孩子，不愛著家，所以，夫妻二人算是一路相攜著過了多年。

敬國公乍然離開，敬國公夫人的確有些不適應。

所以，她雖然沒出城相送，但是卻在院子裡晃晃走走，心裡也是空落落的，覺得偌大的國公府，僕從本就少，人口本就簡單，如今更是說不出的空寂。

她想著，今夜註定要難眠了，一把年紀了，自己怎麼還不穩重捨不得那老頭子呢？

她走了一圈又一圈，正想著如今早該出城了，不知走出多遠了？有人匆匆跑來稟告：「夫人，太子妃來了。」

「太子妃？」敬國公夫人立即打住了亂七八糟的不捨，猛地轉身，「天這麼晚了，太子妃怎麼來了？可出了什麼事兒？」一邊說著，她一邊往外走。

小廝立即說：「回夫人，太子妃沒進府，只在門口，派小的來問問夫人，說國公爺臨行前說了，讓您去東宮陪著太子妃，她剛從城外送太子殿下回來，順道來接您，問您今日可去東宮？」

敬國公夫人腳步一頓，想也不想地說：「去，自然去，你快去告訴太子妃，讓她稍等，我收拾一下這就去。」

小廝應是，立即去回話了。

敬國公夫人連忙回了屋。

貼身侍候的丫鬟婆子們連忙幫著敬國公夫人收拾，敬國公夫人交代：「去把管家喊來，我囑咐幾句話。」

有一名婢女立即去了。

不多時，管家來了，敬國公夫人說了讓他仔細管家，看好國公府，她不在府中，也不能鬆懈了，又說有什麼事情去東宮找她，在太子妃生下小殿下，或者太子殿下回京前，她也許都會住在東宮。

管家連連應是，他是個老實穩重的人，建議道：「夫人少收拾些東西，明日再打發人回來取，別讓太子妃久等了。」

「嗯，我知道。」敬國公夫人點頭，見收拾好了幾件衣服用品，便帶了兩名貼身婢女出了房門。

花顏在敬國公府外沒等多久，便見敬國公夫人匆匆來了，她走的太急，出了一身汗。花顏挑開車簾，笑著說，「天色也不是太晚，義母不必著急的。」

「那也不能讓你等太久。」敬國公夫人笑著，上了馬車。

花顏接了敬國公夫人回到東宮，夜色已深。

花顏不累，沒有睏意，便拉著敬國公夫人說話，因敬國公夫人一直待在京城，宮裡的年節宮宴每年都沒落下過，時常見到雲遲，花顏便讓她說些雲遲小時候的事兒。

敬國公夫人一邊回憶一邊說，不過她能說的不多，畢竟，一年也見不到雲遲幾次。記憶裡，太子殿下小時候，行止做派，尊貴出眾，對比先皇和皇上，青出於藍而勝於藍。有些朝臣們都紛紛說太子殿下若是好好栽培，將來也許是第二個太祖。

花顏笑了笑，太祖雲舒什麼模樣，四百年已過，她已記不太清，但她想，就拿現在的雲遲來說，一定比太祖要強許多的，當年的太祖，可不敢隻身闖蠱王宮，建朝登基後，百廢待興，也沒解決了西南境地諸小國，而使得南楚受西南諸小國這個心頭刺如鯁在喉長達四百年之久。

敬國公夫人又說，這二十年裡，有兩次，她對太子殿下的認識最深，一次就是皇后娘娘忽然猝死，一次就是武威侯夫人無故死在東宮。

一個是太子五歲時，也就是十五年前，一個是太子十五歲時，五年前。

五歲的太子殿下和十五歲的太子殿下，雖然當時都沒掉眼淚，但是，卻都七日不眠不休不吃不喝地守靈，直到暈過去被抬回寢殿。

有時候，不落一滴淚，才是真的傷到了極致。

那時，她還私下跟敬國公說：「太子殿下真是個可憐的孩子。」

敬國公也歎氣：「太子殿下生性涼薄，唯二讓他面對時從心裡暖和的兩個人都去了，以後真是讓人擔心。」

她道：「但願將來他娶了太子妃，身邊有個貼心人，能不這麼苦。」

「難。」敬國公長歎，「我看他對趙府小姐不太上心，連趙府小姐都不能讓他傷心，將來就算娶太子妃，怕也只是國之需要。」

敬國公夫人說到這，看著花顏身子靠在桌子上，一手支著下巴，一手把玩著一串檀木手串，她笑起來：「真沒想到，我們都想錯了，太子殿下還真就給自己找了個貼心人，比之以前，性情真是改了不止一點兒。可見，這世間事兒，從來就說不準，」

花顏笑意蔓開，眉梢眼角，都含著笑，她看著敬國公夫人，輕聲說：「嫁給他，是我的福氣。」

「誰是誰的福氣，都是上天註定的。」敬國公夫人笑著道，「太子殿下娶了你，也許他更覺得是他的福氣。」

花顏抿著嘴笑：「義母，說說您和義父年輕時吧！」

敬國公夫人「哎呦」了一聲，笑著說，「我們年輕時啊！小姑娘們都不樂意嫁給你義父，他那個人，糙的很，我當時也是看不上他，後來我父親硬做主，我沒法子，誰叫他討得我父親喜歡呢？沒想到，嫁給他之後啊！我才知道，他那個人，粗中有細，且敬國公府門楣清正，內院乾淨，他也不是那等拈花惹草之人，不納妾，連個通房都沒有，這麼多年，當年的小姐妹都羨慕我。我至今仍感謝父親。」

花顏笑著點頭：「當年對比義父，安陽王很受歡迎吧？」

「可不是嗎？」敬國公夫人想起當年，便笑的合不攏嘴，「安陽王出門，京城的姑娘們都聞風而動，安陽王溫潤如玉，謙謙君子，待人和氣，禮儀周到，你義父與他待在一起，雖容貌上倒也不相上下，但就是被比的沒影了，不得小姑娘待見。」

「這麼說，當年安陽王妃也喜歡安陽王了？」花顏笑問。

敬國公夫人搖頭，歎了口氣：「她當年還真不喜歡安陽王，喜歡一個寒門學子，不過，她出身好，家裡是怎麼都不准許她嫁給那個寒門學子的，那寒門學子也有未婚妻，她品性端正，自然不會去破壞人家。安陽王喜歡她，親自上門求娶，安陽王是京城裡閨秀們都想嫁的世子，她家裡自是沒個不答應的，父母之命，媒妁之言，她也沒法子，兩方請皇上下旨賜婚，她也就嫁了，當年，真是羨慕死了所有人。」

「可是男人光表面看著好，沒什麼用處。」花顏對安陽王和安陽王妃雖知之不多，但也能瞭解一二。

「正是。」敬國公夫人道，「安陽王待人溫和，那是不止對一個兩個人，對誰都溫和，尤其是對女子，雖不主動，不會被人說成是好色之徒，但哪個女子送上門，他也不會拒之門外不收，沒幾年，安陽王的內院便住了一大群女人，王妃是個什麼性情？那是剛烈的很，忍了幾年，到底是受不了了，有了安書離後，徹底跟安陽王劃清了界限，一劃就是十幾年，直到幾年前，安陽王大徹大悟，清了身邊的女人，安陽王妃才漸漸回了頭，但這麼多年，到底意難平吧！」

「還是義母有福氣。」花顏道。

「福氣這種事兒，是上天註定，我也是個眼瞎的，多虧了我父親，看人看的準。」敬國公夫人笑著擺手，「罷了，不說他了，好像我多誇他似的，若是被他知道，一準高興好幾年。」

花顏大樂：「那您說說大哥小時候。」

敬國公夫人知道她睡不著，拍拍她的手，溫和地勸說：「你懷孕的身子，怎麼能熬夜折騰？這樣下去受不住，就算睡不著，也得去床上躺著，用力地睡。否則太子殿下不是一日半日就能回來，也許一兩個月，也許好幾個月，長久下去，對胎兒發育不好，為了小殿下，你得忍著。」

花顏知道很晚了，雖然睡不著，但她聽得進去勸，點點頭：「好，義母也去睡吧！您跟我一起睡，咱們倆都睡，以後就比誰先睡著。」

敬國公夫人笑著站起身，連聲說：「好好好，比一比。」

花顏沒讓人給敬國公夫人另外安排院落，就住在這鳳凰東苑東廂的廂房，敬國公夫人就是為了住進來近身陪著花顏，自然沒意見，由婢女領著去睡了。

花顏回了屋，方嬤嬤侍候著花顏睡下，對她小聲說：「太子妃，留一盞燈？」

花顏搖頭：「不必。」

「那奴婢就歇在腳榻上，您半夜有事情喊奴婢。」方嬤嬤道。

花顏擺手：「嬤嬤去歇著吧！不用守夜。」

方嬤嬤堅決地搖頭，她一直以來凡事都順從聽花顏吩咐，但唯獨這件事情，怎麼也不答應，只說她睡覺很輕，絕對不打擾太子妃，但太子妃月份大了，夜間起夜會很不方便，一定要有人守夜才行，否則出了事兒，她就算以死謝罪都沒用。

花顏第一次見方嬤嬤如此執拗，只能退了一步，柔聲說：「我實在不習慣屋中有侍候的人，這樣，我們各退一步，你就歇在外間，但有事情，我一定喊你。」

方嬤嬤猶豫片刻，點頭，同意了。

花顏本來以為這一夜會失眠，怎麼也睡不著的，但沒想到沾了枕頭，被褥間聞著雲遲殘留的清洌氣息，竟然沒多久，就睡著了。

她一夜好眠，半夜都未曾醒，一覺睡到了日上三竿。

方嬤嬤夜間醒來兩次，悄悄瞧了花顏，見她睡的熟，便安了心。

敬國公夫人跟花顏差不多，換個地方，沒想到自己竟然也一下子就睡著了，她醒時天色剛亮，閒著也是閒著，想著花顏愛吃她做的糕點，便親自去了東宮的小廚房。

東宮上下人對敬國公夫人都十分敬重，井然有序的給她打下手，不敢怠慢。畢竟除去敬國公一品誥命夫人的身分，她還是太子妃的義母，臨安花家遠在臨安，京城的敬國公府就是太子妃的娘家。

花顏醒來後，躺在床上計算著這時候雲遲應該已經出了京城最少三四百里地了，雖然她還是有些不適應，但過了昨夜，睡了一覺，還是好多了。

她長長地伸了個懶腰，下了床，方嬤嬤進來侍候她穿衣，她問了問敬國公夫人，得知一早就去了廚房，還沒出來，便笑著摸摸肚子：「義母在東宮，我看來要開始長肉了。」

方嬤嬤笑著說：「國公夫人愛下廚，做的糕點連東宮的廚子都自歎不如。」

花顏點點頭，想起了什麼，對方嬤嬤吩咐：「去給安宰輔傳個話，今日他若得空，過來一趟，我與他商議些事情。」

方嬤嬤應了一聲：「奴婢一會兒就吩咐人去。」

雲遲離京，朝事兒一大堆又壓在了安書離身上。

不過幸好皇帝身子骨養得有起色好了些，上早朝，上面有皇上頂著，安書離多少能喘口氣。

自從花顏被救回京，他只瞧過一眼，那時花顏剛回來昏睡著，他不方便入內，也不算見著人，本來打算過兩日再來看望，沒想到嶺南王這麼快就動兵了，雲遲又緊趕著離京，他需要做的事情更多了。

他昨夜一夜未睡，與程顧之商議糧草，想著去年多天災，糧草如今雖不緊缺，但也堅持不了幾個月，他怕的就是這是一場長久戰，萬一沒那麼順利，要打個半年一年，那可就捉襟見肘了。

程顧之與他分析如今局勢，也覺得若是南北兩邊同時興兵，不容樂觀，畢竟，除了糧草，還有馬匹、軍裝、鎧甲、軍營的一應所用供給，都是要銀子的，動的干戈越大，耗時越久，耗費越多。

東南西北四地，西南去年收復亂象，耗用極大，剛剛恢復生息，拿不出多少糧草，北地這些年被蘇子折掏空了，民生賦稅太重，更沒辦法再剝奪，嶺南王謀反，東南那一片都成了嶺南王的地盤，如今，偌大的南楚，要想籌備糧草，商議來商議去，也只有正南一處，那裡是臨安。

多少代，臨安和樂安平，是富碩之地，而花家又世代經營，但他們又拿不定，畢竟，西南境地在戰後恢復生息是靠了花家傾整個西南之力，在安十六、安十七的輔助下，這事兒安書離最清楚。而北地，花顏和蘇子斬在肅清時，也是帶了花家人，可以說，去年那一場仗在北地打的更狠，與蘇子折那個瘋子交手，視人命如草芥，連花顏自己都差點兒賠進去，安書離雖不清楚，但程顧之清楚。

所以，如今花灼又帶著花家勢力去了荒原山，花家還有多少能力財力，他們還真不敢確定，還是要問問花顏，是否靠得上。

太子殿下走時是說寧可不讓太子妃操神之事，儘量不要打擾她，但這等事情，還是要找她，若是花家如今也有心無力的話，那他們少不了要靠各地百姓們多納賦稅節衣縮食了，戰亂起，最苦的就是百姓，再加重賦稅，百姓們難保不怨聲載道。

但南楚如今就是這麼個情勢，也就太子殿下坐在這個位置上，有能力本事，咬牙撐著，若是換了旁人，連安書離都覺得，這就是亡國之兆。

誰能想到，南楚四百年，發展至今，朝局天下，竟然到了這等岌岌可危之地？若是他不入朝，不深入坐在這個宰輔的位置上，也不相信偌大的南楚江山，竟然各處都透著傾倒之勢。

安書離想著太子殿下剛走，太子妃大約一時間不適應，過幾日他再找她。沒想到，他下了早朝，便收到了花顏傳話，當即丟下手裡的事情，立馬過來見她。

花顏起來本就晚，收拾一番後，已到了晌午。

方嬤嬤怕餓著花顏：「太子妃，傳膳可好？」

「不急，我先墊補兩塊義母做的糕點，安宰輔得了信很快就會來，讓他一起在這裡用午膳好了。」花顏看了一眼天色。

方嬤嬤點點頭，給花顏拿了兩碟糕點。

果然如花顏所料，安書離很快就來了東苑。

花顏吩咐人在院中設了桌椅，坐在桌前等著安書離。

安書離來到後，對花顏見禮，見她氣色不錯，笑著說：「臣還擔心太子妃，看來是多慮了。」

「坐吧！」花顏笑著擺手，「書離不必多禮。」

安書離坐下身，見她以名字相稱，他便也不自稱臣了，笑道：「殿下剛走，我本打算過兩日再來煩擾你，沒想到你先坐不住了。」

花顏也不急著說事情，將敬國公夫人做好的糕點往他面前推了推：「這是義母忙活了一早上做的糕點，好吃的很，你嘗兩塊。」

安書離點點頭，拿起糕點吃了一口，笑著評價：「敬國公夫人心靈手巧，比我娘做的糕點好吃。」

花顏抿著嘴笑：「被王妃聽到，一準打你。」

安書離歎了口氣：「我都有一個多月不曾回王府了，她想見我也見不到，更別說打我了。」

「朝事繁忙，都壓在了你的身上，著實辛苦了。」花顏收了笑，「我也未曾想到，南楚的情勢會到如今這般嚴峻的地步。」

「誰能想到呢？」安書離吃下一塊糕點，端起茶盞喝了一口茶水，面色凝重地說，「哪怕再給殿下三年時間整頓，也不至於到如今這般地步。」

「如今的事情，也不見得全然是壞處。越是積壓日久，越是回天無力。」花顏輕聲說，「如今的雲遲，總好過後樑懷玉當年，救都沒法救。」

「也是。」安書離見花顏坦然地說後樑，他方才開口問，「你今日著急喊我過來，可是有什麼打算讓我來安排？」

花顏點點頭：「我是想問你糧草之事，可夠撐半年之久。」

安書離搖頭：「南北全面興兵，不夠半年，多不過四五個月而已。」話落，他揉揉眉心，「未曾料到嶺南王竟然收了朝廷四十五萬兵馬，也將整個東南的糧倉都把持在了手裡，這些年，朝廷因相信嶺南王，從未對嶺南有苛刻，沒想到養了一隻碩鼠成猛虎。」

花顏頷首。

安書離看著她：「太子妃可有何良策？」

花顏笑看著他：「你不如直接問我，花家還能拿出多少米糧來做後盾？」

安書離不好意思地笑笑，輕咳一聲：「正是此意。」

「若我說花家的米糧，全線調用，也不足以支撐兩個月，你可信？」花顏看著他。

安書離立即說：「信。」話落，他歎了口氣，「昨日，我與程顧之商議之時，也覺得花家怕是已被掏空所剩無幾，就算花家累世多年，但米糧這種事物，又不能保存太久，多則三年，便成陳米陳糧，再久，便不能用了，喂馬都怕發霉不吃。」

花顏點頭：「若說花家財富金銀，倒是堪比國庫，我既為太子妃，哥哥和花家長輩，雖有祖訓，但國難當前，也不會吝嗇不給，但再多的金銀，也不是米糧。」

「看來，少不了，要從百姓手中取米糧了。」安書離抿唇，「不過以金銀購買，就怕被人將米糧價格炒上來。」

花顏搖頭：「不，先不購買。這是最後一步。」

安書離盯著她：「太子妃有策略？」

「嗯。」花顏點頭，看著他，「據說安氏一族的官司至今還亂作一團，沒個定論？」

安書離一愣，沒想到她將話題轉到了安氏一族，他點頭，頭疼地說：「花灼兄救了我，不要謝禮，推在了殿下身上，父王便決定自己清查梳理安氏一族，給殿下開個路。但沒想到，著實棘手。後來殿下前往荒原山，如今救回你，又適逢嶺南王謀反，殿下又離了京，安氏一族直到現在，還拖著，殿下要拔除世家大族牽連的官場汙穢，也只能暫且擱置了，我也騰不出手來理會。」

花顏端起茶盞，手腕晃著手中茶水，慢悠悠地說：「如今就是個機會，不如我們聯手，一步到位，將糧草之事趁此機會解決了，也將世家大族盤踞朝廷的根給拔除它。你說如何？」

安書離心神一凜：「你的意思是……」

「就是你想的意思，你可捨得拿安氏一族開刀？」花顏問。

「自然捨得。」安書離這些日子被煩透了，眸光聚上寒意，「安氏一族的人，人心不足蛇吞象，以為我做了安宰輔，他們便也跟著雞犬升天了，父王為保安氏一族，寧可辭了世襲爵位，大哥雖好女色，本事平常，但也不糊塗，寧可不要世子之位，也要安氏一族自查，以枝葉保枝幹，煞費苦心。但安氏一族人，老的老，少的少，不但不思己過，反而還拿父王做法子，說他為了我的官位，不顧族人死活，這一個月來，父王被氣病了三次，我也容不得他們再瞎了眼睛糊了心地鬧騰。」

「那好，既然你捨得，我們就一起來做一局，拿安氏開刀，拿宗室開路。」花顏秀眉凜然，「在南楚太平盛世面前，誰都別想再做蛀蟲。」

「行！」安書離一錘定音。

安書離與花顏商議妥當後，用了午膳，匆匆離開了東苑。

敬國公夫人從廚房端了最後一道菜出來，正看到他匆匆離開的身影，對花顏說：「這安宰輔走的也太急了些，是出了什麼事情嗎？」

花顏搖頭：「不是，朝事兒繁多，他不敢多耽誤時候。」

「哎，再急也要好好吃飯啊！我看他比以前，真是瘦了太多，安陽王妃指不定怎麼心疼呢？」

敬國公夫人歎了口氣，「不過，到底是個好孩子，就是愁壞了他娘，越是著急給他娶妻，越是找不到個能讓他心甘情願娶的。如今他忙起來，連飯都顧不上好好吃，更別說娶妻的心思了，安陽王妃怕是更愁死了。」

花顏笑：「緣分是天註定的，也許他的緣分還沒到。再說安宰輔年輕，再等個幾年也不怕什麼，多的是女人家願意嫁他。」

花顏不敢說安書離本來有一樁和趙清溪的姻緣，被她幫著安書離給破壞了。不過，幸好梅疏毓和趙清溪如今兩情相悅好的蜜裡調油，否則啊！她午夜夢迴也是覺得自己做了壞事兒。

「這倒是。」敬國公夫人點點頭，歎氣，「還有你大哥，也愁死了人，他不想娶，怎麼說都沒用，七公主我看是個好孩子，偏偏他不喜歡。如今，我連他人影都摸不著了，更不用催了，眼不見為淨。」

花顏拉著敬國公夫人落坐，笑著說：「義母別急，這事兒急也急不來。七公主是也不錯，我大哥也不見得真是討厭她，只不過她的身分，也許讓他一直以來不想尚駙馬，就敬而遠之，久而久之，見了就躲。如今，七公主的婚事兒更在拖著，畢竟現在情勢不是太后和皇上給她選親的時候，以後天下安定了，到時候我們再使使勁，不見得走不到一塊，就算真走不到一塊，那也會各有姻緣。」

敬國公夫人拍拍花顏的手，笑著說：「你會寬慰人，是這個理兒，如今咱們也沒空想這個。」

花顏笑著點頭。

安書離出了鳳凰東苑後，腳步比來時，輕鬆了不少。

他想著，天下女子，還真也就花顏，當得起太子妃。換作別人，眼界也就落在高牆內的尺寸之地。

看來，有太子妃坐鎮京城東宮，與太子在京城，也是一樣的。

小忠子如今依舊跟在安書離身邊，他沒想到好不容易把殿下盼了回來，如今轉眼又走了，他留在東宮跟著安宰輔跑腿比跟著殿下有用，故而又留下了他。

他追上安書離，問：「安宰輔，是去書房？還是議事殿？」

「都不去，去安陽王府。」安書離歎了口氣，什麼時候，他回家都不說回而說去了。

小忠子一愣，連他都幾乎都快忘了，當安宰輔是東宮的人了，他問：「提前去打聲招呼？」

「不用。」安書離搖頭，「直接回去。」

小忠子點點頭，跟在他身後。

安陽王府內，安陽王妃正與安陽王說話，語氣帶著怒意：「我從來不知道安氏一族的長輩這麼不要臉，倚老賣老，鬧騰個沒完，一個個的，是真的都想砍頭嗎？」

安陽王也面色寒怒，一臉病色：「他們糊塗，就拿准了如今朝局動盪，太子殿下分身乏術來管，也吃定了我狠不下心。」

「你說你，讓我怎麼說你好？那也不能太心軟，讓他們逼到這個地步。」安陽王妃氣的眉頭都打成了結，「你的好心，他們當你窩囊。」

安陽王歎氣：「總歸是同族宗親，一脈相承。」

「呸。你認一脈相承，你看看他們，眼裡只有利益，哪裡還有親族血脈？一個明白人都沒有。」

安陽王妃不想再跟安陽王說話了，起身就走。

「你要去哪裡？」安陽王拉住王妃。

「去看我兒子。」安陽王妃甩開他的手。

「你要找他來管？他忙的很，別給他添亂了。他若是能抽出空來，早出手了。」安陽王咳嗽兩聲，「你消消氣，我再想想法子，儘量不讓他們整日鬧騰了。」

「你能想出什麼法子？他們就是捏住了你的喉嚨。」安陽王妃沒好氣。

「總有法子的。」安陽王道。

安陽王妃哼了一聲，剛要再說什麼，外面有人驚喜地稟告：「王爺、王妃，二公子回來了。」

「什麼？」安陽王妃猛地轉過身，看向門外，以為幻聽了。

「是二公子回來了，已經進了大門了，正奔正院來。」

安陽王妃這回聽清楚了，立馬奔了出去。

安陽王連忙從榻上起來，起的太猛，咳嗽起來，也不管不顧了，一邊咳嗽，一邊披了衣服出了房門。

安陽王妃見到安書離，就跟幾年沒見一樣，又哭又笑，問他：「今日怎麼突然回來了？」

安書離看著他娘，哭笑不得，他拍拍她的手，說：「回來與爹娘說說安氏一族的事兒。」

安陽王妃看著他：「怎麼？你有時間管了？」

「嗯。」安書離笑笑，「他們不識時務，那就怪不得我大義滅親了。」

安陽王妃聞言解恨，但還是有些刀子嘴豆腐心，嘴硬心軟：「你打算怎麼處理？這可不是小事兒，會不會對你將來名聲有所影響？」

「不會，娘放心。」安書離語氣溫和，抬眼看到了安陽王，道，「娘，我們屋裡去說，父王還生著病了。」

安陽王妃聞言瞪了安陽王一眼：「你出來做什麼？」

安陽王一噎。

安陽王妃不理他，拉著安書離進了屋。

花顏吃了午飯，想起關在東宮天牢的葉蘭盈，對敬國公夫人說：「義母大清早就起來忙到現在，您去歇著吧！我去後花園轉轉。」

敬國公夫人的確是累了，對她說：「走路小心些。」

花顏笑著點頭。

方嬤嬤帶著人跟上花顏隨身侍候，拿不准花顏是真想走走，還是別有事情。

出了鳳凰東苑，花顏問方嬤嬤：「東宮的地牢在哪裡？」

方嬤嬤一驚：「太子妃，您……要去地牢？」

「嗯。」花顏點頭，「我去看看葉蘭盈那個故人。」

方嬤嬤猶豫勸說：「地牢陰暗潮濕，霉味重，您懷有身孕，踏足地牢，對身體不好。」

花顏笑笑：「我看看她就出來，待不了多久。」

方嬤嬤還想勸說，但想著太子妃既然說是故人，便也不好再攔著，別說看東宮的地牢，就是刑部大理寺的天牢，太子妃說要去，那誰也攔不住，她只能點頭：「您答應奴婢，待一會兒就趕緊出來，免得小殿下染了晦氣。」

「嗯。」花顏點頭。

方嬤嬤讓人帶路，領著花顏前往東宮地牢。

東宮地牢輕易不關押人，建東宮至今，期間關過少有的幾個犯人，有的因為刺殺雲遲，有的則是罪大惡極者，關去刑部大理寺都不讓人放心，葉蘭盈就是屬於後者。

東宮地牢自然是重兵守衛。

花顏來到，護衛們齊齊見禮。

花顏擺擺手，吩咐人打開地牢的門，護衛自然別無二話，俐落地打開了地牢大門。

花顏抬步進入，誠如方嬤嬤所言，地牢陰暗潮濕，乍然打開，一股霉氣味，她以前自然不在乎這等氣味，如今嬌氣了，用帕子掩住口鼻。

方嬤嬤提著心，很怕花顏身體不適。

來到最裡面的一間牢房，一個嬌小瘦弱的身影坐在草蓆上，面前擺著一碗白飯，上面放了點兒菜葉子，不見葷腥，她並未食用，而是閉著眼睛坐著。

聽見動靜，葉蘭盈抬眼，便看到了被前呼後擁走在中間的花顏，只見她穿著打扮簡單，但難掩玉容姿色，步履款款走來，如明珠照亮了整個昏暗的地牢。

葉蘭盈瞳孔猛地縮緊，死死地盯住花顏。

花顏隔著鐵門一步遠的距離停住腳步，目光淡淡地看著葉蘭盈，見她臉色難看的模樣，她笑了笑：「我本來以為再見面你會成為雲讓的女人，沒想到再見，你卻跑來我家的地牢做客了。這可真是，世事難料啊！」

她說完，葉蘭盈忽然憤怒地衝上前，聲音尖銳：「花顏，我要殺了你！」

方嬤嬤一看葉蘭盈衝過來，立馬帶著人上前護住花顏，齊齊擋在了她面前，轉眼，便將花顏護了個密不透風。

花顏愣了一下，想著方嬤嬤一把年紀了，動作可真是快，手腳太麻利了。

東宮地牢鐵門的柵欄有拳頭般粗，別說葉蘭盈手上腳上戴著手銬腳銬鐵鎖鏈，就是她什麼都沒戴地衝過來，也會被鐵柵欄攔住，根本連花顏一根頭髮都傷不著。

葉蘭盈來到鐵柵欄門前，伸出手來抓花顏，自然碰不到她半根寒毛。

花顏來時，便防著了，所以，距離鐵柵欄門不多不少隔了一步的距離。

但即便如此，方嬤嬤臉也青黑了，厲喝：「罪犯，你敢冒犯太子妃，不要命了？」話落，她伸手，「啪」地狠狠打了葉蘭盈伸出的手臂一巴掌。

這一巴掌，清脆至極，響聲不小，葉蘭盈白皙的手臂頓時紅了一大片。

葉蘭盈一瞬間就被打清醒了，滿身的怒意和戾氣一僵，方才想起來，這裡是東宮的地牢，面前這個是太子妃，不是當年那個讓雲讓喜歡，並且在她離開後仍魂牽夢縈惦記了多年的人。

她看著被圍的人影都看不見的花顏，忽然呵呵地笑了起來：「花顏，當年你一聲不響隻言片語都沒留地離開，可知道雲讓念了你多年？你倒是好本事，讓太子殿下鬧的驚天動地也要娶你為妃。他可知道你是個水性楊花喜歡拈花惹草的女人？」

方嬤嬤臉色青紫難看，很想堵上她的嘴，順便把她的腦袋擰下來，但她是重罪犯，不是她一個奴婢做的了主的，她轉頭看花顏，立即說：「太子妃，您千萬別聽她胡說，小殿下要緊。」

她生怕花顏氣出個好歹來，傷了肚子裡的孩子。

花顏自然不會生氣，她兩輩子，也只上輩子惹了個懷玉，這輩子惹了個蘇子斬和雲遲，至於雲讓，她覺得算不上，若要牽強點兒扯上關係的說，只能說是她剛有那個心思還沒來得及沾惹，便被她哥哥給掐斷了。

她伸手拍拍一臉緊張的方嬤嬤，柔聲說：「嬤嬤沒事兒，你們且退開。」

方嬤嬤見她真沒事兒，擺手，帶著人退在了一旁。

花顏瞅著葉蘭盈，將她從頭到腳瞅了一遍，漫不經心地一笑：「雲讓念我多年？我倒是不知道，多謝你告訴我，這麼說，你一直沒能得手得到他？」話落，她不客氣地戳她的心窩子，「當年是誰說讓我滾遠點兒，別白費力氣，說我再怎麼靠近，也沒有她近，近水樓臺先得月，看來沒什麼用啊！」

葉蘭盈眼睛冒出了火，若是有一把刀子，她大約會毫不猶豫地將花顏扎個透心涼。

花顏就喜歡看美人的兩種表情，一種是梨花帶雨我見猶憐，一種是氣怒惱火恨不得殺人。她欣賞了葉蘭盈表情一會兒，覺得十分有意思，對她說：「當年我只見過葉香茗一面，倒還沒聯想起來，原來你出身南疆，卻在嶺南王府長大。南疆皇室出美人，真可惜你這一副樣貌了。」

葉蘭盈面色一變，她想不承認，但今時今地花顏這般肯定地說出來，由不得她反駁。

花顏瞧著她臉色變幻，瞅了個夠本，才慢悠悠地問：「你是不是盼著雲讓來救你？」

葉蘭盈死死盯著她不說話，眼底卻有那麼一絲波動，藏都藏不住。

花顏打擊她不留一絲餘地：「別做夢了，雲讓是不會來的。」話落，她揚唇一笑，故意說，「就算他來了，應該也不是為了救你，大體會來看看我過得好不好。」說完，她轉身向外走去。

地牢裡太陰暗潮濕，霉氣味太重，她沒必要為了個葉蘭盈，委屈自己多待。

「花顏，我要殺了你。」葉蘭盈的聲音又從後面尖銳地傳來，用力地拍著鐵門。

花顏聽著很悅耳，所以，一路走出地牢，心情也很好。

方嬤嬤和侍候的人亦步亦趨地跟著，出了地牢，陽光一下子灑下，花顏臉上的笑意未收，迎著陽光，美如畫，她心裡鬆了一口氣，試探地問：「太子妃，您是去逛後花園？還是回房休息？」

花顏偏頭問：「武威侯還被圈禁在東宮？」

「是。」方嬤嬤點頭，生怕花顏去看武威侯，立即說，「太子妃，武威侯不像是葉蘭盈，雖被圈禁在東宮，但是好吃好喝好住，您萬一去了，他動起手來，奴婢們可護不住您和小殿下。」

花顏是有打算去，他想見見武威侯，四百年前，祖父救了懷玉，以命送他來四百年後，梁慕一脈代代相傳，將花家那枚暗主令自然也傳到了武威侯府中。她想知道，武威侯為什麼沒拿著暗主令找上花家？若是他找上花家，她在十一歲就接手了花家，也就知道了蘇子斬就是懷玉了。

她聞言眯了一下眼睛：「太子殿下未免太便宜武威侯了？好吃好喝好住？還不用幹活?!這世上哪裡有這麼便宜的事兒？」

於是，她吩咐：「傳我命令，將武威侯換個地方做客。」話落，她想了想，「就大理寺天牢吧！派人去給安宰輔傳個話，就說我覺得還是給武威侯挪個地方的好。」

方嬤嬤一愣，立即說：「太子妃，武威侯這人本事大，在東宮無人敢闖來救他，但若是送去大理寺，怕是會被人救走了，大理寺可沒有咱們東宮安全。」

「我就是想看看，誰能救走武威侯，也想看看，這京中還有多少暗勢力，朝中還有多少武威侯的人這麼長時間在按兵不動等著時機，正好一併收拾了。」花顏面色淡淡，眸光清涼，「都打仗了，但有半分背後搗鬼的人，都會影響朝局和前方戰局，我要的是杜絕這個後患。」

方嬤嬤心神一凜，當即恭敬地說：「奴婢這就派人去給安宰輔傳話。」

花顏點點頭：「等武威侯被關進了大理寺後，我再去探他的監吧！」

方嬤嬤聞言暗中打著主意，想著這話也要提前跟安宰輔說一聲，到時候太子妃要去探監，得煩勞安宰輔陪著，否則她不放心。

第一百五十六章　大展身手清查天下

安書離從安陽王府出來，便收到了花顏的傳話。

他回頭對小忠子吩咐：「去知會大理寺一聲，讓他們派人前往東宮接武威侯。」

小忠子偷眼瞅了安書離一眼，見他面色淡淡，他心下十分敬佩，想著他對安陽王說的那句「安氏一族的人既然給臉不要臉，那就不要怪我為了南楚天下血洗安氏一族了。」，彼時，安陽王的臉都白了，張了好幾回嘴，到底沒吭出反對的聲來。

那時，安陽王連咳嗽都沒發出來。

他想著，要不怎麼說安宰輔是南楚建朝史上最年輕的宰輔呢？要不怎麼說太子殿下這般信任安宰輔呢？一個人有本事有能力不見得走得高遠，但有取捨有心胸，必會站得高遠，想常人不能想，為常人不能為。

他小聲說：「大理寺沒有東宮牢靠啊！真要將武威侯送去大理寺嗎？」

安書離笑了一聲，伸手拍拍他的腦袋：「以前將武威侯圈禁在東宮，是為了隔絕他與外界一切聯繫，如今嘛，一切真相大白，自然不需要了，不安全的地方，才適合武威侯待。」

小忠子不太懂，但還是說：「奴才這就去，讓大理寺多派些人將武威侯從東宮帶走。」

「嗯。」安書離也不希望在東宮去大理寺的路上讓武威侯出事兒，免得驚動京中百姓，點了點頭。

大理寺的官員們很快就得到了小忠子傳話，互看一眼，都想著，這可是一件大事兒，連忙圍坐在一起商議了一番，幾乎派出了大理寺所有人，前往東宮接人。

武威侯已在東宮住了許久，自從踏入了東宮的大門，便與外界隔絕了，他想的是一日雲遲不動他，那就是一日沒平內亂，如今這麼久了，沒什麼動靜，想必雲遲十分棘手，當然這棘手是他樂見其成的。

他本以為，以蘇子折的狠厲本事，再加上後樑一脈的籌謀，等到雲遲把他放出來哪怕是做為對蘇子折的威脅時，最少，也要一兩年，但沒想到，短短幾個月，他便等來了大理寺的人。

大理寺的人對待將武威侯接入大理寺之事，十分小心謹慎，大批人浩浩蕩蕩地去了東宮。在東宮門口，見到了安書離，大理寺的官員們連忙上前見禮。

安書離掃了一眼來的大批人，淡淡地笑了笑：「侯爺身分尊貴，一朝沒被罷官罷爵，便不能怠慢了。以後辛苦諸位了。」

大理寺的人對看一眼，還是不太琢磨得透這句話的意思，但小心應對就是了，紛紛點頭。

安書離轉身去了書房。

東宮護衛將武威侯請了出來，移交給大理寺的人，大理寺的人見武威侯在東宮住了這麼久，還是舊時模樣，半絲沒受虐待，可見真如太子殿下所說，是請入東宮做客的。

大理寺卿對武威侯拱手見禮，一板一眼地說：「侯爺請。」

武威侯一直不知道外面情勢如何了，其實很想見見雲遲，或者安書離，但二人都沒露面，他便問大理寺卿：「這是要將本侯帶去大理寺審問？」

大理寺卿搖頭：「侯爺，是去大理寺做客。」

武威侯笑了一聲，再不問別的，點了點頭：「那就走吧！」

大理寺的人一路小心地將武威侯請入了大理寺的天牢。

大理寺卿一路就在想著安書離那句話，琢磨來琢磨去，在到大理寺門口時，終於恍然大悟。想著安宰輔年紀輕輕，說話實在是太有水準，說什麼「侯爺身分尊貴，一朝沒被罷官罷爵，便不能怠慢了。」，這話他若是不刻意提出來，那大理寺自然要比照武威侯在東宮住著的待遇。可如今刻意提出來，自然就是在說反話告訴他，武威侯在東宮住的太舒服了。

如今嘛！該怠慢怠慢了。尤其是他後面還刻意加了句「辛苦諸位了。」

大理寺卿在邁進門口時，喊過一旁的大理寺少卿，耳語了一番。

大理寺少卿連連點頭，立即去辦了。

所以，當武威侯踏入大理寺的牢房時，臉色有一瞬間的難看，一雙眸子也黑成了墨色。

這一間牢房，是大理寺最差的一間牢房，裡面十八般刑具樣樣俱全，地上連塊草蓆都沒有。牢房一股霉氣味，還有一股難聞的臭味。

武威侯從出生至今，沒受過這等待遇，所以，他停住腳步，沉著臉看著大理寺卿：「太子殿下未曾對本侯定罪，你讓本侯住這裡？」

大理寺卿咳嗽一聲，拱手道：「侯爺見諒，殿下不在京城，安宰輔特意囑咐，一定不能怠慢了侯爺，侯爺怕是未曾來過大理寺天牢，這已經是最好的一間了。」

武威侯冷笑一聲：「安書離？你確定？」

大理寺卿點頭：「正是安宰輔的吩咐，下官確定，這的確是再也挑不出第二間來的牢房。」

再也挑不出第二間比這個更差的牢房了！

「太子殿下竟然捨得離京？」武威侯斜眼瞧著大理寺卿。

大理寺卿又拱拱手，安宰輔沒特意囑咐不能說如今朝中的事兒，他便也不介意讓武威侯多知道點兒：「嶺南王反了，太子殿下帶兵去平亂了。如今朝中是皇上坐鎮，安宰輔理政。」

武威侯瞬間被轉移了思緒，挑了挑眉，不再說這間牢房的事兒：「嶺南王怎麼反了？」

大理寺卿覺得武威侯明知故問，他板著臉說：「嶺南王一直居心不良，狼子野心，籌謀了不是一日兩日了，前一陣子，他的養女葉蘭盈私運兵器，被押入了東宮的大牢，他陰謀敗露，先發制人，自然就反了。」

武威侯瞳孔縮了一下：「葉蘭盈如今在東宮大牢？」

「是啊！關著呢。」大理寺卿打量武威侯神色，心中打著思量。

武威侯不再多言，若有所思，讓大理寺卿看不出如今他心裡在想什麼。

大理寺卿也不想再探究，他想他得再去東宮一趟，見見安宰輔，聽聽安宰輔具體的指示，他才會明白地知道之後該怎麼做，以免壞了大事兒。

武威侯嫌惡地進了天牢後，大理寺卿便離開了，吩咐人好好看守，別出絲毫差錯，那可是砍頭掉腦袋的事兒，安宰輔雖然看著年輕，但能得太子殿下信任重用，當初在出使西南境地時和太子殿下一起做局，說明可不是個心慈手軟的主。

安書離在書房沒待多久，便等到了去而復返的大理寺卿。

大理寺卿誠心求指教，安書離便笑著說了一句：「大人是明白人，太子殿下在前方打仗，本官與眾位大人一起固守後方，可不能拖殿下的後腿，你說是不是？」

大理寺卿連連點頭，但還是想求個指點：「安宰輔但有吩咐，下官一定竭盡全力。下官一把年紀了，容易糊塗，生怕會錯了意，安宰輔知道，下官對朝廷，對殿下，忠心耿耿，萬死不辭，還請安宰輔指個名路，對於武威侯，下官生怕壞了宰輔的事兒。」

安書離在入朝之前，對朝中文武百官自然也有所瞭解，入朝後，更是將文武百官扒拉了一圈，雖說不至於將每個人瞭解的十分透徹，但對於大部分人，還是能瞭解個七八分。大理寺卿坐在這個位置上，還是可用之人。

見他這樣說，他也不再賣關子：「武威侯背地裡都做了什麼，雖然未公之於眾，一旦有朝一日要定罪，判他個凌遲處死，都不為過。」話落，他又慢悠悠地說，「武威侯畢竟在朝中多年，根系深淺，大人自是知道。本宮只一個要求，大理寺該鬆的時候，可以鬆一鬆，放個水，該嚴的時候，一隻蒼蠅也不能給我飛出去。如今本官這樣說，大人可明白了？」

大理寺卿這一下真是再明白不過了，他連忙躬身拱手：「下官明白了。」

再不明白，他就對不起這個位置，得辭官告老了。

出了東宮的大門，大理寺卿心裡便有了主意，回到大理寺，叫出了自己一手提拔十分信任的大理寺少卿，關起門來，合計了一番。

這事兒若是辦好了，安宰輔就會給他們大理寺記上一功，待太子殿下回來，自然有賞賜。若是辦不好，大理寺這幫人，以後都得滾蛋，罷官還是小事兒。

安書離打發走了大理寺卿，看看天色，便吩咐小忠子：「備車，本官進宮見皇上。」

小忠子應了一聲是，立即吩咐人備車。

安書離與花顏針對糧草之事，順勢而為，商議好要做一場好局，將天下各大世家拉入局裡。拿安氏一脈打頭陣，拿宗室一脈做法子，太子殿下不在京中，這事兒得稟告給皇上，也要皇上同意且下旨配合。

皇帝一邊擔心雲遲，一邊想著花顏被救回京後，他還沒見見，太后見了人，回宮後一改連月來的愁雲，喜笑顏開，說花顏懷相好，雖被劫持遭了罪，但也不萎靡難看，一般這種懷相，十有八九是個小郡主，不過就算是個小郡主，她也喜歡，她和雲遲都年輕，有一就有二，先生個小郡主，過二年再生個小殿下，有長姐疼的兄弟，最是有福氣了。

太后說這話，皇帝聽著想笑，無奈地說：「母后，您是怕朕盼著孫子，一旦顏丫頭給朕生個孫女，朕會心裡不滿，所以，才提前給朕打預防？」

太后樂呵呵地說：「倒也不是，我就跟你說說，那丫頭的確懷相好，看著氣色也不錯，你後宮那麼多女人，每個懷有身孕時，哀家都看過，她不太像是男胎的面相。都說女兒養娘親的容色，男孩子不養美，這話又不是空有其說。」

皇帝點頭，笑著說：「無論如何，這一胎能保住，便是福氣，是男是女，都是朕的孫兒，朕也都喜歡。」

「這就對了。」太后笑開，以前她不喜歡花顏，如今真真是打心眼裡喜歡。柔中有剛，堅忍不拔，胸有乾坤丘壑，不拘泥於閨閣，眼界高遠，又懂得進退。她與雲遲天生就是一對，這世間，再沒人比他們倆更相配的了。

安書離見了皇帝，將他與花顏打算好之事與皇帝說了，皇帝自然是沒意見。

天下各大世家，盤踞已久，若是肅清他們的藏汙納垢同時，能從其中讓他們繳納出糧草，那麼，便可解了朝廷的糧草之急，雲遲在外興兵，也能無後顧之憂。

皇帝看著安書離，連連點頭：「這是一個極好的法子，但是施行起來，也有一定的風險。處置得好，自然萬事大吉，若是處置不好，天下各大世家聯合起來，恐怕更是雪上加霜。」

安書離頷首：「正是，不過臣與太子妃商議了，務必要保證萬無一失。」

皇帝也不多問具體如何執行，只道：「你與顏丫頭，都是聰明絕頂之人，你們聯手，朕自是信得過。既然如此，就著手處置吧！」

安書離應是。

出了皇宮，安書離便去了誠老郡王府。

雲遲臨出京前，曾與安書離談過，若是必要之事，可去宗室裡找誠老郡王。

宗室裡雖然也有如安氏一族中子弟一般渾噩之人，但好在有誠老郡王一個極明白的人。曾經因蘇幻之母佳敏郡主，老郡王與雲遲說了一番話，雲遲始終記著。

所以，這一日夜晚，頂著夜色，安書離登了誠老郡王府的門。

誠老郡王沒料到安書離竟然登門，在聽到門童稟告的那一刻，他心裡隱隱約約便有了猜測，連忙吩咐管家將安書離請進了府中。

誠老郡王雖一把年紀了，但是眼睛並不渾濁，炯炯有神，人看著也精神。

安書離笑著拱手：「入夜登門，叨擾老郡王了。」

誠老郡王打量了安書離一眼，擺擺手：「去書房說。」

安書離頷首，隨著誠老郡王去了書房。

來到書房，誠老郡王道：「昔日，老夫與太子殿下話談，太子殿下說待安氏一族這把火燒的差不多的時候，他會找老夫，以宗室帶頭自查，率先表率天下，做個代替安氏一族的領頭羊。屆時，不止能壓下安氏一族的鬧騰，也能警醒天下世家大族，達到事半功倍的效果。今日，安宰輔來找我，可是為此事？」

安書離再次拱手：「老郡王明智，正是為此事。」

老郡王點點頭：「如今嶺南王謀反，太子殿下離京平亂，據我所知，這天下已經夠亂，安宰輔這時候要肅清朝局，不怕適得其反嗎？」

安書離微笑：「自然是有非動手不可的理由。」

老郡王擺擺手：「坐下說吧！」

安書離點頭坐下身。

既然是非動手不可的理由，自然能說服老郡王，老郡王聽罷後，倒也是痛快人，當即便應了，言明一切聽從安宰輔的吩咐。

安書離走出誠老郡王府時，已是深夜。

他坐上馬車，揉揉眉心，長舒了一口氣。

小忠子揉著眼睛小聲說：「夜已經深了，宰輔大人該回東宮了吧？不去別處了吧？」

他覺得，跟著安書離，與跟著殿下相比，也沒二樣，一點兒也不輕鬆，安宰輔累死累活，他這個隨身小太監也一樣。

安書離點頭：「派人去傳話，讓梅舒毓現在就去東宮一趟，本官有要事與他商議。」

小忠子洩氣：「宰輔大人，明日吧！這樣下去，您的身子骨可受不住。」他真怕，這位年紀輕輕的宰輔大人，再這麼累下去，英年早逝。

「沒事兒，我還能撐得住。」安書離看著他，笑說，「跟在我身邊，也真是辛苦你了。」

小忠子想說的確辛苦，累死了，無論是皇宮的太監宮女，還是東宮的太監宮女，老老少少，都羨慕他能跟在太子殿下身邊，可是只有他知道，他雖不聰明，是這副小身板，從小到大沒怎麼生過病，才能讓殿下每日用的他順手，才一直待在殿下身邊。

他以前覺得還好，不太累，最近這半年，真是吃不消了啊！

他深吸一口氣，打起精神，鄭重地說：「明日請神醫給宰輔大人您開一副養身的藥方子，奴才也能跟著沾光喝點兒，奴才還想長命百歲看著小殿下長大呢，可不想被過早累死啊！」

安書離失笑：「行。」

他也不想累的早死。

梅舒毓這一日在京麓兵馬大營練兵，得了安書離的傳信，立即出了軍營，騎快馬進了城。不出一個時辰，他已邁入了東宮的大門。

安書離坐在書房等著他，見他深夜被他喊來，人倒是精神，他親手給梅舒毓倒了一盞提神茶，說：「有一件事情，我覺得晚動手不如早動手，趁著太子妃月份還不是太大，讓她操些神，想必也是可以，越是拖得晚，出了什麼狀況，讓她操心，傷了身體，累及腹中小殿下，那便是我的罪過了。」

梅舒毓喝了一口提神茶，十分有精神地看著安書離：「是不是要做什麼大事兒？需要我來？」

「自是需要你。」安書離笑看著他，「得用上你京麓兵馬大營的人。」

「你只管說。」梅舒毓眸光湧上興奮，「自從我接手了京麓兵馬大營，每日操練，如今不說京麓兵馬大營有多厲害，但最起碼比以前強了一倍不止。」

「嗯。」安書離點頭，他自是知道，如今的京麓兵馬大營拉出去，也是像個樣子的。他便將與花顏一起所做的打算，皇上同意，誠老郡王配合支持，如何具體實施等，與梅舒毓提了。喊他來的目的，就是為了以防萬一，得調動京麓兵馬做後盾鎮壓。

梅舒毓懂了，一拍胸脯：「包在我身上。」

這一夜，花顏睡到半夜，醒來喝水，便再也睡不著了，覺得房中悶熱，想去院子裡走走。方嬤嬤猶豫了一下，還是應了，命人將院子裡都掛上了夜燈，才扶著花顏出了房門。

花顏在院中走了兩圈，來到院門口時，見雲遲書房方向隱約亮著燈，她問：「安書離還在書房？」

方嬤嬤點頭：「殿下離京，朝事兒都壓在了安宰輔身上，有時候安宰輔會在書房待一夜，最少也要在書房亮半夜的燈。」

花顏點頭，想了想說：「辛苦他了，明日讓天不絕給他把把脈，開一副固本培元的藥方子，否則長久下去，鐵打的人也受不住。」

方嬤嬤點頭：「奴婢記下了，明日便與神醫說。」

花顏收回視線，又看向東南方向，不知雲遲到哪兒了，算算時間，他才走不過兩日夜，帶著十萬京麓兵馬，想必也不過出了七八百里。她轉回頭，又向北方看了看，想著哥哥比雲遲早走一日，再加上輕裝簡行，自然比雲遲走的快。

在院中待了大約兩盞茶時間，花顏便又由方嬤嬤扶著回房歇下了。

第二日清早，早朝朝會，皇帝高坐金鑾殿，文武百官分兩列站立。

當皇帝貼身侍候的太監喊了一聲「有本啟奏，無本退朝」時，告病多日的安陽王當堂遞了彈劾的奏摺。

安陽王首先彈劾自己，數了自己三宗罪，又同時彈劾了安氏一族，數了安氏一族十宗罪。

此奏摺一出，滿朝皆驚。

皇帝雖早有準備，但還是被安陽王這一封奏摺驚了半晌，他看著安陽王跪在大殿下，俯首點地，短短時日不見，今日尤其蒼老。他心下震撼感慨半晌，目光轉向立在最前面的安書離身上。

安書離身著官袍，面色平靜，目光淺淡，顯然對於安陽王此舉早就知道，也許還是他一手促成。

皇帝定了定神，吩咐人將奏摺呈上來。

安氏一族儘管有安陽王的拘束，但世家大族樹大根深，子孫眾多，多年來，他也只能做到睜一隻眼閉一隻眼，沒有人比安陽王更清楚安氏一族這麼多年明裡暗裡的勾當。

皇帝雖然這麼多年來也清楚世家大族裡面的蠅營狗苟，但也沒想到，真正赤裸裸地揭開，卻是這般惡貫滿盈。

他將奏摺「啪」地扔去了朝臣們身上，「你們看看！這就是安氏一族，這就是世家大族，朕真不敢想像，天下家族裡還有多少這樣的齷齪事兒。」話落，他雷霆震怒地道，「來人，派御林軍，給朕封了安氏一族，上到……安陽王府，下到安氏九族。」

皇帝一聲令下，御林軍早有準備，動作迅速，先是圍了安陽王府，接著圍了安氏九族。

安氏族人半絲風絲都沒，突然就被御林軍圍困了滿門，一時間都被嚇懵了，驚駭惶然。

皇帝在位二十年，除了起初登基的那幾年有些雷霆手段，後來隨著皇后猝死，傷心至極，身子骨越發差了，一年有大半年臥病在床後，本就是個溫厚寬仁的人，越發地寬和了，粗粗算起來，至少有十幾年不曾派御林軍大動干戈了。

如今突然出手，別說震驚了安氏一族，更是震驚了整個朝野。

文武百官懵了足足有一炷香的時間，才反應了過來，目光從皇帝的身上移到依舊跪在地上的安陽王身上，心情都十分複雜。

誰也想不到，安陽王今日竟然有這麼大的手筆，這不像是他能做出來的事兒。

這麼一想，又都把目光定在了安書離身上。

數日前，安書離已脫離安陽王府，自立門戶，這在京城被人茶餘飯後議論了好一陣子，好多人都說安書離是為了不讓安氏一族的髒水潑到他身上，才被迫無奈自立門戶，如今再看今日的事情，顯然不是那麼回事兒。

安書離何止不讓安氏一族的髒水潑到他身上？他這是擺明要懲治安氏一族。

為了懲治安氏一族，搭上安陽王府，這血本下的實在夠大。

安陽王能聽話做到這個地步，也著實讓人佩服。

不過話又說回來了，安陽王自己彈劾自己，同時彈劾安氏一族，這般大義滅親的壯舉，往淺了想，誰都能想到，但往深了想，文武百官們能立在這朝堂上的，沒幾個傻子，漸漸的，都不由得後背冒了冷汗。

皇帝高坐金椅上，看著文武百官，從震驚不敢置信一臉懵的表情，到大部分人慢慢地臉色變得沉重，紛紛冒起了冷汗。他壓制著心中的怒意，開口：「今日起，削了安陽王的世襲爵位，罷官免職，念安陽王自省自查，暫且押回安陽王府看押，沒有朕的命令，任何人，不准踏出安陽王府一步。」

安陽王跪在地上腿都痳木了，等的就是這麼一句話，他當即沉重沉痛地叩首：「老臣謝皇上，吾皇萬歲！」

他緩慢地站起身，外面有士兵進來，當朝摘了他的官帽和官袍，押解著他出了金殿。

自始至終，安書離沒言半句，朝臣們親眼看著無一人求情，心中知道，安陽王也用不著。

查辦了安氏一族後，皇帝面色含怒，看著朝臣們：「眾位愛卿，你們怎麼看？普天之下，只有一個安氏一族如此汙穢嗎？你們告訴朕，朕坐南楚江山二十載，一直以來天下和樂，四海安平，百姓安居樂業，可是誰能告訴朕，官宦子弟欺壓百姓，貴族子弟為虎作倀，以貴為惡，逼良為娼，圈地買賣，買官賣爵……這些，諸多事例，只一個安氏一族？」

文武百官無人言聲，一時間，大氣也不敢出。

這時，外面有人稟告：「皇上，誠老郡王請求上殿。」

皇帝打住話，目光看向大殿門口，沉聲道：「請老郡王上殿。」

誠老郡王也是帶著摺子來的，與安陽王上的摺子相差無幾，彈劾的是宗室。他歷數了七宗罪，包括他自己的一宗罪，誠老郡王是宗室裡德高望重的一位老郡王，這是誰都知道的事兒，他在宗室裡素來說一不二，對事不對人，公平公正，宗室裡的老老少少，家家戶戶，都很是服他。

而皇室，素來也極其敬重他老人家。

誠老郡王多年不上朝，但依舊是跺跺腳，能震三震的人物。

他鮮少出面，但凡出面，必然是大事兒。

老郡王彈劾自己對宗室管轄不利是一宗罪，彈劾宗室子弟靠朝廷國庫養著，且閒散不做事兒，彈劾宗室子弟有不學好者，同樣參與了買官賣爵、惡行惡事等等。七宗罪洋洋灑灑，當朝宣讀，他十分痛心自責，自請皇上降罪，收回他的爵位，嚴懲宗室。

皇帝高坐金鑾殿上，俯首下望，看著誠老郡王斑白的鬍鬚頭髮，一時間心中如潮水奔湧，讓他霎時間紅了眼眶。

皇帝在這一刻想著，南楚的江山完不了，因為南楚不同於後樑，沒有奢靡之風盛行，有宗室近親血脈如誠老郡王者不糊塗，用十分力氣扶持皇室，扶持著祖宗的基業；有太子雲遲，文武雙全，掌控天下；有太子妃花顏，暗中謀策，素手乾坤；有安書離在朝，監國朝事兒，辛苦操勞；有陸之凌在外，帶兵管兵，還有梅舒毓、程顧之、程子笑等年輕一輩正直熱血的年輕人，擰成了一股繩，奔的是天下太平。

皇帝熱淚盈眶，他從金椅上站起身，踱著腳步來到誠老郡王面前，以天子之尊，對誠老郡王深施一禮。

誠老郡王連忙避開，見皇帝熱淚盈眶，他也紅著眼睛落了淚。

南楚江山走到了這一步，無論是天子，還是誠老郡王，亦或者明白人，都知道，到了上下肅清之時，否則內憂不平，外患終究會有朝一日攻入京城，瓦解了南楚江山。

無可奈何，莫可奈何下，南楚朝野上下，都要經過這一番血的洗禮。

去汙垢，懲貪官，破舊制，立新生。

皇帝哽咽道：「老郡王愛重江山，朕心甚慰。」又高聲道，「老郡王協理宗室事務，卻多有疏忽，使得宗室子弟走了歪路，也是老郡王之過，自今日起，罷老郡王爵位，貶為平民。」

此言一出，朝堂上文武百官頓時譁然一片，有人忍不住上前求情。

誠老郡王一擺手，不需要人求情，當即跪在地上：「臣謝主隆恩！」

皇帝閉了閉眼睛，親手扶起老郡王，吩咐：「來人，傳朕命令，著禁衛軍清查宗室。」話落，又吩咐身邊侍候的小太監，「送老郡王回府。」

「是。」小太監立即應聲，攙扶著老郡王走了出去。

禁衛軍統領得令，立即帶著人直奔去了宗室。

皇帝在誠老郡王離開後，立在朝堂上，看著文武百官，沉聲道：「眾位愛卿，還有自家彈劾，奏請自查的嗎？」

眾人都被這兩件事兒驚呆了，一時似乎有些反應不過來。

安書離這時淡淡地開口：「有就站出來，自家自查，皇上念著各位大人輔佐社稷之功，多少會酌情從輕處置，否則，讓本官來查的話，查到了誰家的頭上，本官可就鐵面無私了。」

朝臣們一個激靈，當即便有人站了出來。

於是，有一就有二，一個接一個，不過一個時辰，朝堂已站出了大半朝臣。

寒門學子為官稀少，到最後，零星地站在朝堂上。

這一刻，所有人都知道，南楚要改天換地了。

就在太子外出平亂，朝廷儲備後援支應的空擋，這件事兒來的措手不及且震天動地。

這是一個平常的早晨，也是一個看起來平常的早朝，可這一日南楚迎來了翻天覆地的變化，清洗的是天下各大世家，但引爆這場風暴是從這個早朝開始，註定被載入史冊。

這也是南楚歷史上最大的一次自查自洗，因早先安書離與花顏合計時，已考慮到了諸多事情發生後可能發生害處的應變之法，所以，將得失利弊都權衡透了的二人，執行出來，一切都在可控範圍之內。

誠如安書離所料，他用到了駐守在京外的京麓兵馬大營。

梅舒毓帶著人執行任務，一時間，京中各大世家，除了敬國公府，還真沒有不被波及的第二個府門，就連梅府、趙府所連帶的一族，都沒有倖免於難。

一時間，京中各大府邸，人人自危，驚驚惶然。

這樣的大事兒，沒有可能不染血，所以，在花顏睡醒後，便讓福管家打探著朝中和京中的消息，隨時關注著各府動靜，一個上午，她數著，便數了三四百人頭。

南楚歷史，便在這一日，驚心動魄地翻了一頁。

御林軍、禁衛軍、五城兵馬司、以及京麓兵馬大營的所有兵馬都被調動，各大世家自查之事，足足有三日，震盪依舊未平息。

京城內外，早在當日便張貼了朝廷的告示，安撫百姓，所以，朝堂和各大世家府邸的動盪，雖一時間使得百姓頗有些惶惶然，但並未引起大的恐懼與慌亂。

皇帝自那日後，便氣病了，再未早朝，朝中一切事務，交給了安書離。

京城已數十年未曾大面積的見血，這幾日，好比烏雲罩頂，官員的烏紗帽丟了一頂又一頂，各大世家做惡子弟的項上人頭丟了一個又一個。

在天下排的上號的各大世家裡，數十個都被第一時間控制了，其餘的小家族嚇的不敢外出，關起門來膽戰心驚地祈禱別輪到自己家，又想著，家族小有小的好處。

七日後，安書離在朝堂上放出話，太子妃諫言，如今嶺南王夥同賊人謀反，殿下在嶺南帶兵平定內亂，必定念及朝堂之事，太子殿下素來寬厚仁善，定不忍如此血染天下。各大世家在南楚建朝之初，祖輩都是跟隨太祖爺打天下，對南楚社稷有功，如今雖已過了四百年，子孫多有紕漏，疏於教導，但也情有可原。太子妃以太子殿下宅心仁厚為宗旨，以南楚江山社稷為重，以為小殿下祈福不忍見血為善心，特此提出兩全之法，朝廷正值籌備糧草之際，若願以糧草而供兵部，有功於社稷，保太子殿下平亂無後顧之憂，各大世家的罪責可以論功抵過，酌情減輕懲治。

此言一出，血雨腥風中的各大世家終於鬆了一口氣。

東南有嶺南王謀反，北地荒原山有蘇子折兵馬謀亂，南楚朝廷面臨南北夾擊，這般風雨飄搖的情形下，各大世家私下裡豈能沒有一點兒動搖之心？

安書離也未給他們一絲一毫的空隙可鑽，安陽王和誠老郡王突然代表全族請罪，朝廷毫無預兆地開始查辦，各大世家悉數懵了，沒有絲毫準備，事情發生的太突然，出乎所有人的意料。

如今，只有一條路可走，那就是必須聽朝廷的。

有罪論罪，無罪不怕，各大世家鬼哭狼嚎，寒門學子兩袖清風紛紛感慨。

肅清天下的第一步，轟動了七日後，在所有人的神經都繃緊撐不住之時，太子妃的請柬言論一出，迎來了陽光和轉機，各大世家從夾縫中看到了一條生路。

聰明的人終於明白了，原來安宰輔出這一手大招的背後，是為了肅清朝野各大世家盤踞勢力腐蝕朝局的同時，更為了興兵的糧草，朝廷不徵稅於百姓，只能從各大世家下手了。

南楚建朝四百年，各大世家們的確是養的太肥了，魚肉百姓者多矣，族中子弟多腐敗，如今到了該還的時候了。

有了安書離放出的太子妃的言論，這一突破口，各大世家有了生機，紛紛清點自家糧草，糧草不夠的，財帛來湊。

這件事情，涉及無數人的利益，所以，無一人彈劾太子妃干涉朝政，無一人彈劾她不對，且紛紛讚揚，太子殿下仁厚仁善，太子妃高遠大義。

短短十日，已被興兵清空了的國庫又被填滿了。

糧草別說夠興兵半年，就是朝廷打上兩年仗，怕是也夠用。

無論是安書離，還是花顏，都沒想到，各大世家上繳的糧草財帛，竟然有這般驚人的數字。可見各大世家為保全不被連根拔起，花顏那句以功抵過，著實管用，讓各大世家狠狠地下了一番力氣，動了筋骨。

最讓人欣慰的是，沒被點了名號的小家族，也很識時務地紛紛捐獻糧草財帛，言嶺南王亂臣賊子，著實該誅，他們自願捐獻糧草，只求殿下誅殺嶺南王，平內亂，保天下太平。

半個月的時間，就如傳染一樣，一族傳一族，一家一戶受到感染，就連富裕的富商百姓們，似乎都被洗禮了節操和胸懷大義的情懷，紛紛自願捐獻自家多餘的米糧，以供前線的太子殿下打仗。

雲遲自出生被立太子之日，十六歲監國，迄今為止二十歲，二十年積累於民間的威望在這時徹底地突顯了出來，如旋風一般，刮遍了天下。

天下捲起了一股捐獻糧草的風潮。

這是安書離沒有預料到的，也是花顏預料到但沒想到會影響這麼大的。

安書離足足腳不沾地忙了半個月，終於在喘了一口氣的空隙裡，來見花顏。他見到花顏後，先是給她鞠了一躬：「我平生不曾佩服任何人，除了殿下，也就太子妃你了。」

事情的執行者雖是他，但謀劃的最初是花顏，他沒想到效果會這麼好。本來以為這時候這般動盪朝局，對平亂和社稷朝綱會有不穩和不利，但不穩是有，在控制範圍內，不利卻絲毫沒有，真是事半功倍。

花顏看著他清瘦的模樣，官袍穿在身上都鬆鬆垮垮的，笑著擺手讓他坐下：「累死累活的人是你，我整日裡待在東宮吃了睡睡了吃，反而你倒是來對我行大禮了，虧我臉皮厚些，若是臉皮薄些，怕是連見你也不敢了。」

安書離大笑：「花家的勢力一分為三的話，一部分勢力跟著安十七去了嶺南，一部分勢力跟著花灼兄去了北地，其餘的勢力，都在太子妃手中，你雖待在東宮沒出去，但是花家在天下的勢力，除了嶺南和北地，你都調用了，這般潑天功勞，瞞得住別人，可瞞不住我。你讓我省了一個月的力氣，我這一禮哪裡使不得？」

花顏笑出聲：「就知道會被你發現，不過，以後天下各大世家都肅清了，花家便也沒有必要固守舊制了。待有一日天下大定，花家的勢力便也不需要了。天下安，百姓安，花家也許真就可以歸於平常。」

安書離聞言心中震動，收了笑意，看著花顏：「花家千百年來，不曾張揚，固守臨安，就算肅清天下各大世家，也清算不到花家。畢竟花家從不做惡事兒，但聽你這話的意思，如今悉數調用了花家人，將來有朝一日，天下安定，花家勢力便要跟著散了？」

「嗯。」花顏點頭，「是這個意思。」

安書離看著她：「是你的意思，還是花灼兄的意思？你畢竟是太子妃，只能算半個花家人，還是嫁出去的。」

花顏淺笑：「不算是我的意思，四百年前，我為保花家，能捨棄後樑天下，四百年後，就算我心意已改，保南楚天下到死，但也不願拖家裡下水，但哥哥不是當年的祖父，祖父准許我自逐家門，哥哥卻不准許，我即便嫁入皇家，也是花家人。總歸與家裡牽扯到一起，分不開的。那一日，我與哥哥閒聊，提到雲族靈術，天道歸於自然，後來又說了花家將來，是我猜到哥哥有這個意思。」

安書離頷首，感慨：「千百年的隱世家族，若是有朝一日真沒落於尋常，比如今肅清各大世家裡的骯髒汙穢，鬼哭狼嚎，來的要讓人覺得可惜歎惋。」

花顏目光放輕，笑容也輕如雲煙：「書離，這世上，沒有什麼東西是能夠長久永恆千百年甚至千萬年不變的。自我四百年嫁入後樑皇室後，其實，花家就已不是遵循祖訓的花家了。我彼時雖自逐家門，但最後祖父還是插手了，否則，也不會有如今這場延續了四百年的陰謀算計和天下動亂。如今，我又是南楚的太子妃，從被雲遲選中那一日，花家的命運線便改了，若天下大安後，花家真正歸於尋常，也沒什麼不好，總好過我曾害怕的，因我的原因，花家染了皇權世俗，有朝一日，在我故去幾十年或者百年後，走了岔路，九族傾覆的好。你懂的，皇權這條路，永遠踏著白骨，牽扯的久了，沒有哪個家族能一代又一代的獨善其身。」

安書離長歎一聲，點頭：「不錯，你與花灼兄想的長遠，這樣的話，也許花家子孫才能後世千百年立於不敗之地。人在，脈在，根在，延續就在。」

朝野上下因清洗天下各大世家動盪了大半個月之後，並未消停下來，天下百姓自發捐獻糧草將太子雲遲的聲望推至空前，又過了半個月，餘韻的波動仍在。

炎炎夏日裡懷孕最是辛苦，尤其是月份漸大，挺著大肚子，更是尤其辛苦。

花顏便在這份難耐的辛苦中，一日一日地掰著手指頭數著日子。

自雲遲離開，花顏只收到過他兩封信，且寫信的時候，均是字跡潦草，內容粗略。

第一封信是在他走後的半個月，說他已到山嶺關，嶺南王在半個月裡，已奪下了山嶺關。蘇子折就在嶺南王身邊，嶺南王這個時候反，且短短時日奪下了山嶺關，有他一半的功勞，不過沒有打探到雲讓的消息，暫時還不知道他是否被蘇子折拿捏住幫了嶺南王，最後又問她可還好？仔細身體，隔三岔五要讓天不絕給她把脈，又告訴她放心，好好養胎，他也會保重自己。

第二封信是在又過了半個月之後，說陸之凌已與他會合，他們正在商議部署，暫時還未開戰，天下如今都有目共睹地看著他如何平亂，這第一仗，務必要做到小心謹慎，且一定要贏，首戰代表了他的威信與朝廷平亂的能力，也要讓天下人深刻地認識到南楚皇權不可動搖，對朝廷有信心。又說了她與安書離轟動天下的這一場局做的好，但她務必要注意身子，切不可過多地操心牢神……

第二封信的末尾，筆墨暈染了一片，似乎雲遲寫完，停頓了好一會兒，花顏拿著信，從那一片暈染的墨汁處，似乎讀出了一句話，「花顏，我想你了。」

但雲遲沒寫出來，似乎一旦寫出，心裡的想念便會蔓延得控制不住，讓他再不能好好專心，想飛奔回她的身邊。

花顏知道他一路馬不停蹄趕去山嶺關，到了山嶺關後，又分毫不敢耽擱地籌謀部署，想必給她寫這兩封信，都是擠出來的吃飯睡覺的空。她即便想念，也不會每日一封信地給他送去，反而是每日都寫一封安好的信，然後存著，積存夠半個月，再一次命人送去。

敬國公夫人一直陪著花顏，以前，聽了太多關於花顏的言論，後來，因為自家兒子與花顏結拜，愛屋及烏，看花顏哪裡都好，但沒真正地日復一日的相處，敬國公夫人也不算是真正地瞭解花顏，如今每日陪著，看花顏身處東宮宮闈內院，且懷有身孕，挺著大肚子，依舊能與安書離一起做這麼大一局棋，暗中幫著安書離把控了朝野上下，她心中真是又憐又愛又是敬佩。

若是換作旁的女子，一定做不到，但是花顏，不止做到了，且做的太好。

如今一個月過去，外面朝野上下的傳言，無一不是說太子殿下寬厚仁善，太子妃深明大義，普天之下，再沒有一個人說太子妃不配為東宮女主。

敬國公夫人這一日見花顏又反覆地看著雲遲那兩封信，暗暗歎了口氣，笑著勸慰：「別擔心，太子殿下一定不會有事兒的，嶺南王不是太子殿下的對手。」

花顏收起信，放進專門與雲遲通信的匣子裡，笑了笑：「義母，我不是擔心，我是想他了。」

敬國公夫人理解，伸手拍拍她的手，尋常女子，丈夫出門，也是想念的，尤其是懷了孕的女子，誰不希望丈夫每日在身邊陪著？雖然花顏貴為太子妃，心懷比一般女子開闊，但也是有小女兒情腸的：「太子殿下厲害，一定會儘快平亂，說不定孩子出生前，他就將嶺南王繩之以法了。」

花顏低頭看著自己肚子，笑道：「義母，還有三個多月吧！這小東西就會降生了，感覺時間過的又慢又快。」

敬國公夫人笑出聲：「這話是怎麼說的？什麼叫做又慢又快？」

花顏伸手摸著肚子：「就是每日數著日子，覺得時間過的太慢了，但數著數著，到現在，忽然發現，時間過的太快了，我這肚皮，就如瓜一樣，轉眼間就這麼大了。」

敬國公夫人大樂：「你呀！是因為你每日裡想著太子殿下，才覺得時間難熬，因心裡想的事情，每日不自覺感覺不到孩子長，再加上懷胎的前幾個月，胎兒本就長的慢，後幾個月，一日一日眼見的長，你才又覺得時間太快了。」

「嗯，義母說的對。」花顏感覺肚子又被踢了一下，笑著說，「這小東西，每日這個時間，最是鬧騰人，我覺得他是在我肚子裡練武。」

敬國公夫人笑開：「可見小殿下是個活潑的孩子，多動好，顯然很是健康。」

花顏點點頭：「天不絕也說很健康。」

二人正說著話，雲暗現身，躬身呈遞上一封信：「主子，花灼公子的來信。」

花顏立即打住話，想著哥哥比雲遲先一步離開的京城，如今一個多月了，這是第一封信，她立即伸手接過。

花顏打開花灼的信，信的內容很簡短，說他在二十日前已到了慶遠城，半個月前派安十六私闖了九環山，但九環山閆軍師駐守的兵馬部署嚴密，幾乎一隻蒼蠅都飛不進去，十日前，安十六才想到法子，闖了進去，但他進去後發現並沒有兵馬，只有一座空的兵營，裡面空無一人。

也就是說，閆軍師帶著蘇子折的兵馬消失了。

花顏讀到這裡，當即便想到了難道是蘇子折調走了閆軍師的兵馬？能從北地的九環山調去哪裡？總不能從南楚的最北邊，調到南楚的最南邊吧？

這樣一想，她頓時冒了冷汗。

繼續往下看，果然，哥哥的猜測與她一般無二，他也猜測，是不是蘇子折得知雲遲帶兵去了嶺南，他得知雲遲調了西南境地陸之凌駐守的兵力，與嶺南王持有的兵力正好抗衡，蘇子折沒把握幫著嶺南王用同等的兵馬贏了雲遲，索性便捨了九環山，偷偷調兵去嶺南增援嶺南王？若是這樣，九環山五十萬精兵，多了一倍的兵力加持，雲遲在嶺南豈不是危險？

所以，在安十六對他稟告後，他派人查了兩日，確定荒原山當真無兵馬後，便決定調慶遠城蘇輕楓駐紮的兵馬急行軍前往嶺南。

可是，畢竟是失了先機，若真是猜測的沒錯的話，閆軍師的兵馬定然會早一步到嶺南，如今慶遠城的兵馬自然追不上，他建議，花顏收到信後，立即想辦法，從最能攔住閆軍師帶兵前往嶺南的途中，先一步攔下閆軍師帶的五十萬兵馬。

花顏看完信後，臉色十分難看，真是沒料到，蘇子折人狠辣不說，行事如此的果斷，竟然扔了盤踞多年，得天獨厚地勢的九環山，將所有兵馬直接調派前往嶺南。

他是要一舉在嶺南殺了雲遲嗎？

顯然是的。

她攥緊信紙，對雲暗吩咐：「雲暗，你去，快，讓安書離立馬來見我。」話落，又補充了一句，「還有梅舒毓，程顧之。」

「是。」雲暗應聲，立即去了。

敬國公夫人雖然沒看信，但是觀察花顏難看的臉色，便也猜出想必是出了大事兒了，她伸手去抓花顏的手，觸手一片冰涼，她嚇了一跳：「手突然這麼冰，是你哥哥出了大事兒嗎？」

花顏深吸一口氣：「不是哥哥，是雲遲有危險。」

敬國公夫人面色一變。

花顏轉頭道：「義母，您去給我熬一碗雞湯來，我想喝您親手熬的。」

敬國公夫人看著花顏，有些猶豫。

花顏溫聲說：「您放心去，我沒事兒。我需要想想怎麼辦。」

敬國公夫人看了方嬤嬤一眼，方嬤嬤連忙上前：「夫人，您放心去吧！奴婢照看著太子妃。」

敬國公夫人點點頭，去了廚房。

花顏閉上眼睛，靠在椅背上，從花灼的書信推算著閆軍師帶兵離開荒原山的日子，以及在腦中勾勒著南楚的地圖，從哪裡能準確地截住閆軍師的兵馬。

安書離正在議事殿議事，見雲暗忽然站在了他身後，他敏銳地回轉頭看他。

他以為是花顏出了事兒，立即問：「可是太子妃出了什麼事兒？」

雲暗搖頭：「太子妃有要事兒，請安宰輔立即去見她。」

安書離立即站起身，對與他議事的幾位朝臣道：「先到這裡，明日再議。」扔下一句話，立即出了議事殿的大門。

他清楚地知道，若不是十分要緊的急事兒，只需隨便派個東宮的僕從來告知他一聲得空去見就行，如今派了雲暗來，顯然這事兒十分緊急重要。

安書離騎快馬，很快就來到了東宮。

他快步進了鳳凰東苑，一眼便看見花顏靠著椅背閉著眼睛，周身的氣息十分沉暗。

安書離腳步頓了一下，又快步走到她面前，問：「出了什麼事兒？」

花顏睜開眼睛，也不多言，將花灼的信箋給了他。

安書離接過，看罷，臉色也霎時湧上沉重晦暗，他腦中快速地轉著計算著閆軍師率兵離開九環山的日子以及他目前兵馬走到了哪裡，不過他看過的書雖多，走過的路卻不多，他一時拿不准，看著花顏問：「太子妃可能計算得出如今閆軍師率兵到哪裡了？若是我們派兵提前攔的話，只能動用京麓兵馬大營的兵馬，不過二十萬兵馬，怕是攔不住五十萬兵馬，據說九環山的兵馬都是特殊訓練的精兵。」

花顏在等安書離來的這段時間心裡已有了個大概估算，道：「稍後我們一起去雲遲的書房看看南楚地勢圖，我是有個大體位置，不過還需要細細琢磨。」話落，又道：「我也派人請了程顧之和梅舒毓，京麓兵馬大營二十萬兵馬是不夠，但我們要的不是打勝仗，而是攔住他就夠了。」

安書離點頭：「不錯，只要攔住，不讓他帶著五十萬兵馬去山嶺關就行。」

花顏頷首，站起身：「走，去書房。」話落，對方嬤嬤吩咐，「告訴福管家，程顧之和梅舒毓來了之後，讓他們直接去書房。」

方嬤嬤應了一聲，立即派人去知會福管家了。

花顏與安書離出了鳳凰東苑，來到書房。

雲遲的書房裡，掛著一幅很大的南楚山河圖，這幅山河圖以前不太詳細，後來花顏嫁入了東宮後，有一段時間陪著雲遲待著書房處理朝事兒，她閒來無事，不看畫本子和志怪小說時，便將她走過的地方詳細地用筆在山河圖上做了細化。

南楚天下，偌大的地方，她那麼多年帶著夏緣走了十之八九，只有少數的地方沒去過，加之她過目不忘記性好，所以，這一幅山河圖的價值，經過她之手，著實是無價之寶。朝廷這麼多年派出繪製山河圖的地質官員，也不如她筆下來的詳細。

安書離第一次在雲遲的書房見到這幅山河圖時，好一番震驚。

彼時花顏與雲遲對著這一幅被她修改了的山河圖，說了她走過的那些地方的風土人情與民生百態。如今，這幅山河圖，派上了用場。

從北地九環山調五十萬兵馬前往嶺南，從北到南，最少需要一個月的路程。京城就在這南北中間的位置。依照花灼的書信，閆軍師帶兵離開最少也有半個多月了。

那麼，她拿起雲遲插在筆筒裡的那根，她曾經送給他，但他一直不曾扔掉的乾巴杏花枝指在三處位置，問安書離：「你說，這三處位置，閆軍師應該走哪條路？」

安書離抬眼看去，見花顏指了三個地方，分別代表了前往山嶺關的三條路。一條是官道，一條是多山，一條是多峽谷。都是繞過京城地界的路。

閆軍師自然不傻，不會帶著兵馬踏入京城地界，蘇子折給他的任務，定然不是攻打京城，而是殺了雲遲，所以，他一定不會想節外生枝，一定想要隱祕地悄無聲息地出現在山嶺關，對雲遲的兵馬進行前後夾擊的圍困之事。

安書離琢磨片刻，指向一處：「這裡，是神醫谷吧？是距離京城地界最繞遠的一條路，且多山澗狹道，也有草木蔥郁遮掩，我覺得閆軍師選擇走這一條路。你覺得呢？」

花顏終於展露出了笑容：「我覺得也是，你與我想法既然一樣，那定然就是這裡了。」

安書離當即看著神醫谷的地勢，腦中有了幾個布兵的方案，也笑了：「這裡，倒也是得天獨厚，地勢險要，若是別的地方，我們還不好以少攔多。這裡，二十萬京麓兵馬阻擋五十萬精兵，最少也能阻擋半個月。」

「半個月之後，哥哥與蘇輕楓帶兵也能到了，就讓他們也走這條路。」花顏眸光泛起寒意，「我也想看看，偷雞不成蝕把米，有什麼下場?!」

安書離點頭：「御林軍禁衛軍五城兵馬司的兵馬合起來也有八萬之數，夠固守京城了，但也不能再與京麓兵馬大營的兵馬一起調用，只能拖住閆軍師的兵馬等著蘇輕楓的兵馬。只要能拖住，閆軍師這五十萬精兵……」說著，他眼睛露出寒光，「我們就收了它。」

花顏頷首。

第一百五十七章　收網揪暗鬼

不多時，程顧之與梅舒毓便匆匆來了東宮，由福管家領著二人來到書房。

天氣太熱，二人急走出了一身汗。

安書離見了二人，簡略地將事情說了。

梅舒毓一聽，當即就炸了：「蘇子折好陰謀，一定不能讓他得逞！我帶兵去攔！」

安書離拍拍他肩膀：「稍安勿躁，自然是需要你的京麓兵馬大營前往。只不過，就你一人，怕是攔不住那老謀深算的閆軍師。」

梅舒毓皺眉：「那還有何人去？」說完，他看向程顧之，「他跟我去？」

「他不行，程大人要留在京城管總糧草的調配，不能離京。」花顏搖頭，對著三人道，「我與你去，安宰輔和程大人留在京城。」

她話音一落，梅舒毓頓時驚了，睜大了眼睛，看著她凸起的肚子，慌神道：「這……太子妃表嫂……你，不能去吧？」

安書離也驚了，他剛剛沒聽花顏說她要去，此時立即說：「不行，太子妃不能離京。」

程顧之也立即道：「太子妃自然不能離京，您若是出了什麼事兒，不止是要了太子殿下的命，我們都不必活了。」

花顏看著三人：「我琢磨了半個時辰，書離一定不能離京，朝堂經過一個月的動盪，至今仍舊沒安穩下來，你必須在，而程大人也要留在京城。閆軍師一直跟在蘇子折身邊，我對他熟悉，也是個十分厲害的人物。我近來胎勢安穩，天不絕是從神醫谷出來的，我帶上他一起，有他隨行，一定能保我無恙，我再帶上雲暗以及東宮和花家暗衛，安全不是問題。」

「那也不行，絕對不行，我不會同意。」安書離堅決地搖頭，眸光堅定，「你別說了，誰去你也不能去，不是沒有能用之人了，偏生要你一個挺著大肚子的人去前線打仗。有你在京城，我是能離京的，若是讓你去，不如我去，你也有穩固朝堂的本事。」

梅舒毓也堅決反對，忙保證：「我一定誓死攔住閆軍師的兵馬，表嫂，你就相信我吧！」

花顏見三人說什麼都不讓她離京，她抿唇，將朝堂上的人琢磨了一圈，實在不放心，二十萬兵馬，哪怕占據神醫谷的地勢，也差的太多，若部署不好，不但攔不住，怕是還會被閆軍師給吞了。

梅舒毓對比閆軍師，還是太稚嫩了。

除了她，也就安書離了。

她深吸一口氣，對安書離道：「既然如此，你去吧！朝堂之事，我讓小五來頂上！」

安書離見花顏鬆口，著實鬆了一口氣，他真怕攔不住她：「好。」

當日，決定了安書離離京，立即派人去請了五皇子。五皇子匆匆來到東宮，聽聞此事後，臉都白了，看看安書離，又看看花顏，最終又瞅瞅梅舒毓和程顧之，頓時覺得自己頭上一下子壓了一座高聳入雲的山峰。

他結巴地問：「我……我能頂得起來嗎？」

安書離看著他笑，伸手重重的拍拍他的肩膀，道：「你要對自己有信心，太子妃好歹帶著你在北地歷練了一遭，你回京這半年，入朝處事，沒出過錯，怕什麼？太子妃會留在京城，你但有拿不定主意的，收拾不了的事情，都請教太子妃就是了。」

五皇子聞言心裡有了些底，咬牙說：「不說為了四哥，就是為了四嫂和我侄子，我咬碎了牙也得頂起來朝堂。」

「這就對了。」梅舒毓心中熱血翻湧，「你也別怕，除了太子妃表嫂，京中還有這麼多人呢，程大人也在，另外，夏澤和小十一進了翰林院半年了，你該使就使，他們人雖小，但腦瓜子可不小，聰明著呢。」

「嗯。」五皇子點頭，問，「你們什麼時候走？」

「我進宮去見皇上一趟，天明之前，就離京。事情緊急，越快越好。」安書離道。

五皇子頷首。

梅疏毓道：「我現在馬上就回京麓兵馬大營，齊整兵馬，天明時分，在京外等你。」

安書離點頭：「好。」

程顧之道：「我現在也去準備糧草。」

安書離想了想：「我大哥可以押送糧草。」

程顧之眼睛一亮：「我正在想派何人隨軍監督糧草，如今就他了。我這便派人去找他。」

安書離頷首：「近年來，他雖在女色上荒唐，內院一團亂麻，可對正事也算穩妥不糊塗。」

幾人商議妥當，安書離很快就帶著花灼的信進了宮，梅疏毓和程顧之也各自行事，書房內轉眼就剩下了花顏和五皇子。

五皇子看著花顏：「四嫂，你臉色不大好，還是回去休息吧！」

花顏搖頭：「沒事，我回去也沒法休息。」話落，對他吩咐，「小五，你將御林軍、禁衛軍、五城兵馬司但凡有軍職的人名冊給我找一份來，要詳細記錄在案的。」

五皇子一愣：「四嫂是不放心內城兵馬？」

花顏道：「京麓兵馬大營的兵馬悉數被調走後，京城就剩下內城兵馬了，一定不能出絲毫亂子。」

五皇子心神一凜：「四嫂說的是，我這就去。」

花顏點頭。

五皇子匆匆出了東宮，書房靜了下來，花顏轉身坐去了桌前，對方嬤嬤說：「嬤嬤給我磨墨。」

方嬤嬤看著案桌上一大摞奏摺，堆成小山一樣，這是今日安宰輔還沒來的及批閱的，她看著花顏挺著大肚子：「太子妃，您可不能累著。」

「放心吧！累了我就放下，小五自小沒得父皇培養，雖然雲遲對他多有教導，但朝政之事他也只是學之有限，安宰輔離開，唯獨我能幫著他撐起來朝堂，這奏摺怎麼批閱，我熟能應手。」

上一世，她代替懷玉批註的太多，這一世跟雲遲待在書房時，陪著他分門別類整理奏摺，偶爾也會仿照他的字跡批閱了讓他省事兒早點兒休息。

所以，這些奏摺對她來說，不是什麼難事兒。唯一不過是因為懷有身孕，不能太累罷了。

方嬤嬤點頭：「奴婢給您磨墨，您累了一定要休息。」

「好。」花顏點頭。

這些天的奏摺，大多數還是關於清查各大世家的後續事宜，花顏也沒仿照別人的字跡，而是就用自己的字跡，端正的字體，批閱著奏摺。

方嬤嬤在一旁侍候著，想著太子妃的字真有風骨，分毫不差於殿下。

皇宮內，皇帝見了安書離匆匆而來，一臉凝重之色，就知道怕是出了什麼急事兒。當看到花灼的信，又聽了安書離與花顏等人的商議結果，他臥病在床的身子騰地坐了起來，臉色青白，果斷地說：「朕准了。」

無論如何，雲遲不能出事兒，必須攔住五十萬兵馬，安書離前去，不止花顏放心，他也放心。

皇帝當即親筆起草了一封聖旨，遞給安書離，囑咐：「萬事小心，無論用什麼法子，務必攔住五十萬反軍。」

「是。」安書離雙手接過聖旨，沒立即離開，而是建議，「臣來皇宮這一路，仔細想了想，恐怕五皇子根本就壓不住朝臣，皇上如今身子骨也容不得太過勞累。臣有一個建議。」

「你說。」皇帝也覺得五皇子沒有安書離這兩下子，如今朝野的動盪雖說沒剩下多少餘韻了，但武威侯還在大理寺關著，且關了一個月了，保不准有人趁京麓兵馬大營調離京城之際，趁機作亂，五皇子還是太稚嫩了。

安書離拱手道：「臣懇請，皇上再下一道聖旨，命太子妃協理五皇子監國。」

皇帝一怔，驚訝地看著安書離：「花顏？她懷有身孕，月份大了，不宜操勞，更何況又是女子，怎能監國？」

安書離正色道：「太子妃月份雖大，但也不到臥床不起的地步，尚能操勞，若不是臣與梅將軍、顧大人堅決攔著，太子妃就要親自帶著京麓兵馬大營去攔截了，太子妃腹有乾坤，胸有丘壑，有她在京城坐鎮，臣很是放心。如今南楚江山危及，正值用人之際，趙清溪早被破格提拔，已開了先河，女子有大才者，受重用有何不可？難道皇上您覺得太子妃的才華不及趙清溪？」

皇帝搖頭：「她的才華怎會不及趙清溪？只是她身子骨本就不好，如今又懷有身孕，且月份大了，讓她立於朝堂，難免會有反對之聲，朕是怕她頂不住。」

安書離微笑：「皇上多慮了，太子妃品性堅忍，能屈能伸，有謀略，有膽識，不會頂不住的，您大可放心。本來臣是覺得太子妃居於幕後，協助五皇子穩固就好，但走來這一路，想著五皇子從不曾批閱過奏摺，還是需要太子妃臨朝聽政。」

皇帝歎了口氣：「也罷，就依你所言，朕從明日起，開始上朝，朕這副孱弱的身子骨，雖不能批閱奏摺理事兒，但每日上上早朝，也還是能堅持的。」

「如此臣就放心了。」安書離見皇帝答應，心中也是佩服，雖然皇上久病無能，但不貪戀權勢，聽得人勸，該放手時放手，該立威時立威，就足夠了。

皇帝當即又寫了一封讓花顏協同五皇子監國的聖旨，交由安書離帶出了皇宮。

安書離回到東宮，果然他猜的沒錯，見到花顏正在書房批閱奏摺，他笑了一下，將聖旨擱在了她面前。

花顏揚眉，瞅了安書離一眼，打開聖旨，看罷後笑了：「我正想著明日一早進宮去找父皇討一道聖旨，沒想到你倒是先一步想著給我帶回來了。多謝了！」

安書離微笑：「路上我想了又想，還是得你立在朝堂上，五皇子鎮不住朝臣。皇上的身子骨若是操勞太過，怕是於壽數有害，太子殿下臨行前再三告訴我，能不讓皇上操勞之事，便不讓他操勞，皇上需臥床休養，養好了，能有兩三年壽數，若是修養不好，就不好說了。」

花顏抿唇：「宮宴那日皇上還是傷了根本，養都養不回來了，本來天不絕說若不出事兒，皇上最少還有十年。」

「你也要注意身體。」安書離道，「趙清溪這些日子以來已經摸清了六部，許多事情，交給她來就可。你也不能太過操勞，無論如何，小殿下最重要。」

「我曉得。」花顏站起身，鄭重地說，「書離，你多保重！務必攔下五十萬兵馬，帶著梅舒毓平安回來！這天下，少不了你輔助雲遲治理四海平安，你可不能撂挑子躲懶。」

安書離也神色端正：「你放心，就算為了我娘，我也不能夠啊！」

花顏看看還有時間，就神醫谷的地勢地貌，又與安書離詳細說了說，二人又就布兵之法，又不謀而合了幾個意見，之後，安書離快速帶著暗衛出了東宮，去了戶部，安書燁已在程顧之的告知下，帶著糧草準備妥當，兄弟二人一起出了城，與梅舒毓的京麓兵馬會合，前往神醫谷。

安書離離開，將小忠子留了下來。

小忠子替換了方嬤嬤給花顏磨墨，他不像是方嬤嬤規規矩矩少言少語，而是激動地與花顏說話：「太子妃，您的字真漂亮，您這奏摺也批閱的好，都能趕上殿下批閱的了。」

花顏好笑地看了他一眼：「只是趕上雲遲的嗎？不是比他批閱的更好？」

小忠子眨眨眼睛，嘿嘿地笑：「在奴才的心裡，您和殿下是一樣的好。」

花顏逗他：「那若是非要分個高下呢？」

小忠子頓時苦著臉，面上顯出糾結之色，半晌，花顏以為他一定說雲遲好時，出乎意料地他開口，咬牙說：「您的更好。」

「哎？」花顏失笑，納悶地看著小忠子，「你自小就跟在你家殿下身邊吧？這是叛變了？不怕你家殿下之後找你秋後算帳？」

小忠子小聲說：「若是您這麼問殿下，殿下也一定不說他自己的好，必說是您的好的。奴才別的不知道，只知道在殿下的心裡，您是最大。奴才這麼說，沒錯的。」

花顏大樂，心情好了不少，用筆敲敲他腦門：「就憑你這份本事，能在你家殿下身邊侍候一百年。」

小忠子頓時高興了，連連拱手：「能夠侍候殿下、太子妃、小殿下一百年是奴才的福氣。」

花顏笑著不再說話，心想著，她活不到一百年，也許，短短五載都沒有。

書房重新靜了下來，小忠子見花顏雖笑著，但氣息莫名傷感，他撓撓腦袋，說不出哪裡不對勁，也不敢再開口了，專心磨墨。

小忠子替換下了方嬤嬤伺候，方嬤嬤便去了廚房，不多時，給花顏端了一碗燕窩來。

花顏放下筆，活動了兩下手腕，端起燕窩一邊思考著，一邊喝下了一碗燕窩。

她喝完燕窩沒多久，五皇子就來了。

五皇子帶來了禁衛軍、御林軍、五城兵馬司所有軍職人員記錄在案的名單交給花顏。

當他看到花顏坐在書房的案桌前批閱奏摺，驚了一跳：「四嫂？」

他喊完，也看到了花顏擱在案桌上的皇帝的監國聖旨，湊近瞅了瞅，頓時鬆了一口氣：「四嫂，你是不是知道我無論如何也頂不起朝局來，才特意向父皇請了一道聖旨？」

花顏一邊翻著案宗，一邊回答他：「是書離向父皇請的旨，怕你在朝堂上鎮不住朝臣。我如今身子還未到拖累不能操心的地步，上個早朝，也是行的。有我在，沒人敢欺負你。」

五皇子輕吁了一口氣，慚愧地說：「我從未處理過朝事兒，就怕安宰輔一走，朝堂上反了天，我正琢磨著怎麼辦呢？如今安宰輔給四嫂你請了旨意與我一同上朝，真是再好不過了。」

花顏擺手：「坐吧！我教你批閱奏摺。」

五皇子立馬坐下，規規矩矩的，比當初雲遲教導他時還要乖覺。

花顏將她批閱完的奏摺挪過來，推給他：「你先看，每一本都看過，然後，我再告訴你，為何要這樣批註處理。」

五皇子點點頭，連忙捧起奏摺看了起來。

花顏轉頭又快速地將沒批閱完的奏摺拿起來批閱。

五皇子眼角餘光特意地瞧了，花顏批閱奏摺十分之快，案桌上的奏摺雖多，但她效率極快，一目十行掃過，似乎就知道該怎樣處理。這份本事，令他佩服，尤其是在他讀完手中的奏摺後，再看花顏的批閱，方才覺得十分精闢有見解，下達的指示也是一針見血地直指要害。

他看完一本奏摺，花顏基本能批閱完五六本，讓他不知不覺地覺得壓力極大，沒多少時候，額頭便冒了汗。他覺得自己無論怎麼學，怕是也及不上四嫂，尤其是她還不是隨意糊弄批閱的。

花顏抽空瞅了他一眼：「屋子裡很熱？要不然讓人搬來一盆冰放在屋中？」

五皇子臉一紅，連忙搖頭：「回四嫂，不是熱的，我是看你批閱的太快……」

他倒也誠實，話沒說完花顏便懂了，她笑說：「沒有誰是天生就會做一件事情的，我上輩子批閱了好幾年，再加上一目十行過目不忘，才如此，你不必與我比。初學者，慢一點沒關係。」

五皇子點點頭，專心看手中的奏摺，揣摩著花顏批閱處理的意思。

一個多時辰後，案桌上的所有奏摺都被花顏批閱完了，拿過五皇子看過後不太理解的幾本對他細講原因。

五皇子本來不懂不理解的地方，經過花顏一講，頓時如打通了七竅，恍然大悟。

朝局瞬息萬變，朝堂上的關係也是千絲萬縷，誰的背後有誰，哪件事情的背後牽扯了誰，怎樣處理，才是對朝局的當下和未來有利。

短短半個時辰，五皇子受益匪淺。

他雖然意猶未盡，但見天色已晚，也怕花顏身子受不住，主動地打住話：「四嫂，剩下的我自己領會，明日你再教我，今日你該休息了。」

花顏也的確是累了，尤其是明日一早還要上早朝呢，點點頭，出了書房。

五皇子並沒離開，而是在書房掌燈夜讀。

夜裡的風清清涼涼，拂去了白日的酷熱。

方嬤嬤在一旁說：「太子妃，您坐轎子吧！」

「夜色還不算晚，走走吧！今日坐的時間太長，還是走動走動的好。」花顏搖頭。

方嬤嬤趁機勸說：「您明日一定不能像今日一樣了，這樣勞累下去可不行。」

「嗯。」花顏頷首，「明日早朝上，我就告訴諸位大人們一聲，別芝麻大點兒的事兒也寫一篇摺子。今日批閱的一半奏摺都是廢話連篇，讓他們從今以後簡略精準地說要說的事情，屁大點兒的事兒，就不必寫奏摺了。若是我看到誰再寫無用的摺子，就罰奉一年。」

方嬤嬤十分贊同：「這樣也好，總之不能累著您。」

回到鳳凰東苑，花顏也顧不得再想雲遲再想亂七八糟的，很快就睡著了。

她睡下時，安書離、梅舒毓、安書燁已帶著二十萬京麓兵馬出了京城百里。

安書離和梅舒毓帶兵離京，並沒有在京城弄出動靜，甚至除了少數幾個太子近臣和東宮幕僚外，其餘的朝臣們都不知道此事。

於是，第二日早朝，當朝臣們看到本來太子殿下坐椅上坐著太子妃花顏時，都震驚地看著她，齊齊地心想，太子妃怎麼上朝了？

花顏今日穿了太子妃的服飾，很是隆重，她本是一張絕美的臉，穿尋常的碧色湖水色衣裙，三分嬌媚，七分柔軟，怎麼看起來都溫柔無害，掩蓋了她內在的凌厲和鋒芒，此時她一身華服，眉眼的鋒芒和清豔之色怎麼都掩不住。

朝臣們很想張口問問怎麼回事兒，但看著這樣早早的坐在太子殿下位置上的太子妃，一時沒敢出聲。

直到皇帝從帝政殿來到金鑾殿，朝臣們三跪九叩之後，皇帝當朝宣布了太子妃協助五皇子監國的聖旨時，朝臣們都懂了今日太子妃上朝的目的。

朝臣們找安宰輔，找了一圈，發現安宰輔不在，今日沒上朝，不知做什麼去了。

朝臣們你看我我看你，都在心裡琢磨著這事兒該不該勸諫一番，太子殿下的椅子是能給太子妃坐沒錯，但這不是東宮，是早朝，是金鑾殿，這顯然是後宮干政啊！

不過，心裡又隱隱覺得，皇上都下聖旨了，聖旨一下，就算勸了，能收回成命嗎？

朝臣們前所未有地陷入了揣摩和掙扎糾葛中，以至於，金鑾殿上，半晌沒人出聲。

五皇子站在朝臣最前面，瞅著上座的花顏，四哥的椅子比父皇的椅子只矮了半個玉階，以前四哥坐在那裡時，便威儀天成，如今四嫂坐在那裡，幾乎與四哥一模一樣的威儀，讓人幾乎恍惚地以為四哥坐在那裡。

朝堂上唯一的女官趙清溪此時也分外敬佩花顏，她比花顏差在哪裡，似乎再也不需要人說。

一片寂靜中，花顏倒是先開了口：「小忠子，把我昨日批閱的奏摺，哪位愛卿上奏的，當朝發回給那位愛卿。眾位大人們都看看，我當不當的起坐在這裡？若是心服口服，那從今以後，安宰輔或者太子殿下回來之前，我協理五皇子監國，大家就給點兒面子，兢兢業業，共同為南楚社稷，別惹事兒，否則，各位不給我面子，我也就不給各位面子！」

花顏此言一出，朝堂上更是靜的落針可聞。

小忠子帶著東宮的內侍將一摞摞奏摺搬上殿，對著朝臣們分發下去。

朝臣們接連拿到自己的奏摺，看到上面的批語，心中不止心驚，而是分外震驚。

這是太子妃批閱的奏摺？

這字跡，這筆鋒，這批閱的內容，何止是精準地把控了南楚的朝局？更是將朝臣們明裡暗裡千絲萬縷的關係以及藏著的心思顯然摸得極其透徹清楚。

薄薄的一本奏摺裡，透過批閱的字裡行間，讓他們看到了高懸在明鏡上的尚方寶劍。

何人敢不心服口服？

自古以來，一本奏摺內外，明裡暗裡，藏著多少機鋒，若不是深諳此道，一定不懂。

哪怕是安宰輔，在太子殿下離京期間，初初監國之時，代殿下批閱的奏摺，也偶爾有疏漏，雖十分細微，但也夠朝臣們揣摩出安宰輔對朝局把控的深淺。

可是太子妃批閱的奏摺，每位大臣們拿到自己那份花顏批閱回來的奏摺時，都從彼此的眼中看到了不敢置信和驚濤駭浪。

「給朕幾本瞧瞧。」皇帝在位二十年，對朝臣們的心思能從他們面上露出來的情緒裡猜個八九不離十，他也想看看花顏批閱的奏摺。

小忠子立即拿了幾本奏摺過去，正是昨日花顏給五皇子講解的那幾本。

皇帝逐一翻開奏摺看罷，一顆心放進了肚子裡，第一次升起對這個兒媳婦由內而外的敬佩，他哈哈大笑：「花顏，好，太子妃，好！」

伴隨著皇帝高興至極的叫好聲，朝臣們也醒過神，齊齊叩首：「太子妃千歲。」

這話，代表著認可與心服口服。

這樣的太子妃，由不得他們不服，她能批閱出這樣的奏摺，有治理江山之能，有翻雲覆雨之手段，不服的人，可以預料，沒有好下場。

南楚走過四百年，已不是以前的南楚，太子殿下能破格提拔趙清溪入朝，皇上能下聖旨讓太子妃協助五皇子監國，南楚將來什麼命運他們不知道，但他們知道，不看太子殿下本身，就看他選妃的眼光，就看如今端坐在金鑾殿上的太子妃，南楚也不會垮。

這一個早朝，進行的十分順利，沒有一個人站出來反對花顏監國，也沒有一人對花顏批閱的奏摺照章行事提出異議。

下了早朝後，皇帝對花顏說：「顏丫頭，你晚些再出宮，朕與你說說話。」

花顏含笑點頭。

二人前後出了金鑾殿，皇帝十分高興：「顏丫頭，你說，太子平亂，何時能歸？」

花顏笑著搖頭：「回父皇，這我可說不準。」

「嗯？你批閱奏摺十分老道，依朕看，太子監國幾年，也就做到你這般。你在朝臣面前都不謙虛，怎麼在朕跟前謙虛了？你就推測推測，也讓朕聽聽。」皇帝背著手看著她。

花顏無奈地笑：「蘇子折十分厲害，是個極狠的角色，只要達到目的，不拘泥什麼手段。他不愛百姓，可以說也不愛自己，更沒有良善之心，他可以不管不顧豁出去，把江山攪垮，遍地灰飛煙滅他眼睛怕都不眨一下。而雲遲他仁愛子民，心懷大義，為南楚社稷，為眾生百姓。他受的牽制太多，有些黑暗的手段，若是危及百姓，他必然不會用。這一仗會打多久，真不好說。」

皇帝聞言點點頭，歎了口氣：「是啊！朕把太子教導的太仁善愛民了。沒教給他帝王之路，本就是一將功成萬骨枯，掌控天下，首先踩的就是鮮血白骨。無論是百姓的，還是反賊的。」

花顏搖頭：「父皇，雲遲這樣很好，得民心者，得天下。若非他仁愛百姓，深得民心，也不會受天下百姓推崇。最起碼，清查天下各大世家，也連帶著富商富戶們自發向朝廷捐獻糧草，使得如今國庫充裕，不懼怕因為糧草供給不足而影響平亂戰事，這不是哪個太子能做到的。父皇該為教導出這樣的太子而驕傲。」

皇帝頷首，被花顏說的這番話而心中暢快：「你說的對，是朕狹隘了。為帝者，怎麼能不仁愛子民百姓？」

花顏微笑，皇上是一個極好的皇上，將來，就算他沒有千載功勳，但也勢必會被後人讚賞知人善用，不拘權勢，心懷寬厚。

「孩子可健康？」皇帝轉了話題，看著花顏凸起的小腹，想起宮宴時，那時還不顯懷看不出來，如今竟然已這麼大了。

「健康著呢，父皇放心。」花顏笑道，「天不絕每隔一日給我請一次平安脈。」

「還有多久出生？」皇帝放心了，又問。

「三個半月吧！」

皇帝點頭：「兩個月，小五能上手嗎？」

「小五聰明，應該差不多。」花顏笑，「他昨日捧著我批閱的奏摺熬夜看了一夜，用心的很。」

皇帝歎氣：「顏丫頭，你說，朕的想法是不是錯了？自小選出太子後，一心教導太子，其他皇子便被朕散養了，怕的就是將來兄弟鬩牆，同室操戈。卻未曾想，如今他們長大了後，南楚朝局是這般形勢，除了小五還尚且可用外，其餘朕的那些兒子，真是一個也扶不起來能幫著他。」

花顏認真地想了想，道：「也不能說是父皇您錯了，自古以來，兄弟鬩牆者眾，您防患於未然，原也沒錯。凡事有兩面性，有利自然有弊。」

「罷了，不說了。多說無益。」皇帝囑咐，「朕還不是太不中用，你若是太累，一定要歇著，這般時候，你要知道，什麼也不如你腹中孩子重要。」

「父皇放心。」花顏點頭。

二人又說了些別話，說了說此時嶺南的戰事情勢，又說了說安書離和梅舒毓如今到哪裡了，又提到已在大理寺天牢關了一個月的武威侯，之後，花顏便出了皇宮。

花顏覺得，她也該去天牢探探監了，她想看看如今的武威侯什麼模樣。心態可還那般的沉穩？

清查天下各大世家，已清除出了一批她和安書離認為是武威侯的人，如今朝野上下，想必還有藏的深的，也該是時候清除個乾淨了。

「去大理寺天牢。」花顏出了皇宮後，對小忠子吩咐了一句。

小忠子看著花顏問：「太子妃，天氣這麼熱，您穿這一身太子妃華服，是不是太沉了？不如先回宮換一身輕便的衣裳再去。」

「嬤嬤不是給我帶著輕便的衣服了？」花顏回頭瞅了方嬤嬤一眼：「車裡換了就行。」

方嬤嬤上前一步，點頭：「是，老奴帶著了，車裡換也可以，免於您折騰了。」

小忠子不說話了。

上了馬車，方嬤嬤拿出花顏尋常穿的輕便衣裙，花顏脫下華服，捏了捏肩膀，輕吁一口氣：「這衣服的確很沉，以後得跟雲遲說說，太子妃的服飾能不該改改舊制，輕便些，太厚重了。」

方嬤嬤幫花顏捏肩膀，笑著說：「只要您說，殿下一定會同意的。今日穿著應應景就是了，明日就別穿了。」

「不穿了不穿了！今日這不是怕鎮不住朝臣嗎？」花顏擦了擦汗，換上輕便的衣服，頓時覺得一身輕鬆。

來到大理寺，早有大理寺卿得到消息，協同大理寺的官員們齊齊迎了出來。

花顏笑著擺手：「諸位大人免禮，本宮來瞧瞧侯爺，侯爺移到大理寺後，可安好？」

「安好。」大理寺卿見到花顏這一刻就懂了，太子妃撒出的網已有一個多月，這是要收網了，他恭敬地說：「下官帶您過去。天牢多汙穢，不知您可受的住？要不然下官命人先打掃一番？或者將侯爺帶出來見您？」

「不用。」花顏搖頭，「大人帶路就是。」

大理寺卿見太子妃不像那麼嬌氣的人，更何況今日早朝他剛見了，那氣派威儀，著實不輸太子殿下，再不多言，領著花顏前往大理寺天牢。

進了天牢，一路來到最裡面的那間最髒最破的牢房，武威侯靠著牆坐著，閉著眼睛，滿臉鬍渣，一身髒汙，霉氣臭味濕氣腐氣混在一起，花顏掏出帕子捂住口鼻，想著不愧是武威侯，這樣的地方待了一個多月，還沒瘋。

花顏不由想，他心裡是想活，還是想死呢？

武威侯聽到動靜，慢慢地睜開眼睛，當看到牢房外站著的花顏時，他眼底閃過一抹精光。

花顏拿開捂住口鼻的帕子，笑問：「侯爺在這裡住的可還好？」

武威侯眼底恢復平靜冷漠：「本侯住的很好，有勞太子妃掛心了。」

花顏微笑：「掛心倒沒有，我就是來看看侯爺，重新地認識認識侯爺，以前見侯爺時，怎麼也想不到，侯爺以一人之力，擔著這麼多的祕密。」

武威侯不語，眸底沉了沉。

花顏又道：「我也想見面問問侯爺，侯爺手中傳承了花家暗主令，為何這麼多年，沒拿著暗主令找上花家？若是侯爺能得花家相助，如今的南楚江山，也許就易主了，不更該是侯爺希望的事兒嗎？」

武威侯冷聲道：「你當武威侯府的人沒找過？本侯的祖輩父輩，往上三代，都找過，拿著暗主令又有什麼用？不到四百年，花家人不買帳。」

花顏恍然：「怪不得呢。」

武威侯又看著花顏冷笑：「到了本侯這一代，子斬出生後幾年，本侯就去過臨安，可是花家祖父拒不相見。後來，本侯就懂了。」

「侯爺懂了什麼？」花顏問。

武威侯深深地看了她一眼，不答，而是道：「去年，正是四百年，本侯發現，已不必再找花家，你看不上太子殿下，喜歡子斬，為了他，竟然去南疆蠱王宮奪蠱王，如此不費吹灰之力破局，本侯甚喜。」

花顏毫不留情地說：「但是沒想到，事與願違，我到頭來還是成了太子妃。過去的事情，已經發生過的，我不能否認，但是如今，我想說，讓侯爺失望了。」

「的確是失望了。」武威侯承認不諱。

「所以，你就放棄了子斬，選了蘇子折？」花顏得出結論。

「不錯，本侯與數代先祖，煞費苦心，等了四百年，就是為了等他。可是他呢？空有表面的狠辣，心裡善良的連踩死一隻螞蟻都能傷筋動骨，再加之因為他母親的關係，使得他嘴上不屑，心裡卻十分維護雲遲。維護他，就是維護南楚江山，本侯要這樣的兒子何用？哪怕他是懷玉帝，也是要之無用，本侯不如扶持蘇子折，只有他，才是復國後樑的希望。」

花顏不語。

武威侯盯著她：「本侯倒是沒想到，如今哪怕知道懷玉是蘇子斬，你都要放棄他，可見，你與本侯也沒什麼不同。他就是一個可憐人，四百年前，他被迫放棄後樑天下，四百年後，我放棄他，你也放棄他，無論活多久，他都是被人放棄的那一個。」

花顏一時間心緒不平，想反駁武威侯，但他說的是事實，她怒極而笑：「侯爺好生厲害，幾句話，兵不血刃，殺人於無形。」話落，她漫不經心地道，「可惜，侯爺看不見了，就算你選擇了蘇子折，也看不見他是贏是輸，是勝是敗了。」

「你要殺了我？」武威侯冷笑。

「本來今日我是來殺侯爺的，只不過，我又改主意了。看侯爺在這裡待的這麼舒服，不如就待一輩子吧！我會吩咐人將這裡打上死牢的烙印，無論將來外面天色如何變化，唯有這裡，永遠暗無天日，終身圈禁，比殺了侯爺要好的多。」花顏說完，也不多待，轉身向外走去。

武威侯死死地盯著花顏的身影，直到她被人簇擁著消失不見。

大理寺卿聽到了了不得的大事兒，臉一會兒白一會兒紅，紅白交加下，讓他整個人生出驚恐和癲狂，他有些後悔，自己為什麼要跟進來，太子妃沒讓他回避，他也該回避的，就不至於不要命地聽了這要命的大事兒了。

他胸無大志，最是剛正不阿，只想守住這大理寺卿的飯碗就行了，沒想立功，只求無過啊！

出了大理寺天牢後，大理寺卿亦步亦趨地跟在花顏身後，大氣也不敢出一聲，心裡希望花顏把他當作空氣忘了。

可是花顏怎麼會忘了大理寺卿這麼個活人呢？她停住腳步，轉回頭，似笑非笑地看著大理寺卿：「大人，你是太子殿下一手提拔上來的，就是殿下的親信之人，這般畏畏縮縮，可別辜負了殿下的栽培之心。」

大理寺卿心神一凜，頓時恭敬垂首：「太子妃說的是，下官一定謹記，不敢忘了殿下的栽培。」

他怎麼敢忘了太子殿下和太子妃夫妻一體，為娶太子妃，一直以來的所作所為呢。

花顏壓低聲音：「若是我所料不差，武威侯熬不住了，近日大理寺天牢怕是會不平靜，大人也不必提前打草驚蛇，該如何就如何，我自有安排。」

「是！」

花顏轉身上了馬車。

隨著她離開，大理寺卿抹了抹額頭的汗，天下女子多不勝數，但鮮少有哪一個，你在面對她時，就覺得壓力徒增，她明明輕言慢語，卻讓人大氣都喘不過。

回到東宮，下了馬車，方嬤嬤怕花顏再去書房，立即說：「太子妃，您休息一會兒吧！」

花顏點頭：「讓人備水，我沐浴。」

方嬤嬤頷首，從天牢出來，是該去去身上的霉氣。

回到鳳凰東苑，方嬤嬤帶著人將水放好，花顏褪了衣衫，洗去一身汗漬，也將武威侯的話語讓她心裡落的鬱氣一併清洗了去。

她反覆地琢磨武威侯的話，想著武威侯後來懂了什麼？為何他那個眼神看著她，死活不開口？祖父一定知道！

出了浴桶，她提筆往臨安寫了一封信，交給花家暗衛送了出去。

都到了這個時候，但有什麼，祖父也不該再瞞她了吧！

寫完信，花顏回床歇了一個時辰，去了書房。

五皇子在書房，見到花顏來了，立即站起身，恭敬見禮：「四嫂。」

花顏對他擺擺手，見他氣色不是很好的樣子，眉眼隱著疲憊，溫聲道：「小五，凡事過猶不及，要學東西，也不是一朝一夕，該休息還是要休息。」

五皇子也覺得自己有些急了，誠心受教：「四嫂說的是，我一會兒就去休息。」

花顏點點頭。

二人一同批閱奏摺，有不會下手的奏摺，五皇子請教花顏，漸漸地，也品味出了對應什麼樣的事情什麼樣的人該有什麼樣的應對之法。

有些需要叫來朝臣細問的，他請教花顏後，當即命小忠子將人喊來東宮。

這一日，安書離的離開，並沒有讓朝局發生亂象，往來東宮的官員絡繹不絕，朝堂上各部門有序地運轉著，無人生亂。

傍晚時分，花顏喊來了趙清溪。

趙清溪見到花顏，也規規矩矩地見禮，之後笑著說：「太子妃保重身體。」

花顏淺笑：「我會注意的。」話落，拿出五皇子給她的御林軍、禁衛軍、五城兵馬司有軍職的人名單和卷宗，「你與我一起看看。」

趙清溪懂了，對花顏道：「家父生前，留有一封內城兵馬分屬派系的名單。若是太子妃需要，我這便去取來。」

「等的就是你這句話。」花顏笑著點頭，「小忠子，你陪著趙大人走一趟。」

「是。」小忠子乾脆應聲。

趙清溪回趙府，花顏將幾本重要的奏摺批閱後，總覺得心不在焉，她蹙眉，喊出雲暗：「雲暗，你前往趙府一趟，保護趙大人。」

「是！」雲暗也不多問，立即去了。

五皇子在一旁聽的發愣：「四嫂，怎麼了？趙清溪不過尋常回一趟趙府而已，能有什麼危險嗎？」

花顏放下筆，端起熱水喝了一口：「我心下頗有些不踏實，說不上來，這種感覺很奇怪。左右不過是讓雲暗跑一趟，無事更好。」

五皇子點頭，自然不會說花顏實在太過小心了，只想著四嫂是孕婦，大約是孕婦很容易會多思多想。

花顏站起身，立在窗前，她感應敏銳，想著也許在她踏出大理寺天牢後，武威侯就有所行動了。她沒有小看武威侯，但他到底怎麼出手？難道是拿趙清溪開路？

趙清溪從哪裡看是武威侯破局的突破口？

她想著想著，心底一寒，趙清溪若死了，消息傳出去，首先是梅舒毓會瘋。

無論是趙清溪，還是梅舒毓，當下的南楚朝局，必不可少。

花顏想到此，當即做了決定：「雲意！」

「太子妃！」

「調東宮暗衛，再去趙府一批人。」花顏吩咐，「務必保趙清溪安然無恙。」

雲意應是，立即點了人，又去了趙府。

誠如花顏所料，趙清溪剛踏進家門，便被人用刀劍架住了脖子，小忠子驚呼聲還沒出口，便被人一腳踢飛了出去，他「啊！」地慘叫一聲，吐了一口血，頓時昏了過去。

趙清溪看不見是誰用劍架著她，那人立在她身後，武功極高，她只能看到架在脖子上的寶劍寒光閃閃，帶著嗜血的鋒利。

這柄寶劍劍刃很薄，只要背後人稍有動作，她就能一命嗚呼。

她勉強穩住心神，問：「你是何人？」

「我該喊你趙大人呢？還是該喊你趙小姐？」這人一身黑衣，影子落在地上，也是黑黑的一團。

趙清溪沒聽出是誰，只聽到這個聲音很年輕，似乎是個年輕的男子，她臉色發白：「自然稱呼本官趙大人。」

黑衣人哈哈大笑，湊近她耳邊：「可是我喜歡喊你趙小姐。你可知道，我早就想嘗嘗你的味道了，你還沒便宜梅舒毓吧？噢，對了，你們兩個都在孝期，自然不能行魚水之歡……」

趙清溪面色一變，身子抖了起來：「你是誰？」

沒有哪個女子，遇到這種事情會不怕的，趙清溪再堅強果敢，也不例外。

黑衣人邪笑：「一會兒躺在床上，你就知道我是誰了……」說著，黑衣人扛上趙清溪，進了內跨院。

趙清溪又是驚懼又是羞憤，想著她若是死了，梅舒毓……梅舒毓……

她心都哆嗦起來。

她還想著，她還沒給太子妃名單，她還有她娘，她若是死了，她娘該怎麼辦？

「你不要試圖咬舌自盡，我告訴你，沒用的，你就算咬舌自盡，我也會在你身上盡興……還有你娘，她已在我手中，你最好乖乖聽話……」黑衣人警告。

趙清溪牙齒鬆開，嘗到了一嘴的血腥味，咬牙問：「我與你有何冤仇？」

「你的確與我無冤無仇，但誰叫你讓我喜歡呢！否則剛剛一照面，你就死了。如今嘛，先讓我嘗嘗你的味道，折磨夠了你再說，你若是伺候好我，我興許就不殺你了，你若是記仇，不如就記在雲遲身上，他殺了我娘。」黑衣人一邊扛著趙清溪走一邊說。

趙清溪身體狂顫抖，但她腦中快速地轉著，想著太子殿下何時殺過婦人？忽然，她靈光一閃，脫口說：「你是蘇幻。」

蘇幻腳步一頓，哈哈大笑：「不愧是我看中的女人，聰明。」

趙清溪的心沉入谷底，蘇幻她知道，加敏郡主的兒子。加敏郡主害皇上，誠老郡王與太子殿下找上門，加敏郡主自盡而死。她怒聲說：「是你娘先害皇上的，太子殿下不過是……」

「噓，我不喜歡聽你說雲遲。」蘇幻陰狠地回過頭，「再說我就封了你的嘴，毒啞了你，讓你發不出聲音。」

趙清溪閉了嘴。

趙府靜悄悄的，一個人都沒有，整個府邸哪怕在陽光下，也透著陰沉之氣。

蘇幻扛著趙清溪穿梭在趙府中，如入自家之地，很快，就扛著趙清溪來到了她的閨房。

趙清溪心裡死灰，伸手去拔頭上的簪子，她簪子還沒拔掉，便被蘇幻扔在了床上，只見他扯了面巾，扔在一旁，鉗住了她手腕。

蘇幻剛要俯下身，屏風後忽然竄出一人，手裡拿了一頂檯燈，對著他就砸了過來：「畜生，放開我女兒！」

蘇幻沒防備，被砸了個正著，額頭頓時流了血，他看清楚出來的人，罵一句「你這個瘋婦人！」揮劍一劍刺了過去。

「娘！」趙清溪睜大眼睛，淒厲地喊了一聲，手中的簪子對著蘇幻脖子刺去。

蘇幻抬手揮落趙清溪的簪子，只覺得後背一股凌厲的殺氣，他面色一變，當即抽出洞穿在趙夫人身上的寶劍，身子快速地一滾，躲開了致命的一劍，但胳膊被劃了一道血口子。

來人不等他喘息，又欺身上前刺出第二劍。

蘇幻看清來人驚駭：「雲暗！」

雲暗冷笑一聲：「雲幻，今日就是你的死期。」

太祖暗衛被策反，一直是雲暗心裡的一個結，早先一路忍辱負重只不過是為了保護花顏，如今雲幻又出現在了他面前，他豈能放過？

趙清溪從床上爬起來，下地抱住倒在血泊裡的趙夫人，淚流滿面：「娘……」

趙夫人睜大眼睛，似乎想更清晰地看清趙清溪，蘇幻的一劍很準，正中心臟，她顫抖地伸手摸趙清溪的臉，一口口地吐血：「溪兒……娘……娘去找你父親了，你要好好活著……」

「娘，不，你別死……你別丟下我……」趙清溪抖著手要將趙夫人抱起來，奈何她抱不動，「娘，你等著，我這就去給你找大夫，就找天不絕……神醫能起死回生……」

趙夫人抓住她的手：「溪兒……沒有你父親，娘真的活不下去……娘知道你有出息……知道你給自己選了一個好夫君……娘這些日子時而清醒時都看的清楚……娘去了……你和毓二公子好好的……娘怕時間久了，你父親不等我……」

趙清溪哭的眼淚糊住眼睛：「娘，你別走……溪兒沒了父親……不能再沒娘了……」

「你有夫婿……以後好好過日子……娘和你父親九泉之下也能……安心……」趙夫人聲音漸小，盯著趙清溪的臉，看了最後一眼，閉上了眼睛。

趙夫人的身子軟下來，手臂垂下，斷了氣。

趙清溪抱著趙夫人的屍體怎麼喊她也再不應答時，痛哭失聲。

蘇幻的武功不及首領雲暗，他在被殺得無還手之力時，放出了信號彈，一批黑衣人現身，圍住了雲暗。

蘇幻喘了一口氣大笑：「雲暗，今日這裡才是你的死期。」

雲暗寒著臉不語，與這批黑衣人對殺起來，就在蘇幻以為今日雲暗是他刀下菜時，忽然有大批的東宮暗衛湧入了趙府，圍住了蘇幻和他的人。

蘇幻面色徹底變了：「十二雲衛？」

雲遲走時，除了帶走了鳳凰衛外，十二雲衛只帶走了雲影，其餘人都留給了花顏。如今雲意帶來的這批人，有一半十二雲衛，蘇幻和他的人不是對手。

鮮血染紅了趙府的紅牆碧瓦水榭宣台，一具具黑衣人的屍體橫陳在趙府院內。

雲暗親手將刀劍架在了蘇幻的脖子上時，對他問：「你還有什麼遺言？」

蘇幻臉色灰敗：「我想知道，我今日怎麼敗露的？」

「你沒敗露，是太子妃不放心趙大人，派了我跟來。」雲暗不吝嗇讓他死的明白。

「太子妃，又是太子妃！」蘇幻陰狠地說，「統領就該殺了這個禍國的女人，早殺了她，後樑的復國大業早完成了，她真是紅顏禍水，統領偏偏捨不得對她下手……」

雲暗冷眼看著他辱沒花顏，揮手毫不客氣地一劍結束了他的生命。

趙府血雨腥風後，恢復平靜。

趙清溪哭暈之前，找出了名單，遞給雲暗：「這是名單，替我謝謝太子妃相護。」

若沒有花顏派人來，她這條命今日也沒了，若是以前，她不怕死，但自從與梅舒毓兩情相悅，她怕死的很，梅舒毓專情的很，她若死了，他豈能獨活？

雲暗點頭，雲意留了幾名東宮暗衛在趙府，與雲暗一起帶著受了重傷昏迷不醒的小忠子回東宮覆命。

花顏一直在等消息，見雲暗和雲意一身是血的回來，她臉色微變：「趙大人可出事兒了？」

「太子妃放心，趙大人沒出事兒。」雲暗搖頭，將趙府的遭遇經過複述了一遍。

花顏鬆了一口氣的同時，又替趙清溪難受：「趙夫人與趙宰輔夫妻二人，也是天下少有的夫妻情深了。」話落，她看了小忠子一眼，「把他送去天不絕那裡，儘快醫治。你們也下去吧！」

雲暗和雲意頷首，退了下去。

方嬤嬤念了兩聲阿彌陀佛：「幸好太子妃您料事如神。」

花顏深吸一口氣，揉揉眉心：「讓福伯去給趙大人傳話，給她七日假，好生料理趙夫人喪事。」

方嬤嬤應是，立即去了。

五皇子目瞪口呆地聽著趙府的這一樁血雨腥風，原來不是四嫂因為孕婦多思多想，而是真真實實估算準了。

他看著花顏：「四嫂，你是怎麼覺得趙大人一定會出事兒的？」

花顏揉揉眉心，展開趙清溪捎回來的名單，名單上第一個人名讓她臉色十分難看，她盯著那個人名看了片刻，回答五皇子：「心有所感而已。」

五皇子閉了嘴，他半絲也沒有感應出來。

花顏將名單過了一遍，越看臉色越難看。

「四嫂，是不是這名單涉及到了不太好的人？」五皇子除了在北地看到過花顏這樣的臉色外，近來還從沒有看到過。

花顏將名單遞給他：「你自己看。」

五皇子接過名單，猛地睜大眼睛，從頭看到尾後，驚了一身冷汗，他抬起頭，看著花顏：「這……這大理寺少卿……翰林院院首……大皇兄……八弟……怎麼會……」

「我相信趙宰輔這份名單。」花顏冷清地說，「這些武威侯埋的暗棋，果然深不可挖。也就是為官二十餘年，能坐到官拜宰輔位置的趙宰輔能挖的到。

五皇子放下名單：「四嫂，怎麼辦？」

「大理寺少卿，自然要交給大理寺卿來查辦，翰林院的院首，就交給夏澤和小十一，他們二人也在翰林院待了半年了，至於大皇兄和八弟，我沒多少印象，自然交給小五你。用最短的時間，先把這些人控制起來！興許武威侯今日就會越獄，我不能讓他跑了。」

五皇子咬牙：「我這便去找大皇兄和八弟。」

「嗯。」花顏擺手，「去吧！動作謹慎點兒，這個時候不是顧念兄弟情分的時候。」

「四嫂放心。」五皇子點頭，他真沒想過皇室兄弟裡還有叛賊，四哥待大皇兄和八弟不好嗎？四哥待每一個兄弟都好，他們怎麼能背地裡反四哥？反了南楚江山，復國後樑，於別人有好處也就罷了，於他們有什麼好處？

他們是不是忘了自己皇子的身分！

五皇子離開後，花顏吩咐福管家：「去給大理寺卿傳句口信，少卿是他一手提拔上來的，問問大理寺卿，他可有想過，他手下這個得力助手，原來是武威侯的人。讓他將他關押起來！能做到大理寺卿，拿住一個少卿，總該有法子和手段，就不需我出手了。」

「是。」福管家知道此事事重，立即親自去了。

花顏又命人喊來夏澤和十一皇子。

二人很是高興地一起來了東宮，他們從花顏回來，還沒見過花顏，二人雖在翰林院，自然沒有上朝的資格，如今聽花顏喊他們，立即來了。

一個喊顏姐姐，一個喊四嫂，同時瞧著花顏的肚子，十分新奇。

花顏沒多少心情與二人玩笑，在他倆興奮的說幾句話後，便說出了她喊二人來東宮的目的。

二人一聽，臉都白了，動翰林院的院首……他們？行嗎？

「我給你們一道旨意，能做到翰林院首，自然是本事極大，不過你們兩個年歲小，他對你們定不設防，只要拿住他，押送來東宮，就是事成了。」花顏拍拍二人腦袋，「怎麼？沒信心？」

夏澤和十一皇子對看一眼，不多時，一起鼓起勇氣：「有信心。」

「行，去吧！」花顏擺手，很是相信二人，輕飄飄地讓二人出去了。

走出東宮，十一皇子懷疑地說：「四嫂真覺得我倆行？」

夏澤點頭：「我們不能讓顏姐姐失望，顏姐姐找上我倆，一定是我倆合適。」

十一皇子咬牙：「走，動了院首，你我就在翰林院熬出頭了，那老頭子一直看我倆不順眼，今日就叫他知道知道厲害。」

夏澤想的更多：「怪不得從你我入了翰林院，他不停找碴，橫豎看你我不順眼，原來他是反賊那夥兒的，不是殿下的人。」

「這等人，就是盤踞在朝堂上的黑心劍，拿著朝廷俸祿，身居高位，卻做著反事兒，噁心極了！」十一皇子罵著，心裡一股股火，「咱們倆合計合計，怎麼將他綁起來送來東宮。」

夏澤道：「我已經想到了。」

「快說說。」十一皇子催促他。

夏澤附在他耳邊，耳語了一陣，十一皇子眼睛一亮：「行，就這麼辦，你我分頭行事。」

花顏協理五皇子監國的第一日，誰也沒想到平靜的早朝過去後，這個下午，太子妃出手了。

朝堂上又掀起新的一輪的血雨腥風。

大理寺卿得了福管家的傳話後，驚駭得半晌沒回過神來，滿眼滿心的不敢置信。大理寺少卿是他的門生，是個寒門學子，他惜才，一步步將之提拔到手下，很多事情，他都讓他去做，他怎麼也沒想到，他竟然是武威侯的人嗎？

武威侯住在大理寺天牢一個月了，他絲毫沒發現他與武威侯有牽扯。

太子妃會不會弄錯了？

福管家很會察言觀色，小聲說：「大人，太子妃明察秋毫，得了確切的消息，一定不會弄錯。大人還是按太子妃交代的辦差為好，否則縱容了反賊，也許就害了大人自己和家人。」

大理寺卿心神一凜，冷汗頓時浸透了官袍，心想著，空穴不來風，不管少卿是不是反賊，他該先拿下人再說。若是他當真清白，他就再保下他，若他真是反賊，他連他都騙了的話，死有餘辜。

大理寺卿咬牙點頭：「請回稟太子妃，下官一定辦好此事，請太子妃放心。」

福管家完成了差事兒，放心地走了。

大理寺卿叫來親兵，二話不說地拿住了大理寺少卿。

大理寺少卿都懵了：「大人，恩師，您這是……」

大理寺卿不想說話，對親兵擺手：「去，堵上他的嘴，將人給本官送去東宮，交由太子妃。」

親兵俐落地堵上了大理寺少卿的嘴，將人痛快地押著出了大理寺，送去了東宮，過程十分順利，幾乎福管家前腳剛踏進東宮的大門，大理寺少卿便被送到了。

花顏得到稟報，想著大理寺卿動作真快，不愧能坐穩這把椅子，擺手：「先關押去地牢。」

東宮的護衛接手，將人關押去了地牢。

第一百五十八章　再見故人，物是人非否?!

葉蘭盈終於在地牢裡見到了一個新夥伴，她好奇地看著這個新被關押進來的人，當看清楚他身上穿著的大理寺少卿的官服，臉色十分難看。

在東宮的護衛將大理寺少卿關在了葉蘭盈對面的牢房走出去後，葉蘭盈對著他問：「你暴露了?」

大理寺少卿不說話。

「你是怎麼暴露的?」葉蘭盈追問：「是誰把你抓起來關押進來的?看你身上沒傷口，你沒反抗?你不是有武功嗎?」

大理寺少卿依舊不說話。

葉蘭盈怒：「你啞巴嗎?」

大理寺少卿終於開口，頹廢地坐在地上：「事情發生的太突然了，我沒防備，上峰忽然發難，我就被抓了，他什麼也沒說，只讓親兵將我送來了東宮。進了東宮後，直接送來了地牢。」

葉蘭盈愕然，片刻後，忽然哈哈大笑起來，笑罵：「廢物!窩囊死了，我真懷疑你是怎麼坐上大理寺少卿位置的?!」

大理寺少卿不再說話，他至今仍有些不敢置信，他敢肯定，他這些年一定瞞過了恩師，他對他信任至極，就連看管武威侯，都不假他人之手，讓他與他一起，凡事也多與他商量，怎麼他就突然抓了他了?他哪裡暴露了?

「你別想了，一定是花顏那個女人！她發現你的！她向來不喜歡拐彎抹角，喜歡粗暴直來直去，一定是她吩咐了人抓的你。」葉蘭盈自認為還算了解花顏。

大理寺少卿怎麼也想不透，他哪裡做的不妥被太子妃盯上了。他怎麼也想不到，趙宰輔死了，當初是他暗中動的手，可真是因果輪迴，死了的趙宰輔，也把仇報了。

除了大理寺卿將少卿扭送到東宮後，翰林院的院首失蹤了，夏澤和十一皇子沒驚動人，用了有點兒下作的法子，直接給院首下了藥，然後，二人扛了院首，送到了東宮。

反正花顏說了，只將人送來就行，不拘於什麼法子，先制住人再說。

五皇子那裡卻見了血，大皇子在五皇子的質問下，當即自殺了，八皇子年紀不大，沒膽子自殺，暈了過去。

各方的動靜雖然都不大，但也驚動了朝堂。

花顏利用趙宰輔留下的名單，動手極快地清除了一波武威侯埋藏在朝中的暗棋，將大理寺少卿和翰林院院首下了東宮大牢。

另外，趙宰輔的名單裡，有御林軍的副統領一名，禁衛軍的百隊長兩名，五城兵馬司的副指揮使一名。

這些人，花顏吩咐了雲意帶著十二雲衛前去處理，畢竟他們與文官不同，身懷功夫，手下有兵，但凡打草驚蛇，便會很難處理。

入夜，果然如花顏猜測，武威侯從大理寺越獄了。

鐵鎖鏈的鑰匙與牢房的鑰匙大理寺少卿一早就給了武威侯，為了擺脫大理寺少卿的嫌疑，他早就安排了人內外接應自己不插手。所以，即便他提前被抓了，押送進了東宮的地牢，但依舊不影響武威侯順利越獄。

花顏在白日裡剷除了一條趙宰輔給的武威侯的暗線，但也還有一條暗線，埋的不是什麼高官重職人員，而是看起來十分不起眼的普通人。

有大理寺天牢的獄卒和牢頭，也有禁衛軍、御林軍、五城兵馬司的小兵，甚至還有在京城開店鋪的掌櫃的和夥計，以及各官員府邸的小廝長隨以及奴婢管家。

這些人，在平日裡不起眼，但真到派上用場時，還是十分抵用的。

儘管花顏一早就有準備，命人盯著以大理寺天牢為核心的京城各處的動靜，但還是差一點兒讓武威侯跑了。

所以，當全城都找不到武威侯的蹤跡時，花顏由雲暗陪著，在武威侯府邸等到了回府打算走湖底暗道離開的武威侯。

夜色涼如水，花顏披著一件稍微有些厚的披風，站在庭院中的月色下，看著步履匆匆的武威侯，她淺笑嫣然：「侯爺好本事啊！為了你一人，全城人都牽動了。」

武威侯看到花顏，臉色猛地一沉，一顆輕鬆得意的心也瞬間沉到了谷底深淵，他幾乎黑著眼睛看著花顏，眸中翻騰著風暴，咬牙切齒：「花顏？你怎麼在這裡？」

花顏攏了攏身上的披風，笑著說：「子斬曾告訴我，若是回京見著了你，幫他做一件事情。侯爺能猜到是什麼事情嗎？」

武威侯手攥緊：「什麼事情？難道是他讓你殺了本侯？」

「不錯。」花顏笑，「侯爺猜對了！」

「孽子！」武威侯恨聲罵。

花顏搖頭：「侯爺從沒當他是你的兒子，又何來孽子一說？你殺了他娘，他在知道後，卻也對你下不了手。但他娘的仇又不能不報，所以，便將此事交託給我了。我殺侯爺，無負擔，他是知道的。」

武威侯死死地盯著花顏：「那你為何不早殺我？」

花顏把玩著腕上的手鐲，轉了一圈又一圈：「若是我一早下手，怎麼能引出侯爺在京城盤踞的所有勢力一網打盡？殺了侯爺一人，京中也不算安平，將侯爺的勢力都清除了，京中才算是真正地安穩了。」

武威侯勃然大怒，眼底冒出嗜血的殺意：「我先殺了你！」

說著，武威侯欺身上前，他的武功自然十分厲害高絕，只不過鮮少有人看過他出手。據說，當年他為蘇子斬前往南陽山請求拜師收徒，曾與南陽真人一教高下，只差南陽真人一招而已。南陽真人曾問他，侯爺有此武功，為何不親自教導令郎，武威侯搖頭說父不教子，狠不下心。

南陽真人下山，收了蘇子斬。

雲暗上前，攔住了武威侯，與此同時，東宮暗衛現身，齊齊護住了花顏。

雲暗僅與武威侯打了個平手，雲意見了加入其中，二人對打武威侯一人，頓時占據了上風。

百招之後，武威侯漸漸乏力，二人一人一劍，前後將他刺穿。

武威侯看著從前胸後背穿透的劍刃，站在原地，瞪大了眼睛。

花顏淡漠地看著他，想著武威侯大概做夢也沒想到這個死法，他一生在暗中汲汲營營，後樑復國的重擔落在了他這一代，他這一生，肩上心裡擔了多少事兒？

年少時，他可也與別家的少年郎一樣心善純淨？請旨賜婚非要娶梅府二小姐時，是因她天真活潑真正喜愛還是只因為那是梅家女？是太子心儀的梅府大小姐的妹妹，是未來天子的岳父家？他為了取得當今聖上的信任，而與他做了連襟？以便籌謀？

花顏想起蘇子斬目光憂傷地補充的那句「他死之前，你問問他，愛過我娘沒有？據我所知，我娘是愛他的。年少時喜歡了誰，並不能記一輩子。我娘早忘了。」

花顏看著武威侯，覺得再不問就沒機會了，於是，她幫蘇子斬問了出來。

武威侯聽見花顏的話，忽然癲狂地大笑：「愛？本侯沒愛，若說有，愛的人也是柳芙香，否則本侯怎麼會把她從蘇子斬手中搶到手？」

花顏驚了。

武威侯轉頭，看著花顏，口吐鮮血地說：「你告訴蘇子斬，本侯在九泉下等著他。」說完一句話，武威侯身子轟然倒地，閉上了眼睛。

方嬤嬤上前，伸手捂住花顏眼睛：「太子妃別看，您看了，就會間接地讓小殿下看見。死人晦氣。」

花顏沒拿開方嬤嬤的手，沉默地站了片刻，說：「將武威侯收斂了吧！回宮。」

這一夜，伴隨著武威侯的死，徹底地清除了南楚京城所有危險。

皇帝生怕花顏受驚，派了人來東宮詢問花顏可還好，太后也派了人來問，聽聞花顏安然無事，都放心了。

第二日早朝，花顏於朝堂上頒布了武威侯十宗罪，從犯翰林院院首、大理寺少卿等人罪責若干。因武威侯已死，罷黜爵位，草蓆埋葬，翰林院院首、大理寺少卿於午門外斬首示眾，其餘人等，依罪論處，有死刑的，有流放的，有關押三五七八年的不等。

朝堂又經過了一輪洗禮，文武百官零星地站在朝堂上，偌大的金鑾殿，看起來就空蕩的很。花顏破格提拔了幾名在這一段時間中表現良好的人員入朝，填充了朝局。

朝野上下終於見識了這位東宮太子妃的厲害。

下了早朝後，花顏略感頭暈，身體不適，方嬤嬤驚慌地叫來了天不絕。

天不絕給花顏把脈後，吹鬍子瞪眼：「染風寒了！怎麼這麼不小心？我是怎麼告訴你的？」

花顏靠在貴妃榻上：「怎麼會染了風寒呢？我沒覺得冷啊！」

方嬤嬤在一旁急道：「定是昨日，武威侯府的湖水旁夜晚湖風太涼，吹到了。」說著，她後悔不已，「都怪奴婢，給您穿的少了。」

花顏伸手拍拍方嬤嬤的手：「怎麼能怪你？昨天披了那麼厚的披風，我還覺得出汗呢。」

「行了，風寒也不是多大的事兒，只不過你是孕婦，不能用重藥。我開些溫和的藥，你慢慢養著吧！」天不絕打斷兩人的話，提筆斟酌著開了個藥方子。

五皇子聽聞花顏病了，說什麼也不讓她勞累了，說明日不讓她上朝了，但有他處置不了的事情，再拿過來請教四嫂。

花顏也不敢大意，點頭應了，反正如今京城是真正的固若金湯了，她也不必太擔心，還是趕緊養好風寒重要。

皇帝聽聞後，也贊同五皇子的話，讓花顏好好養病。花顏這一陣子實在太累了，偌大的朝事兒被她擔起來，從安書離在時她與安書離一起做局清查天下各大世家，再到安書離離開後，她做局引出武威侯的所有勢力，京中安穩太平了，她繃著的那根弦一鬆，泄了一口氣，自然就病倒了。

太后當日便沒忍住出宮來看花顏，見她病歪歪地躺在床上發汗，捨不得埋怨她，畢竟她也是為了南楚社稷，卻說了敬國公夫人好幾句，怪她明明在身邊陪著，不勸著些，讓她累病了。

敬國公夫人也是自責，她若是強行勸著就好了，誰知道這突然就病了？

太后不放心花顏，在東宮住了下來，看著她養病。

這般養了幾日，花顏的病一直不見好，不止急壞了方嬤嬤，也急壞了敬國公夫人和太后。天不絕也皺起了眉頭，覺得花顏的情況不太妙。

花顏的風寒不是多嚴重，按理說，天不絕一副藥吃了幾日，也就能見好了。但她非但不見好，還有點兒轉嚴重的勢頭。

太后本來吃了花顏給的天不絕的藥養回了不少黑髮，如今急的又都白了，她不停地盯著天不絕問：「怎麼這樣？這藥方子是不是不管用？再另換藥方子呢？」

天不絕皺著眉頭思索著點頭：「再換個藥方子試試吧！」

敬國公夫人看出天不絕神色不對，當他去開藥方子時，跟了出去，悄聲問：「神醫，你與我說實話，太子妃到底是不是風寒？」

天不絕點頭，平靜如常地說：「回夫人，是風寒！可能太子妃懷孕體質弱，勞累過度，再加之我開的藥方子太過溫和於她不管用，才總不見好。我再換個方子，加兩味不傷胎兒的重藥。」

敬國公夫人懷疑：「當真如此？真是風寒。」

「是風寒，夫人放心。」天不絕肯定地頷首。

敬國公夫人觀察他神色，不想說假，放下心來。

天不絕開了藥方子，親自去廚房煎了藥，花顏喝下後，見太后和敬國公夫人寸步不離地守著她，寬慰二人：「孕婦體質本就差，染了風寒哪有五六日就好的？都說病來如山倒，病去如抽絲，總要十天半個月，皇祖母年紀大了，可別這般熬著了，若把您累倒了，我可是罪過了。」

敬國公夫人也念太后年紀大了，跟著勸說：「太后娘娘，您去歇著吧！這裡有我就行，若是您著急累病了，太子妃更是心急，萬一病上加病……」

「罷了，哀家去歇著，周嬤嬤留在這裡侍候你。」太后站起身，聽勸地說。

花顏見太后總算去歇著了，心底也鬆了一口氣，點頭。

太后離開後，敬國公夫人壓低聲音說：「這麼多年，從不曾見太后對誰這般好過，昔日的皇后娘娘，也不曾讓太后親自在榻前守著看顧。可見，太后是真喜歡你。」

花顏微笑：「太后是愛屋及烏，對太子殿下寄予厚望，我是沾了雲遲的光。」

敬國公夫人笑起來。

二人又說了些話，花顏喝了藥，犯了睏，不多時便睏倦地閉上了眼睛。

敬國公夫人怕留在房中打擾她休息，便留了方嬤嬤在外間照看，自己去了小廚房，看看能做些什麼開胃可口的吃食讓花顏能多吃點兒飯，最近幾日，她吃的十分少，這樣下去不行。

又過了幾日，花顏的傷寒依舊不好，卻也沒太嚴重，私下無人時，她壓低聲音問天不絕：「你說，是不是與我體內的魂咒有關？」

天不絕搖頭：「不好說，按理若是小小的風寒，如今也有十多日了，也該好了，可是你一直不見好，我也摸不準是什麼情況，不敢隨便下定論。再加之腹中胎兒如今已快八個月了，我也不敢胡亂用藥。」

花顏點頭。

「你自己的身體，你大體可知道是怎麼個情況？」天不絕問。

花顏搖頭：「一天比一天乏力的很，腹部一天比一天墜的慌，我有點兒擔心會不會早產。」

天不絕心神一凜：「有這個可能，是該趕緊準備著了。」

「俗話說，七活八不活，我有些害怕。」花顏摸著小腹。

天不絕繃緊臉：「你放心，有我在，只要你生下來他有一口氣，鬼門關口我也能給你救下來。你也許就是這段時間思勞過度，心思太重，拖累了身體，才傷寒總不好，儘量放寬心。」

花顏點點頭：「也許吧！一場風寒下來，總不見好，我也有點兒草木皆兵。」

當日，二人說完，天不絕便將花顏有可能早產之事告知了敬國公夫人和太后，二人面色大變，太后差點兒暈過去，直到天不絕拍著胸脯保證後，太后才放下心來。

自從得知花顏懷孕，雲遲早就讓東宮準備了接生嬤嬤、奶娘等人，隨著花顏月份一日比一日大，這些人一直待命準備著，如今太后和敬國公夫人又將人仔仔細細地篩選排查了一遍，雲遲挑選的人自然是沒問題的，太后排查後放下心，讓人準備該準備的東西，隨時都嚴陣以待。

兩日後，安書離傳來消息，他與梅舒毓十日前在神醫谷截住了閆軍師的五十萬兵馬，依靠神醫谷地形的排兵布陣，成功地阻攔了十日，閆軍師如今似乎看出了安書離和梅舒毓不打算與他硬拼只求攔截他的意圖，這兩日發了瘋一般攻打，照這樣下去，怕是最多再支撐五日。他聯絡不上蘇輕楓的兵馬，詢問花顏可能聯絡得上？花灼和蘇輕楓五日後可能到神醫谷？

花顏在安書離和梅舒毓帶兵離開那日，已傳書給花灼，但至今沒收到花灼的消息。她如今也不知花灼與蘇輕楓的五十萬兵馬走到了哪裡，是個什麼情況?!

花顏攥著安書離的書信，想著閆軍師發瘋的話，五十萬兵馬對比京麓兵馬那是碾壓式的存在，如今抵擋十日已十分不易，五日顯然已是極限。

哥哥至今沒消息，不知是沒收到信函，還是哪裡出了什麼問題，按理說，不該斷了聯繫才對。若是哥哥和蘇輕楓的兵馬五日內不到的話，二十萬兵馬豈不是成了閆軍師的下酒菜？

花顏沉默地思索許久，對方嬤嬤說：「嬤嬤，讓人去喊小五過來一趟。」

方嬤嬤擔心地看了花顏一眼，吩咐人立即去了。

五皇子不多時便來了，花顏這十幾日臥床時居多，走動時極少，她讓方嬤嬤幫她穿戴好衣服，在外間畫堂見五皇子。

五皇子拱手見禮後，看著花顏潮紅的臉色，驚道：「四嫂可是一直在發高熱？」

花顏摸摸臉，又摸摸手：「沒事兒，這些日子一直這樣。」

五皇子追問：「神醫怎麼說？這都十幾日了，四嫂的傷寒為何一直不好？這樣下去怎麼行？」

花顏放下手：「體質太弱，有的人傷寒一場，臥床一兩個月也是有的，這才十幾日，哪裡那麼快就好了？沒事兒。」

五皇子總覺得不妥當，花顏的氣色讓人覺得不放心，但天不絕既然在，他也幫不上什麼忙，只能點頭，問：「四嫂喊我過來，可是有要事兒？這十幾日朝局很是太平，並沒有什麼不穩動盪之事，四嫂放心就是。」

花顏將安書離的書信遞給他：「你看看。」

五皇子接過，看罷後，臉色有些白，問花顏：「四嫂喊我過來，可是有什麼打算安排？」話落，斷然地說，「反正你不能去神醫谷。」

花顏失笑：「你放心，我不去，如今御林軍、禁衛軍、五城兵馬司加起來的內城兵馬有八萬之數，我是想調七萬去神醫谷，再增兵抵擋一陣，多了七萬兵馬，最少能讓書離和梅舒毓再撐幾日，也許就能等到哥哥和蘇輕楓的大軍了。」
五皇子點頭：「我聽四嫂的，派誰去呢？」
「夏澤和小十一，再派兩名東宮幕僚。我另外讓雲意帶兩名十二雲衛跟著。」花顏已想好。
五皇子看著花顏：「夏澤和小十一半大的孩子，能行嗎？」五皇子知道自己無法離開，程顧之管總糧草調度，也沒辦法離開，但夏澤和小十一實在太小了。
「你不要看他們小，在對付翰林院院首這件事情上，二人可是人小鬼大。」花顏笑笑，「其實，還有一個人，只不過我怕她受不住，還是算了。」
「誰？」五皇子問。
「趙清溪。」花顏道，「趙大人自小得趙宰輔教導，定然也是學過兵法的，雖是女子，沒有武功，也未曾上過戰場，但兵書大約是熟讀透的，更何況，她人聰明。只不過，她剛發喪完趙夫人，狀態定然不好，我也怕出什麼事情，沒辦法對梅舒毓交代。」
五皇子點點頭：「四嫂說的是，趙大人就算了，還是夏澤與小十一吧！既有東宮幕僚跟著，又有雲意帶十二雲衛保護，帶七萬兵馬去神醫谷增援，想必不是多大問題。到了神醫谷，與安宰輔和梅將軍會合，自然就聽他們調度了。」
花顏頷首：「那就這樣定了，你去帶著人點兵吧！最好今日就出發。」
五皇子也知道事情緊急，站起身，囑咐花顏好好養病，立即匆匆去了。
五皇子離開後不久，趙清溪來了東宮。
十幾日不見，趙清溪整個人又蒼白又清瘦，早先訂製的合身官袍如今穿在她身上，鬆鬆垮垮，看起來風一吹就倒。

花顏見了她嚇了一跳，她見了花顏也嚇了一跳。

趙清溪知道花顏染了風寒病了，早朝都不能上了，但也沒想到這麼嚴重，如今看到她，緊張地問：「太子妃，你這都十幾日了，怎麼還沒好？這般病下去怎麼行？神醫怎麼說？」

花顏笑著讓她坐下，把對五皇子說的一番話對她說了。

趙清溪不比五皇子好糊弄，她總覺得不對勁，花顏這模樣，看著實在讓人揪心，她壓低聲音：「太子妃，若有什麼事情，你可不能瞞著，是不是東宮的藥材不夠了？或者是有什麼好藥稀世難求？」

她知道這半年以來，無論是御藥房還是東宮，用藥都十分耗費，無數好藥用不了多少日子就沒。如今花顏得病了，若是東宮沒有的稀缺之藥，她怕是也不敢聲張張貼皇榜求藥，以免被太子殿下知道，亂了他的心。

花顏搖頭，笑道：「我身體體質本就不大好，一場風寒，病十幾日也不算時間長，你放心，有天不絕在呢，天底下就沒有他治不了的病。」

趙清溪看向一旁侍候的方嬤嬤：「嬤嬤你來說。」

方嬤嬤這些日子也急的不行，她也隱隱地覺得花顏身體不大對勁，前些日子並沒有發熱，最近兩日發起熱來，雖不高，但低熱不退，也不是什麼好事兒，但就算她說給趙清溪聽，趙大人也不是大夫，想必也只能乾著急沒法子。

於是，她順著花顏的話道：「回趙大人，神醫說了無大礙。」

趙清溪只能點點頭，轉了話題：「太子妃，我剛剛得到消息，你與五皇子派夏澤和十一皇子前往神醫谷？我想請旨去神醫谷，我自小熟讀許多書，兵法不敢說精通，但也是涉獵極深。」

花顏搖頭：「早先我是有考慮你前去，後來思索之下，覺得你還是留在京城吧！如今調走內城七萬兵馬，京城只剩一萬兵馬了，你也看到了，我正病中，心有餘而力不足，萬一有人趁機改道來攻打京城，以防萬一，京城不能沒人調兵遣將。」

趙清溪本來是抱著一定要勸說花顏讓她前去神醫谷的打算的，如今聽她這樣一說，頓時打消了心思，點頭：「太子妃說的是，既然如此，我就不請命了。從今日起，我就留在東宮吧！」

花顏的安危和身體如今是重中之重，若是她與小殿下出什麼事兒的話，太子殿下怕是會瘋了。蘇子折不用多費力怕是就不戰而勝了。南楚離不開太子妃，更是離不開太子殿下。

花顏點頭：「好，趙府沒什麼事情的話，你就住在東宮，也是個主心骨。」

當日，夏澤、十一皇子匆匆來見過花顏後，從花顏口中討了幾句囑咐的話，匆匆與東宮幕僚一起，帶著七萬內城兵馬離開了京城，去了神醫谷。

雲意還是沒聽花顏的安排，自己沒跟去，派了幾名十二雲衛跟了去。他始終記得太子殿下離京時，對他下了死命令，無論如何，哪怕是太子妃的命令，別的都可聽從，唯獨一樣，就是不能離開她身邊，尤其是如今太子妃這般病著，情況不好，所以，他跪在花顏面前請罪，讓花顏收回成命，換別人前去。

花顏沒想到雲遲還下了這樣的命令，也不是非要雲意去保護夏澤與十一皇子不可，她支開雲意，也是帶有點兒私心，怕她身體真不好了時，雲意稟告雲遲，亂了雲遲的心，那就完了。

所以，她看著雲意，繃著臉，沉聲說：「你不去神醫谷可以，但必須答應我一件事情，沒有我的准許，不准給太子殿下通風報信。哪怕我臥床不起時。」

雲意白著臉看著花顏，太子妃這些日子一直病著不好，他也覺得不大對勁，不知該不該稟告殿下。如今他不敢答應花顏，掙扎不已。

花顏見他忠心雲遲，也不難為他：「我沒說我會真出事兒，只是他遠在關嶺山，一心對付蘇子折，你是知道蘇子折有多難對付的，有天不絕在，我不可能出事兒。所以，不到萬不得已，不要給他傳我如何的消息。你若是連這個都做不到，那是害了你家殿下，就算他在我身邊，我若真有什麼，他也束手無策不是？」

雲意猶豫片刻，點頭：「屬下聽太子妃的。」

花顏鬆了一口氣。

內城走了七萬兵馬，一下子就顯得空了。各大府邸都得到了消息，知道調走了內城兵馬，但不知道調去了哪裡，不過既然皇上、五皇子都沒當朝議此事，一時間都三緘其口，不敢談論。

百姓們有少數人注意到城中守備稀疏了，除此之外，一切井然有序。

花顏下了一道旨意，命趙清溪協管內城兵馬調派，朝堂上雖頗有驚異，也並沒有提出質疑。如今朝臣們都知道太子妃生病了，十幾日不見好，皇帝三令五申不得打擾太子妃休養，朝臣們難得保持一致地沒有異議，反而期盼太子妃快些好起來。

如今的京城內，肅清了亂臣賊子後，朝臣們沒有異心，自然都盼著南楚好，盼著太子妃好，盼著遠在外面平亂的太子殿下好，盼著安宰輔、梅將軍好，盼著朝廷早些平定內亂。

五日後，花顏依舊低熱不退，整個人連下床都頭重腳輕沒有力氣。

太后畢竟活了一輩子的人，心裡明鏡似的花顏有事情瞞著，連帶著天不絕也瞞著，花顏的身體根本就不像她說的那樣染了風寒養養就好，算起來近二十日了，一日比一日嚴重，她不是瞎子，看得出來。

她不敢在花顏面前落淚，背著花顏逼問天不絕。

敬國公夫人每日看著花顏都心驚膽戰，也跟著太后一起，想問個清楚明白，看看花顏的身體到底是怎麼回事兒。

天不絕被兩個女人逼問的頭皮發麻，同樣因為花顏如今的情況棘手得讓他恨不得抓掉自己的頭皮，最終跺腳：「她在北地時，為救百姓，為護太子殿下仁德名聲，耗盡本源靈力，如今這是反噬。你們問我，我也說不明白，若是我能說明白，我就能治好她了。你們逼我也沒用，要不你們自己來救？」

太后抖著嘴角，身子發顫，敬國公夫人也白著臉，一時沒了話。

正在這時，外面有人匆匆來到鳳凰東苑：「報！太子妃，城外三十里地出現五萬兵馬！打著嶺南王旗幟！」

方嬤嬤想出聲攔阻，這報信兵報的太快，待她匆匆跑出門，報信兵已報完。方嬤嬤白了臉，對報信兵急聲問：「怎麼會有五萬嶺南兵馬來到了三十里地外？你確定沒看錯？」

報信兵拱手：「千真萬確，不曾看錯。」

方嬤嬤跺了一下腳，又跑回屋。

花顏昏昏沉沉正睡著，聽到聲音被喊醒，她睜開眼睛，將報信兵的話聽了個清楚，她慢慢地掙扎著身子坐起身，方嬤嬤衝進屋，見花顏已醒，連忙伸手扶起她：「太子妃，您先別急，報信兵說是只五萬兵馬，沒那麼輕易能攻進來。」
花顏不多說什麼，只扶著額頭虛弱地道：「扶我下床，我出去看看。」
方嬤嬤立即勸：「您還是躺著吧！有五皇子在，另外還有趙大人和顧大人在，您……」
「敢帶五萬兵馬來京城，一定是五萬精兵，而且，帶兵的人，一定十分厲害，我怕趙大人、顧大人也不是對手。五皇子對兵法涉獵不深，不懂用兵。你放心，我自己的身體自己知道，沒事兒，還能動，我想出去看看，想知道是什麼人這麼及時地得到內城兵馬已調走的消息，趁此機會來了京城，來一招釜底抽薪。」
方嬤嬤只能扶著花顏起身，為她穿戴妥當，扶著她出了房門。
花顏來到門口，看著報信兵問：「你說五萬兵馬打著嶺南的旗幟？那可探知帶兵的是何人？」
報信兵搖頭：「回太子妃，暫且還未探知。」
「繼續探！」花顏吩咐，「探清楚再來報我。」
報信兵應是，立即去了。
此時已是傍晚，夕陽掛在天邊，天邊一片火燒雲，夕陽映著火燒雲的霞光照進鳳凰東苑，將整個鳳凰東苑染成火紅一片。
花顏靠在門框上，支撐著身子望向西方天邊，夕陽殘血，這不是吉兆。
她看了一會兒，將手放在肚子上，深吸一口氣，吩咐：「嬤嬤，讓人備車，我去城牆上看看。若是我猜測的不錯……」
來人定是雲讓！
方嬤嬤驚恐：「太子妃，您病著，不能去城門，太危險了。」

花顏搖頭：「嬤嬤，聽我命令，備車，若是兵馬攻進城，我也躲不過。」

方嬤嬤一時又懼又急，只能吩咐人準備起來。

太后和敬國公夫人得到消息，匆匆而來，見方嬤嬤扶著花顏上了馬車，太后急道：「顏丫頭，你幹什麼去？」

花顏從車內靠著車壁探出頭：「皇祖母，我去城門瞧瞧。」

「南楚京城又不是沒人，非要你去不可，你給哀家回去躺著。」太后怒道，「你看看你如今的模樣，哪裡還能折騰？你不要命了嗎？」

花顏搖頭：「我自然是要命的，如今京城只剩下一萬人馬，內城空虛，外無京麓兵馬鎮守，無異於一座空城。我去看看是何人帶兵來京，若是故人，無論是小五，還是趙大人和顧大人，都不是他的對手。即便不是故人，來人定然也是十分厲害的人，兵力如今懸殊，他們應付不來，我即便能現在安心回去躺著，若一旦城破，也照樣難以善存。如今趁著能動，不如早做籌謀。」

太后一時噎住，咬牙：「哀家跟你去。」

敬國公夫人也明白花顏這時候去城門也是迫不得已，立即說：「我也跟著你去，把東宮的接生嬤嬤們都帶上，神醫也跟上。」

花顏點頭，也不反駁二人：「好。」

東宮的人動作迅速，很快就齊集完備，一行人浩浩蕩蕩出了東宮。

太后坐在馬車裡，時刻盯著花顏，看著她有氣無力的模樣，看的著實心酸，她紅著眼睛道：「你若是出事兒，哀家也不活了。」

花顏嚇了一跳，無奈地歎氣：「皇祖母，您說什麼呢。」

太后忍了多日的淚終於控制不住落下來，她連忙用帕子擦：「你若出事兒，遲兒也活不了。他是哀家自小看著長大的，哀家最是清楚他執拗的性子，他認準一件事情，別說十頭牛，一百頭牛也拉不回來。你更是這樣，你們兩個孩子，還真是天生的一對。」

花顏笑：「皇祖母，你放心，這世間繁華，南楚昌盛，雲遲求的四海河清，我還沒陪他看過，怎麼忍心拖累他陪我一起？但有一口氣，我就活著等他掃平內亂，安定天下。」

她就算咬牙撐，也要撐到那時，別人的求生意志有多大，她不知道，她只知道她自己的，活著與安定天下，如今是她所求。

太后點點頭：「有你這句話，哀家就放心了。當年，皇后去了，皇上的心也跟著去了，若非有遲兒，皇上需要教導他，怕是也早就……即便如此，多年也不曾緩過來，遲兒有像皇上的地方，但比皇上要深情癡心的多，若說江山是他的責任和擔子，你就是他心之所倚。」

「我知道。」花顏點頭，沒有誰比她再清楚不過，雲遲早就對她抱著生死之心，她生，他生，她死，他亦然不獨活，怕是一旦她出事兒，腹中的孩子，也不能拴住他。

太后拉過她的手，被花顏手心的溫度燙的害怕：「花顏，你是個好孩子，你定要好好的。」

「嗯，皇祖母放心。」花顏任由太后握著她的手，這些日子，她的身體越來越熱，她自己都心驚，有一種恍惚的感覺，也許，她若是真死，怕是會突然有朝一日，身體就自焚了，焚的灰飛煙滅，屍骨無存。

似乎，她就不該存在於這世間，合該那樣的死法一樣。

她就怕，到時，雲遲即便死，上天入地，都找不到她。

所以，她一定不能……

找一個人有多辛苦，她深切地體會過，上天入地，都找不到，她不想雲遲找不到她，生生世世都找不到的那種。

馬車來到城門口，城門早已得知有兵馬來犯時，便已關閉。五皇子、趙清溪、程顧之以及兵部的幾位大臣都聚在城門樓上。

見花顏的馬車來到，五皇子大驚，與趙清溪、程顧之互看一眼，連忙一起走了過來。

五皇子白著臉道：「四嫂，你怎麼來了？」話落，看到太后也從馬車上下來，連忙見禮，「皇祖母，您也來了！」

花顏由方嬤嬤扶著，站穩身子，對五皇子點點頭，問：「可探清楚了？何人帶兵？」

五皇子搖頭：「暫時還未探清楚，五萬兵馬快到城門下了，看起來是五萬精兵。據探兵報，馬蹄裹了棉布，從三十里外突然冒了出來，早先一直沒得到消息。顯然帶兵之人十分厲害，避開了沿途驛站的哨崗。」

花顏頷首：「我上城樓看看。」

五皇子看著花顏虛弱的模樣，動了動嘴角，她來都來了，他到底沒再勸說。

方嬤嬤扶著花顏慢慢地走上城樓，趙清溪跟在一旁，憂心地說：「太子妃，真讓你料對了，我已將一萬兵馬分東南西北四城布置了，這是布兵圖，你看看。」

花顏伸手接過布兵圖，看罷後遞回給趙清溪：「你的布兵圖沒問題，以最少的兵力已經做了最大的周全布置。」

趙清溪收起布兵圖：「內城留的一萬兵馬，都是沒上過戰場的，來的既然是五萬精兵，怕真難扛住。」

「看看再說。」花顏抿唇。

趙清溪不再多言，如今實在沒別的好法子，除非發動起各大府邸的府兵和京城的百姓，但府兵人數加起來，也不過幾千，百姓們到底弱勢，五萬鐵騎若是有效地瘋狂攻城，能抵擋多久，真不好說。

花顏上了城樓，有人遞來瞭望鏡給她。

花顏伸手接過瞭望鏡，但見遠處煙塵滾滾，嶺南的旗幟鮮明，隱約看到旗幟下一人一襲白衣，輕袍緩帶，距離的遠，即便有瞭望鏡，也看不清那人眉目。但花顏還是認出了來人，嶺南王世子雲讓。

幾年前的雲讓與如今的模樣似乎變化不大，但既然帶兵來京，變化其實也是極大的，若是以前的雲讓，一定做不出來。

她放下瞭望鏡，沉默不語。

趙清溪看著花顏，揣測：「太子妃，您可是認識那帶兵之人？」

「嗯，認識。」花顏聲音如常，「嶺南王世子雲讓，你姑母的兒子，與你算是姑表兄妹了。」

趙清溪驚訝：「怎麼會是他？」

「我雖沒見過他，但聽我父親提起過，嶺南王世子淡泊名利。」

花顏笑笑：「安書離也一樣淡泊名利，但還不是入了朝局，天下沒有什麼是一成不變的，無論是人，還是規矩。」

趙清溪沉默片刻：「據說他十分聰明，天賦早慧，學什麼都快於常人，若非他自出生起就待在嶺南，不惜名聲，不宣揚其才華，常年與青山綠水為伴，隱居於世，連嶺南王都拿他沒法子，天下如今便不止四大公子，他定能排上其中。」
花顏點頭：「嗯，他很有才華，脾性也很好，可惜，出身嶺南王府。」
趙清溪看著城下，說話間，兵馬已兵臨城下，嶺南旗幟下那一人白衣白馬已能看清楚眉目，她回憶地說：「他真有幾分像姑母的模樣，既是他來，一萬內城兵馬守不住京城。太子妃，你說該怎麼辦？要不然，我出城去與他談談？看看如何能拖住他不攻城？」
花顏不語，似在思量。
趙清溪也在快速地想著主意，除了如今打親情牌，她已沒別的法子，但就怕是親情牌也不管用，嶺南王反了，姑母是嶺南王府的人，他的兒子這時帶兵來攻京城，若是在這時候到了京城反而顧念她這個親情，那就是天方夜譚，她不會自信地做這個夢，雖是表哥，她並未見過，雲讓也從不曾來京。
「四嫂，你與父皇、皇祖母走皇宮的密道出城吧！我帶著人抵擋雲讓。」五皇子雖不懂兵法，但也看出了這五萬鐵騎絕對是精兵，一旦攻城，城中這些兵馬，多不過能抵擋一日。
趙清溪立即轉過頭：「我怎麼沒想到，太子妃，您腹中有小殿下，還是……」
花顏擺手，擋住趙清溪的話，目光清然：「京城有數萬百姓，我身為太子妃，豈能棄城棄百姓而走？豈不是徒惹天下笑話。我不能走！」
五皇子和趙清溪見花顏神色斷然，齊齊住了口。
太后在一旁道：「皇上與哀家留下，顏丫頭你懷有身孕，為保皇嗣，就算離開，天下也無人會恥笑你。」
花顏搖頭：「那我也不走，如今的我，也走不動。」

太后住了口。

花顏看著城下，五萬兵馬來到城下，整齊劃一，紀律嚴明，嶺南旗幟下的雲讓攏著馬韁繩看著城門樓上，那裡除了稀稀疏疏的士兵，站了一群衣著光鮮的人，其中一人最是醒目，那一張臉，他魂牽夢縈幾年，至今不忘，如刻在了心上，挖都挖不去。

他也曾派人天下尋找過，無數次後悔當年為何不問她名姓，她告訴他排行十七，他便一直喊她十七姑娘，以至於她後來突然一日離開嶺南，不辭而別，再無蹤跡，他連去哪裡找她都不知道。

偌大的天下，找尋幾載，也不見人影。

直到兩年前，太子選妃，花名冊留傳到嶺南，雖然彼時她以書遮面，他一眼還是認出了她。昔日的小女孩已長成了婷婷少女，顯出讓人不可忽視的芳華絕代。

但她已是太子雲遲定下的太子妃！

和太子奪人嗎？他自問，他沒有反心，她也未曾留給他隻言片語心儀之言，換句話說，不過是她偶然路過嶺南，與他相識一場，就如她遊歷天下，去過許多地方，認識過許多的人一樣，他也不過是那千百甚至千萬人中的一人，在他來說刻在心上，在她來說，稀鬆尋常，他有何理由奪人？

「世子，攻城吧！京城如今只一萬兵馬，我們日夜趕來，就是為了這個時機。」一名副將看著雲讓望著城門樓上，久久不下令，出聲提醒。

雲讓收回視線，對他道：「拿箭來。」

副將一喜，立即奉上了一把弓箭。

雲讓拉弓搭箭，對準城門樓上。

趙清溪驚呼：「他要做什麼？太子妃，快靠後。」

隨著她喊聲未落，箭矢如一股疾風，帶著凌厲的破空之聲，對著花顏的面門射來。雲暗和雲意齊齊現身，一人揮劍擋在了花顏面前，一人帶著花顏後退三丈。

「啪」地一聲裂響，雲暗斬斷了飛來的箭矢，但這箭的力道有十分，也同時折斷了他的寶劍，逼得他後退了三步。

雲讓這一出手，城牆上一眾人等都驚破了魂，五皇子當即白了臉，趙清溪也嚇了夠嗆，程顧之還好，但臉色也不大好看，太后由周嬤嬤扶著，敬國公夫人臉色發白，就連雲暗都變了臉色。

沒想到，嶺南王府世子的箭術如此高絕，這樣的箭術，足有百步穿楊的神技。

花顏倒是沒驚嚇到，她拂開方嬤嬤的手，走上前，重新站在原地，看著城下拿著弓箭放出一箭後隨意地搭在馬鞍前，氣定神閒的雲讓，氣笑地說：「雲讓，若我有力氣，定然還你一箭，幾年不見，真是刮目相看，我倒沒想過，有朝一日，你我再見，原來是兵戎相見。」

花顏此言一出，聲音雖不大，但還是傳到了城牆上下內外。

太后驚訝：「顏丫頭，原來你認識他。」

「對，皇祖母，我認識他。」花顏看著城下，沒看太后，卻回答她的話，「幾年前，我在嶺南，與雲世子頗有些故交。」

太后點點頭，她知道花顏以前遊歷天下，認識許多人，也不奇怪。

雲讓終於開口：「此一時彼一時，我也未曾想到，昔日的十七姑娘，原來出身花家，如今成了太子妃。」

花顏笑，手扶著城牆：「是啊！誰能想到呢？連我自己都沒想到！」

雲讓沉默，片刻後道：「是你自己打開城門，還是我攻城？」

花顏收了笑：「你攻城能有把握幾日攻破？」

「一夜！明日一早，辰時，城必破。」

花顏聽著他肯定的語氣，默默地在心裡計算了一下，想著還真是，若她攻城，也就一夜間，明日一早，必破城。她也沉默片刻，問：「你是怎麼得到內城只剩一萬兵馬的消息？」

雲讓淡聲道：「久等閆軍師的兵馬不到嶺南，他派人傳回消息，被二十萬京麓兵馬截在了神醫谷，二十萬兵馬根本就攔不住閆軍師，京城必調內城兵馬前去。我在接到消息之日，便料準趕來了。」

「那你可知道，我哥哥也會從慶遠城調五十萬兵馬？」花顏問。

雲讓搖頭：「你哥哥的五十萬兵馬，兵分兩路，一路去了關嶺山，相助太子，一路去了神醫谷。去關嶺山的兵馬趕上了淮南大雨，被大雨截在了淮南河運，而去神醫谷的兵馬，頂多能夠救了神醫谷的京麓兵馬，所以，如今的京城，無人來救。」話落，他頓了頓道，「另外，你哥哥中了毒，昏迷不醒。」

花顏相信雲讓的話，想著怪不得哥哥沒有音信傳來，原來是中了毒，她問：「什麼毒？」

「閻王醉。」

花顏知道這個毒，失傳已久，閻王醉顧名思義，吃了不死，但卻人事不省。若不解毒，人就會一直睡著，可以睡到天荒地老。天不絕曾研究過，她轉頭看向天不絕。

天不絕立在花顏身後，點頭：「我是能解了這閻王醉，但也得見到花灼人啊！有一味藥，世間難尋，也不算好解。」話落，他納悶，「誰這麼能耐，竟然還能淘弄到這閻王醉，而且還讓花灼中了毒？他那身體，吃了無數好藥，尋常的毒對他無用，還真就得這閻王醉，能弄倒他。難道是身邊出了奸細？」

花顏心神一凜，哥哥身邊的人都是花家的人，誰能讓哥哥毫無防備地中毒？

「四嫂，我們與他拼了，死守京城！」五皇子發狠地說。

花顏抬起手，示意五皇子別說話，她望著城下看了片刻，問：「雲讓，我若給你開城門，你當如何？」

五皇子一怔，脫口喊：「四嫂！」

花顏扶著城牆，盯著城下的雲讓，感覺小腹一陣陣痛，下墜的厲害，她最多再支撐一盞茶，既然早晚得城破，哥哥不能趕來相救，如今的京城也沒人能相救，她也沒力氣與雲讓對打守城，那麼，不如就開了城門，以雲讓的良善，以她對他天生的秉性瞭解，他定然不會濫殺無辜的京城百姓，她就賭一把昔年的故交能值得保京城不流血不傷一兵一卒一個百姓。

方嬤嬤首先發現了花顏的身子在抖，雖然很輕微，別人發現不了，但她靠得近，感覺的清楚，她心中慌的不行，忍不住開口：「太子妃……」

花顏伸手按住方嬤嬤的手，與她的手一起放在城牆上，輕聲說：「他若答應，我說開城門，就開城門，誰也不准不遵命，都聽我的。」

太后這時也發現了，提著心咬牙：「聽太子妃的。」

五皇子也發現了，垂首：「是，聽四嫂的。」

趙清溪也垂首：「臣聽太子妃的。」

程顧之一直沒說話，此時也表態：「臣附議。」

誰都清楚，就算拼死守，此時也保不住京城，沒有什麼戰鬥力的一萬內城兵馬，無疑是這五萬鐵騎精兵的下酒菜。京城以前牢固，那是內城八萬兵馬，外有京麓三十萬兵馬，太子殿下帶走十萬，安書離和梅舒毓又帶走二十萬，再固若金湯的城池，無兵談何守城？

雲讓似乎沒料到花顏答應的這麼輕易，他揚起頭，看著城牆上：「太子妃若答應開城門，無人反抗，我保證，不傷一人。」

「好！」花顏痛快地一錘定音，「聽我命令，開城門。」說完，她慢慢地轉過身，走離瞭望台，不過三五步，腳一軟，身子向地上栽去。

方嬤嬤立即扶住她，恐慌地說：「快，神醫。」

天不絕上前，伸手給花顏把脈，見她臉上轉眼間豆大的汗珠子滾落，裙擺下染紅了一片，他驚道：「不好，早產了，快，扶太子妃去馬車上，立即回東宮。」

雲意上前，立即抱起花顏，眾人慌忙簇擁著下了城樓。

幸好出宮時早有準備，產婆、藥材等一應隨行攜帶著，花顏上了馬車後，產婆們立即跟了上去，天不絕喂了花顏一顆護心丸，馬車疾馳地趕回東宮。

第一百五十九章　小雲遲平安降世

誰也沒想到，花顏這時候發作，城門口一陣兵荒馬亂。

五皇子、趙清溪、程顧之等人都擔心花顏，生怕她出什麼事情，也顧不得雲讓帶兵進城了，都隨著花顏匆匆去了東宮。

反正花顏下令開城門了，破罐子破摔，雲讓進了城，愛怎樣就怎樣吧！

所以，當雲讓帶兵進城後，沒看到花顏的身影不說，也沒看到朝廷的任何一個官員。城門口士兵們稀稀疏疏地站著，城中的百姓們三三兩兩地走動著，根本就沒受絲毫影響，也不見慌張慌亂。

副將看著城內的情形，分外地覺得荒謬：「世子，這是什麼情況？難道花顏那妖女……」

雲讓冷眼瞅過去，眼神鋒利。

副將渾身一哆嗦，連忙改口：「難道是太子妃別有用心？故意打開城門，誘惑我等進城？其實是城內布置有埋伏詭計？」話落，他越想越對，躊躇了，「世子，當心有詐，不可輕易進城。」

人家開了城門，開的太痛快，他反而進了城門後不敢往裡走了?!

雲讓沉聲道：「內城只這麼些兵馬，能有什麼詐？你帶人迅速占領五城，我去東宮看看。」

副將懷疑：「萬一真有詐呢？太子妃詭計多端，統領在北地都沒得了好。」

「她敢開城門，你連城都不敢進？即便有詐，又如何？」雲讓看著副將。

副將一噎，咬牙：「是！」話落，一擺手，點了一隊人馬，「你們跟隨世子去東宮，保護好世子，不得有誤。」

雲讓不再看他，當先一馬向東宮而去，五千人馬跟在他身後。

副將迅速地調兵遣將，將五萬兵馬分派去了五城，前後不過盞茶，便占領了京城，他覺得實在是太輕易了，自古以來，有誰攻打皇城這麼容易嗎？據他所知沒有吧？越是如此，他越小心謹慎，不敢有絲毫張揚得意，生怕哪裡埋著花顏的殺招，突然就殺他個片甲不留。

雲讓縱馬來到東宮，發現東宮大門敞開著，他翻身下馬，進了東宮的大門。

門口守衛見了雲讓，也不攔著，任由雲讓進了東宮。

雲讓緩步往裡走，東宮十分安靜，明明住著一宮人，無人逃走，都井然有序地做著事情，但他就是感覺出了死寂一般的安靜。

他停住腳步，喊過一個人問：「東宮怎麼回事兒？你們太子妃呢？」

一名僕從拱手見禮，不見慌張，也不見卑微，不見恭敬，但也不見失禮，不卑不亢地回話：「回雲世子，太子妃早產了，如今在鳳凰東苑。」

雲讓恍然，原來花顏早產了！怪不得進了城門後不見她，是他進城嚇到她了嗎？還是出了什麼狀況？他問：「怎麼會早產了？是本世子突然進城的原因？」

僕從不搖頭也不點頭：「太子妃已病了近二十日。」

雲讓面色微變：「帶我去鳳凰東苑。」

僕從猶豫了一下，點頭，想著太子妃回宮時交代了，若是雲世子帶兵來東宮，不得阻攔，只管讓他進來，便帶著雲讓去了鳳凰東苑。

鳳凰東苑內，花顏正在鬼門關徘徊，太后、敬國公夫人和天不絕以及產婆、方嬤嬤都在房中，婢女進進出出，一盆盆血水往外端。

五皇子嚇的臉都白了，腿軟腳軟的站不住，慘白著臉問：「怎麼辦？」

程顧之自然也不知道怎麼辦，他沒遇到過這種情況，看向同樣等候在外面的趙清溪。

趙清溪也不曾經歷過，趙府也沒有姨娘，他父親一生只她母親一人，她還是個姑娘，未曾大婚，也沒見過生兒育女這般嚇人，但她還算比兩個男人鎮定，咬牙說：「有天不絕在，太子妃一定不會有事兒的。」

五皇子快哭了：「四哥不在，四嫂早產了，如今京城都被人占領了，是我無能……」

趙清溪也沒心情寬慰五皇子，只說：「一定會平安的，據說我們所有人心念祈禱的話，上天能聽到我們的心聲的。」

五皇子沒了主張，聞言點頭雙手合十：「我出生就不信神佛，但只要四嫂平安，我願……」

他話音未落，外面傳來一連串的腳步聲，他猛地頓住話，向外看去，當看到進來的雲讓，一下子紅了眼睛，怒道：「你來做什麼？你謀反攻打京城，不就是為了那把椅子嗎？怎麼不去皇宮找父皇？來東宮做什麼？」

雲讓看了五皇子一眼，目光掃見婢女們一盆盆血水往外端，他瞳孔縮了縮：「太子妃如何了？」

「你眼睛若是不瞎，就能看到，四嫂被你害成了什麼樣子，若不是你攻城，四嫂不至於本在病中還咬著牙累著身子跑去城門，也就不會這時早產了。」五皇子瞪著雲讓。

雲讓盯著門口進進出出的人，一盆盆血水看的著實驚心，卻聽不見裡面花顏痛喊聲，嶺南王府他父王的側妃小妾那些年生孩子，他即便沒見過，隔著院牆，也能聽到撕心裂肺的喊聲，如今，裡面未免太安靜了，安靜的更讓人覺得心慌。

雲讓從沒想過他再見到花顏會是這樣子，記憶裡，她是個與你說話，盈盈淺笑的女孩子。早先她在城樓上，他在城牆下，她笑著從上往下看，與他說話，依稀還是昔日的模樣，誰知道轉眼間，她就早產了。

他問：「危險嗎？」

於是是自己也沒察覺出的顫音。

五皇子本是一腔怒氣，此時一愣，盯著雲讓：「你在擔心我四嫂？」

雲讓意識到自己失態，將手背在身後，負手而立，偏轉過頭，淡聲說：「我只是問問，何來擔心？」

五皇子紅著眼睛說：「怎麼不危險？你是沒見過她病了這二十多日的樣子，本就病著，如今再加上早產，我真怕……」他頓住話，跺腳，「我與你這個反賊說這個作甚？」

雲讓不再說話。

趙清溪仔細地打量了雲讓一眼，總覺得太子妃與她這位表兄之間怕不是單單故人那麼簡單。若只是一個故人，她這位表兄不會是這樣一副看起來有些後悔兵臨城下擔心的模樣。

她上前走了兩步，想了想，還是喊了一句：「讓表兄，我是趙清溪。」

雲讓偏頭打量了一眼趙清溪，默然地點了點頭：「溪表妹好。」

溫和知禮，一如傳言一般和善。

趙清溪開口道：「太子妃自從懷孕，未曾好好養胎，被蘇子折劫去了北地，受了不少苦，好不容易被太子殿下救回來，殿下又去了嶺南，本來安宰輔在朝中時，還無須太子妃太過操心朝局，但闖軍師興兵發往嶺南，安宰輔帶著京麓兵馬去了神醫谷，朝堂諸事兒便壓在了太子妃身上，她連月來操勞過度，二十日前染了風寒，至今未好，今日表兄帶兵前來，她終於受不住提前發作了。」

她本不必與雲讓說這些，不過也是趁機觀察雲讓是否真如她想的一般。

果然，雲讓抿起嘴角：「有神醫天不絕在，她應該無事兒吧？」

趙清溪扯了扯嘴角，搖頭：「不好說，神醫一直跟在太子妃身邊，但這次的風寒，神醫也莫可奈何，二十日用了無數好藥，換了幾個方子，也沒能讓太子妃退熱。今日你在城下距離的遠，未曾看到，太子妃其實身上的溫度十分燙手，面色十分潮紅。如今早產了，小殿下能不能保住，太子妃能不能平安，都是未知數。」

雲讓不語。

趙清溪盯著他：「讓表兄，你為何要來攻打京城呢？嶺南王府如何，你素來不是不摻和嗎？嶺南王府的政事兒，你也素來不理吧？你跟著嶺南王謀反，姑母同意嗎？」

雲讓轉過頭，沉默片刻，淡聲道：「娘和妹妹在蘇子折手中。」

趙清溪懂了，原來是迫不得已，她點頭，如實相告：「太子妃似乎十分相信讓表兄人品秉性，相信即便她打開城門，放你帶兵進城，你也不會傷城中一人。」

雲讓想笑笑，但這時候，他是真的笑不出來，他扯了一下嘴角，也沒能露出笑意：「溪表妹，你不必對我試探，我進京城，就是進京城而已，別的我沒想要。」

趙清溪鬆了一口氣，露出歉意：「是我以小人之心度君子之腹了，讓表兄抱歉。」

雲讓搖搖頭，接受了趙清溪的道歉，卻不再說話，

產房內十分安靜，花顏已昏迷不醒，留了許多的血，孩子還沒出生，太后見怎麼都喊不醒花

顏時，急的暈了過去。

敬國公夫人顧不得暈倒的太后，急的伸手掐花顏：「太子妃，醒醒，快醒醒，你再不醒來，你辛辛苦苦懷的孩子就沒命了。」

方嬤嬤也和產婆們在一旁喊，但任憑敬國公夫人怎麼用力地掐，別人怎麼用力地喊，花顏依舊昏迷著沒動靜。

敬國公夫人恐慌地看著花顏，回頭見天不絕擺弄箱子裡的一排金針，急道：「神醫，你快想辦法啊！」

天不絕心裡也急，細看他的手都是抖的，但還算勉強鎮定：「急什麼？她不過是暫時暈過去了，還有氣呢，我這就給她行針。」

敬國公夫人看清了天不絕抖著的雙手，心裡更是恐慌。

天不絕排好針，讓人將花顏躺平放好，然後從頭到腳，給她行上了針。同時咬牙說：「我拿出自己的獨門絕活了，她若是醒不過來，我也沒法子了。」

敬國公夫人握緊花顏的手，不管她聽不聽得見，哭著說：「太子妃，你快醒來，你若是不醒，孩子也活不了！你醒來，生下他，哪怕看一眼，你也值得辛苦這麼久是不是？」

「我知道你最喜歡小孩子，你一直都盼著孩子健健康康出生，你說殿下臨走前在書房都給他取好了名字，男孩叫什麼來著？女孩叫什麼？瞧我這記性，沒記住。」

「你想想太子殿下，再想想腹中還沒出生的孩子，你忍心捨得再也見不著殿下嗎？你甘心一眼都沒看到孩子嗎？如今京城已被人占領了，你若是再出事兒，殿下得到消息，一準亂了心，蘇子折趁機得了機會，南楚江山就亡國了啊……」

「太子妃醒了！」方嬤嬤驚喜地喊了一聲。

敬國公夫人大喜，抹了抹眼裡的淚水，看著花顏，喜極而泣：「你總算醒了。」

花顏虛弱地笑了笑，說不出話來。

天不絕這時趁機說：「別說話，慢慢地用力，只要你生出來，有一口氣在，我就能讓他活。」

花顏點點頭。

「快，端參湯來，讓她喝一碗，再拿幾片參片來，喝完讓她含著。」天不絕吩咐。

方嬤嬤帶著人動作俐落地端來參湯，一勺勺餵花顏，然後又讓她含了參片，好有力氣。

花顏覺得疼的整個身子已不是自己的了，剛剛昏迷時，她幾乎能感覺到自己的靈魂要飄離身體，若非她意識死命地想活著，壓著靈魂，那一刻，她覺得自己就沒命了。

她能清楚地聽到敬國公夫人所說的每一句話，也能聽到屋中人焦急恐慌地喊她，也能感知到外面院中站著許多人，其中就有雲讓，他似乎很是後悔和擔心焦急。

那一刻，她想著，她這一生，做的事情，有對有錯，若是真就這麼死了，蓋棺定論的話，她也必是過大於功，是南楚的罪人。因為，她死了，雲遲不獨活，她帶走了南楚扭轉乾坤的希望，且還開了城門，放兵馬進了皇城。

與四百年前，似乎在某一刻，時間重疊，有了異曲同工。

四百年前，她書信一封，讓祖父開了臨安城門放了太祖爺兵馬進城，今日，她下令打開了帝京城的城門，放雲讓兵馬進了皇城。

她夾在時間的縫隙中，靈魂似在被撕扯，一下子撕扯開，又一下子合上，拉鋸的結果，是她強大的意念占了上風，她醒了過來。

她不甘心，她最起碼要看一眼孩子。

她不甘心，她最起碼也要與雲遲死在一起。

她不甘心，這江山若給蘇子折，百姓們豈能有好？給誰也不能給他。

天不絕撤了針，囑咐花顏：「既然醒來，就一口氣生下他，剛剛我已給你把出了脈象，是你心中所求，是個男孩子沒錯。」

花顏終於露出笑意，雖虛弱，但似乎一下子就升起了勇氣，上天待她不薄，給了她最想要的，她一定要抓住，像雲遲一樣的小男孩。

產婆都是十分有經驗的，在一旁告知花顏怎麼用力。

但花顏的身體實在是太虛弱了，她的力氣不足以讓她生下孩子，一個時辰後，她的力氣已不多了，孩子剛露出頭，幸好是順產，自己都感覺自己不行了，有出氣沒進氣。

天不絕急的跺腳：「花顏，你怎麼這麼窩囊！連個孩子也生不出來！你可知天下多少女人都要走這一關，你連女人最基本會的你都不會，你怎麼這麼笨？」

「雲遲怎麼看上了你這麼個女人，你說說你，你有什麼好？你生下來就活不過二十一歲，他非你不娶，簡直就是不要命。你要是能活二十一也還算有良心，沒坑慘了他，可是你呢？你算算你如今多大，你滿打滿算，也就十七，還有四年呢，你怎麼連四年也活不到了？你說你不是廢物是什麼？」

「你還不如繼續禍害蘇子斬呢，上輩子他誤了你，這輩子你禍害他，我看你們才是天生一對。你說你這一輩子非要與雲遲過不去做什麼？依我看，老天爺才是不開眼，非要將你們硬湊做什麼天生一對。」

「你死吧！你死我這老頭子也省心了！你說說我從遇到你，有過什麼好事兒？這些年，一直為你忙活，先是為你救你哥哥，後來又為你救蘇子斬，又為你救雲遲，救了這個救那個，等你死了，我就解放了，我遊歷天下去，要多逍遙有多逍遙。」

太后昏迷著被天不絕給吼醒了，聽了天不絕的話，又暈死了過去。

敬國公夫人受不住，不停地落淚，哄花顏：「乖孩子，再用力，你能行的，你那麼厲害，依我看，天下女子，都不及你，你已做的夠好了，人無完人，你別怕，用力。無論如何，你得先把孩子生下來再說，萬一你……你真的過不去，義母幫你看著……」

花顏虛弱地點點頭，嘴角已被她咬破，卻依舊身體不像是自己的，提不起絲毫力氣。

這時，外面忽然傳來一聲驚呼，五皇子驚喊：「四哥？」

語氣太過震驚，以至於拔高了音，聲音裡全是不敢置信。

「太子殿下？」程顧之與趙清溪也齊齊驚呼，震驚地開口。

「太子殿下回來了嗎？」敬國公夫人先是一愣，同樣不敢置信，然後大喜，立即跑了出去，她跑到門口，一眼就看到了出現在鳳凰東苑風塵僕僕歸來的雲遲，她一下子又哭了出來，大喊：「快，太子殿下，快進來。」

雲遲掃了一眼院中的眾人，目光落在庭院中站立的雲讓身上一瞬，什麼也沒說，轉眼就快步進了正屋。

敬國公夫人讓開門口，急聲說：「太子妃早產，沒力氣了，天不絕也行過金針了，什麼法子都用過了，連激將的法子都使了，如今已經沒法子了，是個小殿下，總不能生生硬拽，一旦真拽，真怕血崩啊！你回來的正好……」

雲遲點頭，轉眼就進了裡屋，屋中眾人見了他，除了天不絕，齊齊跪在了地上：「太子殿下！」

雲遲徑直來到床前，單膝跪在床邊，紅了眼一把抱住花顏：「對不住，我回來得晚了。」

花顏是怎麼也沒想到雲遲這時候會回京，突然出現在她的面前，她折騰這麼久都沒哭，這一瞬間見了他，又哭又笑：「你……你怎麼回來了呢？」

「我回來了，將兵馬扔給了陸之凌，我走之前，傷了蘇子折一劍，他短時間內奈何不了陸之凌。我收到雲意的書信，便馬不停蹄往回趕，幸好趕得及與你一起看著咱們的孩子出生。」雲遲快速地說著，看了一眼花顏身下，溫柔地哄她，「乖，用力，別怕，我在這。」

花顏點點頭，雖然她理智覺得雲遲這時候不該扔下兵馬回京，但又覺得他能趕回來實在是太好了，她在這一刻最想見他，她緊緊地攥住雲遲的手，似乎也有了力氣。

雲遲見花顏咬破的唇瓣，低頭吻了吻她，命令地說：「臭小子，找挨揍是不是？還不趕緊出來？再這般折騰你娘，有你好看。」

花顏氣笑：「他聽不懂的，你別凶他……」

「他聽的懂的，乖，我都捨不得讓你難受，他憑什麼讓你難受？」雲遲與花顏說著話，「放輕鬆些，別怕，要不然咬著我的手，攢足力氣，然後再用力！」

自從花顏懷孕，雲遲詢問過天不絕也詢問過產婆，比花顏這個孕婦瞭解的多，他來了後，產婆都靠邊站，沒了用處。

不知是見了雲遲忽然安了心還是腹中的小子真聽懂了受了雲遲的恐嚇，花顏猛地一用力，感覺身下一輕，孩子一下子滑了出去。

敬國公夫人大喜，哭著說：「生了生了！」

天不絕連忙上前，抓住孩子的兩隻小腳丫，倒著提起來，照著屁股就拍了一巴掌，孩子「哇」地一聲哭了出來，天不絕哈哈大笑，「活著的，行，只要我活著一日，就保他一日小命，包我身上了。」

孩子哇哇大哭的聲音響徹整個鳳凰東苑，聲音十分有力。

天不絕打完了一巴掌將他托在手裡，給他把脈，須臾，高興地說：「健康的很，沒遺傳你娘那個病秧子一身的臭毛病。」

敬國公夫人大喜：「這便好，這便好，恭喜太子殿下，恭喜太子妃。」

「恭喜殿下，恭喜太子妃！」屋中眾人齊齊道喜，一瞬間皆陰轉晴。

雲遲看了一眼被天不絕托在手中哇哇大哭的孩子，轉過頭，低頭吻花顏，聲音澀啞：「看到了嗎？我們的孩子，很健康。」

花顏自然看到了，她用力地睜著眼睛，眼裡心裡都是歡喜，啞著聲音虛弱地說：「是個男孩！雲遲，真是個男孩呢！」

雲遲微笑：「嗯，是你一直想要的。」

花顏點頭，是她一直所求，是她想要的，她貪戀地不錯眼睛地看著天不絕把孩子打哭後，又給他號脈，然後又將他扔進水盆裡洗洗乾淨用小被子裹了起來抱在懷裡，只露出一個小腦袋，抱過來給她看：「喏，你們發現他脾氣很大了沒有？我就打他一下，他都哭了半天了。這個臭小子。」

花顏抬手，想摸摸他的小臉，費了半天勁兒，軟軟地沒抬起來。

雲遲眸光一暗，伸手托起花顏的手，放在了孩子的臉上，似乎她的手有神奇的治癒作用，孩子立馬不哭了，似乎想睜開眼睛看花顏，奈何他剛出生，眼睛糊著，睜不開，又委屈地砸吧砸吧嘴，一副要哭不哭的小模樣。

花顏看著一下子笑了，問雲遲：「你看他，像不像你小時候？」

雲遲微微蹙眉：「不像吧?!我哪裡有這麼……」他想說醜，又想著是他和花顏的孩子，改了口，「愛哭。」

花顏識破了他，抿著嘴笑：「他剛出生，皺成一團，自然不好看了，等過些日子，他長開了，就好看了呢，你別嫌棄他。」

雲遲低咳了一聲：「嗯，不嫌棄。」

敬國公夫人在一旁直樂：「小殿下剛出生的孩子，已經比大多數孩子都好看了，等過些日子長開了，定是個粉雕玉琢的模樣。殿下和太子妃都容貌華盛，他更該青出於藍而勝於藍。」

花顏愛聽這話：「就是呢！」

雲遲微笑，看花顏一副渴望想抱抱孩子的模樣，他伸手對天不絕說：「將孩子給我抱抱。」

天不絕毫不懷疑雲遲會抱孩子，堂堂太子，自從花顏懷孕，除了看奏摺處理國事外，曾經有大把的時間都抓著他討教女子懷孕該注意什麼，孩子出生該怎麼抱云云，若他不是太子，他早讓他滾了，他將孩子遞給雲遲，放進他懷裡。

雲遲抱過孩子，軟軟地一團，小腦袋枕在他胳膊上，小身子軟的沒骨頭，跟麵團一樣，小鼻子、小眼睛、小嘴巴，雖然皺皺巴巴，但的確不算醜。

他小心翼翼地抱著他側身靠近花顏，溫柔地說：「你剛生產完，沒力氣抱他，等過幾日有力氣了，你再抱，別急，我先替你抱他也是一樣。」

花顏點頭，捨不得移開眼睛：「好。」

雲遲將孩子側臉挨了挨花顏的臉，花顏貼著他軟軟嫩嫩的小臉，頓時滿足心軟的一塌糊塗：「雲遲，我好喜歡他。」

「嗯，既然喜歡他，就好好活著，我們一起看著他長大，別扔下他好不好？」雲遲低聲問。

花顏點頭，眼裡有淚光在閃：「好。」

她盡力，盡最大的力，活著！

雲遲自小沒了母親，一定希望他的孩子有母親的陪伴。她也更希望！

「好啦，將孩子抱走，我給她把把脈。」天不絕揮手。

雲遲看向敬國公夫人。

敬國公夫人立馬上前接過孩子，抱在懷裡：「我抱去外面給他們看看，外面那幾個孩子也擔心著急的夠嗆，也讓他們歡喜歡喜。」

雲遲頷首。

敬國公夫人給孩子裹好，抱著孩子出了房門，笑著對外面的眾人說：「太子妃產下小殿下，母子平安。」

五皇子早就聽到裡面傳出嬰兒哭了，但沒聽到花顏的聲音，他也笑不出來，外面等候的趙清溪、程顧之等人也一樣，如今見敬國公夫人抱著孩子出來，又說母子平安，都露出歡喜之色，齊齊擁上前。

「我侄子真好看。」五皇子美滋滋的，四哥回來，他什麼都不怕了。

「殿下剛趕回來，太子妃就生了，可見太子妃和小殿下就是等著殿下呢。」程顧之笑道。

趙清溪點頭：「小殿下真好看，眉眼很像殿下。」

幾人圍著敬國公夫人懷裡抱著的孩子說了半天，不過誰都沒經驗，包括趙清溪，都不敢抱。

雲讓一直站在院中，隔著遠處的人群，淡淡地看著，他也沒料到雲遲竟然這時候扔下了大軍從嶺南趕了回來，就這一點，天下傳揚太子雲遲對太子妃花顏情深意重果然不假。

母子平安就好。

敬國公夫人遠遠地瞧著雲讓，猶豫了一下開口：「雲世子，你可要看看小殿下？」

五皇子嚇了一跳，立即說：「不能給他看。」

趙清溪看向雲讓，他聽到敬國公夫人的話似乎也愣了一下，她輕聲對五皇子說：「讓表哥品行端正，斷然不會對剛出生的小小嬰孩下手的，且他也在這裡等了許久了，讓他看看吧！」

五皇子住了嘴。

敬國公夫人笑著抱著孩子走了兩步：「雲世子？」

雲讓上前，也走了兩步，來到敬國公夫人面前，對他拱手一禮，道了聲「夫人」，又低頭看她懷裡的孩子。

剛出生的小小嬰孩，閉著眼睛，但耳朵卻豎著，似乎對外界格外的敏感，小臉皺著，似乎十分不情願讓人如觀看猴子一樣地圍觀他，那表情雖細微，但也夠讓觀察仔細的雲讓訝異，他看了片刻，微笑地溫聲說：「小殿下生來聰慧，將來必定天賦異稟，成大氣候。」

嬰兒的耳朵靈，循著聲音扭過臉，小被子裡的小手伸了出來，似乎在找雲讓的位置要勾他。

敬國公夫人驚訝：「呀！他在找世子你，他聽到你的話了。」

雲讓伸出一根手指，試探地去碰他的小手，軟軟綿綿的，像個小包子，他剛碰到，便被小小嬰孩的小手一把抓住，攥在了手裡。

雲讓一愣，隨即笑出聲。

五皇子和趙清溪、程顧之都驚呆了，齊齊又湊了過來。

五皇子嫉妒地說：「這是怎麼回事兒？他喜歡你這個惡人？」

雲讓帶兵攻城，讓他自動將他規劃為惡人那一類，自古以來，沒有哪個兵臨城下的人不是亂臣賊子，他喊他惡人是客氣的。哪怕他進了城後沒大開殺戒。

「小殿下好像真喜歡讓表兄。」趙清溪也頗為驚異。

敬國公夫人笑著說：「人與人之間，看的是緣分，可見小殿下與雲世子有緣，今日雲世子來京，小殿下就迫不及待地出生了。」

「能有什麼緣？」五皇子不高興了，「我看就是巧合，小小嬰孩能懂什麼嘛?!」

敬國公夫人抿著嘴笑：「皇家有一種說法，五皇子大約是忘了，天命之子出生後，自己選授業恩師，有這種師徒之緣。」

五皇子聽敬國公夫人這麼一說，也想起了，四哥的授業恩師就是他出生時自己選的，往上追溯，父皇以及雲家數代先祖，有的出生後不久就選了授業恩師，有的記事起選的，看緣分是早是晚。

他無言了片刻，嘟囔：「亂臣賊子，都叛亂反了，還能有什麼師徒緣，算不得。」

雲讓沒說話，只看著攥著他手的小小嬰孩，目光漸漸溫柔。

敬國公夫人看著雲讓心下感慨，雲世子秉性純善，溫良寬和，傳言果然沒錯，可惜，生在嶺南王府。如今殿下回來了，京城這一局，不知該如何破，不過看著雲讓的模樣，沒有殺心，也不像真有反心，也許事情有意料不到的轉機也說不定。

「將他抱進屋吧！外面雖酷熱暖和，但他剛出生，不宜久待。」雲讓試圖從小小嬰孩手中撤回手，沒料到他手勁極大，攥的緊，他撤了兩撤，竟然沒撤出來，又不敢用力，怕傷到他。

敬國公夫人見了也越發驚訝，想了想，笑著說：「雲世子若是不介意，與我一起去畫堂吧？小殿下大約喜歡與你多待一會兒。」

雲讓笑了笑，溫和地點點頭：「好。」

屋內，天不絕給花顏把脈，雲遲坐在床前盯著天不絕的神色變化。

花顏憑著看到雲遲的那股勁兒生下孩子，如今孩子出生後，她的勁兒便散了，渾身被汗水浸透，十分的虛弱，再沒有一絲力氣。她很累卻不敢閉眼，生怕自己一閉眼就再也醒不過來了。

天不絕給花顏仔仔細細地把完脈，神情反而輕鬆了，對雲遲說：「孩子出生了，倒是因禍得福了，她身體的高熱似乎在退，就是十分虛脫，反倒沒了性命之危。」話落，又說，「先喝一碗參湯，再好好睡上一覺，既然沒有性命危險，便不需太過擔心，仔細坐月子就是。」

雲遲心下也跟著天不絕的話一鬆，露出從他回來後第一個真正輕鬆的笑容，吩咐方嬤嬤：「快去端參湯，趕緊讓太子妃喝下。」

方嬤嬤高興地應了一聲是，立即去了。

不多時，方嬤嬤端來參湯，雲遲親自接過餵花顏喝下，然後溫柔地給她擦了擦嘴角，又擦了擦臉上額頭上的汗，柔聲說：「別怕，睡吧！我在這裡陪著你，讓你醒來第一眼就看到我。」

花顏也聽清了天不絕的話，心下也是一鬆，對雲遲搖頭：「我放了雲讓帶五萬兵馬進城，你……」

「你不必再管，我會處理，乖，你安心睡，有我在，京城沒事兒。」雲遲哄她，「你眼睛都睜不開了，快睡。」

花顏點點頭，閉上了眼睛，須臾，又睜開：「雲讓必有苦衷，他母親妹妹應該落在了蘇子折手中。」

雲遲頷首：「此事我知道，他母親和妹妹的確落在了蘇子折手中，放心吧！他雖帶兵進城，但未傷民分毫，若他肯歸順朝廷，我不會為難他。」

花顏又點點頭，安心地閉上了眼睛。

她太虛弱又太睏，轉眼就睡著了。

雲遲一直守在花顏身邊，目光溫柔地看了她許久，捨不得移開眼睛。

太后暈過去後，就被周嬤嬤扶到了外間的軟榻上，花顏性命垂危時，誰也顧不上昏迷的太后，此時花顏轉危為安，天不絕才顧上給太后把了把脈，喂了藥，不多時，太后就悠悠醒轉。

太后睜開眼睛，先看到了立在旁邊的周嬤嬤，立即抓著她的手問：「顏丫頭呢？她可還好？生了沒？」

周嬤嬤歡喜地說：「回太后，太子妃很好，已經生了，是個小殿下。」

太后大喜：「快！扶哀家過去看她。」

周嬤嬤點頭：「太子妃睡下了，您先去看小殿下？」

「不，哀家先去看太子妃。」太后搖頭，「她睡下也沒事兒，哀家不吵醒她。」

周嬤嬤頷首，扶著太后進裡屋，一邊歡喜地說：「殿下與太子妃心有靈犀，太子妃當時沒力氣了，危險的很，幸虧殿下及時趕回來了，太子妃見了殿下，很快就有了力氣，沒多久，小殿下順利出生了，母子平安，神醫說太子妃也脫離生命危險了。」

太后腳步一頓，驚問：「太子回京了？」

「是呢。」周嬤嬤點頭。

太后也是一喜，連忙快步進了裡屋，一眼就看到雲遲坐在床前，他未曾梳洗，還是一身風塵的模樣，衣衫灰撲撲，也沒換，整個人又是蒼白又是清瘦，她眼眶一紅：「遲兒，你怎麼回來了？」

雲遲轉過頭，站起身：「皇祖母，我幾日前收到雲意的傳書，便趕回來了。」

「大軍呢？」太后問。

「陸之凌管著，敬國公也在。」雲遲不欲多說，「不會出事兒的，皇祖母放心，我回京前安排妥當了。」

太后點點頭，放下心來，看了一眼床上睡著的花顏一眼：「可憐見的，真是苦了顏丫頭了，從你離京，她一直操勞，染了風寒一直不好，後來越發地高熱不退，我們都知道她身體出了狀況，但她怕哀家擔心，還瞞著哀家，更是三令五申，不准任何人給你傳信，怕亂了你的心，不過幸好你回來了，她也挺過了這一關。」

雲遲頷首：「辛苦皇祖母了。」

「哀家哪裡有什麼辛苦，辛苦的是她。」太后搖頭，「母子平安就好，你先歇著，哀家去看看小曾孫。」

雲遲點頭。

太后匆匆來，說了幾句話，又惦記著孩子，匆匆去看。

方嬤嬤在太后離開後，對雲遲壓低聲音說：「殿下，您說驚奇不驚奇，小殿下剛剛出生的一個小小嬰孩，早先被敬國公夫人抱出去後，他見了雲世子，死活抓著雲世子的手指不鬆開，至今都睡著了，還攥著呢，雲世子只能陪著他。」

雲遲偏過頭，也露出幾分訝異：「有此事？」

「是。」方嬤嬤點頭，聲音更低了些，「雲世子看起來沒有惡意，從進城來到東宮後，聽聞太子妃早產，也在院中與五皇子等人等了許久，如今小殿下生下來，他見了似乎也很喜歡小殿下。」

雲遲點頭：「本宮知道了。」

方嬤嬤不再多說。

太后來到東暖閣，本是來看望小小嬰孩，當看到雲讓坐在床前，一根手指被小孩子抓著，他低眉看著小小嬰孩，目光溫柔，她愣了好一會兒，揉揉眼睛：「雲讓？」

雲讓轉頭，見是太后，他沒法站起身，只溫和道：「太后娘娘。」

太后幾步奔到床前，看著睡著的小人兒，「哎喲喲喲」了好幾聲，歡喜地說，「這是哀家的小曾孫嗎？」

周嬤嬤笑著附和：「是，正是太后您的小曾孫呢。」

太后伸出手指，輕輕地摸了摸孩子的小臉，移不開眼睛地說：「真軟真嫩，像遲兒，遲兒剛出生那會兒，也是這個小模樣，哀家還記著呢。」

周嬤嬤笑：「太后記性真好，奴婢都忘了。」

「哀家沒忘，可不能忘，遲兒出生時，哀家讓人繪了一幅丹青，明日就拿出來瞧瞧，明日也尋個擅長丹青的高手給哀家的小曾孫繪一幅丹青。」太后笑的合不攏嘴。

周嬤嬤點頭：「太后想的周到，小小嬰孩一日三變，丹青是得明日就畫。今日小殿下沒睜眼睛，明日該睜眼睛了。」

太后愛憐地摸摸他的小臉：「雖是早產了一個月，但哀家看這小子個頭也不小，怪不得他娘生他受了不少苦。天不絕怎麼說？」

周嬤嬤笑道：「神醫說小殿下健康的很。」

太后放下心來，目光落在小小嬰孩緊緊地攥著雲讓的手上，笑著說：「雲世子，哀家的小曾孫喜歡你啊！」

雲讓微笑：「似乎是。」

太后看著他的笑容，想說什麼，但想想雲遲已回了京城，她一把年紀就不操心了，便將話又吞了回去，對他道：「這床這麼大，哀家看你也累了，別總是坐著了，你也躺下來歇歇吧！」

雲讓點頭：「多謝太后。」

太后又看了小小嬰孩一會兒，出了東暖閣，問：「國公夫人呢？」

「夫人去了廚房給太子妃做膳食了，想著讓太子妃醒來後能吃些既營養又合胃口的東西。」周嬤嬤道。

「辛苦她了，哀家也去廚房看看，有些膳食，坐月子的女人是不能吃的，她當初嫁進國公府，老國公夫人那時已去了，老國公再未娶，生陸之凌時，府中只有敬國公和隨身侍候的陪嫁侍候她，她也未必懂的多。」太后道。

周嬤嬤點頭，扶著太后向廚房走去。

雲讓帶來的副將得到太子殿下孤身一人回京的消息，他大驚失色，連忙帶著人來到了東宮。東宮外，雲讓早先帶來的五千兵馬圍困住了東宮，裡三層外三層。

副將瞅了一眼被圍的水泄不通的東宮，心下踏實了些，對一名小將問：「世子呢？」

小將立即回話：「世子進了東宮，有兩個多時辰了。」

「誰跟著世子了？你怎麼沒跟著世子進去？」副將問。
小將搖頭：「世子吩咐，讓我等在宮外等著，不准跟著他。」
副將臉色繃緊：「太子是什麼時候回京的？你們就眼睜睜地將他放進了東宮？」
小將立即說：「我等沒人看到太子殿下是如何進東宮，不知他是怎麼突然出現的。」
副將立即說：「難道是東宮密道？」話落，他叫了一聲，「不好，世子孤身一人進了東宮，太子回宮後見了世子難保不動手。」說完，他臉色大變，「快，都隨我進去，世子一旦有事兒，就給我平了東宮。」
東宮大門自雲讓進去後，並未關上，門戶大開。
副將帶著兵馬衝入東宮，進了府內，抓住一人問：「我家世子呢？」
僕從嚇了一跳，白了臉，但還是回話：「雲世子在鳳凰東苑。」
副將放開了那名僕從：「帶路！」
僕從看著副將凶神惡煞的模樣，與雲世子進東宮時溫和態度真是差別天上地下，他不情不願地帶路前往鳳凰東苑。
雲遲在副將衝入東宮大門時，已得到了雲影稟告，他揚了揚眉，淡淡地說：「去告訴雲世子，他的人，他自己管，別驚擾了太子妃。」
雲影應是，去了隔壁的東暖閣。
雲讓的確也有些累了，小小嬰孩不鬆開他的手，他只能聽從太后的話，從善如流地陪著他躺在了床上，他也分外地覺得奇異，沒想到剛剛出生的小小嬰孩，這般喜歡他。
他又想著，這是她的孩子呢，身體裡流著一半她的血液，真是個討喜的孩子。

雲影悄無聲息地進了屋內：「雲世子，您的副將帶人闖進了東宮，如今奔鳳凰東苑來了。殿下說，您的人，您自己管，別驚擾了太子妃。」

雲讓睜開眼睛，看了一眼天色，自他進東宮後，時間是有些久了，他點頭，從小小嬰孩的手裡慢慢地撤出手指，撤了半天，他也有些無奈，剛出生的小小嬰孩，能有多大的勁兒？但偏偏他似乎有很大的勁兒，攥的死緊，他撤不出。

雲影也瞧見了，眨了眨眼睛。

雲讓動作大了些，似乎驚動了熟睡中的小小嬰孩，他不高興地癟嘴露出委屈的表情，下一刻似乎就要哭出來。雲讓頓時不敢動了，看著小小嬰孩，猶豫片刻，伸手將他抱了起來，抱在懷裡，對雲影說：「我帶著他出去走一趟吧！不讓人進鳳凰東苑，便打擾不到太子妃休息了。」

雲影點頭，也覺得奇異。

雲讓抱著小小嬰孩出了東暖閣，來到鳳凰東苑門口，他剛站定不久，副將帶著人衝了過來，副將看到雲讓，大喜，脫口問：「世子，您沒事兒吧？」

「沒事兒。」雲讓搖頭，面色淺淡，「你來東宮做什麼？」

「屬下聽聞太子回東宮了，怕世子有危險，太子殿下呢？世子可將他拿下了？」副將看著雲讓懷裡抱著的嬰兒，他睜大眼睛，「這孩子是……」

雲讓不答他的話，看著副將：「趙貴，你跟在我父王身邊多少年？」

趙貴一愣：「回世子，我十歲那年跟隨王爺，如今已經三十年了。」

「三十年，時間夠久了，我想，你是不會背叛我父王了？」雲讓挑眉。

趙貴心裡咯噔一聲，心中升起不好的預感：「世子，您要做什麼？」

雲讓目光憐憫地看著他：「這一路進京，你每日都與嶺南有書信來往，隨時稟告我的動態，今日的信剛剛送走吧？父王信任你，派你監視我，蘇子折拿了我母親與妹妹，父王依舊不相信我能跟著他謀反，但正值用人之際，他只能用我來攻打皇城。趙貴，我本不想殺你，但你對我父王太忠心了。」

趙貴面色大變：「世子，你要殺我？你可知，我若死了，王妃和小郡主必死。」

雲讓淡笑：「你可知在蘇子折找到我之前，有花家的人找到了我，我之所以聽父王命令，來攻打皇城，不過是迷惑他，從他手中調五萬精兵出來罷了。我離開嶺南，來了京城，自有花家的人救我娘和妹妹，花家的人雖要從他手中救我娘和妹妹不容易，但如今蘇子折受了太子一劍，自顧不暇，想必他們從中救人不會有多難，說不準，此時已將人救走了。」

趙貴臉色一白，連連倒退了兩步，猛地拔出了手中的劍，指著雲讓：「世子，王爺早就料到你不服管教，不會心向著他，他知道你心心念念的人是太子妃，來京見了她定然捨不得下不去手，早就給屬下一道命令，若你不聽他的話，就讓屬下殺了你。世子，這是王爺的命令，既然你有殺我之心，要反王爺，休怪屬下不客氣了。」

話落，他大喊一聲：「來人，王爺有令，誅殺世子……」

他話音未落，身後跟著他進來的那名小將忽然抽出寶劍，從他身後給了他一劍，這一劍快狠準，頃刻間便將他刺了個對穿。

趙貴不敢置信地轉回身，看著小將：「周述，你是我一手提拔起來的人，我舉薦你得王爺信任，你……你竟然殺我……」

小將將劍抽出，動作乾淨俐落，目光坦然地看著趙貴：「我早就是世子的人。趙副將，當初我接近你，讓你舉薦我給王爺，不過都是世子的安排罷了。」

趙貴身子晃了晃，似難以置信，又似恍然大悟，張嘴吐出一大口血，再也說不出話來，須臾，「砰」的一聲，倒在了地上。

雲讓衣袍未染一絲鮮血，目光憐憫平靜地看了一眼倒地的趙貴，對周述說：「將他拖下去，將地面的血洗乾淨，別髒了這門口的淨土！」

「是，世子。」周述點頭，一擺手，立即有人上前拖了趙貴的屍體下去。

士兵們雖是嶺南王府精養的私兵，但好多都已私下被周述收買，趙貴太相信周述了，從來沒有想過他一早就是雲讓的人，他總以為雲讓一直不管嶺南王府的事務，雖有本事，但有他盯著，世子逃不出他的手心，所以，一路來給嶺南王傳信，也不避著雲讓，殊不知，雲讓雖一直以來置身事外，但聰明地早就料到會有這一日，嶺南王不會放著他這麼一個兒子不利用，他不會真讓他置身事外，所以，他雖厭惡這些，但還是在得知他要謀反時，一早就做了籌謀。

嶺南王對王妃並不好，他只有野心，從最初娶嶺南王妃，就是包含了算計利用。雲讓自小聰明，看的清楚，因他記事起就不摻和嶺南王府事務，所以，嶺南王對他十分不滿，他對嶺南王也沒有多少父子之情。

如今，他殺了趙貴，也算是打破了與嶺南王的虛與委蛇，徹底斷絕了父子之情。換句話說，在嶺南王拿下了他母親和妹妹威脅他時，父子之情就斷了。

天下多少家人和睦，唯獨嶺南王府親人如仇人。

嶺南王府還不如皇家有親情，嶺南王的謀反之路，又能走多遠？

周述帶著人動作俐落地清洗了東宮門口的青石階，然後湊上前，看著雲讓懷裡的小小嬰孩，他剛十六七，還是個少年，很是好奇地瞅著自家世子像模像樣地抱著小小嬰孩，笑嘻嘻地問：「世子，這是哪裡來的小東西？」

雲讓瞥了他一眼，要笑不笑：「這是太子妃剛剛生下的小殿下。」

「呃……」周述撓撓腦袋，他一直帶著人守在東宮牆外，怎麼就沒聽到裡面的動靜？他四下看了一眼，吐吐舌頭，「世子，這小殿下長的還挺好看嘛。他怎麼一直攥著您的手指？」

雲讓笑道：「據說是喜歡我。」

周述眨眨眼睛：「是小殿下，不是小郡主吧？」

「是小殿下。」雲讓肯定地說。

周述就不明白了：「他剛出生吧？怎麼就會喜歡世子您呢？還攥著不鬆手。這樣下去的話，世子您豈不是得與他拴在一起了？」

雲讓淺笑，看著在他懷裡熟睡的小小嬰孩，粉嫩嫩的小臉，惹人喜愛，雖像太子殿下，依稀也有花顏的影子，他溫聲道：「我二十年日子淡而無味，若是以後與他拴在一起，倒也有趣。」

周述摸著下巴琢磨：「那豈不是我也與這位小殿下拴在一起了？我是不是得趕緊討好他？」

雲讓失笑，對他擺手：「你現在就帶著人退出東宮，別打擾了太子妃休息。」

周述點點頭，問：「世子，趙貴今日送走的信，屬下讓人攔截下來了，怎麼處置？」

「繼續送出去，也好讓我的好父王安心，以為京城已在他的手中了。」雲讓道。

「是。」周述應聲。

雲讓轉身抱著小殿下回了東暖閣，剛出生的小小嬰孩，在雲讓的懷裡見證了一場翻盤和反殺。

但他睡的熟，什麼也不知道。

雲讓在鳳凰東苑門口殺了嶺南王派給他監視他的副將，這一舉動，讓親眼目睹的五皇子、程顧之等人大為驚異。

趙清溪既意外又不意外，今日她見了讓表兄，見他行事態度，觀察他神情言語，便已心中有了七八分的猜測，如今終於證實了，讓表兄進京，並不是謀反來的，他原來是反了嶺南王，唱了一齣反兵之計。

不得不說，他這一齣調兵之計做的好，不止奪了嶺南王五萬精銳兵馬，且也讓自己進了東宮陣營，擺脫了嶺南王和蘇子折的控制。

這一頁，必也載入南楚史冊，可想而知後世史官們會如何評語。

雲世子大義「反」親父嶺南王，假借攻城投東宮，太子妃有識人之智，有膽魄開城門放雲世子帶兵入皇城。

一個顧全百姓，未讓京城染一滴鮮血，一個純善溫良，心懷大義，二人故交多年不見，亦相互信任人品秉性。

五皇子頗有些後悔，覺得早先他不該太過武斷地看不出雲讓好壞地罵他，是他眼瞎，他得承認自己眼瞎，誰能想到雲讓會是這般？於是，他也不扭捏，二話不說地去找雲讓，表達他的歉意和慚愧。

雲讓淡笑：「五皇子不必抱歉，你原本也沒罵錯我，若不是因為我，太子妃也不會早產。」

五皇子咳嗽一聲：「是有你的原因，但最主要是四嫂病了好些時候了，東宮一直在準備著，隨時等著她早產。」話落，他撓撓頭，「如今四嫂母子平安，總算是好事兒。既然你不介意被我亂罵了一遭，咱們這一頁就翻過去如何？」

「好。」雲讓笑著點頭，他本就是寬和之人，五皇子道歉，自然不與其交惡。

此事翻篇後，五皇子依舊嫉妒地說：「我這小侄子也太稀罕人了，這剛出生，就抓住你不放，可見國公夫人說的對，真是與你有緣，否則早不出生晚不出生，偏偏你來了他就出生了。如果四哥請你入朝，你可入朝？」

雲讓淺笑：「那也得太子殿下肯請之後再說。」

五皇子哈哈大笑：「原來你也是個有意思的人。」話落，他湊近他，壓低聲音說，「我四嫂說與你是故交？你們是怎樣的交情？說說唄。」

「無可奉告。」雲讓笑著搖頭。

五皇子撇撇嘴，小聲說：「其實你不說我也能猜出幾分，我四嫂那樣的女子，誰遇到她，幸也不幸。」

雲讓不接話。

五皇子見他不上套，套不出任何話來，想著這人可真聰明，難怪能與嶺南王玩了這麼一手陽奉陰違。

雲影將雲讓殺了副將趙貴的經過稟告給雲遲，雲遲聽罷後點點頭，對他問：「你說小東西攥著他的手指不鬆手？他抱著他處置了副將趙貴？」

雲影點頭：「雲世子無奈，小殿下只能剛出生就見了殺氣。」

雲遲笑了笑：「他出生皇家，命中註定將來是這天下之主，出生就見了殺氣怕什麼？他自己選了雲讓，倒也是好眼光。」

雲影咳嗽一聲，提醒雲遲：「殿下，小殿下還沒睜眼睛呢?!」

雲遲笑道：「沒睜眼睛，他也有了意識，可見六感靈敏。雲讓確實合適，靜可淡泊名利，動可高居廟堂，進可推算籌謀，退可獨善其身，聰明不被聰明誤，難得的是秉性純善，心存大義。做小東西的師傅，確實沒有比他更合適的了。」

雲影忍不住地說：「從沒見殿下這般言語地誇讚一個人，屬下還以為殿下不同意雲世子待在東宮陪著小殿下呢?!」

做小殿下的恩師，雲世子以後勢必要待在東宮陪伴小殿下成長的，那豈不是每日都看到太子妃了?

雲遲瞥了他一眼：「太子妃無意，雲世子也不是那等癡狂之人。既是故人，便是故人。本宮何必以小人之心度君子之腹?難道因為一點點私心，便讓小東西錯過一個好師傅?」

雲影慚愧地垂下頭：「屬下知罪。」

「行了，下去吧!」雲遲擺手。

雲影默默地退了下去。

第一百六十章 雲辰的天賦異稟

皇帝在皇宮聽聞雲讓帶著五萬兵馬來犯時，便讓五皇子立即前去城門查探，後來，花顏出了東宮去了城門命令打開城門，之後她早產，消息傳進皇宮，皇帝當即就要出宮。

可是彼時，皇宮已被趙貴帶著的人馬圍住，堵住了宮門，京城只一萬兵馬，皇宮禁衛軍只有千人守皇宮，真要硬闖硬打，不夠趙貴兵馬的下酒菜。皇帝站在皇宮的觀星臺上望著宮外，雲讓這五萬精兵進城後不擾民，井然有序，一看就是以一敵十的精兵，他只能作罷，焦急地等著花顏安然無恙後解了這一局困局。

他倒是沒惱怒花顏開城門，但凡有眼睛不瞎的人都能看出來，如今的京城，沒有絲毫戰鬥力，有戰鬥力的士兵，都被調走了，雖說是一萬兵馬，其實皆是不能打的士兵，當前的京城可以說是一座守不住的空城。

皇帝焦急地等了兩個多時辰，有人稟報，圍困在皇宮外的兵馬撤了，皇帝聽聞後，立即命人打探消息，同時吩咐備輦出宮。

消息很快就打探出，雲世子來京，其實是投誠來了，不是謀反，做給嶺南王看的，且還帶來了嶺南王五萬精兵，殺了嶺南王最信任的副將趙貴。又說太子妃生了，是個小殿下，母子平安，太子殿下回京了。

這一連串的消息震懵了皇帝，皇帝迫不及待地出了皇宮。

京城的街道依舊是以往的模樣，百姓們該做什麼做什麼，絲毫沒騷動受影響。

皇帝的車駕來到東宮，不待通報的小太監高喊，皇帝就匆匆下了玉輦往裡走。

福管家聽聞後連忙帶著東宮一眾人等接駕。

皇帝來到鳳凰東苑時，天色已不早，一路走的氣喘吁吁，到了門口，問福管家：「太子妃真平安？」

「回皇上，平安，神醫診脈說性命無憂。」福管家回話。

皇帝放下了心：「朕的孫子呢？」

提到小殿下，福管家眉開眼笑：「回皇上，小殿下在東暖閣，太子妃在休息，您去看小殿下？」

「嗯，朕去看孫子。」皇帝點頭，花顏畢竟是兒媳婦兒，既在月子中，她在休息，他身為公公即便把她當女兒但也不方便進去，看孫子就無須方便不方便了。

皇帝進了東暖閣，自然也如太后一般，看著睡著的小小嬰孩移不開眼睛，看了好半晌，才與雲讓說話：「朕一直就知道你是一個好孩子，多謝你了。」

雲讓被小小嬰孩抓著手，沒法行禮，只單手叩了一禮，溫聲道：「皇伯父，父親糊塗，我不糊塗，我知道自己姓雲，是雲家人，守護江山，是雲家人應該做的。」

「好好好。」皇帝一連說了三個好字，「太子妃有識人之明，你也秉性純善難得。南楚江山有你們一幫子為國為民的孩子，是太子的福氣，也是南楚江山的運氣。」

雲讓微笑。

皇帝瞧著他被小小嬰孩緊緊攥著的手，心中舒暢地大笑：「剛出生眼睛都沒睜開，就會抓著人不鬆手了，朕的孫子果然有出息。」話落，問，「他抓你多久了？」

雲讓無奈地笑道：「許久了，期間我歇了一覺，醒來還被他攥著。」

「扯不開？」皇帝問。

「嗯，扯不開，力氣大的很，剛出生就這麼有力氣，著實少見，大約是遺傳了太子妃的本事。」雲讓笑道：「昔日太子妃在嶺南遊歷時，以一根絲線捆了一個人，那人怎麼也掙不開。」

皇帝哈哈大笑：「若真遺傳了……」他忽然收了笑，感慨，「雲族靈力到朕這一代，已無剩，連支撐朕虛弱的身體都做不到，遲兒因我的原因，也傳承微薄，朕中蠱毒時，他為了給我保命，都用沒了。而花家，這一代，也只花灼和花顏二人而已，如今一個在北地動用了本源靈力盡失，一個進京後為了救安書離、梅舒延也用盡了。顏丫頭說天命所歸，靈術到了被上天收回的時候，若是這孩子真還有靈術遺傳，那可真是天不絕雲族一脈，不棄全族啊！」

雲讓聞言思索片刻，看著他的手說：「也許，他抓著我所用的就是靈力本能也說不定。這樣的話，傳承不斷，上天厚愛，可真是可喜可賀了。不過，早就沒了靈力的太子妃，孕育的小殿下，靈力傳承來自哪裡？」

雲讓話音剛落，剛要邁進門的天不絕聽了臉上顯出奇異的神色。

雲族靈力若不會就此沒落，那麼，是不是說明上天留有一線生機給花顏？她的魂咒也許也不是沒有轉機？若她的魂咒有轉機，那她的生命是不是如尋常人一樣能活過百年？

可是轉機在哪裡？

他對雲族靈術一知半解，對魂咒更是一知半解。

天不絕若有所思地進了屋，給皇帝見了禮後，說：「老夫再仔細給小殿下把把脈。」

皇帝聞言頓時緊張起來：「怎麼了？這孩子不是健康的嗎？」

天不絕道：「老夫早先匆匆把脈，小殿下是健康的，如今再仔細把把脈，更確定一下最好。」

皇帝點頭，讓開了床前。

天不絕拿過小殿下沒緊攥著雲讓那隻小手，給他仔仔細細地把脈，片刻後，肯定地說：「小殿下的確很健康，脈搏強健，雖然是早產兒，但也無弱症，至於靈力，老夫卻是把不出來。」

皇帝大鬆了一口氣，高興地說：「健康就行，至於靈力，不強求。」

天不絕頷首。

皇帝陪著孩子待了一個時辰才回了皇宮，皇帝離開後，雲讓看著天不絕壓低聲音問：「敢問神醫，太子妃如今身體如何？」

天不絕看著雲讓：「雲世子是指沒有性命大礙，還是指別的？」他有些後悔，早先花顏生不下來，他大吼了一通，怕是很多人都聽見了，屋裡的人都長著耳朵了，院中的人不知道聽了多少。

雲讓抿唇：「我天生耳聰目明，較之常人靈敏幾分，神醫的話我聽的清楚，請神醫如實告知。」

天不絕聞言歎了口氣：「你嶺南王府與武威侯府蘇子斬糾葛的深，想必對前朝延續至今的那些舊事知道得清楚，她身體有自己四百年前下的魂咒，這一輩子也會死在那一日，但數日前，我給她把脈，她怕是身體生變，提前發作，活不過二十一。早先我也是急了，一頓亂吼，其實，我雖是大夫，對她身體也是摸不清門道，一切都不好說。」

雲讓點頭：「神醫的話我明白了。」

天不絕捋了捋鬍子，伸手拍拍他肩膀，語重心長地說：「雲世子啊！這丫頭沒什麼好，你別惦記了，別誤了自己，你大好年華，要什麼樣的女人沒有？何必吊死在一棵樹上？」

雲讓笑笑：「早在看到太子選妃的花名冊時，就不惦記了，神醫多慮了。」

「那就好。」天不絕哈哈大笑，「聰明人不會犯傻，哪像太子殿下那個傻子？不知道跑死了幾匹馬，如今累廢了，我給他把脈，身體虛脫的不行，喝幾碗參湯也得找補幾日才能補回來。」

雲讓好笑：「也就神醫敢這麼說太子殿下，情深如此，是太子妃的福氣，也是小殿下的福氣。否則，今日，小殿下怕是沒那麼順利出生。」

「嗯，還真是。」天不絕點頭，他也就背後這麼說雲遲，當面可不敢。

花顏足足睡了一日又一夜，再睜開眼睛時，已經是第二日中午。

她睜開眼睛，恍如隔世的感覺，看著身邊，雲遲還穿著昨日的衣服，和衣而睡地陪著她躺著，看起來她睡了多久，雲遲就陪了她多久，在她睜開眼睛的那一刻，他似乎有感一般，也睜開了眼睛。

花顏盯著雲遲不錯眼睛的看，慢慢地抬起手，去摸他的臉。

雲遲伸手握住她的手，放在自己的臉上蹭了蹭，露出笑意：「你總算是睡醒了。」

「我睡了多久？」花顏看向窗外，只見日頭高照。

「一日夜，已經是第二日的中午了。」雲遲溫聲問，「可是餓了？我讓方嬤嬤立即給你端飯菜進來？昨日義母在你睡著後下廚房好生忙活了一通，哪裡知道你竟然睡到了今日晌午。」

花顏摸摸肚子：「是有點兒餓了，孩子呢？」

「雲讓照顧著呢。」雲遲對外喊了一聲嬤嬤。

方嬤嬤立即進來，見花顏醒了，高興地說：「奴婢這就去讓廚房送飯菜來。」便離開了。

花顏訝異：「怎麼是雲讓在照顧？」

雲遲笑著將小東西自從見了雲讓抓著他不鬆手之事說了，就是睡覺，小手也不鬆開，哪怕鬆開一會兒，又趕忙地攥緊，生怕雲讓跑了似的。雲讓沒法子，被他拴住了，哪裡也不能動，而且，他不喝奶娘的奶，只喝米湯，所以，吃喝拉撒睡，竟都成了雲讓的活，東宮一幫侍候的人，連皇祖母和義母也插不上手，人人都說稀奇。

花顏聽了又是稀奇又是好笑：「怎麼這樣？」

「嗯。」雲遲頷首，也是有些好笑。

「雲讓那裡，你是怎麼處理的？」花顏問，「可與他談過了？」

雲遲搖頭，將昨日雲讓殺了副將趙貴之事簡單地說了，又提到了安十七早就找到雲讓，不算白去一趟嶺南，與雲讓一起做了一個局，雲讓帶五萬精兵來京，安十七帶著花家人救嶺南王妃和小郡主，救出來人後，送去臨安，以保二人安全，也讓雲讓不再受嶺南王和蘇子折鉗制無後顧之憂。

花顏點頭：「其實，我也料到幾分雲讓進京目的，但畢竟多年沒見他了，也不敢確定，如今這樣，最好不過。」

雲遲伸手摸摸她的頭：「這一夜，你一直出虛汗，給你擦了幾次身，如今身體可還難受？」

「還是有點兒難受，不過比昨日好多了。」花顏握著他的手，與他十指相扣，「總算有力氣了，也不燒了。」

雲遲點頭：「那就好，早先你一直高熱不退，想必是小東西著急出來。」

提起孩子，花顏想的不行：「一會兒吃完飯，把他抱來吧！我想看他，你去抱他，他應該就鬆開雲讓了，總不能讓他一直這樣拴著雲讓。」

雲遲頷首：「嗯，小東西與他有緣，以後就讓他做小東西的師傅，雲讓品性才學都是俱佳，他顯然也很喜歡這孩子，想必他也願意。」

「這樣也挺好。」花顏笑著點頭，「把他交給雲讓教導，你我也少操些心。」話落，她鬆開雲遲的手，「你快去沐浴，從回來後，還沒收拾自己吧？還是昨日的樣子。」

「嗯，昨日累了。」雲遲站起身，吩咐人抬水進來，去了屏風後。

花顏躺在床上想著她如今也算是圓滿了，她慢慢地坐起身，發現身子著實輕鬆很多，小腹和丹田處暖融融的似聚著一團氣，這一團氣她實在太熟悉，頗有些驚喜，難道她武功恢復了？還有體內的靈力？

不過剛生完孩子，她也不敢輕易亂動調氣，只能暫時壓下心中的驚喜。

方嬤嬤帶著人端著飯菜進來，驚了一跳：「太子妃，您怎麼坐起來了？您可不能下床，要好好做月子，不能見風，也不能著涼。」

「嗯，我知道，我不下床，坐一小會兒不打緊。」花顏尚在驚喜中，眉眼都是笑意。

方嬤嬤命人將桌子挪到床前，將飯菜逐一擺上：「有些東西，您在月子裡不能吃，這是神醫安排的藥膳，也有些是太后娘娘吩咐的。」

「好。」花顏點頭，忍一個月，她還是忍得住的。

雲遲沐浴出來，換了一身乾淨嶄新的衣袍，雖清瘦，但人看著神采奕奕，眉眼含笑，心情也極好。

二人用過午膳，花顏催促雲遲去抱孩子。

方嬤嬤笑著稟報：「太子妃，雲世子知道您醒了，一定想見小殿下，已經帶著小殿下從東暖閣過來了，如今就在外間畫堂裡等著，殿下吃完飯後出去就能抱他進來。」

花顏看向雲遲。

雲遲無奈地站起身：「有了小東西，你滿心滿眼都是他。」說完，吃味地走了出去。

花顏瞪眼，失笑：「他竟然還吃醋了。」

小殿下自從見了雲讓，這一日一夜誰也不跟，太后、敬國公夫人也不跟，今日早上他已經能睜開眼睛，黑眼珠盯著雲讓瞅了好一會兒，還對他扯開小嘴笑了，可嫉妒壞了太后。

如今見了雲遲，雲遲親爹的身分在這一刻顯現了出來，當雲遲對他伸出手時，他竟然乖乖地鬆開了雲讓的手指，被他抱著進了裡屋。

方嬤嬤嘖嘖稱奇，對雲讓說：「雲世子，您趁機快去歇歇！昨日照顧小殿下，您都沒歇好。」

雲讓含笑點頭，出了畫堂。

雲遲抱著小小嬰孩進了屋，花顏正坐在床上眼巴巴地等著。

他將孩子抱到花顏面前，花顏立即伸出手要去接，雲遲躲開，對她說：「你過幾日再抱他，他重的很。」

花顏迫不及待地說：「我能抱的動的。」

「那也不行。」雲遲搖頭，坐在床邊，「我抱著給你看也是一樣。」

「那怎麼能一樣？」花顏眼睛不錯開地看著小小嬰孩在小被子裡露出的小腦袋小臉，比昨日剛出生時皺巴巴的模樣，經過一日夜似乎長開了。小臉粉粉嫩嫩的，眉目秀氣漂亮的很，尤其是一雙黑眼珠，先是不錯眼睛地瞅著雲遲，見了花顏後，不錯眼睛地瞅著花顏。

母子二人對望了好一會兒，小小嬰孩伸手勾花顏。

「你看，他在找我抱。」花顏見雲遲不給她，伸手去他懷裡搶。

雲遲無奈：「真的可以嗎？」

「可以，我如今真的感覺有力氣。能抱他的。」花顏肯定地一再點頭，眼巴巴可憐巴巴地看著雲遲，「給我抱抱好不好？就抱一會兒。」

雲遲哪裡受得住一個要娘抱，一個眼巴巴地求著他很想抱，再堅持不給，他就是母子二人的惡人了。沒辦法，只能將小小嬰孩挪出懷裡，遞給花顏。

花顏伸手接過，軟軟的一圈，軟的似乎一下子就化進了她心坎，她忍不住低頭去吻小小嬰孩的小臉蛋，軟軟嫩嫩的，她一時捨不得離開，貼著他的小臉不動，小小嬰孩聞到花顏身上熟悉的味道，認出了這是他娘，伸出小手摸她的臉，表情似乎也十分歡喜高興，小嘴裂開，眉眼都是笑意。

雲遲在一旁看著，心裡軟的一塌糊塗，他愛的人兒為他生了他們的孩子，這在以前，從不敢想像。花顏幾經生死，這個孩子能順利出生，雖然早產如今還如此健康，何等幸運。

他看著花顏，忍不住伸手環住了母子二人，低頭去吻花顏的額角。

過了一會兒，花顏問雲遲：「名字定了沒？當初你取了好幾個名字，定了哪個？」

雲遲點頭：「就叫雲辰。」

「雲辰啊！」花顏笑起來，伸手輕輕地摸了摸小小嬰孩的小臉，溫柔似水地柔聲說，「辰，日月星辰，你看，你父親將你比作天上落入凡間的日月星辰呢。喜不喜歡？」

雲辰眨巴眨巴眼睛，似乎也很喜歡，揮舞著小手，又去摸雲遲的臉。

雲遲也笑起來。

雲遲怕累到花顏，不讓她久抱，將雲辰接過來放在床上，解開小被子，穿著薄薄的小衣服，給他手裡塞了一塊玉牌，讓他自己抓著玩。雲辰也不哭不鬧，雙手捧著玉牌玩。

花顏瞧著說：「剛出生就會抓東西，這玉牌也不輕呢。」

雲遲微笑：「他生來就有力氣，否則你以為任憑雲讓怎麼抽都抽不出被他攥住的手？」

花顏笑起來，這才對雲遲說：「我有一個好消息要告訴你，我今日醒來，感覺丹田暖融融地聚著一團氣，雖不是十分渾厚，但也能讓我感覺到了。」

雲遲一怔，看著她：「你的意思是你的武功恢復了？」

「不止武功，能力怕是也恢復了，不過不多。若是過些時日，也許恢復如初也不一定。」雲遲笑著說。

雲遲也露出笑意，伸手將她抱在懷裡，長吁了一口氣，低聲問：「是不是說明你的魂咒解了？以後再不受苦了？」

花顏伸手抱住他，將身子依偎在他懷裡：「天不絕一會兒過來，讓他給我把把脈。」

雲遲點頭。

用過午膳，天不絕聽聞花顏醒來，自然趕緊過來了。

他伸手給花顏把脈，蒼老的眉眼驚醒：「咦？這是因禍得福了？我當再也見不到能從你體內把這樣的脈搏了，如今這又是在恢復了？」

花顏笑著點頭：「我醒來後，便感覺是在恢復了。」

「奇哉！」天不絕捋著鬍鬚，仔仔細細地給花顏把了半天脈，不停地點頭，「很好，身體若是照這樣恢復下去，你出了月子，便能如以前一樣活蹦亂跳了。」

雲遲看著天不絕：「那他的魂咒……」

天不絕搖頭：「這個老夫沒法看出來。」話落，看了花顏一眼，見她笑著又去逗弄雲辰，十分喜歡到心坎裡的模樣，他勸慰雲遲，「上天必有安排，就像這一回，老夫也沒想到你及時回來能把她從鬼門關拽回來。」

雲遲點頭，高興的日子，遂不再去想別的：「是啊！你說的對。」就算將來魂咒當真發作，他陪著她一起就是了。

用過午膳閒聊了一會兒後，天不絕囑咐花顏不能久坐，免得將來腰疼，便離開了。花顏又重新躺在床上。

雲辰玩了半天似乎餓了，扔了玉牌，小手去抓花顏的衣服，小腦袋也湊近她懷裡拱啊拱的。

「他這是餓了?要吃奶?」花顏瞧著，問雲遲，懷疑地說，「我沒有奶吧?」

雲遲也不知道花顏有沒有奶，不過一般生了孩子的女子，都是有奶的，他一時沒法回答：「要不你試試?」

小傢伙十分有力氣，見他娘給了奶源，張嘴便含住。

花顏沒想到這孩子軟軟的一團，力氣這麼大?!

雲遲在一旁看著，皺眉：「怎麼了?是不是他咬你?」

花顏緩了好一會兒，才緩過來，適應了小傢伙的力氣，小東西吧唧吧唧吃了起來，小模樣真是愛死個人。她又笑起來：「沒事兒，是他力氣有些大，剛開始我不適應，如今好了。」

雲遲點點頭，放心下來，眉頭舒展開，不過瞅了母子二人一會兒，又皺起眉，吃味地說：「他倒是有吃的不含糊。」

花顏抿著嘴笑。

雲辰吃空了花顏的兩個奶水，打了個小飽嗝，閉上眼睛，窩在花顏懷裡睡了。

小小嬰孩睡的快，轉眼就睡著了。

雲遲見花顏僵著身子，捨不得地讓她累，將雲辰挪開，花顏伸手按住他：「就讓他躺在這裡睡吧!」

雲遲無奈：「如今就這般眼珠子一樣地疼，等以後，你眼裡是不是只有他沒有我了？」

「才不會呢。」花顏伸手摸摸他不太高興又無可奈何的臉，柔聲說，「雲遲最好了。」

雲遲低笑，吃味一下子煙消雲散，只將雲辰挪離花顏些許，看著母子二人並排躺著，他柔聲說：「你也睡吧！坐月子切忌耗費心神，要多休息。」

花顏也的確有些累了，乖乖地閉上了眼，孩子睡在身邊，雲遲在她身旁，她覺得踏實安心。

母子二人都睡著後，雲遲坐在床邊看了二人許久，才落下簾幕，站起身。

從昨日回京到現在，他還沒跨出鳳凰東苑。

他走出裡屋，對方嬤嬤壓低聲音吩咐：「本宮去書房，辛苦嬤嬤仔細看顧著，他們都睡著了，若是雲辰醒來，不要讓他鬧太子妃，給雲讓送過去。」

方嬤嬤連忙應是，笑呵呵地說：「殿下放心，奴婢一定仔細看顧著，不讓小殿下在月子裡累到太子妃的。」

雲遲點點頭，出了鳳凰東苑，對跟著的小忠子吩咐：「去將小五、程顧之、趙清溪三人喊來書房，本宮要見他們。」

「是，殿下。」小忠子立即去了。

京城沒出動亂，安穩了，五皇子、程顧之、趙清溪三人知道雲讓反叛了嶺南王相助的是朝廷，經過了花顏驚心動魄的產子後，幾人心驚膽戰後，也徹底放下心來，同樣踏踏實實地睡了一覺。

聽聞雲遲喊，都立即匆匆來到了東宮書房。

他們來時，雲遲正站在花顏繪製的那一幅《山河圖》旁，背身而站，負手而立，通身的尊容氣度。

三人齊齊愣了愣神，連忙見禮。

「四哥。」四皇子喊了一聲，問雲遲，「四嫂還好吧？」

雲遲回頭看了三人一眼，點點頭：「很好。」

四皇子放下了心，慚愧地請罪：「四哥，是我無能，沒能看顧好四嫂，還將朝廷的擔子都擔在了四嫂肩上。」話落，又將大皇子與八皇子之事說了。

雲遲面色淺淡：「也不怪你，大哥和八弟是被蠱惑了，本宮也沒想到還牽扯了他們。大哥死了就罷了，八弟年紀小，除了你與小十一，我對其餘兄弟們多有疏忽，八弟以後就交給你多加管教。以前我如何教你，你就如何教八弟。」

四皇子點頭：「四哥放心，我一定好好管教八弟。」

雲遲頷首，又看向程顧之和趙清溪：「本宮三日後離開，喊你們過來，將京城之事安排一下。」

程顧之和趙清溪齊齊肅然而立：「殿下請吩咐。」

花顏睡醒一覺，雲遲還沒回來，身邊的雲辰已不在，她坐起身喊方嬤嬤。

方嬤嬤立即進來，對花顏解釋：「殿下在您睡著後去了書房議事，出門前殿下囑咐若是小殿下醒來，就送去雲世子那裡。」

花顏點點頭，看了一眼天色，已暗了下來，她想著雲遲回來一趟，定然不能久待，還要趕緊趕回去，如今她與雲辰母子平安，雲遲放下心來，估計在做離京前的安排。

「您別多想，坐月子萬分重要，可不能落下病根。」方嬤嬤見花顏若有所思，開口勸慰她，同時拿了一個靠枕放在她背後，讓她舒服地靠坐著。

花顏笑著點頭。

方嬤嬤陪著花顏說話：「您睡著的時候，太后和國公夫人都過來看過您。知道小殿下的名字，太后樂的合不攏嘴，直說太子殿下這名字取的好，皇上要發告示昭告天下，卻被殿下給攔住了，說小殿下早產出生之事，暫且瞞著，不讓人傳出京城。」

花顏頷首：「雲遲這麼做是對的，暫且瞞著吧！」

二人正說著話，外面有腳步聲傳來，外面侍候的人齊聲喊「殿下」，方嬤嬤說了一句「殿下回來了」，立即迎了出去。

雲遲邁進門，見花顏靠坐在床上，笑問：「什麼時候醒來的？怎麼不讓人喊我？」

「剛剛醒來。」花顏笑著說，「聽說你在書房議事。」

「嗯。」雲遲點頭，不欲與她多說。

花顏知道他是不想她操神，也不多問：「哪日離開？」

「三日後。」雲遲來到床邊坐下，將花顏的手攥在手裡把玩。

花顏笑著道：「早走一日是一日，用不著等到三日後。」

雲遲笑看了她一眼：「捨不得，想多待兩日，這一走，不知道什麼時候能收拾了蘇子折回來。」

花顏點點頭，也不多勸他，她也捨不得，三日既然是他給自己定下的，那就三日好了。

三日的時間，不過轉瞬即逝。

這三日裡，雲遲除了白日與人在書房議事外，便是回東苑陪花顏母子。

他喜歡看著花顏拿手指逗弄雲辰，在他眼前晃卻偏偏不給他攥住，直到把雲辰逗弄的癟嘴露出委屈要哭的模樣，她才作罷。

雲遲看著十分好笑，想著雲辰的性子若是自小被花顏逗弄到大，估計天塌下來都能波瀾不驚。

離開前的一晚，雲遲才將雲讓叫到書房，坐下來與他好好說話。

雲讓第一次踏進雲遲的書房，入目處便是那一幅《山河圖》，他訝異地看了一會兒，微笑：「這一幅《山河圖》可是出自太子妃之手？」

雲遲揚眉。

雲讓笑著道：「當年，太子妃在嶺南遊湖時，一時興起，留下了一幅墨寶。我觀筆法，與這一幅《山河圖》有些相似。」

雲遲眼眸青黑：「你至今還留著？」

雲讓淡笑，對上雲遲青黑的眼睛，溫和淺淡，他留著太子妃畫作確實不太合適了：「小殿下若是拜我為師，我就將那幅《遊湖圖》送給小殿下做拜師禮。」

雲遲滿意了：「可以。」

雲讓笑了笑：「殿下放心將小殿下交給我就行。」

雲遲坐下身，親手給雲讓倒了一盞茶：「明日一早，本宮讓人抱著他先給你行過拜師禮，本宮再離開。」

雲讓坐下身，端起茶盞：「敬殿下。」

雲遲也端起茶盞，二人輕輕碰了一下，一盞茶算是揭過了此事。

雲讓待人溫和，博學多才，腹有乾坤，也不隱瞞，就著茶水，將他所知道的嶺南王府與蘇子折如何牽扯的內情說與了雲遲，同時，又交給了雲遲一份嶺南王和蘇子折重用的人員名單。

二人一聊便到了深夜。

花顏睡醒了兩覺，都不見雲遲回來，問方嬤嬤：「他還與雲世子在書房？」

方嬤嬤笑著點頭：「還在，殿下與雲世子看起來也是一見如故。」

花顏頷首，轉過身又睡了。

她剛睡下不久，便聽到了輕微的腳步聲，她睜開眼睛：「回來了？」

雲遲「嗯」了一聲，「小五擔不住大事兒，我離京前，將京城託付給雲讓，明日就讓雲辰拜師，將他的名分定下來。」

花顏點頭：「也好。」話落，又說，「明日我也要起來參加雲辰的拜師禮。」

雲遲想了想：「明日你多穿些，就在外間的畫堂，我讓人將門窗都關嚴實了，不能透風。」

「好。」

二人又說了些話，花顏怕雲遲明日趕路太累，伸手拍拍他：「睡吧！」

雲遲伸手摟住花顏，點點頭，閉上了眼睛。

第二日，辰時，方嬤嬤幫花顏穿戴妥當，裹的嚴嚴實實，出了裡屋，來到畫堂。

皇帝、太后、五皇子、七公主、趙清溪、程顧之、以及請了御史台幾位大人和朝中幾位重臣一同觀禮。

這幾日，朝堂上的官員們也看清了，原來雲世子不是與嶺南王一夥入京謀反來的，而是進京來相助太子殿下，他一直住在東宮，這可真是使得京城增添一大助益。

因雲遲一早就要離開，雲讓也不喜繁瑣，所以，雲辰的拜師禮十分簡單。

方嬤嬤抱著雲辰給雲遲叩了三個頭，然後將雲辰交給了雲讓，算是完成了拜師禮。

拜師禮後，雲遲便動身離開京城。

花顏很想出城去送他，但她坐月子中，卻是連房門都跨不出去，只能看著五皇子等人送他離開。

雲遲臨走前不捨地摸摸花顏的頭：「乖，在京城乖乖等我回京。」

花顏點頭：「務必收拾了蘇子折，平安回來，我和雲辰等著你凱旋。」

「自然。」

雲遲離京，如他回來時一般，沒驚動太多人，走的悄無聲息。京中的百姓們不知道太子殿下回了一趟京城待了幾日又離開，一直都以為他還在關嶺山。

雲遲走後，花顏的日子平靜下來，除了每日吃睡便逗弄著雲辰玩，看著他小小的孩子一天變一個模樣，掰著手指頭數著雲遲離開的日子。

幾日後，她接到雲遲的書信，已到關嶺山，與陸之凌會合。

同時，她也收到了安書離的書信，夏澤與十一帶著七萬兵馬幾日前解了神醫谷之圍，如今已等到了蘇輕楓帶的二十萬兵馬，閆軍師察覺到不妙，要離開，他豈能讓他走，如今兩方兵馬在神醫谷楚河漢界地抗衡了起來。他正在想法子，怎麼吞了閆軍師的兵馬，只是閆軍師這個人的確是厲害，他需要時間，怕是目前只能先如此僵持著。

花顏給雲遲回了一封信後，又給安書離回信，讓他別著急，先喘一口氣，讓士兵們緩一緩，畢竟連日來京麓兵馬著實被閆軍師帶的兵馬打壓的夠嗆，堅守多日，吃了許多苦，如今只要擋住閆軍師拖住他就行。

另外，在信裡花顏沒說的是，等她出了月子，便會出發去神醫谷收拾閆軍師。

花顏自有打算，如今雲讓在京城，京城不是離了她不行，所以，到時候她將雲辰與朝堂交給雲讓，有五皇子、趙清溪、程顧之等人在，京城可安，她便能騰得出手了。

雖然朝堂糧草充足，足夠打一兩年的仗，但是長久的戰爭對民生不利，能不拖延還是不拖延的好。

更何況，她身體已恢復了，這十多日以來，感覺身體一日比一日輕鬆。

方嬤嬤也感覺到了花顏的變化，替她高興，太后和敬國公夫人更是每日合不攏嘴，直說小殿下天生帶著福氣，他出生後，花顏的病就好了。

花顏熬著日子，一個月說快不快，說慢也不慢，總算熬到了頭。

這一日，花顏出了月子，她沐浴更衣後，走出房門，倚著門框，看著外面的天，天空很藍，幾朵白雲，飄飄悠悠，她心情說不出的好，對方嬤嬤說：「去把雲世子請到書房，再喊小五等人過去。我有話要說。」

方嬤嬤近身侍候花顏，這些日子也隱約猜出了些花顏的打算，她試探地問：「太子妃，您真要離京？」

「嗯。」花顏點頭，對她溫聲道，「雲辰就交給你們照顧了，去軍中，帶他不便。」

方嬤嬤小聲問：「您捨得小殿下？」

花顏自然捨不得，但一日不解決了這天下局勢，一日民生受拖累，雲遲也不能和他們母子好好過日子：「不會太久的，有雲讓在，我放心。」

花顏來到書房，坐了一會兒，沒等多久，雲讓便來了。

他來時抱著雲辰，花顏瞧了好笑：「你怎麼把他也抱過來了？又是他非要黏著你不鬆手？」

雲讓無奈：「小殿下這黏人的脾性，不知是隨了誰？」

「反正不是我。」花顏先撇清自己，「我可沒這麼黏人。」

「難道是隨了太子殿下？」雲讓挑眉，看著花顏一副與我無關的神情好笑。

花顏「唔」了一聲，「也許吧！我又沒見過他小時候。」

雲讓想了想，笑道：「太子殿下小時候似乎也不黏人，宮裡並未傳出過此等言論。」

「那就是這小屁孩天生個性，不像我也不像他。」花顏沒有接過雲辰的打算，只伸手隔著桌子戳了戳他嫩嫩的小臉。

雲辰鬆開雲讓的手，去扒拉花顏的手，一雙眼珠好奇地打量書房，他還沒來過這裡，好新鮮。

雲讓微笑：「小殿下十分聰明，昨日我在讀書時，抱著他，他的眼珠也一眨不眨地看著書。」

花顏驚了一下：「他能看得懂？」

雲讓搖頭：「這倒不像，好像是好奇。」

花顏鬆了一口氣，她可不想辛苦生下來的孩子是個怪胎，天賦異稟雖好，但經歷的磨難也會多，她只希望雲辰聰明點兒就行了，別太過。畢竟上天是公平的，給你的好處太多，也會相應地給你壞處。

花顏親手給雲讓倒了一盞茶，對他認真地說：「雲讓，多謝你了。」

雲讓抿了一下嘴角，淺淺而笑：「太子妃既說我們有故人之交，謝字就不必說了，否則我也該謝你派了人去嶺南救我於水火。」

花顏端起茶盞，對他舉了舉，笑著道：「你這樣說，那我就不謝了。當初派十七前去，我也沒有多少把握。你可得到消息了？王妃和小郡主可平安了？」

雲讓點頭：「平安了，一個月前被救去了臨安。」

花顏點點頭，想起了他哥哥：「你那日說我哥哥中了閻王醉，可是確有此事？」

雲讓頷首：「我並未說假，你哥哥的確是中了閻王醉，我從蘇子折那裡得到的消息，千真萬確。」

花顏蹙眉：「哥哥為何會中閻王醉？可是花家有蘇子折的人？」

雲讓看著他：「聽說是隱門的人動的手。」

花顏心神一凜，隱門素來不插手朝堂之事，也不攪進天下大局，一直以來都是隱祕的朝廷門派。如今隱門的人為何會出手？她十三姐夫可知道？

雲讓看她面色凝重，又道：「隱門四百年前是後樑皇室最隱祕的暗衛門。隨著後樑的滅亡，隱門退出了天下大局，如今後樑要復國，隱門自然不能坐視不理。」

花顏面色微變：「這麼說，是我十三姐夫出的手了？」

雲讓搖頭：「不知是不是隱門的門主，只知是隱門的人。」

花顏對四百年前後樑皇室的暗部知之不多，那時他嫁給懷玉，一顆心都繫在他身上，每日除了盯著他身體怕他熬不住外，還費心地幫他看著天下大局。對於皇室暗衛，反而沒怎麼理會。

原來，隱門是後樑的暗衛門。

怪不得呢！

因為十三姐姐比她大不少，她不知道當初十三姐夫娶十三姐姐時，是否如實合盤托出過他的身分，如今隱門動手，到底是他下令動的手，還是隱門其他人？

「這世上可還有閻王醉的解藥？」花顏沉默思索片刻問。

雲讓搖頭：「我也不知，不過前些日子我問過天不絕了，他能解，就是需要的兩味藥材難找些，不過憑你的身分與花家，也不是多難，只是需要時間罷了。」

花顏點頭：「尋常人，近不了哥哥的身，也許給他下藥的人，就是我十三姐夫肖瑜了。他不想要哥哥的命，只是想讓哥哥昏睡不醒，不參與這天下之爭。」

「或許。」雲讓點頭。

花顏不再說話，她倒不是擔心花灼，畢竟早晚有一日能解了閻王醉，而是若這真是十三姐夫做的，那他與十三姐姐的婚姻也就走到頭了，花家人，無論男女，都不准許自己和自己的身邊人背叛花家，十三姐姐一定忍受不了他對哥哥下手，多年夫妻必散，只是可憐他們的孩子了。

雲讓見花顏頗有些難過，也不知怎麼勸解她，只能轉移話題：「太子妃今日叫我來，是打算離京？」

花顏點頭：「我打算去神醫谷相助安書離，早些解決閆軍師，京城和雲辰就交給你了。」

雲讓輕歎：「這擔子可真重，太子妃也太信任我了。」

花顏一笑：「你的品行我最是信得過，能力我也信得過，京城交給你，我與太子殿下都不會有後顧之憂。」話落，她又舉了舉茶水，「雲世子，辛苦了。」

雲讓一手抱著雲辰，一手端起茶盞，也舉了舉，溫聲道：「得殿下和太子妃信任，我必定守京城朝廷大安。」

花顏端著茶水一飲而盡，道了聲：「好！」

五皇子、趙清溪、程顧之三人來時，便見花顏一身輕鬆氣色良好地在與雲讓說話，三人見禮後，五皇子高興地說：「四嫂總算是好了。」

趙清溪也笑著開口：「太子妃似乎又有我初見時的模樣了。」

程顧之也仔細打量花顏：「太子妃武功恢復了？如今感覺你氣息淺的很。」

花顏一一點頭，笑著讓三人坐。

這些日子五皇子雖然因為花顏坐月子沒見到她，但他可是隔三岔五就跑去見雲辰，如今見雲辰乖乖地讓雲讓抱著，不吵不鬧，睜著黑溜溜的眼睛聽著他們說話，小模樣很是可人，他喜歡的很，對雲讓伸手：「來，雲世子，給我抱抱，我這些日子每日都抽出時間學怎麼抱孩子。」

雲讓笑看著他：「他若是讓你抱，你就只管抱。」

五皇子立即伸手去連人帶被子一起要往自己懷裡抱。

他剛伸出手碰到小被子，雲辰猛地扭過頭，小手攥住了雲讓的一根手指，看都不看五皇子一眼，抗拒意味很濃。

五皇子瞪眼：「雲辰，我是你五叔。」話落，他又補充，「親的。」

雲辰哼哼了兩聲，但依舊不給面子。

五皇子無奈，轉頭對花顏說：「四嫂，你看這個臭小子，他為什麼生下來就這般？除了雲世子，誰也不給抱？」

花顏笑著說：「他還是給人抱的，除了我與你四哥外，還有方嬤嬤。」

五皇子嘴角抽了抽：「這麼小的孩子，不是誰抱都讓嗎？」

花顏聳聳肩。

五皇子不甘心地撤回手，憋著氣問：「四嫂，你喊我們過來，可是有什麼要吩咐？你不會要離京吧？」

也不怪他的猜測，因為花顏剛出月子第一日，就迫不及待召集他們。京城如今安穩，沒什麼事兒，只能是她有離京的打算和安排。

花顏點點頭：「你說對了，我是要離京，去神醫谷。」

五皇子看向趙清溪和程顧之，二人也是與五皇子互看了一眼，趙清溪開口：「小殿下剛滿月，太子妃是也要帶上小殿下嗎？」

花顏搖頭：「雲辰和京城，我都交給雲世子，你們該相信他的能力，我走後，有什麼事情，你們與雲世子定奪。」

三人一時沒了話，因為雲辰不是離不開娘的孩子，每日大部分時間都跟著雲讓，所以，花顏要離開，還真能走的了。

「四嫂就一個人去？還是帶上些兵馬吧！如今神醫谷處在僵持中。」五皇子道。

「我一個人去。」花顏搖頭，「雲讓和他帶來的兵馬，留守京城，我有法子收拾閆軍師。」

趙清溪思索片刻，點頭：「既然太子妃主意已定，身體又已大好，此去神醫谷也好。」

五皇子和程顧之也覺得如今沒有攔著的理由，半晌都點了點頭。

花顏將她去神醫谷後怎麼收拾閆軍師的打算以及關於解決了神醫谷事後怎麼收拾蘇子折的打算與幾人簡略地說了說，又提到京城的糧草怎麼配合等等。

這一日，幾人在書房聊了大半日。

出了書房，花顏又進了一趟皇宮，與皇帝交待告辭，皇帝倒也沒攔著，只囑咐了些話，太后和敬國公夫人聽聞花顏要離開後，太后雖不樂意，但也知道花顏本事，絮絮叨叨說了半天，也多是囑咐的話。

第二日一早，花顏輕裝簡行，踏出了房門，雲讓抱著雲辰相送，沒想到雲辰緊緊地攥著花顏的手指，說什麼也不鬆開。

對於花顏要出京之事，別人都沒阻攔，很是順利，卻在出門時，被個孩子攔下了。

花顏看著雲辰，雲辰小臉巴巴地看著花顏，白白嫩嫩的小手緊緊攥著她的手指，早先他用這小手攥雲讓，花顏也知曉了他力氣大，雲讓掙不開，但沒親身經歷過，也不知道他力氣大成什麼樣，如今算是深有體會。

花顏盯著雲辰瞅了一會兒，笑問：「捨不得娘走？」

雲辰眼睛一眨不眨。

花顏從他眼睛和表情裡讀出了「你要走可以，帶上我的資訊」，她不由啞然失笑，用手點他額頭，「這麼小的東西，就會黏人？娘不是出去玩，是去軍營，那裡危險，不能帶你。」

雲辰眨了眨眼睛，但依舊眼巴巴地瞅著她。

花顏輕聲哄他：「乖，你跟雲世子好好待在京城，娘用不了多久就回來。」

雲辰不鬆手，就是看著她，一臉的執拗勁兒。

花顏與他抗衡了半晌，無奈了，抬頭看向雲讓。

雲讓覺得這孩子天生靈敏聰慧，知道花顏要離開，拽著她不鬆手很正常：「要不然，你留在京城，我去神醫谷。」

花顏搖頭：「有些事情，我得親自去做，你代替不了。」

雲讓看著雲辰：「他這樣子，就跟剛出生時看著我一樣，寧可不睡，也不鬆手。你怕是走不了，除非帶上他。」

花顏想了想，看著雲辰怎麼也不鬆手的小模樣，下了決定：「那就帶上他好了，反正也滿月了，你跟著，讓天不絕也跟著。」

雲讓覺得也不是不可行：「那京城……」

「京城就交給他們三人。」花顏轉向身後，看向五皇子、趙清溪、程顧之三人。

三人也沒料到昨日在書房商量許久的安排，今日竟變成了這麼個情況。

五皇子不確定地說：「四嫂，你去兵營打仗，不好帶著這麼小的孩子吧？萬一出了什麼事兒，皇祖母得哭死。」

趙清溪也跟著擔心：「這麼小的孩子，禁得住風餐露宿的奔波嗎？」

「天不絕跟著，不會有事兒。」花顏笑道，「就這樣定了吧！京城就交給你們三人了。有我、雲讓、天不絕在，總能照顧好一個孩子。」

「小殿下身子骨不弱，太子妃既然做了決定，一定要多注意些。」程顧之倒也沒勸說。

花顏點頭：「本來我打算處理了神醫谷之事，便帶兵南下去關嶺山找雲遲。若說再回京，不是一日兩日之事，最少怕是要半年。我還真有些捨不得半年不見這小東西，如今他若是要跟著我，我便也省了煎熬了。」

「父皇和皇祖母能答應嗎？」五皇子憂愁地問。

「只能先斬後奏了，我們離開後，你再告訴父皇和皇祖母。」花顏想了想說。

「好吧！」五皇子點頭。

花顏做的決定快，動作也快，很快就讓人去喊天不絕，不多時，天不絕背了包袱出來，身後跟著小忠子，二人看起來神采奕奕，都很高興。

天不絕見了花顏哈哈地笑：「我總算能離開東宮出去走走了。」

小忠子對花顏說：「太子妃，您就帶上奴才吧！奴才能做小殿下的跑腿的！」

「行！」花顏點頭。

因是夏日，暖風和煦，即便帶上雲辰，花顏也沒弄馬車，抱著雲辰翻身上馬，她動作俐落，幾乎足尖輕點，便上了馬，一手抱著雲辰，一手攏著馬韁繩，端坐在馬上，又有了昔日淺笑颯爽地灑脫勁兒。

五皇子看的感慨：「昔日的四嫂終於又回來了。」

趙清溪想起昔日初見花顏，如今再看著花顏，也笑著點頭：「看久了病快快的太子妃，如今再看，還是這樣的太子妃最讓人錯不開眼睛。」

程顧之也笑著點頭：「的確。」

「既然帶著小殿下，還是點兩萬兵馬吧！」雲讓道，「京城用不了這麼多兵馬。」

「也好！」花顏頷首。

雲讓吩咐周述，周述動作俐落，不多時就點了兩萬騎兵，保護著花顏、雲辰等人離開了京城。

五皇子、趙清溪程顧之三人目送著塵煙滾滾遠去，直到沒影，才收回視線。

五皇子感慨：「不知什麼時候四嫂才會帶小侄子回京。」

「一定是與太子殿下一起！他們回來之時，必是天下大定之後！」趙清溪道。

程顧之點頭，對二人道：「走吧！太子妃走了，雲世子也跟著離開了，壓在我們身上的擔子可不輕鬆。無論是朝局安穩，還是糧草調度，一定都不能出事。」

花顏一日間帶著兩萬兵馬走出三百里地，到了夜晚，發現這小傢伙在她騎馬時睡了一覺又一覺，到晚上落宿時，分毫沒有不適，還很精神，她不由嘖嘖了兩聲。

這臭小子！逆天了！

雲辰很乖，他似乎知道花顏出京是有重要的事情要做，帶著他多了負擔，所以，無論是騎馬還是夜晚落宿，他都不哭不鬧，乖巧的不行。

花顏也感覺出他的乖巧，每日只要不趕路歇息的空檔，都會愛憐地親親他軟嫩嫩的小臉，表揚兩句。

每逢花顏表揚時，雲辰就彎起嘴角，對著她露出笑。

天不絕在一旁看的嘖嘖稱奇：「哎，這臭小子小時候就這麼會討人喜歡，若是將來長大了可還得了？一個眼神豈不是都會勾的小姑娘為他要死要活？」

花顏瞪了天不絕一眼。

天不絕反瞪回去：「怎麼？難道你覺得我說的不對？」

花顏哼哼：「雲遲小時候也一定這般招人喜歡，但是你看他長大了也沒有誰為他要死要活？」

天不絕一噎：「哎呦，是啊！他只為了你要死要活嘛，哪裡輪得到別人。」

花顏氣笑，沒了話。

雲讓在一旁看著二人，也有些好笑，對花顏說：「你抱著小殿下趕了兩日路了，明日你歇歇，我抱著他騎馬。」

「行。」花顏頷首。

第二日，雲讓抱著雲辰騎馬，花顏輕鬆一人，還頗有些不適應。

四日後，來到神醫谷地界。

花顏在距離戰場三十里處停住腳步，對雲暗吩咐：「雲暗，你去前方打探，看看如今是何情形？」

雲暗應是，立即去了。

花顏端坐在馬上，神情微凝地看著前方，眉頭打了個結。

「怎麼了？可有不對勁？」雲讓看著花顏。

花顏抿唇：「我只感覺到有一方兵馬駐紮在這裡，沒感覺到另一方，不知發生了什麼事情。」

雲讓聞言神色凝重：「可否能感應出那一方人馬是誰的人？」

若是南楚自己人還好，若是閆軍師的人，那麼他們得立即走，否則後果不堪設想。

「感覺不出，等雲暗查探。」花顏搖頭。

雲讓點點頭，心下有些凝重。

不多時，雲暗回來，對花顏稟告：「主子，很是奇怪，神醫谷地界只有咱們朝廷的兵馬，不見閆軍師的兵馬。方圓五十里，屬下都查了。」

花顏面色肅然：「朝廷的兵馬有何不對勁？」

「很是安靜。」雲暗道。

「走，我們去看看出了什麼事兒？」花顏對雲讓道。

雲讓點點頭，既然只有朝廷的兵馬，那就好說，不是閆軍師的兵馬就好。想必真出了什麼事情。

一行人快速來到南楚兵馬駐紮之地，軍營門口，梅舒毓得到了探兵的稟告說有兵馬前來，他連忙帶著人出來打探，當看到身穿南楚兵服的士兵，鬆了一口氣，又仔細看清當前而來的人，他驚訝不敢置信地瞪大了眼睛，脫口而出：「表嫂？」

夏澤跟在梅舒毓身邊，立即說：「的確是顏姐姐，顏姐姐怎麼來了？難道她是得到了我們這裡出事兒的消息？不可能吧？昨日才出事兒的。」

梅舒毓不說話，縱馬迎了上去，看著花顏：「表嫂，你怎麼來了？」

花顏勒住馬韁繩，沒答他的話，反問：「出了什麼事兒？」

梅舒毓立即說：「安宰輔昨日中毒了，昏迷不醒，閆軍師帶著大軍撤走了，軍中的軍醫看不出是什麼毒？我昨日已命人進京去請……」他說著，看到了天不絕，大喜，「神醫，快，你來的正好，趕緊去看看安宰輔中了什麼毒？再晚恐怕安宰輔就沒命了。」

花顏聞言立即打住一探究竟的話：「帶路！」

梅舒毓打量了一眼跟在花顏身後的雲讓以及他懷裡抱著的看起來像是小小嬰孩的小人兒，暫且壓下心中的納悶，也不多說，帶著花顏折返回軍營。

營門打開，迎了花顏與雲讓以及兩萬兵馬進營。

營門口的人認識花顏，齊齊見禮，很是驚詫：「太子妃！」

花顏擺擺手，一路跟著梅舒毓進了軍營。

來到中軍帳，安書離的近身暗衛藍歌與安澈守在門口，一臉焦急凝重，當看到梅舒毓帶著花顏和天不絕來到，齊齊大喜：「太子妃！神醫！」

花顏瞅了二人一眼，點點頭。

安澈連忙挑開營帳請花顏入內，一邊說：「公子隨身攜帶的解毒丸根本就沒用，再沒有解藥，很快就會毒發到心脈……」

花顏快步走了進去，天不絕連忙跟了進去。

入內後，只見安書離躺在床上，眉心一片黑紫之氣，垂在床邊的手也泛著黑紫色，花顏皺了皺眉，側身讓到一邊，對天不絕說：「快！看看他是中了什麼毒？」

天不絕連忙上前，瞅了安書離一眼，伸手給他把脈，片刻後，道：「是三日死。」

藍歌臉色大變，三日死他知道，是失傳已久的前朝劇毒，據說根本無解。

花顏聞言反而踏實了下來，問天不絕：「你身上可有解藥？」

「有！」天不絕撤回手，感慨，「老夫這一生鑽研刁鑽的醫毒之術，解了一個劇毒又一個劇毒，倒沒想到有一日真能用得上來救人。如今也算是這小子有福氣，我正好有這個解藥。」

說著，天不絕伸手入懷，倒出一大堆瓶瓶罐罐，從中拿了一個，倒出一顆火紅色的藥丸，塞進安書離發紫的嘴裡。

天不絕拍拍手：「別擔心，藥效發作的快，他體質若是好的話，半日就能醒來。」

藍歌和安澈大喜，齊齊「噗通」一聲跪在天不絕面前，「多謝神醫對我家公子救命之恩。」

天不絕擺擺手：「不必謝，老夫舉手之勞。」

藍歌和安澈還是給天不絕叩了三個頭，對天不絕這樣的神醫來說是舉手之勞，但對於安書離來說，卻是救命之恩。誰能知道讓他們束手無策急死了的劇毒，擱在天不絕這裡，他剛一來，就拿著解藥給解了?!

花顏見安書離不會有事，便看了梅舒毓一眼，抬步往外走去。

梅舒毓立即跟著她走了出去。

出了中軍帳，花顏站在帳外門口，對梅舒毓詢問：「怎麼回事兒？書離不是不小心謹慎的人，怎麼就中了劇毒？」

梅舒毓立即說：「藍歌說是安宰輔的暗衛裡出了叛徒，那人是隱門的人，在對安宰輔投毒後，安宰輔發現，已將他當場擊殺了，可是已為時已晚。」

花顏臉色青黑：「又是隱門的人！」

梅舒毓一怔：「表嫂，怎麼說？隱門的人還做了什麼？我記得你大婚時，隱門門主的弟弟蕭逸曾經也參加了。」

花顏點點頭，沉聲道：「我哥哥月前與蘇輕楓兵分兩路，一路來神醫谷應援，一路去了關嶺山，在淮河南岸，哥哥突然昏迷不醒，中了閻王醉，正是隱門下的手。隱門四百年前是後樑皇室暗衛門。」

梅舒毓恍然，跺腳：「真是太可恨了！可見隱門也是無孔不入。」

「我十三姐夫是隱門的人，隱門一直在江湖中頗有地位，若說隱門是第二個臨安，也不為過，有隱門插手，的確不容樂觀。」花顏面色平靜，「這些年，臨安花家對於隱門，因我十三姐姐的關係，走動的十分密切。」

梅舒毓臉色分外難看：「閆軍師知道他在最好的時機裡都沒能奈何得了我與安宰輔，便生了退意，我們死活攔住他，不讓他走，兩相僵持下，沒想到有隱門插手，用了如此下作的手段，安宰輔倒下，閆軍師便帶著大軍撤了，我急的不行。追吧！沒法顧全安宰輔，怕大軍一旦啟動，在京城裡的天不絕即便得了信趕來也追不上救不及，錯過了時間讓安宰輔丟了命。不追！閆軍師謀算著太子表兄去了，我正不知如何是好，如今幸好表嫂帶著天不絕來了。」

花顏點頭：「你派了什麼人去京城送信？我路上沒遇到。」

梅舒毓一怔：「我的近身暗衛留影。」

花顏道：「我走的是最近的一條路，並沒有碰見你說的留影。」

梅舒毓面色一變：「難道留影路上出了什麼事情？還是他也是叛徒？他自小就跟在我身邊……」

花顏看著他：「不好說，如今既然安書離無事，我們立即啟程，一定不能讓閆軍師帶著人趕去關嶺山，否則雲遲危矣。」

梅舒毓重重地點頭：「我這就下令大軍拔營出發。」

梅舒毓一聲令下，大軍啟程，前往關嶺山。

五十萬大軍收整，用了兩個時辰，忙過了兩個時辰後，梅舒毓才喘了一口氣，抽出空來問花顏：「表嫂，那人與那孩子是誰？」

花顏瞅了他一眼，似笑非笑：「你說能是誰？」

梅舒毓一臉丈二金剛摸不著頭腦：「我不認識啊！哪裡知道是誰？」話落，他忽然怪叫一聲，他是真的因為安書離之事急暈了，竟然都沒注意到花顏的肚子已經消了。他盯著花顏：「表

「啊！表嫂，你的肚子……」

嫂，小殿下呢？」

因花顏早產，生下雲辰後，雲遲攔下了皇帝昭告天下的告示，又封鎖了京城的消息，所以，

遠在神醫谷對抗閆軍師兵馬的梅舒毓等人並沒有得到消息，花顏的書信中也未曾特意說此事。

所以，梅舒毓如今是真的驚到了。

花顏看著他驚悚的模樣，也不再逗他，對雲讓招招手，雲讓笑著騎馬走過來，花顏給梅舒毓介紹：「這位是雲世子，他懷裡抱著的是雲辰。」

梅舒毓看著雲讓，腦中飛快地轉著，想著雲世子是誰？

「雲讓。」雲讓笑著報出自己的名字。

梅舒毓恍然大悟，看著雲讓，更驚駭：「你是嶺南王世子？」

不怪他驚駭，實在是嶺南王謀反，連帶著深居簡出不喜沾染俗務的雲讓都讓人注意起來，天下矚目。

雲讓收了笑意，點了點頭：「我早就不是嶺南王府的人了。」

梅舒毓不傻，頓時懂了：「雲世子投誠了？」

雲讓頷首。

梅舒毓轉向他懷裡，有幾分猜測，但看著他懷裡睜著黑眼珠看著他的粉雕玉琢的小人兒，可愛極了，他抖著聲音說：「這……這孩子叫雲辰……他……他是……」

他難得結巴。

雲讓失笑，為他解惑：「他是太子妃月前生下的小殿下。」

梅舒毓「啊！」地一聲，險些從馬上栽下來，瞪大眼睛看著裹在被子裡的小小嬰孩，後知後覺地驚了半天說，「不是應該還沒出生嗎？怎麼……怎麼月前就生了……」

發生了什麼事兒？他在神醫谷完全不知道。

花顏簡略地將雲辰提前早產之事說了，梅舒毓驚了半晌，才緩過勁兒來，他很想伸手去抱雲辰，但不敢，他沒抱過這麼小的孩子，怕摔了他，他敬佩地看著雲讓輕鬆地抱著孩子，小小嬰孩乖巧地在他懷裡不哭不鬧，他看了好一會兒，才說：「小殿下長的真好看啊！不愧是表嫂生的。」

花顏好笑。

梅舒毓撓撓腦袋：「表嫂，你剛出月子，怎麼就帶著他來了？他還這麼小，你的膽子也太大了，皇上和太后同意你這樣帶著他出來？」

「先斬後奏。」花顏笑著將她出發前雲辰非黏著不讓她走，非要跟著之事與他說了，又提到他出生自己就給自己選了師傅黏著雲讓之事。

梅舒毓嫉妒地看著雲讓：「雲世子真是招小小嬰孩喜歡啊！」

夏澤和十一皇子、蘇輕楓等人忙完了湊過來，也聽聞雲讓懷裡抱著的是小殿下雲辰，都分外驚詫，你一言我一語地圍著雲辰說了半天，之後又紛紛恭喜花顏。

雲辰被大家圍觀，也沒有不耐煩，瞅瞅這個，看看那個，不多時，累了，直接頭一歪，就睡著了。

「真是太可愛了。」十一皇子伸手小心翼翼地碰了碰他嫩嫩的小臉，「四嫂，他什麼時候會喊我十一叔？」

花顏笑道：「兩歲時，應該會說話了！」

「那還有兩年啊！」十一皇子頗有些迫不及待。

「急什麼？小小嬰孩總要長大吧？他如今才一個月呢。」夏澤白了十一皇子一眼。

十一皇子撓撓腦袋，嘿嘿一笑：「也對，我是有點兒急。」

眾人說著話，卻沒有耽誤趕路，急行軍前往關嶺山，無論是花顏，還是雲讓，亦或者梅舒毓等人都知道，昨日閆軍師已帶著大軍趕去了關嶺山，他們已晚了一日夜，若是多耽擱一分，雲遲那裡就多一分危險。

走了一段路，梅舒毓開口：「表嫂，要不然我先帶騎兵快走一步？」

花顏早有打算：「不急，等等書離醒來，神醫谷距離關嶺山，急速行軍最快也要半個月，我們還有時間。」

梅舒毓點點頭，他聽花顏的，如今她來了，所有人都有了主心骨。

半日後，安書離醒來，他睜開眼睛，藍歌守在他身邊，他揉揉眉心，立即問：「大軍在趕路？情勢如何了？」

藍歌立即將他中了劇毒，今日太子妃攜帶雲世子、小殿下、神醫及時趕到，救了他之事說了，又說如今太子妃下令，大軍離開神醫谷，前往關嶺山，閆軍師帶著大軍昨日就走了。

安書離聽完點點頭，慢慢地在車廂內坐起身，對藍歌吩咐：「去請太子妃過來。」話落，又道，「請太子妃抱著小殿下過來。」

他剛醒來，渾身疲軟，沒有多少力氣，只能讓人請花顏來了。同樣沒想到花顏早產，孩子已滿月了，且還帶來了兵營。

藍歌應是，立即去請花顏。

花顏得到安書離醒來的消息，點頭，二話不說，帶著雲辰便上了安書離的馬車。

馬車寬大，足可以容納四五個人，天不絕也被請上了馬車。

天不絕先一步給安書離把了脈，不停地點頭：「我這解藥可見管用的很，毒素已清了大半，還剩下些許，不足為懼，喝兩副藥就好，不過經此毒藥，身子傷損了些，暫且七日內不能動武。」

花顏接過話：「如今我們在趕路，到關嶺山最少半個月，也用不到書離動武。等到了關嶺山，他早好了。」

天不絕點頭：「我就提醒他注意一下。」說完，天不絕下了馬車。

安書離這才看向花顏與她懷裡抱著的小小嬰孩，嘴角勾起，露出柔和的微笑：「真沒想到太子妃竟然早產了，這是小殿下？長的與太子殿下很像。」

花顏最喜歡聽別人說雲辰像雲遲，笑著說：「嗯！我也覺得他很像雲遲。」

「太子妃最想要一個像殿下的小小嬰孩，如今如願以償了。」安書離笑著不錯眼睛地看著雲辰。

雲辰也睜著眼睛看著安書離，看了一會兒，似乎對這個對他柔和笑著的人十分有好感，伸出手去勾他，似乎要讓他抱。

安書離愣了一下，笑開，問花顏：「太子妃，我可以抱抱小殿下嗎？」

「可以啊！你會抱嗎？」花顏瞧著他，雖然身體虛弱，但抱一個孩子的力氣想必他還是有的。

「我可以試試。」安書離道。

花顏點頭，毫不猶豫地將雲辰塞進了他懷裡。

安書離只覺得臂彎一沉，他一動也不敢動，看著懷裡的雲辰，雲辰張開嘴，對他吐了個泡泡，安書離失笑。

花顏看著他抱的僵硬，對他指導了一二。

安書離本就聰明，現學現用，很快就不僵硬了，抱了一會兒後，竟然可以用一隻手抱著雲辰，一隻手去戳他的小臉。

雲辰一把抓住了他手指，往嘴裡塞。

安書離僵了一下，抬頭看向花顏：「小殿下似乎餓了。」

花顏好笑：「他是跟你玩呢，剛吃完沒多久。」

「這是手，不能吃。」安書離一本正經地教雲辰。

雲辰眨巴眨巴眼睛，依舊抓著安書離的手往嘴裡塞，安書離無奈，看向花顏。

花顏伸手將雲辰從安書離懷裡抱出來，輕輕拍了他小手一下，繃起臉說：「不准調皮。」

雲辰癟著嘴角，似乎畏懼於娘親的威勢，老實了。

安書離鬆了一口氣，笑道：「小殿下很健康，也很聰明，這麼小的孩子，就懂得看人臉色了。」

花顏笑著將他出生後沒睜開眼睛就抓著雲讓不鬆手之事說了。

安書離訝然：「雲世子有大才，棄了嶺南王府而投靠東宮，大善。」

花顏點頭：「雲讓會是一個很好的師傅。」

安書離頷首，自責道：「我沒想到我的近身暗衛裡竟然出了隱門的人，藏的實在太深，我近身暗衛人數不多，但都是自小經過了嚴格的選拔，跟隨我到大的。如今出了這等事情，放跑了閆軍師，對太子殿下那裡十分不利，我們必須儘快追上閆軍師和他帶的人馬。」

如今關嶺山雲遲帶著的兵馬與嶺南王和蘇子折的兵馬也在進行拉鋸戰。一旦閆軍師先一步到達，嶺南王和蘇子折瞬間被注入了大批兵力，雲遲勢必危難凶險。

閆軍師最是明白蘇子折，所以，哪怕讓隱門的人對安書離下了劇毒，也依舊沒有再戀戰，不敢再耽誤下去，他要趕著去要雲遲的命。

雲遲是南楚的支柱，只要殺了雲遲，一切都好說。

花顏見安書離自責不已，溫聲道：「書離不必過於擔心，我知道一條近路，不過人跡罕至，只能帶著懂武功的人攀岩而行。你如今醒來後，你帶著大軍照常趕路，我帶著暗衛提前走一步，趕去閆軍師前頭攔住他。」

安書離擔心地說：「太子妃帶來多少暗衛？」

「千人。」花顏道，「夠用了。」

「怎麼能夠用？閆軍師可是帶了五十萬兵馬。」安書離搖頭。

花顏笑道：「我不需要與他硬碰硬，我只需要截住他。」

安書離皺眉，仔細看著花顏：「太子妃武功恢復了？靈術也恢復了？」

花顏點頭：「在七百里地外，有一處黑峽谷，是前往關嶺山的必經之路，黑峽谷方圓百里，盡是茂盛的松葉林，只要我超近路，趕去閆軍師大軍的前面，點燃松葉林，就能以大火封山攔住閆軍師的大軍。」

安書離心思一動，眼神一亮：「太子妃可瞭解松葉林的風向以及這兩日的氣候？如今正是雨季，若是下雨，此計不成。」

花顏笑道：「今日趕路時，我早已看好了氣候風向，你放心，天助我，最起碼能阻擋閆軍師大軍一日。」

安書離想了想：「讓梅舒毓來領軍，我與你一起。」

「不必，你身體目前受損，需要將養，不宜奔波。我帶著暗衛與雲讓一起就好。」花顏道，「我攔了閆軍師的大軍後，你帶著大軍也差不多到達了，我們就在黑峽谷收拾他。」

安書離也知道自己如今跟著怕是會拖花顏後腿，只能點頭。

於是，接下來二人商議如何在黑峽谷收拾閆軍師和五十萬大軍的方案。

二人商議了半個時辰，花顏命人喊來雲讓。

雲讓與安書離脾氣秉性有幾分相似，二人一見如故，言談片刻，花顏點齊暗衛，帶著雲讓、雲辰、天不絕，以及夏澤離開了大軍。

夏澤文武雙全，跟著花顏不會拖後腿，十一皇子十分羨慕，奈何文他還能行，武就不能與夏澤比了，只能乖乖地跟著大軍。

梅舒毓其實也想跟去，不過安書離剛解了毒，大軍離不開他，只能作罷。

「梅表兄，我要和你學武。」十一皇子在花顏等人離開後對梅舒毓道。

梅舒毓拍拍他肩膀：「你武學資質有限，否則太子表兄早就親自教你了。乖，好生待著吧！」

十一皇子洩氣。

梅舒毓也是累了，上了安書離的馬車，對他說：「你瞧見小殿下了吧？可真好看啊！你說將來我與清溪生個女兒，嫁給小殿下，怎麼樣？」

安書離似笑非笑地看著他：「別想的那麼遠，你要守三年孝，三年後即便立馬有孕，那也得一年後才能生孩子，那時小殿下都四歲了。」

梅舒毓瞪眼：「那總比你如今連個媳婦兒都沒有強，我好歹還有盼頭，你呢？」

安書離默了默：「那你努力吧！別到時候沒生女兒生個兒子。」

梅舒毓瞪眼：「你能不能盼著我點兒好？」話落，哼了一聲，「自然要努力，小殿下多招人喜歡啊！」

安書離淺笑：「是挺招人喜歡的。」

梅舒毓嘿嘿一笑。

花顏並不知道梅舒毓竟然惦記上自家這個剛出生的小東西了，她帶著東宮和花家的暗衛，超近路前往黑峽谷。

人跡罕至的路不是崇山峻嶺便是懸崖峭壁，實在難走，幸好花顏恢復了武功，雲讓也有著高絕的武功，二人輪流帶著小雲辰，並不覺得太難行。

天不絕以前四處遊歷常年外出去山林懸崖峭壁採藥，所以，也不覺得難走。

唯獨苦了小忠子，只能由雲暗和暗衛們輪番拽著，一張臉苦哈哈的，尤其走萬丈山澗時，嚇的臉都白了。

小雲辰反而十分的興奮，連覺也不睡了，在花顏或者雲讓的懷裡，咿咿呀呀的，似乎在說真好玩啊！太好玩了，我好喜歡之類的。

花顏看著他很是好笑。

雲讓也覺得這孩子怕是天生就不知道什麼叫做「怕」字。以後他若是大一點兒，估計得好生看緊他，否則，他也許會跟他的娘一樣，四處跑，不在京城待著。他這個做師傅的，少不得要多操些心，即便他外出遊歷，他也得看緊他。

半日一夜後，來到了花顏說的黑峽谷。

果然如花顏所料，黑峽谷並沒有大軍踩踏而過的痕跡，顯然閆軍師還沒到。

花顏吩咐雲暗前去打探閆軍師大軍的消息，同時帶著暗衛們布置黑峽谷，要確保攔住大軍的同時，又不會因為大火蔓延，燒到鄉野百姓人家。

雲暗很快就打探到了閆軍師大軍的消息，回來稟告花顏：「主子，閆軍師的大軍快到了，在三十里地外。」

花顏點點頭。

雲讓道了一聲：「好險，幸好趕得及，太子妃料事如神。」

花顏掐算的準，分毫不差，說趕在閆軍師的前面，果然就趕在了閆軍師的前面，三十里地用不了半個時辰就能到，眾人抓緊時間趕緊布置。

雲暗又去打探，每隔五里地傳回一次消息，在閆軍師大軍距離最後一個五里地時，花顏下令：「點火吧！」

隨著她一聲令下，點燃了黑峽谷的松葉林。

松樹本就帶有油性，一經點燃，頓時順著風向燃燒起來。

誠如花顏所說，上天相助，占據天時地利人和，雖然夏日裡風小，但大火連成一片，依舊朝著閆軍師大軍的方向撲去。

花顏看著蔓延的大火，對雲讓說：「走！我們繞去那一處最高峰，看看怎麼想辦法從大軍中救出蘇子斬。」

雲讓看了花顏一眼，點頭：「好。」

嶺南王府一直以來與蘇子折交往過密，雲讓對於花顏與蘇子斬的恩怨糾葛雖不是十分清楚，但也清楚七八分，對比蘇子斬，昔日裡他那麼點兒心思微不足道。

一行人繞開火勢，登上了遠處最高的一處山峰，從山頂的岩石向下眺望，只見閆軍師帶著的大軍看到蔓延而來的火勢，驚慌地往後退。

闖軍師帶著的兵馬已進入了黑峽谷，方圓百里，都是松葉林，大軍人多，在這時候就顯出笨重來，掉頭折返，也顯得速度慢。

風向雖小，但火勢卻寸寸蔓延，實在說不上慢。

闖軍師急了，大聲高喊，疾言厲色：「快，撤！動作快點兒！」

五十萬大軍，黑壓壓一片，騎兵占據優勢，撤的快，步兵要慢上許多，因是急速後撤，軍中難免呈亂象。

花顏即便恢復了武功目力極好，但也從無法從那黑壓壓的大軍中找到蘇子斬的身影，她遠遠盯著「蘇」旗幟下的闖軍師，他目標十分醒目，她想著若是自己此時衝入大軍中，能有幾分把握殺了闖軍師。

雲讓似乎看出了花顏的想法，對她道：「太子妃稍安勿躁，五十萬大軍即便如今驚慌後退，但對闖軍師還是呈保護之態，你不可能進入軍中殺闖軍師還能全身而退。」

花顏點點頭，她不過是看著那般慌亂的形勢有些心動罷了，但也知道她若衝進軍中即便殺了闖軍師，要想全身而退恐怕難。而若是依照擒賊先擒王，她即便擒住了闖軍師，以闖軍師一直想要殺她來看，寧可下令士兵放箭連他一起殺了，也不會受她威脅，對於闖軍師來說，殺了她跟殺了雲遲差不多，哪怕賠上自己。

雲讓見花顏聽勸，便住口不再言語。

花顏又看了片刻，對雲讓說：「你們留在這裡，我單獨靠近一些，闖軍師離開九環山一定將蘇子斬帶上了，如今蘇子斬肯定就在他的軍中被監控著，我不能殺了闖軍師，就要想法子找到他救出他。」

雲讓猶豫了一下，點頭，同意：「那你小心些，小殿下離不得你太久。」

「好。」花顏答應，足尖輕點，獨自一人下了高峰。

雲暗跟上了花顏，其餘人留下保護雲讓與雲辰。

花顏下了高峰，憑藉絕頂輕功，隱藏身形，很快靠近了閆軍師畏懼於火勢相逼不停後退的大軍。

距離得遠看不清，距離得近了，花顏注意到五十萬大軍的中心，有一輛馬車，馬車四周圍著不同於身穿鎧甲的士兵，而是清一色的黑衣護衛，其中一人花顏認識，是蘇子斬的近身暗衛青魂。

馬車跟隨著大軍後退，閆軍師哪怕面臨這樣大火封山，但依舊不放鬆對蘇子斬的監控，他一邊下令，一邊帶著人來到了蘇子斬的馬車旁。

大軍經過了一陣亂象後，有序地聽令快速撤退著。

花顏想著閆軍師不愧是蘇子折身邊一直跟隨倚靠的得力之人，這般時候，臨危不亂，死死地看緊蘇子斬。

她一時找不到機會下手，只能一邊在暗中跟著大軍撤退，一邊想著法子。

忽然，她靈機一動，隔空悄無聲息地抓了一名士兵，快速地扒下了他身上的鎧甲穿在了自己的身上。然後，她藉著衣服的掩飾，迅速地混進了大軍中。

士兵們都快速地撤退，花顏的動作又太快，沒人注意軍中已混入了花顏。

閆軍師一心盯著蘇子斬的馬車，自然也沒注意，更何況大軍拉了長長一條線，他也注意不到。

不多時，花顏就混到了距離蘇子斬馬車的十丈之外，十丈之內防護實在是太過嚴密，都是蘇子斬與閆軍師的近身之人，她再靠近的話該被發現了。

她正想著給蘇子斬傳音入密時，馬車的簾幕忽然從裡面挑開，蘇子斬露出一張臉，臉色蒼白，看起來十分虛弱，向外看了一眼。

花顏看到這樣的蘇子斬，不由皺眉，想著這一段時間發生了什麼？難道是閆軍師折磨他了？不可能，閆軍師怎麼敢？蘇子斬連蘇子折都不怕，又豈能受閆軍師威脅？

那他是生病了？否則怎麼是這副樣子？

「二公子，你要打什麼主意？」閆軍師盯著蘇子斬。

蘇子斬涼涼地瞥了閆軍師一眼，神情寡淡：「大火封山，這般攔截你大軍的法子十分聰明機智，你覺得會是誰做的？」

閆軍師怒道：「安書離十有八九已經死了，一定是梅舒毓，他詭計多端，知道沒辦法阻止我，才提前來這裡以大火封山，等我抓到他，要將他碎屍萬段。」

蘇子斬笑了笑：「你抓不到的。」

閆軍師怒道：「二公子，我就不明白了，你與大公子聯手，天下沒有人是你們的對手，你為何非要想不開將天下拱手相讓？」

蘇子斬淡漠得無動於衷：「天下百姓過的好好的，何必要攪亂百姓們的安穩？天下由誰做主不一樣？」

「怎麼能一樣？」閆軍師怒道，「二公子真是朽木不可雕也。」話落，又狠聲道，「那你就等著看大公子如何殺了雲遲吧！這天下早晚都是大公子的。」

「這天下，不會是蘇子折的，哪怕我什麼也不做。」蘇子斬似乎懶得再與閆軍師多說，落下了簾幕。

花顏看到他落下簾幕之前，眸光似乎掃過她這個方向，她敢肯定，蘇子斬一定發現她來了。

闆軍師氣憤不已，但看到這樣的蘇子斬，他還是住了口，沒可奈何。

花顏打消了給蘇子斬傳音入密的打算，轉而對青魂傳音入密：「青魂，是我，你家公子怎麼了？」

青魂清晰地聽見耳邊傳來花顏的聲音，身子一僵，霎時心裡狂喜，不過他面上不敢表露出來，只能同樣用傳音入密給花顏回話：「太子妃？是您嗎？公子病了一個月了，藥石無醫。」

花顏面色微變，當即說：「我這就救你家公子出去，稍後，我引火來馬車前，趁著大亂，你帶走你家公子，去遠處最高的那處山峰處，我來斷後。」

「是！」青魂壓下心中喜意。

自從蘇子折離開，闆軍師就看死了蘇子折，他們身邊這些人想盡辦法，也沒法徹頭徹尾地安全帶著蘇子斬離開，而蘇子斬自己又不走，不想將跟隨他的人都折損，這樣一來，他只能一直待在闆軍師看得見的範圍內，至今走不掉。

如今花顏來救，且她能夠給他傳音入密，可見武功恢復了。

他怎麼能不高興？

青魂幾乎第一時間就給十三星魂傳音，十三星魂所有人一時間都打起了精神，等著配合花顏。他們清楚地知道花顏的本事，所以，絲毫不猶豫聽從她的安排。

花顏等待著時機，當大軍撤退到一處凹凸不平的矮山坡地時，她深吸一口氣，猛地以靈術出手，從蔓延的松葉林大火中生生地抓了一大團火出來，猛地砸向闆軍師。

闆軍師只顧盯著蘇子斬，眼前忽然一紅，當頭被一團火團砸下，他始料不及地「啊」了一聲。

圍繞在閆軍師身邊的士兵們也齊齊發出痛喊聲，四散逃開。

一時間，圍繞在蘇子斬馬車旁的人手因為這裡出現一大團火而大亂起來。

十三星魂與暗衛們趁機動手，青魂攜了蘇子斬，衝出馬車，以輕功踩著士兵們的頭頂，衝進了兩旁沒著火的山林。

閆軍師反應過來，猛地就地打了一個滾，同時他機敏地察覺是有人來救蘇子斬了，他一定不能讓人救走他，一邊滾一邊大喊：「殺，給我殺了蘇子斬！」

寧可蘇子斬死，也不能放走他。

「快，放箭！所有人聽令，誰殺了蘇子斬……」

花顏又一個火球砸向閆軍師，閆軍師的話語被打斷。

花顏冷笑一聲，閆軍師的確是狠辣，這個時候，他還能識破是有人要救蘇子斬，可見也聰明，他不下令殺她這個來救蘇子斬的小兵，反而一心下令要殺蘇子斬，可見他的狠和聰明，知道放走蘇子斬更不利。

閆軍師滾的動作快，隨手拉了一個士兵給他阻擋火勢，眼角餘光掃見慌亂的士兵裡舉著火球向他砸來的人，那張臉，他做鬼化成灰都不會忘了，他又厲聲大喊：「花顏！原來是你！給我殺了她，放箭，她和蘇子斬，都給我殺了。」

「誰能一箭射死他們，獎一等軍功！」

花顏又扔了兩個火球，見十三星魂帶著蘇子斬已隱去了身形，自己雖然恨不得殺了閆軍師，但這狐狸狡猾，拉了墊背的阻擋她的火球，一時間殺了不了他，而無數士兵們被他鼓舞，都不怕火球了，拉弓搭箭射向她，她不敢再戀戰，毫不猶豫地踩著士兵們以寶劍擋開了四面八方而來的箭雨，轉眼間也進了山林裡。

闖軍師從地上爬起來，身上的鎧甲已被燒的黑一塊泥一塊，頭盔都因為打滾蹭掉了，他一雙眼睛怒目而視地看著那處山林，大喝：「給我追！給我殺了他們！」

士兵們看著那處山林很快就要被大火吞沒，不敢追去。

闖軍師惱怒，手起刀落，砍了距離他最近的一個士兵，發洩著心中怒意，目眥盡裂咬牙切齒地看著那處山林：「花顏，我早晚要殺了你！」

「可惜，你永遠都殺不到！」花顏的聲音從遠方傳來，十分地清晰，讓人分辨不出是哪個方向。

聲音很是清淡，卻讓人聽出了很是藐視和張揚。

闖軍師氣的眼珠子恨不得都噴火了，勉強壓住心中的怒火，憤怒地下令：「還站著做什麼？趕緊撤，都想被大火燒死嗎？」

士兵們重新規整，重新迅速地撤退。

而花顏在進了山林後，喘息了片刻，眼見著大火蔓延而來，她快速地向那處高峰而去。

她剛走兩步，青魂去而復返，見到花顏，鬆了一口氣，見她氣虛，剛要上前伸手拉她，花顏身後一直保護他的雲暗現身，看了青魂一眼，青魂收回了手。

花顏對二人笑了笑，語氣輕鬆：「走吧！我沒事。」

最終章　勢均力敵

十三星魂護送著蘇子斬來到了黑峽谷的最高峰，入目處，一眼便看到了坐在峰頂岩石背風處的雲讓，他雖沒見過雲讓，但一眼便識出了他。

雲讓的懷裡抱了一團錦被，錦被裡露出了一個小腦袋，粉雕玉琢，玉雪可愛。

蘇子斬見過小時候的雲遲，看到孩子的那一瞬，渾身一震，移不開眼睛地瞧著他。

雲辰也瞅著蘇子斬，烏溜溜的眼珠好奇地盯著他，片刻後，小嘴吧唧兩下，對著他吐了一個泡泡，然後，咿呀咿呀地對他伸出手。

雲讓看著暗衛簇擁在中間的蘇子斬，明明是酷熱的天氣，他卻裹了一件稍有些厚的披風，容色青白，氣息虛弱，他見懷裡的雲辰伸手去勾他，他愣了一下，抱著雲辰站起身，溫聲打招呼：「子斬公子。」

蘇子斬點點頭，視線移開又落在雲讓面上，聲音清淡：「雲世子。」

雲讓微笑，對他介紹：「想必子斬公子猜出來了，這位是小殿下，太子妃月前早產，小殿下如今剛滿月。」

蘇子斬視線又移回雲辰臉上，點點頭，清冷的眸光漸漸地溫柔，和聲說：「小殿下，很像太子殿下。」

雲辰笑著頷首，對他道：「小殿下初見子斬公子，似乎很喜歡你，他這般伸手勾你，就是想讓你抱呢。」

蘇子斬抿起嘴角，看著雲辰的小模樣：「我染了風寒，不宜抱他，以免過了病氣。」

雲讓聞言點點頭，伸手按住了雲辰的手，溫聲說：「子斬公子尚在病中，等他好了再抱你，乖。」

雲辰癟著嘴角，不太高興與委屈的模樣，眼巴巴地瞅著蘇子斬。

蘇子斬心下一暖，握了握拳，最終還是後退了一步，移開了視線。

天不絕本來躺在岩石上睡覺，如今醒來，走了過來，看著蘇子斬，對他皺眉：「你這小子怎麼回事兒？怎麼把自己折騰成這副樣子了？」

蘇子斬目光轉向天不絕，淡聲道：「染了寒氣，總也不好。」

這時，青魂陪著花顏來到，聞言立即開口：「神醫，你快給我家公子看看，他已病了一個月，請了大夫，說我家公子心脈開始衰竭，藥石無醫。」

天不絕眉頭擰在一起，形成好幾道褶子：「心脈開始衰竭？藥石無醫？怎麼回事兒？」

青魂搖頭：「月前公子染了風寒，便開始不好了，好幾個大夫都說沒法子治。」

「你伸出手來，我來看看。」天不絕說著，又看向花顏，「動武了？」

花顏點點頭，面色有些不好地看了蘇子斬一眼，沒說什麼。

蘇子斬走到一處岩石坐下身，對天不絕伸出手。

天不絕跟著過去，伸手給他把脈，須臾，眉頭打成一個結，神情凝重地質問蘇子斬：「怎麼會這樣？你身體不是好了嗎？怎麼如今心脈在衰竭？你做了什麼？」

蘇子斬搖頭：「沒做什麼，染了一場風寒而已。」

「多久前的事兒，具體到哪一日？」天不絕問。

「一個月零五日前。」青魂在一旁說。

天不絕面色一變，轉頭看向花顏。

花顏心神一凜，一個月零五日前正是她生雲辰的日子，她看著蘇子斬，開口的聲音有些沙啞：「一個月零五日前，你做了什麼？怎麼會染了風寒？」

蘇子斬看了她一眼，搖頭：「沒做什麼。」

花顏轉向青魂：「你來說。」

青魂看向蘇子斬，白著臉沒出聲。

花顏惱怒，拔高了音：「蘇子斬，你跟我說實話，你做了什麼？」

蘇子斬看著花顏惱怒，忽然笑了，他面色虛弱蒼白，笑容卻如雲破月開：「那一日闖軍師帶著大軍在神醫谷與安書離打的難解難分，我連營帳都沒出，又能做什麼？」

「你別以為你能糊弄我，你一定做了什麼。」花顏不相信蘇子斬什麼都沒做，若他什麼都沒做，青魂不可能不敢說，她走近一步，盯著他問，「我問你，你身體好好的，突然心脈衰竭，是不是因為我？」

她到死都不會忘了她生雲辰那一日，靈魂深受撕扯，曾有幾個瞬間，她覺得自己的靈魂已經要脫離身體而去，後來，她死命地壓制著，才死死地拽在身體裡。

那種感覺，沒有人能體會，也沒有人能知道。

後來雲遲出現，她生下雲辰後，卻奇跡般地治癒了，無論是身體，還是她的武功靈力，她驚喜之餘覺得不可思議。

如今，她知道上天不會那麼巧合，就在她生雲辰的那一日，蘇子斬偏偏開始生病，心脈枯竭，藥石無醫。

她想著，眼睛不由自主的紅了，慢慢地蹲下身，蹲在蘇子斬面前，輕聲說：「我以前常喊你懷玉哥哥，如今你換了一個人，我也換了一個人，卻是怎麼也喊不出口了。蘇子斬，你告訴我，發生了什麼？你做了什麼？是不是用你自己換了我的命？」

蘇子斬看著花顏，她已脫了鎧甲，穿了一身淺碧色羅裙，手臂上挽著輕軟的同色絲條，似乎一如兩世他初見的模樣，他恍惚了片刻，笑著伸手摸摸她的頭，眉眼漸漸柔和，聲音卻與花顏一樣暗啞：「我真的沒做什麼，就是不經意間染了風寒而已。」

花顏揮手拂開他的手，騰地站起身：「你少騙我。」話落，她不再看他，轉向青魂，站在他面前，死死地盯著他。

青魂哪裡受的住花顏的目光，「噗通」一聲跪在了地上，垂下頭，咬牙用力地說，「公子不讓屬下告訴您，公子其實是……」

「青魂！」蘇子斬厲喝一聲。

青魂頓時住了嘴。

「蘇子斬！」花顏轉向蘇子斬，咬牙切齒，「你敢攔著他不讓他說試試？您信不信我現在就死在你面前！我倒要看看，是我先死還是你先死！」

蘇子斬抿唇，臉色又恢復清寒。

「說！」花顏震怒，威壓之氣死死地將青魂籠罩住，「你不告訴我，我怎麼救他？」

青魂渾身一寒，頂不住花顏的威壓，沉默片刻，豁出去地說：「公子當日不知為何突然感知到了您大限將至，於是動用了咒術，對天立誓，以自己換您。」說著，他抬起頭，紅著眼睛，聲音沙啞，「沒想到咒術真的管用，從那日開始，公子的心脈就開始衰竭，藥石無醫……」

花顏臉色發白，身子向後退了一步，又退了一步，身子踉蹌，一連退了三步，雲讓眼看花顏要栽倒，連忙走上前，伸手扶住她。

雲辰似乎從來沒見過娘親這副模樣，似乎也嚇住了，「哇」地一聲哭了。

孩子的哭聲很大，一下子打破了山峰上的死寂。

花顏白著臉看向雲讓懷裡的雲辰，雲辰小臉皺在一起，哭的眼淚橫流。從他出生後被天不絕打了一巴掌哭了好半天後，這一個多月來，花顏還沒看到過他哭，不高興時只會癟著嘴，一副委屈到不行的表情。如今這是他第二次哭。

花顏看著雲辰，一時間心亂如麻。

雲讓見花顏站穩，鬆開她，低頭哄雲辰：「乖，不哭。」

雲辰卻哭的更厲害，任憑雲讓怎麼哄都哄不好。

蘇子斬忍不住站起身，來到雲讓面前，瞅著雲辰看了一會兒，揚眉低嗤：「小東西，你哭什麼？又沒人揍你。」

標準的蘇子斬式的語調。

雲辰從糊住的眼睛裡睜開一條縫，看著蘇子斬，忽然不哭了，伸手找他抱。

蘇子斬無奈地看著他。

天不絕此時也不知道該說什麼，看了花顏一眼，見花顏紅著眼睛死死地抿著唇，他歎了口氣，他就說嘛，怎麼花顏病的都要死了，他都沒辦法，她卻生了孩子後突然就好了，他還說生了小殿下後因禍得福了，原來不是。

他看著蘇子斬道：「你根本就不是染了風寒，若是能抱的動，抱抱他沒關係，過不了病氣。」

蘇子斬聞言從雲讓的懷裡伸手抄起雲辰，抱在了自己懷裡。

雲辰的眼淚珠子還掛在臉上，見蘇子斬抱他，立即呵呵地笑了起來，小小嬰孩的笑聲不大，卻聽得出很開心。

蘇子斬瞧著他，揚眉露出笑意：「小東西，你倒是很招人喜歡，比你爹強多了。」

花顏看著蘇子斬臉上的笑，扭開臉，慢慢地轉身，頹然地坐在了岩石上。

生雲辰時，她是想活，分毫不想死，她自詡想活下來的心強大，以為蒼天厚待，卻原來不過是他以命換命。她是想活，但也想要蘇子斬活，這是她一直以來的執念，哪怕沒有與他相認時，她為了他去奪蠱王，只為要他活著，這是四百年前便種下的執念。

如今，為了救她，他將她的這份執念打碎。

一直以來她隱約的不願意想的可能，浮現在她腦海中，關於她自己給自己下的魂咒。

她的魂咒因蘇子斬而生，是不是也要因他而亡？

否則，為何單單是他自己對天立誓咒自己，以命換命，便能救了她？

她身體內的魂咒，十有八九是因他而解了吧？

難道只要他死了？不再存在這世間，她就能活著？或許，換句話說，他們二人，其中一定要死一個人？才能換另一個人活？不能共存於世？

她想著，心一點點地往下沉，似乎沉入了深海。

蘇子斬抱著雲辰走過來，挨著她坐在岩石上，話雖是看著雲辰說的，卻是在說花顏：「小東西，你看你娘，多沒出息，你不要學她。」

花顏不理蘇子斬，當沒聽到。

蘇子斬又笑道：「她其實最愛紅眼睛哭鼻子了，只不過都是躲在沒人的地方，被人發現的話，她就會梗著脖子不承認，非要說是風大眼睛進了沙子。」

雲辰咿咿呀呀起來，似乎應和蘇子斬，彷彿是在說你多說點兒我娘的糗事兒。

蘇子斬又笑著說：「她最喜歡撒潑耍賴，下棋時若是輸了，非要贏回來……」

花顏猛地打住他的話，紅著眼睛瞪著他：「你閉嘴。」

蘇子斬笑看了她一眼，對雲辰說：「你看，她還很凶，有時候不把自己當女人看，有時候卻又嬌氣的不行。」

花顏一腔怒氣，不知是氣自己還是氣蘇子斬以自己救她，此時看著他，憋的上不來下不去，好半晌，她洩氣，無力地下了決定：「事已至此，我惱你怒你罵你氣你又有什麼用？」說完，她站起身，「走！你跟我去臨安。」

她想，他祖父一直不讓她相認蘇子斬，是否除了以前他說的那些理由外，另有隱情？否則，他們兩世追逐，他祖父疼愛她，又何必要做個惡人去破壞？

蘇子斬面色一頓，看著花顏：「你不是要收拾閆軍師，再去關嶺山？」

「你都快要死了，我怎麼收拾閆軍師去關嶺山？」花顏震怒。

蘇子斬撇開眼，看著遠處的大火，輕聲說：「一時半會兒死不了，去臨安也不會有法子的，我別無所求，只求你過的好，你何必執著？」

花顏深吸一口氣，忍住對他再發火的衝動：「安書離很快就來了，他吃了這麼大的虧，自然會收拾閆軍師，閆軍師就交給他吧！況且，我已與他制定了計畫，有沒有我在都一樣能收拾閆軍師。」話落，他看向雲讓，「雲世子，你留下來，相助書離，收拾了閆軍師，你們再一同去關嶺山，我先帶著他回臨安一趟。雲辰我就自己帶著了。」

她沒説自己還去不去關嶺山，只要收拾了閆軍師，安書離和雲讓帶著大軍趕去關嶺山，與雲遲兩兵合於一處，一定能收拾蘇子折，她去不去都是勝。

她只求能找到救蘇子斬的法子。

雲讓知道事情嚴重，看蘇子斬這模樣，性命堪憂，若沒有法子，怕是挺不了多久。他點頭：「好，你放心，我一定會相助安宰輔儘快收拾了閆軍師趕去關嶺山相助太子殿下。」

花顏頷首，看著雲暗和雲意吩咐：「雲暗，你留下來保護雲世子，一切聽雲世子的吩咐，雲意你跟著我。」

雲暗看了雲意一眼應是。

雲意鬆了一口氣，想著太子妃還是聽著殿下的話的，沒把他留下，讓他跟著，也連忙應是。

花顏又對雲讓道：「書離帶的大軍一到，你們就按照我早先與書離商量好的法子，一準能收拾閆軍師。」

雲讓點頭：「我曉得，你路上小心。」

花顏點頭，交代完，看向蘇子斬：「走！」

蘇子斬抿唇，知道拗不過花顏，漠然地點了點頭。

花顏從他懷裡接過雲辰，看著蘇子斬的面色，對青魂吩咐：「背著你家公子，等出了黑峽谷，找一輛馬車。」

青魂應是，小心翼翼地看了蘇子斬一眼，見他沒異議，連忙上前背起他。

夏澤、天不絕和小忠子自然要跟著的，東宮的暗衛分成了兩批，一批留給了雲讓，一批保護花顏，離開了這一處高峰。

一行人離開後，雲讓對雲暗道：「走吧！我們繞出黑峽谷，去與安宰輔會合。」

雲暗點點頭。

黑峽谷的大火燒了三天三夜，閆軍師的大軍也被攔截了三天三夜，他恨死了花顏，卻一時間也找不到她奈何不了她，只恨恨地對副將說：「蘇子斬那一副要死的樣子，我看命不久矣，他若是死了，花顏那女人也是活不成了。」

副將點頭，勸慰：「軍師不必動怒，只要蘇子斬一死，花顏也必死，他們兩個人的命休戚相關。」

閆軍師總算舒服了些，哼了一聲：「這個天下，一定是大公子的。」

三日後，大火總算歇了，閆軍師下令，拔營前往關嶺山，就在這時，有人稟告，前方有安宰輔的大軍攔住了去路，閆軍師一怔：「安書離？他沒死？」

探兵點頭：「除了安書離，還有雲世子。」

閆軍師面色大變：「你說雲讓？他怎麼會來了這裡與安書離一起？是不是看錯了？他不是在京城嗎？已攻下了京城？」

探兵搖頭：「小的不會認錯，正是雲世子，雲世子看起來投靠了朝廷。」

閆軍師聞言心中升起不好的預感，同時恨的牙癢癢：「好一個雲讓，他是不是忘了自己姓啥？他可是嶺南王府的人！」話落，他跺腳，「我與他們拼了。」

閆軍師本就是個狠辣的人，也是個瘋子，如今被逼到了這個地步，瘋了地下了個決定。這一回，他要和安書離拼了，就算他死在這裡，去不了嶺山，也要殺了安書離和雲讓。

一個瘋了的人會有多可怕？花顏已料到，所以，在與安書離制定的計畫裡，在對付閆軍師上，加了重料，除了依據黑峽谷的地勢外，還派了大批的暗衛刺殺閆軍師。

黑峽谷的地勢花顏摸的比誰都清楚，這也得益於她早些年四處遊歷找藥，所以，安書離的大軍雖然晚到了一步，但通過黑峽谷的八方峽道，兵分八路，分而擊之，令震怒發瘋中立誓火拼一場的閆軍師應付的吃力，閆軍師的兵馬節節敗退。

閆軍師從沒吃過這等虧，讓他更失去了理智，又急又怒。

花顏就是要逼他急怒，逼他發瘋，人在發瘋時，便會失去理智，花顏不止算計了黑峽谷的用兵計畫，還算計了他的心。

就在閆軍師的大軍被打的七零八落時，雲讓帶著雲暗與東宮的大批暗衛衝入了閆軍師的中軍大營，安書離、梅舒毓親自帶兵配合。

敗軍，一敗再敗，便會軍心散，閆軍師身邊的忠心暗衛拼死保他，但依舊敵不過雲讓、雲暗帶著的大批東宮暗衛絞殺。尤其是雲讓，他的武功，讓雲暗終於明白了為何花顏留下了雲讓相助安書離，他才是殺閆軍師的那把利劍。

的確，花顏留不留下，都是一樣的結果。

雲讓一劍，痛快地殺了閆軍師，閆軍師到死都不敢置信，他不敢相信自己就這樣死了，他想過讓雲遲、花顏、安書離、梅舒毓包括如今殺他的雲讓死，卻沒想過，自己的死法，以及自己的死期。

他一直堅信，在他的相助下，蘇子折會奪得天下，復國後樑，執掌江山，屆時，他一人之下，萬萬人之上，卻沒想過，他就這樣死了，他在死前一刻，似乎也看見了蘇子折以及復國後樑的結局，帶著不甘心，下了九泉。

七日後，花顏帶著蘇子斬回到了臨安。

踏進臨安城門的同時，收到了安書離的書信。安書離在信中說已於四日前殺了閆軍師，閆軍師五十萬兵馬戰死十萬，剩餘四十萬，悉數收編。他與雲讓、梅舒毓已帶著九十萬大軍前往關嶺山。

花顏早已料到是這個結果，簡略地給他回了一封信，說她已到臨安。

花顏回臨安，並沒有命人給家裡傳信，於是，當她踏進花家大門時，門童驚的不敢置信地睜大了眼睛，高喊：「少主……太……太子妃回家了！」

門童這一嗓子頓時使得安靜的花家瞬間熱鬧起來，家中的人都迎了出來。

花顏笑著拍拍門童的頭，問：「祖父可在家裡？」

「在家在家。」門童連忙回話。

花顏點頭，看了蘇子斬一眼，抬步向太祖母的院子走去。

門童注意到她懷裡抱著的孩子，追著走了兩步，小心翼翼地問：「少主，您懷裡抱著的是誰啊？」

花顏笑著回答：「他叫雲辰，是我與太子殿下的孩子。」

門童「啊」了一聲，好奇地看著她懷裡的孩子，「原來是小殿下啊！他真好看！」

花顏笑著點頭，雲辰長開了，是挺好看的。

花離、花容年紀小，腿腳比別人快，很快就迎到了院門口，看著花顏眼睛發亮：「十七姐姐，你回來啦！」

「嗯。」花顏笑著看了二人一眼，「不錯，都長高了。」

「子斬哥哥。」花離、花容又給蘇子斬見禮，同時對夏澤、天不絕、小忠子打招呼。

蘇子斬點點頭，連日的奔波，讓他的臉色更加的蒼白。

花離問：「子斬哥哥病了嗎？」

花顏抿起了嘴角。

蘇子斬笑了笑，沒答話。

花離看著二人神色不對，轉向天不絕，天不絕歎了口氣，對他搖搖頭：「進去再說吧！」

花離點點頭，不再多問，目光轉向花顏懷裡的小雲辰：「好漂亮的小孩。」

「花離公子，少主說了，這是少主與太子殿下生的小殿下。」門童立即道。

「啊！小殿下啊！」花離睜大眼睛，看著粉雕玉琢的雲辰，正烏溜溜地睜著眼睛看著他，他一下子歡喜的不行，「怪不得這麼漂亮。」說完，又納悶，「少夫人還有一個半月才會生，不是說十七姐姐你與少夫人相差也就一個月嗎？怎麼如今小殿下都出生了？」

「早產了，如今雲辰已快一個半月了。」花顏笑道。

花離又驚了一下：「怎麼會早產呢？」

花容一把將花離拉過：「就你話多，十七姐姐剛進門，讓她喘口氣，有什麼話等十七姐姐歇過來再問。」

花離撓撓腦袋：「也是。」話落，他對花容問，「小殿下是不是很漂亮？」

「自然。」花容又多瞅了雲辰兩眼，冰雪可愛的小人兒，裹在錦被裡，看起來乖乖巧巧的，而且一點兒也不怕生人，不哭不鬧，眼睛特有神，真招人喜歡啊！

一行人說著話，談論著雲辰，來到了太祖母的院子。

太祖母、祖父、祖母等人已等在了院門口，就連大著肚子的夏緣都驚動了，匆匆地來到太祖母的院子門口等花顏，她知道花顏每回回家，一定先去太祖母的院子。

「哎呦，我的老眼睛沒花吧？顏丫頭懷裡抱著個孩子？她生了？」太祖母眯著眼睛看著遠遠走來的花顏等人，問身邊的人。

祖父、祖母也睜大眼睛看：「還真是抱著個孩子。」

夏緣眼神好，點頭：「看起來是早產了，幸虧母子平安，我師父也跟著來了。」話落，她「咦？」了一聲，「子斬公子的臉色怎麼如此蒼白虛弱？看起來像是大病的模樣？太子殿下正在關嶺山打仗，花顏這時候回花家，且子斬公子也跟著來了，想必出了很重要的事兒。」

夏緣有時候很聰明，對花顏又瞭解的深，所以，一預料中。

「我看到你弟弟了，也長高了，俊的不行。」太祖母笑呵呵地，「子斬這孩子啊！大約受傷了，有天不絕在，不會有事兒的。」

花家祖父看著蘇子斬，面色染上幾分凝色，沒接話。

花顏走近，笑著一一喊人：「太祖母、祖父、祖母、嫂子！」

太祖母又「哎呦」兩聲，點頭，不錯眼睛地看著她懷裡抱著的小小嬰孩，「這是你生的？」

花顏笑：「嗯，是我生的。」

「真好看，是個小子？他叫什麼名字？」太祖母笑呵呵地問著，伸手去接，「快，我很久沒見著剛出生的小小嬰孩了，給太祖母抱抱。」

「他叫雲辰。」花顏笑著低頭，對睜大眼睛的雲辰說，「這是娘的太祖母，你叫太祖外婆，讓太祖外婆抱抱好不好？」

雲辰雖小，但這孩子脾氣秉性可不小，這麼長時間花顏發現了，什麼事情得他自己同意，否則就不幹不樂意。

面對眉眼慈和的老太太，雲辰顯然很給面子，聽了花顏的話，伸出手找太祖母抱。

太祖母樂的合不攏嘴，連忙接過小雲辰，抱在懷裡，笑呵呵地掂了掂：「小小嬰孩不大，還挺重，長的結實好。」

祖父、祖母圍上前，一時間都歡喜不已。

夏緣也圍著瞅了雲辰一會兒，見雲辰從太祖母的懷裡轉到祖父的懷裡，又轉到祖母的懷裡，她挺著大肚子沒法抱，只能眼饞地看著，對花顏說話：「怎麼就早產了呢？」

花顏簡單地將她病了一場的事兒說了。

夏緣點點頭，又看向蘇子斬，打了招呼後，問花顏：「子斬公子這是怎麼了？」

花顏抿唇：「他為了救我，自己咒自己，心脈開始枯竭，藥石無醫。」

夏緣猛地一驚，再看蘇子斬的眼神就變了：「師父也沒法子？」

「沒有！」花顏搖頭。

夏緣臉色也不大好：「怎麼他自己咒自己就能救你呢？難道是因為你身體內的魂咒與他……」

「嗯。」花顏頷首，「我也沒料到。」

四百年前，她自己給自己下魂咒時，便沒想過解，原來魂咒的解法，就是解鈴還須繫鈴人嗎？連天不絕都沒有法子，除了回來花家，她不知道該去哪裡找辦法。

夏緣拉過她的手，花顏的手冰涼，她輕輕地拍了拍她的手：「你別急，也許會有法子的。」

「嗯。」花顏看了眼祖父，見他正凝著眉心瞅著蘇子斬，她想，祖父一定知道什麼。

眾人圍著雲辰熱鬧了一陣後，與蘇子斬、夏澤、天不絕等人說話。

太祖母拉著蘇子斬的手往屋裡走，絮叨地說：「你這孩子，怎麼受傷了？你這身子骨也太弱了，如今回了家，就好好補補，我讓廚房給你多做些好吃的。」話落，又對夏澤說，「你這孩子也是，太清瘦了，跟竹竿子似的，也要補補。」

蘇子斬微笑，容色溫和：「多謝太祖母。」

夏澤笑著點頭：「我以後多吃飯多鍛鍊身體。」

「嗯，都是好孩子。」太祖母笑呵呵地帶著人進了屋。

花顏沒往屋裡走，而是來到祖父身邊，對他正色道：「祖父，我有話問你。」

花家祖父點頭：「走吧！跟我去祖祠說，那裡清淨，你回家，也該去給列祖列宗上炷香。」

「行！」花顏痛快地點頭，轉身對花離吩咐，「子斬身體不好，一路舟車勞頓，定然累及了，他還住原來的院子，你一會兒就帶著他去休息。」

花離點頭：「子斬哥哥的院子一直留著，有人打掃，很乾淨，直接去住就行。十七姐姐放心，一會兒我就進去帶著子斬哥哥去休息。」

花顏點頭，跟著祖父去了花家祖祠。

一路上，花家祖父問了花顏近來的一些情況，花顏一一答了，二人說著話，來到了祖祠。

推開祖祠的門，裡面一眾花家先祖的牌位，花顏挨個給先祖們上了香，在香火繚繞中，轉向花家祖父：「祖父是不是一直以來瞞了我什麼事兒？如今您總該告訴我了吧？」

花家祖父點點頭，看著四百年前的一個牌位，聲音滄桑：「四百年前，先祖臨終彌留之際留了一句話，他在送懷玉帝魂魄入四百年後世時，窺破天機，你的魂咒因他而生，只有他死，你才能解開魂咒。這是我一直隱瞞你的事兒，也是我當初不想你與他再續前緣的原因。」

花顏聞言，心神震撼，看著花家祖父，一時間，言語無力。

花家祖父心疼地看著她，伸手摸摸她的腦袋，溫和慈愛地感歎道：「你對自己下魂咒，靈魂落入四百年後，是逆天而為，而先祖對懷玉帝使用送魂術也是逆天而為，逆天之事，本就不可為，所以，你身受其苦，靈魂永世活不過當年你死去之時，而先祖受了天罰，賠進去了一條命，蘇子斬出生，深受寒毒所苦多年，若非遇到你強行為他奪蠱王，他也活不過弱冠。」

花顏抿唇，白著臉靜靜地聽著。

「一切有因有果，種下什麼因，結什麼果。」花家祖父歎了口氣，「你與懷玉帝是一樁孽緣，哪怕兩世，能逆天再遇，也改變不了宿命。我連你哥哥也瞞著，就是不想你這丫頭想不開，沒想到，蘇子斬到底聰明，竟然悟透了他的命才是你魂咒的解藥。」

花顏身子晃了晃，慢慢地坐在了地上。

花家祖父看著她：「丫頭，看開點兒吧！你們的生死，是命！」

「我不信命。」花顏咬著唇，嘗到了唇齒間的血腥味，紅著眼睛說，「一定有辦法救他，祖父，先祖臨終前還說了什麼？」

花家祖父道：「除了這一句話話外，還說也許是他錯了，陰錯陽差，錯失了你們最可能相守的一世姻緣，再結姻緣，便是逆了天命，你是鳳星之命，四百年後，蘇子斬則不再是龍星，你自然與他再無法續前緣。」

花顏閉上眼睛，一字一句，猶如萬鈞：「我要蘇子斬活著。」

花家祖父蹲下身，看著她：「丫頭，何必執著，他有他的歸路，你已是太子妃，他即便活著又能如何？有時候，也許活著比死了更痛苦。」

「不。」花顏搖頭，紅著眼睛道，「上一世他深受江山枷鎖，不能為自己自由活著，這一世，他能擺脫枷鎖，也能夠為自己自由活著，他已放下我們的過往，完全可以閒時看花，品茗賞月，遊歷天下，自由自在。」

「丫頭，你執著他活著，可曾問過他是否願意？」花家祖父輕歎。

花顏含著眼淚：「祖父，您說，一個人哪怕連命都不要，也想另一個人好好活著，難道就不想親眼看著如何好好活著嗎？無論是他還是我。否則，他又何必忍寒毒之苦多年？何必用了蠱王？無論是上一輩子，還是這一輩子，他沒有一日安順過，我想他活著，餘生安順。」

花家祖父沉默。

花顏喃喃地說：「回來這一路，我就在想，若是我傾盡靈術，能不能保住他的命。想來想去，大約是不可能的，我若是能救他，怕是我也會死，我死的話，對不住雲遲，更對不住他以命救我，也對不起雲辰。祖父，我似乎走入了死角，出不來了。您幫我想想，有什麼法子？」

花家祖父將手放在她頭頂，又沉默許久，道：「將他送去雲山禁地吧！他以命救你，願雲山禁地的先祖能庇佑他。」

花顏伸手抹掉眼淚，點頭：「我這就將他送進雲山禁地。」

「嗯。」花家祖父頷首。

花顏站起身，快步出了祖祠。

花家祖父看著花顏匆匆離開的身影，轉向花家列祖列祖的牌位，歎息：「願先祖們保佑。當年，我們花家開啟臨安大門，放太祖爺通關，本就對不住他。如今，願先祖們庇佑他一命，一生安順，否則顏丫頭一生都不會開心。」

花顏出了祖祠，直接去了蘇子斬以前在花家居住時的院子。

花離正從院中走出來，見到花顏，對她道：「十七姐姐，我剛剛將子斬哥哥送來，他的確累了，已經歇下了。」

花顏停住腳步，想著時日無多，必須抓緊時間，對花離道：「你再進去喊他，跟他說，讓他立馬收拾妥當，與我走。」

花離一愣：「十七姐姐，你要帶著子斬哥哥去哪裡？」

「雲山禁地。」花顏沉聲道，「也許那裡能救他。」

花離點點頭：「十七姐姐稍等，我這就進去喊子斬哥哥。」

花顏頷首，等在門口。

不多時，花離從裡面出來，他身後跟著已沐浴後換了一身乾淨衣衫的蘇子斬，他臉色蒼白，行止虛弱，站在門口，看著花顏。

「走！」花顏看了他一眼，眼眶又紅了紅。

蘇子斬想要說什麼。

花顏不讓他開口：「你什麼都不要說，我的脾氣你該是最瞭解，不到什麼法子都沒有的地步，我是不會放棄的。」

蘇子斬閉了嘴。

花顏吩咐花離：「去備車，先扶他上車，我去太祖母那裡接雲辰。」

花離一驚：「十七姐姐，你也要帶雲辰進雲山禁地嗎？」

「嗯，他離不得我，我若是悄悄走了，他一準發脾氣，怕是你們誰都哄不好，還是跟著我的好。」花顏道。

花離點點頭，伸手扶了蘇子斬去坐馬車。

花顏去了太祖母處，祖母、夏緣等人都圍著雲辰說話，見到她來了，太祖母似乎也知道了什麼，歎了口氣：「你們這些孩子啊！就是不讓人省心，你說一個個的，怎麼就這麼命苦？天下多少人生活順遂，偏偏你們求不到。」

花顏挨著太祖母坐下，對眾人說：「我這便帶子斬去雲山禁地，也許那裡能保他一命。雲辰我也……」

她話音未落，雲辰本來被抱在祖母懷裡，立即一把拽住了她袖子。

話音頓時笑了，看著他：「娘也帶上你。」

雲辰頓時高興了。

「哎呦，這麼丁點兒大，就人精似的，可了不得。」祖母訝異，「他竟然聽得懂，知道你要走，竟是要跟著。」

花顏笑著將她離開京城沒打算帶著他時他拽著不鬆手的事兒說了，眾人都笑起來，紛紛嘖嘖稱奇。祖母笑著將雲辰塞進花顏懷裡：「你都帶著他趕了這麼久路回了臨安，帶著他去雲山也好！」話落，她收了笑，「顏丫頭，凡事不要太執著。天有運數，人也有命數。」

花顏抿唇，沒說話。

祖母歎了口氣，知道勸不動她：「你多想想太子殿下，你的命也掛著他的命的。」

「我曉得。」花顏這回點頭，正是因為想著雲遲、雲辰，她才不敢行差就錯一步。

太祖母拍拍花顏的手：「好孩子，天無絕人之路，去吧！」

花顏頷首，站起身，告別了太祖母、祖母等人，抱著雲辰出了太祖母的院子。

夏緣送花顏出府，低聲說：「若非我如今沒法子跟著你，以免你還得分心顧著我，我也跟著你去了。就讓師父和夏澤跟著你吧！雲山禁地是神靈之地，一定會讓子斬公子好起來的。」

花顏看著她：「你好好養胎。哥哥他……」

「你哥哥的事兒我已知道了，師父早些年研究出的那些治毒藥方子我都有。在月前得到消息後，我已讓人搜尋藥材，前日剛搜尋齊了，昨日已製成了藥丸，命十七送去了。他如今還在淮河南岸，不能挪動，十六陪著他，十七快的話需要四五日到地方，只要他服用了解藥，當日就會醒，你放心吧！」夏緣道。

「對了！十五伯和花家存活下來的人，還有采青也都救出來了，你也放心。」

花顏心下一鬆，終於露出了連日來的第一個真心實意的笑容：「我就知道哥哥娶了你真是沒錯。你好好養胎。」

「嗯。雲山禁地無紛擾雜事，你也多注意身體。」夏緣看著她，「若是萬一……我是說萬一……子斬公子……你可別想不開，誠如祖母說，人有命數。」

花顏輕輕吸了一口氣：「好！」

夏緣見她聽進去了，答應了，心下一鬆，不再多說。

花府門口，花離早已安排妥當，蘇子斬已坐在了馬車中，花離見花顏抱著雲辰出來，對她道：「十七姐姐，我送你們去雲霧山。」

「好。」花顏點頭，抱著雲辰上了馬車。

天不絕、夏澤、小忠子連忙上了後面的馬車跟上。

一行人離開了花家，向雲霧山而去。

半日後，來到了雲山禁地，上一次禁地開啟的地方。

花顏靈力恢復，打開禁地不難，禁地開啟後，她抱著雲辰帶著蘇子斬進入。

三人走進去後，夏澤、天不絕、小忠子、十三星魂緊隨其後，不成想禁地門口忽然多了一面無形的屏障，將一行人悉數打了出來。

花顏一怔，回身去看，禁地已關閉了。

蘇子斬也轉回身，見此笑了笑：「他們進不來也好，免得人多，擾了這裡的清淨。」

花顏點頭：「倒也好。」話落，她隔空對外面的眾人傳信，「既然禁地觸動關閉，你們就回家吧！我們不知何日出來，不必守在這裡。」

眾人沒想到遇到了屏障，彈了回來，齊齊一臉驚詫。聽到花顏的話後，面面相覷，一時間只能答應。青魂和十三星魂紅了眼睛：「我們不走，在這裡等著公子出來。」

他們是蘇子斬的暗衛，生是他的人，死陪著他一起死，以免公子在九泉下孤單。

小忠子搖頭：「奴才不走，要在這裡等著太子妃。太子妃一日不出來，奴才就不走。」

天不絕歎了口氣，看了紋絲不動的十三星魂和小忠子一眼，對夏澤說：「得吧！我們進不去，回去吧！在這裡也是空等。」
夏澤有心想留下來，但也是覺得這麼多人留在這裡無用，點了點頭。
花離看了眾人一眼，道：「我和小公公留下來，神醫和夏公子回花家吧！人太多留在這裡也是空等，我讓人送你們回去。」
天不絕和夏澤點點頭。
花離吩咐花家暗衛送二人回去。
花顏恢復靈力後，以她對禁地的熟悉和掌控，自然不比花灼和雲遲踏入禁地時困難重重，她輕鬆地帶著蘇子斬破除了冰封的幻術，來到了雲山腳下。
蘇子斬兩世第一次踏入雲山禁地，對比紛紛擾擾的塵世，這裡才是一處世外桃源。
蘇子斬想著死在這裡也好，落得清淨，只不過怕是髒了這一處淨土。
花顏忽然瞪向蘇子斬：「你胡思亂想什麼？沒有向生之心，你讓我如何救你？你就這麼想死嗎？你知道不知道，如今的你，不是簡簡單單一個死這麼簡單，你會魂飛魄散，連輪迴都沒有！」
蘇子斬停住腳步，抿唇：「連輪迴都沒有嗎？」
花顏紅著眼睛瞪著他：「是啊！沒有，都到了這個地步了，我何必對你危言聳聽，逆天改命，天罰至此，若是你就這樣死了，哪裡還有輪迴？」
蘇子斬沉默片刻，點頭：「這樣說了，還是活著的好。」
花顏氣道：「自然是活著的好，你好好活著，這世間，風景之多，不限一人一景。」
蘇子斬失笑：「行，我儘量活著，看著這小東西長大，免得便宜了雲讓做他師傅。」
花顏見他眉眼總算活躍了些，沒了氣怒，點點頭，帶著他進了樓宇。

大殿的門關著，花顏上前伸手推開，裡面十分空闊，入眼處，擺放著雲族的歷代先祖的靈位之牌。空氣中隱隱約約還可見到絲絲繞繞，十分稀薄的靈氣。

花顏抱著雲辰，挨個跪拜靈位，輕聲說：「先祖神靈有知，請為不肖子孫救他一命。」

花顏剛說完，懷裡的雲辰咿呀一聲，伸手去抓，抓住了一絲靈力。

花顏一愣，低頭去看雲辰，雲辰抓著那絲靈力把玩，花顏訝異，片刻後，發現本來稀薄的靈力都奔向雲辰，將他瞬間聚攏住。

花顏驚奇地看著，靈力圍著雲辰轉了數圈，連抱著她的花顏都感覺被靈力包裹暖融融的，她看了一會兒，抬眼，見本來稀薄的靈力似乎比她來時濃郁了許多，她心中一喜，只要靈力充沛，就沒有救不了的人。

她立即對蘇子斬說：「快，你躺去那張床上。」

蘇子斬清晰地看清了花顏眉眼的喜意，點點頭，躺去了那張吊著的玉石床上，暖玉床很暖，蘇子斬躺下去的瞬間，覺得被溫暖包裹。

花顏抱著雲辰來到床前，看了一會兒，將雲辰放進蘇子斬的懷裡：「你抱著他，這孩子天生帶有靈力傳承，剛剛我發現他似乎也能引靈氣入體，你抱著他，定然也會跟著受益，若是他真能讓你身體枯竭的心脈枯木逢春，那可真是……這孩子便是救你的，上天給的唯一一絲機緣了。」

蘇子斬點頭，側身躺著，低頭看著懷裡的雲辰。

雲辰似乎找到了好玩的東西，抓著絲絲縷縷的靈氣，一時間玩的不亦樂乎。

蘇子斬瞧著他，目光漸漸溫柔，對花顏說：「我忽然不想死了，想看著這小東西長大。」

花顏眼眶微濕：「那你就一心向生，上天對一個人，不會壞到一絲餘地都不給。你苦了兩輩子，上天總該給你一絲機會。」

蘇子斬笑笑，閉上了眼睛：「我可以睡嗎？」

「可以，但不准睡的太沉，讓我喊都喊不醒的那種。」花顏道。

蘇子斬點頭：「我儘量。」

花顏看著他閉上眼睛，似乎太累了，沒多時，便睡著了，但他即便睡著，依舊牢牢地抱著雲辰，不讓他從床上掉下去。

花顏也累了，看了二人一會兒，一個睡的熟，呼吸清淺，一個玩的不知疲憊，抓著靈力撕扯成各種他喜歡想要的模樣。她慢慢地坐下身，靠著床閉目養神。

她這一輩子，沒求太多東西，只求與雲遲白頭偕老，只求蘇子斬一世安好。

但願上天憐憫她。

雲辰玩的累了，鬆了靈氣的絲線，躺在蘇子斬懷裡睡了。

花顏見雲辰睡著，靈氣的絲線依舊圍繞著他，綿延不絕。

一日後，蘇子斬未醒來，不過花顏看他臉色似乎比她見他時好了很多。

雲辰在一日裡醒了幾次，餓了找花顏要抱，花顏抱著他出殿門餵了幾次奶，回來後依舊將他放在蘇子斬懷裡。

雲辰不哭不鬧，似乎十分喜歡暖玉床，不睏時就玩靈氣的絲線，揉成團，捏成絲，扯來扯去，怎麼也玩不夠，睏了就睡，窩在蘇子斬的懷裡，睡的十分乖。

三日後，蘇子斬依舊未醒來，但臉色卻更好了，花顏伸手給他把脈，他雖心脈枯竭，但似乎心源處隱約有一絲生機，她重重地鬆了一口氣，有生機就好，有生機就有保住性命的可能。

七日後，蘇子斬依舊睡著，七日裡，花顏餓了就去山下的小溪裡抓兩條魚，抽空想想小狐狸跑哪裡玩去了？這麼久，竟然沒回雲山禁地來。又想著，已過了七日了，十七應該是早就趕到了淮河南岸給哥哥服用解藥了，哥哥應該醒來了吧？而安書離、梅舒毓、雲讓帶著大軍差不多也快到了闕嶺山了。

蘇子折的死期也快到了。

她正想著，忽然聽見雲辰「哇」地一聲哭了，她一怔，立馬衝進了大殿，只見蘇子斬不知何時醒來，一手抱著雲辰，一手扶著暖玉床，胸前地上一大片血，他臉色蒼白如紙，帶著灰色，嘴角染著血跡。

花顏面色大變，立即衝到了蘇子斬面前，對他問：「怎麼回事兒？你怎麼會吐血？」

蘇子斬張了張口，又一大口血吐了出來，沒說出話來，手卻穩穩的抱著大哭的雲辰。

花顏覺得一定是出了什麼事兒，否則蘇子斬睡的好好的，明明看起來每日已在好轉，怎麼突然就成了這個樣子，她一手扶住他，一手從他手裡接過雲辰。

雲辰似乎被嚇壞了，哭個不停。

花顏急問：「告訴我，出了什麼事兒？」

蘇子斬緩了一口氣，啞聲開口：「有人在對我用巫咒之術……」

花顏臉色一沉，伸手拍了拍雲辰哄道：「乖，不哭，你先去一邊自己玩。」說完，她將雲辰放去了先祖牌位前的蒲團上，轉身啟動靈力，濃厚的靈力罩住蘇子斬，果然有人在對他用巫咒之術，她憤怒地快速拴住巫咒之術，同時以追蹤術循著巫咒之術的蹤跡追了去。

她倒要看看是誰想死！敢在這時候動蘇子斬！

花顏的靈術，能夠隔空看物，只不過，代價太大，她從來未曾用過。

如今，她想知道誰隔空在害蘇子斬，且還用這麼歹毒的巫咒之術。據她所知，懂巫咒之術的除了雲族之人外，還有南疆皇室。

不過雲族以靈力傳承，載萬物之靈，從來不屑於用陰毒的巫咒之術，而南疆，養蠱毒，擅於用巫蠱之術，巫咒之術也有涉獵，不過甚少流傳於世。

這麼歹毒的以生人血祭的巫咒之術，花顏還是兩世僅見。

她一邊追蹤，一邊暗想著，幸好蘇子斬抱著雲辰，雲辰是天生的龍子鳳孫，是極硬極貴的命格，再加上本身就有靈力護體，又同時引了先祖們留在牌位裡的本源靈力，才護住了蘇子斬，否則，在施巫咒之人剛對蘇子斬施咒時，蘇子斬就沒命了。

生人血祭，天地帶煞，大殺四方，何等厲害。

誰恨不得蘇子斬立馬死？

花顏心中隱約有個猜測，但不到親眼看到的那一瞬，她也難下定論。

雲族靈術，高巫咒之術不止一等，所以，花顏出手，巫咒之術瞬間潰敗，她循著巫咒之術追蹤到了施法場時，映入她眼前的是一處天臺的道場祭天台。臺上捆綁著的人是南疆公主葉香茗，台下施法的人是南疆王，而一旁站在祭天臺上的人是蘇子折。

是蘇子折用了葉香茗生人血祭，匕首插在了她的心臟上，而南疆王不惜殺親生女兒血祭，相助蘇子折來要蘇子斬的命。

花顏心中升起滔天的怒意，瞬間以靈力隔空將巫咒之術打在了南疆王的身上，又轉手靈力化為利刃，凌空以氣為劍，對準蘇子折的眉心。

南疆王正在得意時，忽然面色大變，「噗」地噴出了一大口血，瞬間倒地不起，而葉香茗，奄奄一息地看了一眼上空，嘲諷地對南疆王和蘇子折一笑，閉上了眼睛。

蘇子折看著凌空忽然從天外對他飛來的劍，面上顯出狂喜，不躲不避，等著這劍對他刺來。

有人喊：「大公子小心！」

有人喊：「統領小心！」

有人衝上前為他擋劍，被蘇子折一手揮開：「都給我滾！」

蘇子折朝著天空大喊：「花顏？就是我，你殺了我啊！」

花顏臉色清寒，隔空的劍直指他眉心，毫不猶豫，毫不手軟，她今日就要殺了他。

蘇子斬忽然感知到了什麼，從昏迷中醒來，抬手按住花顏的手，虛弱地說：「不能殺他。」

花顏手一頓，劍停在了蘇子折眉心一寸處。

蘇子斬強硬地道：「以靈術救人，可濟蒼生，得上天庇佑，以靈力殺人，會受天罰。若是蘇子折對我動手的話，他的目標不止是想殺我，估計是已經知道你在想辦法救我，他是想拉著你一起死，別上他的當。」

「他一定得知閆軍師已被雲讓殺死，安書離、梅舒毓帶著的大軍已趕到關嶺山，他敗局已定，無論如何也不再是雲遲的對手，所以就想出這個法子，殺了我，同時讓你發怒殺了他。你受天罰，也會陪我們一起死，而你若是死了，雲遲可還能活？也必死！他要的就是這麼一個結局，別被他算計了……」

「乖，花顏，你聽話，就將他交給雲遲收拾吧！不要髒了你的手……你若因此受了天罰，他就稱心如意了，你想想雲遲，想想雲辰……」

花顏閉了閉眼睛，再睜開，慢慢地撤回了隔空指在蘇子折面前的劍，因這一番動作，她依舊受不住，心肺一陣撕裂的疼，轉頭一大口鮮血吐了出來。

雲辰又「哇」地一聲哭了。

小小嬰孩的哭聲驚天動地，卻漸漸地哭回了花顏的理智。

花顏緩了一口氣，咬牙切齒地道：「雲遲一定會殺了蘇子折的，他這樣的人，還活著做什麼？死有餘辜。他若活著，天理難容。」

蘇子斬見花顏罷手，鬆了一口氣，眼前一黑，身子一軟，栽倒在了床上。

花顏臉色大變，連忙扶著他躺好，忍著自己身上抽筋扒皮的疼痛，哆嗦地伸手給他把脈。

蘇子斬心脈上那一絲生機此時再也把不出來了。

花顏一瞬間紅了眼睛，連忙轉身將雲辰抱起來，放在蘇子斬的懷裡，顫著聲音說：「蘇子斬，你一定不要死，你若死了……」

「你若死了……」

你若死了該如何？花顏一時間撕心裂肺的疼，說不出來。

她能如何呢？

做不到追隨他而去，也做不到為他報仇，更做不到不讓他魂飛魄散。

她唯一能做的，似乎為他造一座墳墓，立一塊石碑，寫上「蘇子斬」三個字。

她頹然地順著暖玉床滑下身，滿臉的灰敗。

雲辰看著娘親，似乎受她感染，哭聲越來越大。

就在這時，一抹白影從外面衝了進來，一下子跳進了花顏的懷裡。

花顏低頭一看，是小白狐，雲族的靈寵，她啞著嗓子問：「小東西，你跑去哪裡玩了？」

小白狐嗚嗚了兩聲，用狐狸腦袋蹭了蹭花顏，然後從她懷裡跳到了暖玉床上，一雙黑溜溜的眼睛瞅了蘇子斬一會兒，伸出爪子，遞給花顏。

花顏明白了：「你的意思是，用你的血，救他？」

小白狐點點頭。

花顏紅著眼睛道：「他心脈枯竭，已無生機，用你的血的話……」她不敢再想，也不敢再往下說。

靈狐的血能救人，但若是救此時的蘇子斬，是不是需要搭上它的命？

小狐狸嗚嗚兩聲，用爪子去抓花顏的手，示意她趕緊的。

花顏知道小狐狸喜歡蘇子斬，但不曾想到這般時候，它突然出現了，是感應到了？還是湊巧？她此時也沒心情探究，面對執著地對著她伸著爪子讓她儘管劃破傷口的小狐狸，她伸手在它爪子上一劃，頓時劃出了一道口子。

小狐狸呲牙裂嘴地扭開狐狸頭，似乎不敢看自己的爪子，卻將爪子處流血的傷口準確地對準蘇子斬的嘴。

從雲族立族之日起，靈寵便一直存於世，靈狐的血更是彌足珍貴，每一代的雲族子孫，輕易都不會用雲靈的血救自己或著救別人。

如今小狐狸是自願的，但花顏看著它的小身體，也忍不住落淚。

雲族傳承數千年，做好事善事無數，上天但分憐憫，請保住雲靈，有它在，雲族的傳承就會在，它代表著雲族的延續和守護，每一代雲族人的信念。

雲辰在小狐狸出現的那一刻就不哭了，睜著烏溜溜的眼睛看著雲靈，看了一會兒後，忽然伸出小手去拽它的尾巴。

小狐狸立馬就想跳起來，卻因為在救蘇子斬，一動不敢動，扭過臉，瞅著拽住它尾巴的小手，白白嫩嫩的，小小嬰孩的手。

它最討厭別人拽它尾巴，有多久沒人敢拽它尾巴了？它順著小嫩手看到了雲辰粉雕玉琢的小臉，盯著看了一會兒，對它呲了呲牙，露出凶相。

雲辰忽然咯咯呵呵地笑了起來，不怕它地又伸出另外一隻手，用力地將小狐狸的尾巴拽到了他近前，然後，便捧著小狐狸的尾巴玩了起來，一會兒擰成麻花，一會兒揉吧成一圈。

小狐狸想發作，但似乎知道雲辰是誰，發作不出來，它委屈地轉頭對花顏告狀，嗚嗚出聲，意思是在說，你還管不管你兒子？

花顏抬起手，用袖子抹了一把臉，抹掉了臉上的淚，這般看著雲靈與雲辰，她滿心的難受忽然漸漸地褪去，生起了想笑的心情，她想，也許是她太悲觀了，太害怕了，上輩子懷玉死在她面前，讓她今生仍舊不能釋懷，所以，才怕怎麼救蘇子斬都留不住他，她該相信小狐狸，雲族一代又一代，波濤洶湧山河動盪時不是沒有過，雲靈一直都好好地活著，這一回，它也不會死。

看它這副對雲辰惱怒，面露凶相又不管用，發作不得莫可奈何氣的快跳腳的模樣，如此的鮮活，應該也不會死吧？

她理智漸漸回籠，想著若是雲靈的血管用，那麼她的血，也該管用，昔日，她喝過雲靈的血，雖然那是很久以前。

於是，在小狐狸快站不穩身子時，她伸手扒拉開它，用匕首在自己手指上也劃了一道，將流血的手指塞進蘇子斬的嘴裡。

雲山禁地，一人一狐，一個小嬰孩，以及一個昏迷不醒的人，在與天爭奪壽命。

而遠在雲山禁地數千里外，闕嶺山，蘇子折看著突然從他面前撤走的寶劍，憤怒地大喊，但任由他喊破嗓子，那劍依舊消失的無影無蹤，再沒出現。

蘇子折暴怒，拿劍砍了身邊的兩名護衛。

護衛的人頭落地，其餘人看著蘇子折殺紅的眼睛，都齊齊地懼怕地後退。

蘇子折提著滴血的寶劍，陰狠地下令：「殺不了花顏，我要殺了雲遲。」

「你殺不了我，我殺你還差不多。」雲遲站在祭天台的門口，聲音清冷，眉眼帶著濃郁的涼薄之色，「蘇子折，本宮給你一個決一死戰的機會，你可敢接戰？」

蘇子折嗜血的眼睛看著雲遲，忽然仰天大笑：「雲遲，你何德何能！」

雲遲負手而立：「本宮的德與能，自然不是你能比的。」

「是嗎？」蘇子折眼底一片猩紅，舉著劍道，「那就來吧！我殺了你與殺了花顏一樣！」

「你誰都殺不了。」雲遲見他一劍襲來，緩緩拔劍，迎上了他的劍。

外面，大軍廝殺，震天動地，祭天台同樣進行一場生死較量，驚天動地。

飛花摘葉，踏雪無痕，這是蘇子折與雲遲的第一次正面交鋒，也是第一次殊死搏鬥。

蘇子折的武功自然極好的，哪怕他此時已發瘋武功高出一倍，但也好不過雲遲。

雲遲要殺此時的蘇子折輕而易舉，但他不想他死的太痛快，在得知蘇子折以葉香茗生人祭天妄圖用巫咒之術殺蘇子斬間接殺花顏時，雲遲就發了狠地今日要將他殺了。

所以，哪怕安書離、梅舒毓的大軍半日後才會到，雲遲已經等不了忍不住了。

現有的兵力與蘇子斬的兵力旗鼓相當，所以，一時間殺的天地動搖，難解難分。

一個時辰後，蘇子折終於明白雲遲不是殺不了他，而是想讓他明明看的見他卻殺不了他，讓他無望無力地筋疲力盡而死，他充血的眼睛死死地瞪著雲遲，不甘心地使出了同歸於盡的殺招。

雲遲自然不可能讓他得逞，繞著劍花將他整個人罩住，改了主意，用在蠱王宮對付暗人之王時的殺招，將蘇子折罩在密密麻麻的劍圈裡，一片一片地削成了碎片。

蘇子折瞬間倒在了地上，血順著祭天台流下，彙聚成了一片血河。

他的心還在跳，人卻不能動了，他看著站在不遠處，收了劍，涼薄淡漠地看著他的雲遲，忽然說：「我要這天下何用，我不過是想……」

雲遲忽然擲出手中的劍，一劍穿喉，截住了蘇子折後面的話，他不想聽他說什麼臨終遺言，後世也不必記載他這樣的人死前之語。

蘇子折一死，他的軍心頃刻渙散瓦解。

所以，半日後，當安書離、梅舒毓的大軍會合了花灼的兵馬緊趕慢趕來到時，看到的便盡是南楚的國旗，這一仗，雲遲損失慘重，但卻最終沒有依靠強大的兵力獲勝，同等兵力下，用他的劍與謀，勝了蘇子折。

嶺南王則在敬國公和陸之凌的圍困下，自殺在逃離關嶺山的路上。

雲讓恰巧趕到，為嶺南王收了屍。

雲遲當日將大軍交給安書離、梅舒毓、雲讓等人，與花灼、陸之凌帶著鳳凰衛離開了關嶺山快馬前往臨安。

七日後，一行人進了臨安城。

花容早先得到消息，在城門口迎著，見了雲遲，連忙見禮。

雲遲勒住馬韁繩，啞聲問：「花顏呢？」

花容立即回話：「十七姐姐半個月前帶著小殿下與子斬公子進了雲山禁地，如今還沒從雲山禁地出來。」

雲遲點頭，看向花灼。

花灼道：「我們先去雲山禁地。」話落，對花容吩咐，「告訴太祖母一聲，我們先去雲山禁地。」

花容應是。

雲遲再不停留，縱馬前往雲霧山。

半日後，來到雲霧山頂，雲山禁地開啟的位置，雲遲和花灼依照上一次開啟禁地的法子，二人合力，打算開啟禁地，可是試了幾次，禁地紋絲不動，禁地之門打不開。

雲遲白著臉看著花灼：「怎麼回事兒？」

花灼早先救安書離與梅舒延後，本就靈力已掏空，日前醒來時，發現恢復了微薄，如今這微薄的靈力已耗盡，也白著臉道：「禁地之門開啟了天禁，既然開不了，只能等著了。」

雲遲抿唇，迫切地想要知道花顏如何了：「可有什麼法子能夠傳音入內？」

花灼搖頭：「開啟了天禁的禁地，是先祖建雲山禁制時所設，隔絕一切塵世喧囂音訊。沒法子，只能等著了。」

雲遲白著臉不再言語。

陸之凌走上前，焦急地說：「我怎麼什麼都看不見？不就是一片雲霧嗎？」

花灼看了陸之凌一眼：「你自然看不見，否則就不是雲山禁地了。存於世，隱於世。」

陸之凌跺腳：「那怎麼辦？只能等著？」

「只能等著。」花灼無力地說，「沒有別的法子。」話落，他又看向雲遲，「你與妹妹心意相通，感同身受，如今你安然無恙，想必她也安然無恙，不必太過著急。」

雲遲抬眼，啞聲道：「她安然無恙，那蘇子斬呢？是否也安然無恙？」

花灼住了口，蘇子斬是否安然無恙，真不好說。但他清楚，蘇子斬活著還好，若是死了，花顏這一輩子都不會開心。

除了死去的蘇子折，無論是誰，都希望蘇子斬活著。

雲遲轉向一直守在雲山禁地外的十三星魂，看著青魂：「他們進入雲山禁地之前，關於蘇子斬的身體，天不絕怎麼說？」

青魂和十三星魂已經熬了多日，如今一雙眼睛通紅：「天不絕說若是沒有法子，公子活不過半個月。」

「如今已是半個月了，是好是壞，也該有結果了。」雲遲沉聲道。

陸之凌受不了地說：「蘇子斬怎麼會這麼容易死？他自小受寒毒折磨，病病殃殃一直活著，他不會死的！我相信他一定不會死的。」

青魂啞聲說：「借陸世子吉言。」

雲遲輕聲說：「蘇子斬若是就這麼死了，他能放心嗎？他不親眼看著花顏一輩子安好，怎麼能放心？本宮也相信他不會死的。」
花灼點頭，望著禁地之門，慢慢地坐下身：「我卜一卦吧！」
雲遲轉向他：「能卜的出來嗎？」
「試試。」花灼拿出三枚銅錢。
眾人見此都圍在了花灼身邊。
就在這時，禁地之門忽然開啟，花顏抱著雲辰出現在了眾人面前。
花灼還沒撒出的銅錢頓時撤回手，騰地站起身，眾人齊齊驚喜，圍上花顏。
雲遲猛地轉過身，看著花顏，先是一喜，隨即眼中的喜色頓收，盯著她蒼白虛弱的臉，向前走了兩步，來到她面前，伸手接過雲辰，一手抱著雲辰，一手攥住她手腕，壓低聲音啞聲問：「可還好？蘇子斬呢？」
花顏一手被雲遲握住，一手抱住他清瘦的身子，眼睛泛著淚花，臉上卻帶著笑：「雲遲，他沒死，沒死，也死不了了。」
「沒死真好，死不了真好。」雲遲伸手抱住她，臉上也終於露出了笑意。
花灼、陸之凌等人聞言欣然歡喜，青魂立即上前，喜形於色地急聲問：「太子妃，我家公子既然沒……怎麼沒出來？」
花顏站直身子，轉頭看向青魂，抹了抹眼角的淚，對他說：「他與小狐狸都昏迷不醒，還躺在禁地內的暖玉床上，還需要時間，他枯竭的心脈正在恢復生機，估計還需要一兩個月才能好。」
青魂點頭：「那屬下們就在這裡等公子出來。」
「嗯，他好了之後，小狐狸會帶他出來的。」花顏轉向眾人，一一喊人，「哥哥，大哥。」

花灼微笑，伸手揉了揉花顏的頭，笑罵了一聲：「臭丫頭，擔心死個人。」

陸之凌上前也學著花灼的樣子，揉了揉花顏的頭，歡喜地笑：「都活著就好，若是蘇子斬那傢伙死了，我這一輩子上哪裡去喝他的醉紅顏？總不能追他下去陪閻王爺一起喝。」

花顏失笑。

蘇子折、嶺南王已死，叛軍已收編，叛亂已平，天下大定。

雲遲在花顏出雲山禁地的第一日，便在臨安發布了安民告示，同時昭告天下小殿下雲辰的出生，普天同慶。

同時，雲遲發布了《社稷論策》，這一篇《社稷論策》塵封了四百年，終於在雲遲的手中面世，他簡略地修改了《社稷論策》中不符合當下南楚國情的條列，告之百姓，《社稷論策》出自四百年前後樑懷玉帝之手，如今他依照《社稷論策》治國於南楚。

《社稷論策》針對士農工商、民生百態、兵賦減稅、安民利民，水利工程等無數方面，多管齊下。

《社稷論策》一出，譁然天下，當世大儒紛紛稱讚懷玉帝才華，頌揚太子殿下心胸。

花顏也有點兒驚訝，依照雲遲的才華本事，完全可以制定自己的治國論策，卻沒想到，他稍加修改用了懷玉帝的治國論策。

她因追蹤制止南疆王用葉香茗生人血祭動用了靈力，受了重傷，所以，從禁地出來後，一直在喝天不絕給她開的藥方子。如今一邊捧著藥碗喝藥，一邊一個勁兒地瞅著坐在桌前批閱奏摺的雲遲。

錦袍玉帶的年輕男人，此時臉上沒了她剛踏出雲山禁地時看到他的眼底裡，掩飾不住的焦急和心慌，如今一臉的從容不迫，尊貴威儀，風姿出眾，如畫一般。

她越看越是歡喜，忍不住彎起眉眼嘴角，心中被幸福溢滿。

雲遲抬頭瞅了她一眼：「一直看我做什麼？」

花顏一口氣將藥喝光，趴在桌子上，支著下巴對他笑：「雲遲，你怎麼想著用了《社稷論策》？」

雲遲挑眉：「你心底不是一直遺憾《社稷論策》沒有面世的機會嗎？如今，我給它一個面世的機會。」

花顏輕笑：「多謝太子殿下。」

雲遲彎了彎嘴角。

《社稷論策》一出，雲遲便忙了起來，他坐鎮臨安，掌控天下，最先做的便是裁減兵員，減輕賦稅。龐大的軍隊在短短時日內，減兵三分之一務農，軍員減輕後，龐大的軍隊開支便一下子減輕了負擔，接下來，雲遲又改了兵制，重設東南西北四地駐軍。

這般忙了一個半月，雲山禁地終於傳來了觸動禁制的消息。

花顏彼時已不用喝藥，正在逗弄小雲辰玩，感應到禁地禁制觸動後，騰地站起身，對雲遲說：「禁地觸動了，子斬和小狐狸一定是出來了。」

雲遲扔下筆，站起身：「走，我陪你去看看。」

花顏點頭。

二人抱著雲辰匆匆出了花家，騎快馬乘快船去了雲山禁地。

到達雲霧山時，禁地入口處不見蘇子斬和小狐狸的身影，十三星魂也已不在，唯花離看著趕來的二人道：「太子殿下，十七姐姐，子斬哥哥和小狐狸已經走了。」

「走了？去了哪裡？」花顏問。

花離搖頭：「子斬哥哥留話，說他不想被太子殿下抓住做苦力，他先出去走走。說你說的對，天下之大，他有太多的地方沒去過，風景沒賞過，都去看看。等小殿下會說話走路時，他再回京去看小殿下，讓你好好教導小殿下，下次見了小狐狸，不准揪它的尾巴了，免得小狐狸都不想再看到小殿下了。」

花顏氣笑：「他急什麼？要走也得等說兩句話再走啊！誰還能攔得住他？」

「本宮攔得住。」雲遲接過話，「他算是瞭解本宮脾性，溜的快。」

花顏又氣又笑又是無語，看著雲遲：「你認真的？」

雲遲點頭，挑眉：「如今百廢待興，江山社稷正是用人之際，你以為若是見了他，我會放過他？」

花顏徹底沒了話，對雲遲吐吐舌頭：「好吧！幸虧他溜的快。」

雲遲斜睨她：「花顏，你向著誰？」

花顏沒脾氣，笑著伸手挽住他的胳膊，軟聲軟語道：「我的好太子殿下，我自然向著您，走吧！我回去幫你批閱奏摺。」

雲遲點點頭，他的太子妃身體好了，他自然要不遺餘力地用起來，至於怎麼用，哪裡是批閱奏摺這麼簡單？定要為難為難她。

幾日後，夏緣生產，誕下一子，花遇水而生，花灼為其取名花澤。

花家久沒有小小嬰孩出生，一下子樂壞了花家人，尤其是太祖母，抱著曾曾孫不撒手，祖父、祖母在一旁瞅著乾著急。

而花灼瞅了兩眼兒子後，便俯身抱著剛生產完虛弱的夏緣，久久沒抬頭。

初為人父的人，大抵都是如此。

雲辰看著小小的剛出生的皺皺巴巴的花澤，好奇的烏溜溜的大眼睛露出了嫌棄的神色。

花顏在一旁瞅著直樂，想著雲辰不愧是雲遲的兒子，這嫌棄的模樣跟他爹當初嫌棄他醜時一般無二。

半個月後，雲遲和花顏離開臨安，啟程回京。

離開臨安的當日，花顏見了十三姐姐，她帶著孩子，笑著握著她的手說：「隱門已解散，我已與你十三姐夫和離，孩子歸我。」

花顏點點頭，看著十三姐姐和半大高的孩子，伸手摸摸孩子的頭，想著十三姐姐是唯一一個不幸福的花家人了。她低聲一歎：「各為其主，十三姐夫也不算做錯，太子殿下和哥哥既然不曾追究，十三姐姐多為自己著想吧！不必顧忌別人看法，你還這麼年輕！」

「對啊！你也說了，我還這麼年輕，豈能在他這棵樹上吊死？」十三姐姐笑容輕鬆：「好妹妹，不必擔心我，以後再遇到投緣的，我就嫁了，天下年輕才俊不是多的是嗎？」

花顏握了握她的手：「那我幫十三姐姐看著點兒，有好的青年才俊，先緊著自家姐妹。」

「嗯。」十三姐姐笑著答應。

花家人從來就心懷大度，無論男子還是女子，十三姐姐看的開，是真的看的開。花顏瞧著她臉上的笑，不再擔心。

兩個人的夫妻緣，有長有短，有的人修夠了，有的人沒修夠，都要看緣分。

又半個月後，回到京城，皇帝親迎到城門外，看著齊全的雲遲、花顏、雲辰一家三口，喜色溢於言表。

天下安定，皇帝也了了一樁憂心事兒，整個人看起來神清氣爽，似乎孱弱的身子骨都康健了。

三日後，宮中大擺筵席，五品以上的文武百官攜家眷參加。

皇帝於宮宴上宣布，十日後退位，由太子雲遲接任帝位，文武百官舉杯相賀。

宮宴上，陸之凌看著七公主，琢磨了再琢磨，滿堂女兒家看來看去，似乎還就那個安靜的小丫頭看的最順眼，於是，他離席而起，跪在大殿上，請求皇帝賜婚。

他此舉一出，不止皇帝愣了，文武百官也愣了，七公主更是愣住了。

皇帝看著陸之凌，又看向發愣的七公主，最終，詢問地看向雲遲。

陸之凌與七公主，這是多少年的孽緣了！

七公主是雲遲最疼愛的一個妹妹，皇室一眾公主，唯她的性子最討喜，別人都怕雲遲，她不太怕，三天兩頭往東宮跑，那些年，求著雲遲幫他追陸之凌。

雲遲撂下茶盞，溫聲道：「七妹自己決定吧！」

七公主張了張嘴，很想有骨氣地對陸之凌說你早幹嘛去了？如今看著他跪在大殿上，年輕俊逸的臉上一臉的認真，一雙眸子一眨不眨地盯著她，等著她的答覆，七公主比陸之凌自己更瞭解陸之凌，她想著她若是搖頭，他一準灑脫地一笑，隨手指一個女子，再讓父皇賜婚，陸之凌就是這麼混蛋。

七公主咬了咬牙，對陸之凌說：「你別今日賜婚，明日又後悔?!」

陸之凌笑著搖頭：「不會！」

七公主不再説話。

皇帝很是滿意陸之凌，如今見陸之凌沒以前渾了，想要成家了，自然成全。笑著賜了婚。

宮宴兩件大喜事兒，文武百官推杯換盞，恭賀著喝了個盡興。

安陽王妃伸手捅捅安書離：「你呢？」

安書離頭疼地說：「娘，您急什麼？陸之凌能抓一個現成的，兒子去哪裡抓？」

安陽王妃沒了話，等吧！她希望她白了頭時，能等到兒子給她找個兒媳婦兒。

十日後，雲遲登基，登基當日，立花顏為后，封雲辰為太子，大赦天下。

自這一日起，南楚揭開了嶄新的篇章，拉開了盛世帷幕。

全書完

STORY 104

花顏策 卷十二

作者 西子情
主編 汪婷婷
編輯協力 謝翠鈺
企劃 鄭家謙
美術設計 卷里工作室 季曉彤
董事長 趙政岷
出版者 時報文化出版企業股份有限公司
108019台北市和平西路三段二四〇號七樓
發行專線——(〇二)二三〇六六八四二
讀者服務專線——〇八〇〇二三一七〇五
(〇二)二三〇四七一〇三
讀者服務傳真——(〇二)二三〇四六八五八
郵撥——一九三四四七二四時報文化出版公司
信箱——一〇八九九 台北華江橋郵局第九九信箱
時報悅讀網 http://www.readingtimes.com.tw
法律顧問 理律法律事務所 陳長文律師、李念祖律師
印刷 勁達印刷有限公司
一版一刷 二〇二四年十二月二十日
定價 新台幣三八〇元
缺頁或破損的書，請寄回更換

時報文化出版公司成立於一九七五年，
並於一九九九年股票上櫃公開發行，於二〇〇八年脫離中時集團非屬旺中，
以「尊重智慧與創意的文化事業」為信念。

花顏策 / 西子情作 . -- 一版 . -- 臺北市 : 時報文化出版企業股份有限公司 , 2024.12-
冊 ; 14.8×21 公分 . -- (Story ; 104-)
ISBN 978-626-419-075-6 (卷 12 : 平裝). --

857.7　　113018443

Printed in Taiwan